《梦断花都》、《澳洲乱世情》
莱昂纳多 迪卡普里奥
托比 马奎尔
凯瑞 穆丽根
乔尔 埃哲顿
纸醉金迷的年代
虚幻缥缈的爱情 迷惘传奇的人生
了不起的盖茨比
8.30 2D/3D/中国巨幕 臻美巨献

《了不起的盖茨比》剧照 1

《了不起的盖茨比》剧照 2

《返老还童》剧照

《现代启示录》剧照

奥斯卡
经典文库

[014]

Oscar
Short Set I
奥斯卡短篇集 I

(英)约瑟夫 · 康拉德 (美)斯科特 · 菲茨杰拉德 ●著
侯柏岑●译　何亮●丛书主编

首都师范大学出版社
CAPITAL NORMAL UNIVERSITY PRESS

图书在版编目(CIP)数据

奥斯卡经典短篇集．1/(英)康拉德等著；侯柏岑译．—北京：首都师范大学出版社，2014.8
(奥斯卡短篇文库)
ISBN 978-7-5656-2046-1

Ⅰ.①奥… Ⅱ.①康… ②侯… Ⅲ.①短篇小说—小说集—世界 Ⅳ.①I14

中国版本图书馆 CIP 数据核字(2014)第 207223 号

AOSIKA JINGDIAN DUANPIANJI Ⅰ

奥斯卡经典短篇集Ⅰ

(英)约瑟夫·康拉德 (美)斯科特·菲茨杰拉德 著
侯柏岑 译

责任编辑 刘志勇
首都师范大学出版社出版发行
地 址 北京西三环北路 105 号
邮 编 100048
电 话 68418523(总编室) 68982468(发行部)
网 址 www.cnupn.com.cn
北京集惠印刷有限责任公司印刷
全国新华书店发行
版 次 2015 年 3 月第 1 版
印 次 2015 年 3 月第 1 次印刷
开 本 880mm×1230mm 1/32
印 张 11.875 插页 4
字 数 258 千
定 价 28.00 元

总序：电影的文学性决定其艺术性

不是每个人都拥有将文字转换成影像的能力，曾有人将剧作者分成两类：一种是“通过他的文字，读剧本的人看到戏在演。”还有一种是“自己写时头脑里不演，别人读时也看不到戏——那样的剧本实是字冢。”为什么会这样，有一类人在忙于经营文字的表面，而另一类人深谙禅宗里的一句偈“指月亮的手不是月亮”。他们尽量在通过文字（指月亮的手），让你看到戏（月亮）。

小说对文字的经营，更多的是让你在阅读时，内视里不断地上演着你想象中的那故事的场景和人物，并不断地唤起你对故事情节进程的判断，这种想象着的判断被印证或被否定是小说吸引你的一个重要原因，也是作者能够邀你进入到他的文字中与你博弈的门径。当读者的判断踩空了时，他会期待着你有什么高明的华彩乐段来说服他，打动他，让他兴奋，赞美。现实主义的小说是这样，先锋的小说也是这样，准确的新鲜感，什么时候都是迷人的。

有一种说法是天下的故事已经讲完了，现代人要做的是改变讲故事的方式，而方式是常换常新的。我曾经在北欧的某个剧场看过一版把国家变成公司，穿着现代西服演的《哈姆莱特》，也看过骑摩托车版的电影《罗密欧与朱丽叶》，当然还有变成《狮子王》的动画片。总之，除了不断地改变方式外，文学经典的另一个特征，是它像一个肥沃的营养基地一样，永远在滋养着戏剧，影视，舞蹈，甚至是音乐。

我没有做过统计，是不是20世纪以传世的文学作品改编成电影的比例比当下要多，如果这样的比较不好得出有意义的结论的话，我想换一种说法——是不是更具文学性的影片会穿越时间，走得更远，占领的时间更长。你可能会反问，真是电影的文学性决定了它的经典性吗？我认为是这样。当商业片越来越与这个炫彩的时代相契合时，“剧场效果”这个词对电影来说，变得至关重要。曾有一段时期认为所谓的剧场效果就是“声光电”的科技组合，其实你看看更多的卖座影片，就会发现没那么简单。我们发现了如果两百个人在剧场同时大笑时，也是剧场效果（他一个人在家看时可能不会那么被感染）：精彩的表演和台词也是剧场效果；最终“剧场效果”一定会归到“文学性”上来，因为最终你会发现最大的剧场效果是人心，是那种心心相印，然而这却是那些失去“文学性”的电影无法达到的境界。

《奥斯卡经典文库》将改编成电影的原著，如此大量地集中展示给读者，同时请一些业内人士做有效的解读，这不仅是一个大工程，也是一件有意义的事。从文字到影像；从借助个人想象的阅读，到具体化的明确的立体呈现；从繁复的枝蔓的叙说，到“滴水映太阳”的以小见大；各种各样的改编方式，在进行一些细致的分析后，不仅会得到改编写作的收益，对剧本原创也是极有帮助的，是件好事。

——资深编剧　邹静之

主编的话：跟随文学人物走进各种各样的命运险境

能参与《奥斯卡经典文库》丛书的编辑工作，我感到特别的荣幸和高兴。说实话，这套丛书的编辑过程不仅给我，也给我们整个编辑团队带来了莫大的兴奋感。

兴奋之一：这是国内首次以大型丛书的形式出版经典电影的文学原著，这无疑是奉献给广大读者的一场阅读盛宴，我们相信无论何种口味的读者，都会从这套丛书里找到自己的最爱，甚至找到陪伴自己一生的精神伴侣。

兴奋之二：我们选择的书目全部是奥斯卡奖得奖或者提名的电影原著。奥斯卡本身就是全球最值得大众信赖的品牌之一，在奥斯卡异常严格的选拔标准下，这一批电影原著小说的艺术质量，还有部分原著是第一次出中文版本，我们之前也并未读过，但读过之后，深为震撼——世界一流的小说确实能带给人直击心灵而又妙不可言的独特感受。

兴奋之三：这套丛书让我们重新认识了文学原著和电影作品之间的互动关系。有的作品我们只看过小说，没有看过电影；而有的作品我们只看过电影，没有看过小说（后一种情况更多一些）。于是在编辑的过程中，我们重新补课，将同一故事的两种艺术形式尽量都补看完整。补完课才发现，文学与电影之间的关系真是太有趣了——电影或者因为时长所限、或者因为视听特性的发扬、或者因为求新求变，通常都要对原来的文学作品做出取舍和改动，电影编剧和导演如何取舍如何改动，背后其实都隐藏着电影创作者的深入思考。而很多文学名著又被不同的电影创作者多次改编，这些不同的电影版本所体现出来的电影创作者的不同趣味、不同表达以及独特个性，每每让我们生发出一种“又发现了一片新大陆”的感觉。我们作为读者和观众，往往会为哪一个电影版本改得更好而争论得面红耳赤——而对于那些两种艺术形式都没看过的朋友来说，我个人的建议，最好先读小说，充分展开自己的想象世界之后，再去看电影，收获绝对不一样。

兴奋之四：比起编剧和导演对文学作品的改编，演员、明星们对文学人物的演绎无疑更能引起大家的好奇和关注，在看完小说之后，带着悠闲而挑剔的眼光，再去评论、比较电影里的明星的表现，甚至去评论、比较不同版本的明星的表现，这给我们带来了数不清的快乐时光。

因为部分原著小说和电影也是我们第一次接触，以上所呈现的，都是我们在编辑过程中非常真实的感受。我们也非常期望我们的工作能带给广大读者同样的兴奋和快乐。《奥斯卡经典文库》为您精心挑选的这些非常优秀的原著小说，完全值得您腾出一点业余时间，全身心投入其中，跟随着那些精彩的文学人物走进各种各样的命运险境，去迎接那些意想不到的感动和震撼。

——北影老师　何亮

目 录

The Great Gatsby

了不起的盖茨比

导读：生而为爱，亡而因爱

本书收录的第一个短篇是《了不起的盖茨比》。作者是来自美国的小说家斯科特·菲兹杰拉德（1896～1940），他是20世纪20年代的“文坛巨星”。1925年，《了不起的盖茨比》创作完成，这部了不起的小说让菲兹杰拉德一跃跻身“爵士时代”的代言人之列，奠定了他在美国现代文学史上的崇高地位。

《了不起的盖茨比》（*The Great Gatsby*）讲述了纽约的富翁盖茨比，多年后寻找当初恋人却已物是人非的故事。当盖茨比还是一个少尉军官时，他与美丽的黛西小姐相恋相爱。后来因为战争将他们分开，黛西继而嫁给了纨绔子弟，但她婚后并不幸福，丈夫包养已婚之妇为情妇。战争结束后，盖茨比发愤图强成为富翁，可当他再次回来寻找黛西的时候，黛西已经认不出他了。而他满腔的真情换来的只是黛西寻求刺激的假意。黛西和丈夫吵架之后和盖茨比坐同一辆车离开，她情绪激动地开着车不小心撞死了丈夫的情妇，而盖茨比替她背了黑锅，最终又被那情妇的丈夫杀害。盖茨比死后很荒凉，甚至没有什么人来出席他的葬礼。整部小说以黛西表哥的视角和口吻在讲述，最后也是他在为盖茨比操持后事。盖茨比一生痴情，却终未了情未得情。

本小说曾多次被改编成电影，好莱坞的知名演员们一次次地演绎着这个华丽而凄凉的故事。2013版的电影荣获多个艺术指导和服装设计的提名和奖项。

第一章

如果戴一顶金色的帽子能令她心动，那就戴一顶吧。

如果跳高是你的长项，那就快去为她跳起来吧。

直到她欢呼着“我的情郎，我那戴金色帽子的情郎，我那跳得高高的情郎！我一定要和你在一起”。

——汤玛斯·派克·丹维埃[①]

当我年纪尚小、涉世未深、容易脆弱的时候，我父亲给予了我一些教诲，至今仍扎根于我的脑海中，令我反复体味。他说：“无论何时，当你意图评判别人时，你要记得，在这个世界上，没有任何人能拥有你所拥有过的那些无比优越的条件。”

---

① 美国作家菲茨杰拉卡的首部小说《人间天堂》里面的一个人物。——译者注

他没有再多说别的。虽然我们之间的话一直都不多，但是我们彼此很了解，所以我知道他想说的是什么，我明白他想表达的远不及此，他是话外有音。时间久了之后，我就习惯了不再鲁莽地对任何人进行判断，而是有所保留。久而久之，这个习惯给我带来了很多好处，也带来了不少麻烦。比如那些有怪癖的人肯信任我，会跟我聊起他们不肯和别人谈及的心里话；而那些爱唠叨的人，唉，也会抓住我不放，唠唠叨叨跟我讲个不停。因为我的谨小慎微，凡事有所保留，所以那些心理不正常的人，一旦觉察到我这个再正常不过的特点，都会紧紧抓住不放。

我在上大学的时候，被众人非常不公平地判定为小政客，甚至遭到不少指责，就因为我曾经接触了一些无名人士，倾听了那些放荡不羁的人的秘密和伤心事。其实，大部分都不是我主动去八卦打听来的——每当我依据旁人所表露出来的显而易见的端倪，觉察到一股倾诉的欲望正如同旭日一样跃出地平线的时候，我常常选择佯装睡觉，或者装作若有所思、心不在焉，再或者索性摆出一副坏坏的、蔑视的样子。因为那些年轻人倾诉和表达自己的方式，通常是千篇一律和闪烁其词的。写到这里，我仍然会有小小的担心，担心也许我忘记了什么重要的话。哦，对了，就是我父亲曾经骄傲地暗示过的，现在我又要骄傲地重复一遍，那就是：基本道德观其实是在每个人出生的时候就已然拥有的，却因分配不均，所以高低不等。

夸耀了我是如此大度之后，我不得不承认，宽容其实也是有止境、有限度的。一个人的行为，既可能坚如磐石，又可能漂如浮萍，但如果超越了某种底线，那么我是不会再去关注它究竟是磐石还是浮萍了。去年秋天，我从东部回来，当时我是那么希望世界上的每个人都能穿上一套军装，永远保持着道德上的警觉。我不想再通过窥视别人内心深处的隐秘而获得不羁的快乐了。

当然，盖茨比除外。那个把他的名字赋予了我们这本书的人，他代表着一切我真心尊敬的东西。如果一个人总是呈现出一种无法被超越的成功姿态，那这个人的身上就会散发出一种异常瑰丽的色彩。他对人生的可能性异常敏感，就好像是一台可以记录千万里之外发生地震的高精密度的仪器。这和人们所谓的“创造性的气质”并无关系，它其实是一种天赋，永远都充满希望；一种时刻准备浪漫一番的特质。这是我之前从未在别人身上发现的，也是我以后不太可能在别人身上会再次看到的。不，盖茨比一直都是无可厚非之人，而让我不再对人们的片刻欢愉和悲伤感兴趣的是那些折磨了盖茨比内心的东西，是那些在他的幻想破灭之后接踵而来的灰尘。

在这个位于中西部的城市，我们家族已经体面地生活了三代，颇有名望。姓卡罗威也算得上名门世家了。有这样一种传说，我们其实是那位叫布克娄奇的公爵大人的后裔。不过我们家真正的创始人，其实是我爷爷的兄弟。他是 1851 年来到这里的，然后买了一个替身代替他去参加了南北战争，而他自己则开始做起了五金批发生意，直到今天，我父亲依然经营着这门买卖。

我其实从来都没有见过我爷爷的这位兄弟，但是人们都说我长得特别像他，刚好父亲的办公室里挂着一幅面容严肃的画像，它成为最好的佐证。1915 年，我从纽黑文毕业，比我的父亲刚好晚了 25 年，在那之后不久，我参加了那个被称为世界大战的民族大迁徙。虽然我曾经从那些反攻中感受到无尽的快乐，但是退伍之后就觉得真是索然无味。在那个年代，原来的中心地带不再是世界温暖的心脏，反倒像是荒凉的宇宙边缘——于是我下定决心，要去东部学习，去学习债券生意。我认识的人中很多都是在做着债券生意，所以我想，债券生意还是能够再多养活我这么一个单身汉的。亲戚们轮番商榷着，就像是在为我仔细挑选预备学校似的，很久之后，他们说："唉，那就，就这样吧。"只是他们的表情严肃又迟疑。我的父亲同意在经济上支援我，帮我出一年的各项费用。虽然由于各种各样的原因耽搁了一段时间，但最终，我还是在 1922 年的春天，来了东部，并永远留在了这里。

实际一点儿的做法是在城市里找房子，但那时候正值温暖如春的季节，而我又刚从一个有着开阔草坪和郁郁葱葱的树木的地方离开。所以，当办公室里的一个小伙子提出：我们可以一起去小郊区租下一套房子的时候，我觉得，那是一个很好的建议。之后，他真的找到了一套房子，每月 80 美元租金，是个饱经风雨的小木屋。然而在最后一刻，公司却把他调去了华盛顿，于是我就只好独自一人，搬到了郊区住。我养过一只狗——至少我养了它好几天，虽然后来它跑掉了——我还有一辆有点破旧的道吉小汽车和一个替我收拾着床铺和准备早饭的芬兰女佣人。她一边在电炉上做着饭，一边自言自语地说着芬兰格言。

刚开始的几天，我感到很孤单。后来有一天早上，我遇到了一个人，他像是比我更初来乍到。他在路上把我拦了下来。

"请问，怎么去那个叫西卵的村子呀？"他非常无助地问我。

给他指明了道路之后，我继续向前走，那种身在异乡的漂泊感却荡然无存了。我成了一个指路人，一个拓荒者，一个早期的移民。他很自然地把“邻里百事通”赋予了我。

阳光明媚，细小的叶子似乎忽然之间就布满了一棵棵大树，仿佛进入了电影中的时空，一切都生长得那么快。于是我又萌生了昔日那个熟悉的信念：随着又一个夏天的到来，生命即将再次拉开序幕。

一方面，有浩如烟海的好书等着我们去阅读；另一方面，空气清新，有很多的营养等着我们去汲取。时间总是一次性的、不可逆转的。我买了十多本书，都是关于银行业、信贷，或是证券投资的，一本本烫金的红皮书立在书架上，就像是造币厂刚刚造铸出的钱币似的，准备着去揭晓那些闪耀的、只有麦达斯①、摩艮②和米塞纳斯③才知道的秘密。除此之外，我还雄心勃勃地想要读众多其他好书。当我上大学的时候，我是个典型的文艺青年——有一年，我一口气写了一连串的严肃社论，并投递给《耶鲁新闻》。而现在，我打算将这些东西再次归入我的日常生活，我要再次成为全才。这不是开玩笑，仅从一个小窗口去看人生，很难更好地看到人生。

完全是出于偶然，我竟然在北美最不可思议的社区租了房子。这个社区就在纽约的东面，一个细长的岛上。那里拥有各种各样的大自然的鬼斧神工，其中有两个岛，形状非比寻常。它们距离城市 20 公里，像是一对巨型的鸡蛋，轮廓形状完全一样，中间被一条水湾隔开，浸泡在西半球最平静的那片海水里，就位于巨大的水上庭院——长岛海峡中。这两

① 麦达斯（Midas），希腊神话里的国王，曾求神来赐予他点金术。——译者注

② 摩艮（Morgan），美国财阀。——译者注

③ 米赛纳斯（maecenas），古罗马的大财主。——译者注

个岛，并不是规格完美的椭圆形——而是像哥伦布故事中的鸡蛋那样，一端是被压扁了的——在飞过的海鸥眼里，它们的轮廓惊人地相似，一定会成为让人惊讶不已的噱头。但是，对于并没有长着一双翅膀、可以翱翔天空鸟瞰它们的人类而言，更有趣的是，它们除了形状和大小完全一样之外，别无他处相似了，更别说完全雷同。

我住在西边的那个像鸡蛋一样的岛上——西卵，是两个岛中不那么著名的一个。当然，这确实是一种很浅薄的说法，完全不能够表述清楚，这两个岛之间有着如何匪夷所思和不吉祥的鲜明对比。我住的房子位于鸡蛋形小岛的最顶端，距离哗哗作响的海水只有五十码，被夹在两个租金高达每季度一万二甚至一万五美金的大别墅之间。在我房子右面的那栋，不管从什么标准来说，都绝对称得上是一个豪宅——是诺曼底[①]市政厅的写实翻版。一侧有一个塔楼，上面稀疏覆盖着年头不久的常青藤。还有一个大理石砌成的游泳池，以及四十多英亩的绿草地和花园。那就是盖茨比的官邸，或者更确切地说，那是一个叫作盖茨比的绅士居住的豪宅，因为我还不认识盖茨比先生。至于我住的房子，相比起来，实在是丑到惨不忍睹的寒舍，不过还好，那是一个小寒舍，所以很容易被人忽视不见，因此我得以有机会领略大海的美丽和我邻居漂亮的部分草坪，还能够享受和百万富翁们为邻的快乐——享受了这么多，我却只需每月支付八十美元而已。

与小湾隔河相望的，是东卵一片豪华的住宅区，是洁白得好像宫殿一般的大厦，在闪烁着迷人的光彩，熠熠夺目。

---

① 诺曼底（Normandy），位于法国北部，散布着众多的古城堡。——译者注

直到有一天，我开车去那边，在汤姆·布坎家吃晚饭，那个夏天的传奇就此拉开序幕。黛西，我的远房表妹。汤姆，我从大学开始就认识了的朋友。战争刚刚结束的时候，我在他们的芝加哥家里还曾住过两天。

黛西的丈夫，擅长各种体育运动，还曾经以“最棒的后卫”的身份效力于纽黑文的橄榄球队——从某种程度上说，也算是名噪一时的全国明星，然而像这样二十一岁就在有限范围内取得登峰造极的成就的人，往往此后的人生，就难免每况愈下，一路走下坡了。他的家族可谓是腰缠万贯——就算是在大学时，他挥霍无度的花钱方式也已经遭到了大家的非议，但事到如今，他离开芝加哥，将一部分家产搬到了东部，但搬“那一部分”的场面，也足以让你目瞪口呆了。比如，他从森林湖[①]运来了一群用于打马球的小马驹。实在难以置信，在我这个年代的同辈人中竟然有如此阔绰的人，阔绰到能干出这样让人瞠目结舌的事情。

我也不知道，为什么他们非要搬来东部。他们无缘无故在法国待了一年，在那之后，又从这里到那里不安分地到处跑，去的都是那些爱打马球的富人们聚集的地方。黛西在通电话的时候说，这一次算是定居下来了。但是我并不相信黛西说的这些——我猜不透黛西的心事，但是我感觉汤姆会永远漂泊不定、望眼欲穿地追寻着，就好像是在追寻着那些不能重演的、发生在足球赛上的戏剧性的动荡生涯。

后来，在一个温暖有风的秋夜，我开车去东卵拜访两位老朋友——虽然我几乎完全不了解他们。他们的房子比我想

① 森林湖（Lake Forest），位于伊利诺伊州的东北部小城。——译者注

象的还要豪华，是一座颜色鲜明、红白相间的乔治殖民风格的、俯瞰着大海的房子。房前的草坪蔓延了四分之一英里，从海边一直延伸到房子的大门口，奔跑着途经了日晷，砖砌的墙和姹紫嫣红、花开茂盛的花园，最终到达门口的时候，它仿佛已经在一路的奔跑中锐变成了常青藤，沿着那墙壁向上攀爬，为房子镶嵌了一道青藤边。房子的正面是一排法式落地窗，现在正反射着夕阳金灿灿的光，敞开着迎着温暖有风的午后。汤姆·布坎穿着一身骑装叉着腿，站在前廊上。

他已经和在纽黑文的时候不一样了。现在的他，是一个身强体壮、头发呈稻草色、嘴硬又举止傲慢的三十岁男人。他那双傲慢自大的眼睛，让他总是呈现出一副积极向上的样子。就算那身骑装是如何的娇贵华丽，也不能掩饰住他体内汹涌澎湃的巨大力量——他仿佛填满了那双闪亮的靴子，直至靴子最上边的系带都被拉紧。当他的肩膀在薄薄的外套下移动的时候，你能看到那里有一大块的肌肉。那是一个力大无比的残忍身躯。

他讲话的声音，是又粗又哑的男高音，这让他留给人们的暴戾形象更为强烈。他讲话的时候，总是一副教训人的口吻，即使是跟他喜欢的人讲话也是这样，所以在纽黑文的时候，有些人很讨厌他。

“听着，别觉着我说的都是对的，”他好像在说，“就因为我比你强壮，比你更男人。”我们两个人曾经在同一学生会，可是我们并不那么熟稔，我总是觉得他其实很赞同我，也很喜欢我，同时又有些粗鲁且自大地想要我也喜欢他。

在洒满阳光的长廊上，我们聊了一会儿。

“我在这里找到了这么个不错的地方。”他说着，眼睛环顾着四周。

他抓住我的一只胳膊把我转了过来，他宽大而又平坦的手掌指点着我眼前的景色，挥过了比周围略低的意大利风格的花园，挥过了半英亩大、深色的芳香馥郁的玫瑰花海，挥过了在海边随着海浪起伏的汽艇。

“这地方以前是属于石油大亨戴梅纳的，”他又把我转过身来，优雅却很突然，“来，我们到房子里面去吧。”

我们走过了一条很高的长廊，走进了一间宽敞明亮被涂成了玫瑰色的房间。长廊由法式的落地窗连接着，镶嵌在了房子上。那些落地窗半开着，闪烁着白光。窗外是鲜绿的草地，鲜绿的仿佛要蔓延进屋子里似的草地。微风吹过，把窗帘从这边吹进来，从那边吹出去，就好像一面面的白旗被吹起，吹向婚礼蛋糕一般的磨砂天花板。接着又把酒红色的地毯吹皱，一个个阴影散落分布，就好像风吹皱了一池春水一片海。

屋子里只有一件东西是完全静止着的，就是那张巨大的沙发。有两个年轻貌美的少妇坐在上面，好像是悬浮着的被困住不能飘走的气球。她们穿着白色的衣服，风把裙摆吹皱，裙摆在风里飘荡，像是搭着风从房子外面飞了一圈回来似的。我一定是听着窗帘刮着墙壁的声音和墙上画像晃动的吱吱嘎嘎声站了好一会儿，然后汤姆·布坎忽然“砰”的一声关上了后面的窗户，屋子里的风一点点平息，窗帘和地毯，还有那两位气球一样的少妇，都徐徐地降落在了地板上。

我不认识两个之中比较年轻的那一位。她平平地躺在那个长沙发的一端，岿然不动，下巴微微地向上仰着，仿佛有什么东西在她下巴上，她要保持平衡免得东西掉下来。她倒没有任何举动暗示她从余光中看到了我，事实上，我正在酝酿为我突然进来惊动了她而道歉。

另外一位少妇是黛西，她准备站起来——她的身子前倾着，面带着真诚——然后她扑哧一下笑了，有一点荒诞也有一点可笑，于是我也笑了，走向前进了屋子。

“我简直高兴得要瘫……瘫掉了。”

她再次笑了，好像她刚刚说了一句很诙谐的话。她拉起了我的手，仰着脸看着我，让人觉得仿佛这世界上再没有一个人是她如此渴望见到的。那是她才有的那么一种表情。她很小声地告诉我，那个保持平衡状的姑娘叫贝克。（我之前听说过，黛西这样的喃喃私语其实是为了让别人的身子向她靠近一些。当然，这是无关痛痒的话，丝毫不会影响她的表情是有多迷人。）

不管怎样，贝克小姐的嘴唇轻轻动了一下，她向我这边点了点头，幅度几乎让人看不出来，接着又很快把头仰回去了——那件她试图保持着平衡的东西一定是歪了下，这让她吓了一跳。道歉的那些话再一次跑到我的嘴边。她几乎所有的自负表现，都能引起我的震惊和致敬。

我转过头看我表妹，她开始用她那小声的、让人激动的嗓音问我问题。那是让人没办法不仔细倾听的一种声音，就好像其实每句话都是一串再也不会被演奏的音符。她略带忧郁的脸庞是那样的美丽，神采飞扬的脸庞上长着一对明亮的眼睛，还有一张热情似火的嘴唇。而她的声音里，有一种让人激动的特质，那是所有曾经为她倾倒的男人念念不忘的：那是一种歌唱着的命令，一种缠绵的轻喃，一种暗示意味着她刚做了什么快乐的、激动人心的事，而且那些快乐的、激动人心的事一会儿还要再次发生。

我跟她说在来东部的路上，我在芝加哥曾经停留过一天，大概有十多个朋友托我给她带来问候。

“他们是想念我了吗?”她喜出望外地喊道。

“整个城市都冷冷清清的。所有汽车的左后轮都被涂上了黑色，变成了葬礼上的花圈，一整夜持续不断的哀号声回荡在城北的海边。”

“真是太美了！汤姆，我们回去吧。明天，”她话锋一转，“你真的应该去看看那个宝宝。”

“嗯，我想去。”

“她睡着了哦。她现在三岁。你之前没有见过她吗?”

“从来都没有。”

“哦，那你真是应该看看她。她……”

汤姆·布坎之前一直坐立不安，在屋子里来回走动，现在他停下来了，把一只手搭在了我的肩膀上。

“你在做什么生意，尼克?”

“我做的是债券生意。”

“哦，在哪一家公司呀?”

我跟他说了那家公司的名字。

“哦，我从来都没听说过这个公司。”他斩钉截铁地说。

这让我颇感不快。

“你会听说它的，”我很快回答，“如果你在东部多待一阵子，你就会听说它的。”

“哦，我会在东部长住下去的，你放心。”他说着，看了一眼黛西然后又望向了我，就好像他在小心地提防着别的什么事儿会发生。“如果我搬到别的地方生活，我一定是一个不可救药的大傻子。”

就在此时，贝克小姐插话说：“当然是了!”她突然的发声吓了我一跳——这是我走进这间屋子之后贝克小姐说出的第一句话。显然，她说的话有多震惊我，就有多震惊她自己，因为她随即打了一个呵欠，然后又做出了一连串的迅速又灵巧的动作之后就站起来了。

“我都僵硬了，”她抱怨道，“我好像一直在那沙发上躺着。”

“不要这样盯着我看，”黛西反驳道，“我整个下午一直在试图让你去纽约。”

“不用了，谢谢，”贝克小姐冲着刚刚从厨房端进来的四杯鸡尾酒说，“毫无疑问，我正在接受训练。”男主人吃惊地看着贝克小姐。

“哦，真的吗？”他一口气喝掉了自己的酒，就好像那只是杯子底残留的一滴而已。“我真是想不明白，你之前是怎么把事情做好的。”

我看着那位贝克小姐，心里很纳闷她之前做成的事儿究竟是一件什么事。我喜欢看着贝克小姐。她是一位身材很苗条、胸部很小的姑娘，她总是挺着胸脯，就好像一位军校的年轻学员，显得她特别英姿飒爽。她用那双被太阳照得眯起来的灰色眼睛看着我，那张白皙、可爱、不满的脸庞上流露出了礼貌的好奇心。我忽然想起来，我之前好像什么时候在哪里见过她，或者是见过她的相片。

“你是住在西卵的吧！”她鄙夷地说，“我认识一个人，也是那边的。”

“我倒是一个人都还不认识。”

“你至少认识那位盖茨比先生吧？”

“盖茨比？”黛西追问说，“哪一个盖茨比？”

我还没有来得及说盖茨比是我的邻居，仆人就过来宣布可以开饭了。汤姆·布坎专横地用他的胳膊紧紧扣住我的胳膊，把我从房间里向外推，就好像是在棋盘上把一枚棋子移动到另一个格子里去似的。

黛西和贝克这两位瘦瘦的淑女，把双手懒懒地搭在腰上，在我们的前面走向玫瑰色的那个长廊。长廊上洒满了落日的余晖，餐桌上的四支蜡烛在渐弱的晚风中忽明忽暗。

“为什么要点蜡烛?”黛西不开心地皱着眉头，并用手指把蜡烛掐灭了。“再过两周，就要迎来一年之中最长的那一天了。”她微笑地看着我们，“你们是不是一直盼着全年最长的那天到来，然后却又在期盼中错过它?我总是在等着全年最长的那一天，结果却还是把它错过了。”

“我们应该计划点什么。”贝克小姐打着呵欠，像是要上床睡觉了似的坐在了桌子旁边。

“好吧，”黛西回答，“那我们要计划点什么呢?”她无助地转向我，“人们都计划些什么呢?”

还没有来得及等我回答，她便满眼恐惧地盯着自己的小手指看。

“快看啊!”她抱怨着，“我把它弄伤了。”

我们都朝她的手指看过去——手指关节呈青紫色。

“是你弄的，汤姆，”她责怪着他说，“虽然我知道，你不是有意的，但是我还是要说，就是你弄的。这完全是我遭到的报应，因为我嫁给了你这个如此粗野的、大块头的、笨拙得像标本一样的男人。”

“我讨厌笨拙这个词，”汤姆气喘吁吁地抗议着，“就算是开玩笑也是不行的。”

“笨拙!”黛西犟嘴地说道。

有时候黛西和贝克小姐一起说话，说一些无关紧要的玩笑，不过也算不上是唠叨，涉及的内容枯燥无趣，如同她们的白裙子以及那毫无欲念的眼睛。她们在这儿，面对着我和汤姆，只不过是在尽量很客气地和客人们之间保持愉快。她们都明白，晚饭一会儿要结束了，再过一会儿这个晚上也要过去了，一个晚上就随随便便地被打发掉了。这和在西部的时候截然不同，在那里每个招待来宾的夜晚，总是节奏很快地从一个阶段进行到下个阶段直至尾声，总是让人期待又让人失望，或者是美好得让人很恐惧尾声的到来。

“你让我有一种自己很不文明的感觉，黛西。”我喝到第二杯虽然沾有木塞气味但是却很棒的红葡萄酒的时候坦白地向她说，“你不能谈点别的什么吗？比如庄稼或者其他什么。”

我说的这句话其实并没有任何特殊用意，但是它却出乎意料地被别的人接过去了。

“文明正在坍塌啊。”汤姆抨击道，“我最近变成了一个对这个世界感到非常失望和悲观的人。你有没有看过叫作戈达德的那个人写的那本《有色帝国的崛起》?”

“怎么了？没有看过。”我回答道，我对他刚才讲话时的那种语气感到非常吃惊。

“好吧，那是一本很不错的书，每个人都应该去看看的。书里大意是，如果我们没有当心，白种人就会……就会彻底淹没。讲的东西很有科学道理，都是已经被证实了的。”

“汤姆现在变得很渊博了。”黛西说着，脸上随即流露出了一种并不深切的、有点忧伤的表情。“他看的都是一些比较深奥的书，书里面有很多很深奥的词汇和句子。那个是什么字……”

“好吧，这些书都很有科学根据，”汤姆不停地往下说，不耐烦地看了一眼黛西，“这个家伙已经把所有道理都讲得很清楚了。我们是一个占有统治地位的群种，我们是有责任提高警惕的，不然的话，所有其他人种就会取代我们继而掌握一切。”

“我们一定要打败他们!”黛西小声说着，对着炙热的太阳拼命地眨着眼睛。

“你们应该去加利福尼亚州安家……”贝克小姐刚开口说，就被汤姆挪动身子时和椅子发出的声音打断了。

“主要是想说，我们都是北欧的日耳曼人，我是，你也是，而你也是，还有……”

短暂的犹豫之后，他轻轻点了点头，然后把黛西也算了进去，这时黛西又给我使了个眼色。“而我们已经创造了构成文明的一切——科技、艺术以及其他各种。你知道吗?”

他的专心致志却略显得可怜，虽然和以前比起来，他的自满自得更加严重了，但对他本身而言，还是远远不够。就在这时，屋子里头的电话铃响了。于是男管家离开了走廊去接电话，黛西抓住这个短暂的空隙把身子前倾凑向了我。

“我要把这个家庭的一个秘密告诉你，”她兴奋地向我耳语道，“是关于男管家鼻子的秘密。你想听那个关于管家鼻子的秘密吗?”

“这刚好是我今晚过来拜访你们的目的啊!”

“好吧，其实他不是一直做男管家的。他以前在纽约，专门替某个人家擦银器，那家里有一套银质的餐具，一套可以同时供两百人用餐的餐具。他从早上擦到晚上，直到他的鼻子最终受不了。”

“后来，情况变得越来越糟糕。”贝克小姐补充说。

“是的，情况越来越坏，最后他只好辞职，不在那里干了。”

有那么一瞬间，夕阳的余晖落在她容光焕发的脸上，当听到她的声音，我忍不住屏气凝神、不由自主地向她靠近——后来光芒渐退，一条条光恋恋不舍地向她告别，好像小孩子在夜幕时分依依不舍地离开欢乐的小街道。

管家回来了，凑在汤姆的耳边小声说了些什么，汤姆听了之后皱了皱眉，把椅子向后推去，一言不发就走进了屋里。好像汤姆的离席让黛西活跃起来了，她前倾着身子，讲话的声音像是在唱歌一样优美动听。

“能在餐桌上遇到你，真好，尼克。你让我想到了一朵小玫瑰花，一朵真真实实的玫瑰。他是这样吧?”黛西把头转向了贝克小姐，希望她能证实那句“真真实实的玫瑰花”。

这不是真的。我没有一丁点儿像玫瑰花。她是即兴发挥乱说一通而已，但是一股激动人心的温暖却从她那里蔓延开来，好像她的心藏在那些激动人心又气喘吁吁的话里，正准备跳出来投奔你。

忽然黛西把餐巾扔在了桌子上，说了一句“失陪了”就走到里屋去了。

我和贝克小姐进行了短暂的目光交流，有意识地不去传达任何感情色彩。当我正要开口讲话的时候，她机警地把身子坐直并提醒似的说了一句“嘘”。此时，低沉而激烈的交谈声，从远处的屋子里传出来。贝克小姐毫无顾忌，探着身子竖着耳朵使劲儿地听着。那交谈声有好几次几乎大到就要真的可以听清楚的地步，但是之后却又降了下去，然后又激动地扬起来，直到最后彻底没有了声音。

“刚才你说到的那位盖茨比是我的邻居。”我开始和贝克小姐说。

“不要说话，我想要听听那边究竟出什么事了。”

“真是出了什么事儿吗?”我天真地询问贝克小姐。

“难道你还不知道吗?”贝克小姐对我说，她感到十分惊讶，“我还以为所有的人都已经知道了呢。”

“可是我不知道。”

“哎呀……”贝克小姐犹豫了一下然后说，“汤姆有个女人，在纽约。”

“有个女人？”我满脸茫然地问道。

贝克小姐点了点头。

“至少她应该识大体，不要在吃饭的时间打给汤姆啊。你觉得呢？”

我还没有太明白贝克小姐的话，就听见远处有一阵裙角摩擦的嗖嗖声和皮靴撞击地板的嗒嗒声，汤姆和黛西向这边走来，回到了餐桌上。

“真是没有办法啊！”黛西强颜欢笑地大声说着。

她坐下来，看了看贝克小姐又看了看我，接着说：“我去外面，看了一下，外面真是浪漫极了。就在草坪上，有一只鸟，我猜一定是搭乘了康拉德公司的船只过来的夜莺，或者是搭乘了百星船舶公司的船。它在歌唱，不停地歌唱……”黛西的声音也像是歌声一样，“外面很浪漫的，是不是，汤姆？”

“非常浪漫。”汤姆说，然后又哭丧着脸对我说，“吃完饭，如果天还足够亮，我领你去马房走走看看。”

屋里的电话再一次响起，对此所有人都很吃惊。黛西对汤姆摇了摇头，于是有关马房的事儿，确切地说是所有的事儿，都没有再谈下去。在有关那张餐桌最后五分钟的印象里，我记得那些蜡烛不知缘由地点着了，与此同时我也意识到，其实自己很想能够正眼面对大家，但还是总躲避着每个人的目光。

我猜不到汤姆和黛西在想什么，但是我猜，就算是像贝克小姐这样玩世不恭之人，都不能把这来自纽约的第五位座上客所带来的尖锐刺耳又迫切的呼叫声置之度外。甚至对某些性格的人而言，这样的局面反倒显得挺有意思——至于我，我的本能反应是马上去给警察打电话。

关于马的事，不用说，当然没有再提及。贝克小姐和汤姆之间隔了几英尺暮色，她慢慢走着回到了书房，就好像是走到了一个真真切切存在着的尸体旁边守夜去了。同时，我一边假装很有兴趣，一边假装自己多少有一点耳聋，跟黛西一起穿过一连串的小走廊，走上了前面的阳台。在那苍茫的暮色里，我们在一把柳条编制的长椅上并肩坐了下来。

黛西用手捧着脸，好像是抚摸着自己可爱的脸庞，同时也渐渐沉迷在天鹅绒一样的暮色里。我看得出来她已经心潮澎湃，于是问了几个在我看来可以让她镇静的问题，都是关于她小女儿的。

“我们其实并不很熟，尼克，”她忽然对我说，“尽管我们还是表亲，你却没有来参加我的结婚典礼。”

“那时候我在打仗，还没有回来。”

“嗯，确实是。”她犹豫一下，“唉，我可真是经历了好多。尼克，所以现在我几乎把什么都看透了。”很显然，一定有什么原因才让她抱有这样的看法。我等着她继续说下去，可是她并没有再多说什么。过了一阵子，我吞吞吐吐地把话题又拽回到了她女儿身上。

“我想，她现在一定会讲话了吧，也……也会吃东西了吧，她现在什么都会了吧?”

“嗯，对啊。”她看着我，心不在焉，“你知道吗，尼克，你知道她出生的时候我对她说了什么吗?你想知道吗?”

“非常想知道。”

“你听我说了之后，就会明白我为什么会那样看待一切事物。她出生还不足一个小时的时候，汤姆就不知道跑到哪儿去了。我从麻醉剂里清醒过来之后，心头涌上一种巨大的孤独感。我马上询问护士，我生的是个男孩子还是女孩子。护士告诉我，那是一个小女孩，我就忍不住别过脸哭起来。‘好吧，’我说，‘真高兴这是一个女孩。我真希望她将来长成一个傻瓜——那是女孩子们在这个世界上能够长成的最好的样子，长成一个美丽的小傻瓜。’”

“你知道，我觉得一切都是那么糟糕，”她坚定地接着说，“每个人都是这么认为的——包括那些进步之人。但是我知道，我去过很多地方，见过很多世面，也做过很多事情。”她的眼睛炯炯有神，环顾着四周，不可一世、盛气凌人的样子很像汤姆。她放声大笑起来，那声音里是满满的讥讽和嘲笑，那样的可怕。“饱经世事——天啊，我也是饱经世事了。”

她的话音一落，不再强迫我去注意她、相信她时，我就意识到了刚才她说的那些并不是她的真心话。这让我感到很不安，仿佛这整晚都只是一个圈套，强迫我跟着他们付出一份我的感情。我等待着，果然过一会儿她再看我的时候，那可爱的脸庞上露出了虚假的笑，好像她试图表明无论她还是汤姆，都隶属于一个上流社会中的秘密团体，他们都是那个团体里的一分子。

房子里，深红色的那间屋子灯火通明。贝克小姐和汤姆分别坐在长沙发的一边，贝克小姐念着《周六晚邮报》给汤姆听，声音低沉而平稳，从她嘴里吐出来的那些连成串的字字句句都让人心安。灯光把汤姆的皮靴照得雪亮，照得贝克小姐落叶一样枯黄的头发暗沉无光，当她翻动到下一页，胳膊上细小的肌肉颤动着的时候，灯光就又晃晃悠悠照在了纸上。

我们走进了屋子，她举起了一只手来告诉我们千万不要发出声音。“待续，”她说着，并把杂志扔到了桌子上，“见下期杂志。”她动了动膝盖，直了直身子，然后“嗖”地站起来了。

“十点钟了，”她说道，好像那个天花板上可以看到时间似的。“我的好孩子要上床去睡觉了。”

“乔丹要去参加明天的锦标赛，”黛西解释着，“去维斯切斯特。”“哦，你是，乔丹·贝克。”我到现在才明白了为什么她的脸庞那么眼熟——带着她那傲慢又可爱的表情，她曾经在报纸杂志上的相片里那样注视过我，那是报道她曾去参加比赛的几个著名旅游胜地的杂志。我还听说了关于黛西的一些流言蜚语，一些关于她的闲话，至于是关于什么事的我早就不记得了。

“只要你能起得来。”

“我当然能。晚安，卡罗威先生。改天见！”

“你们当然还会再见的，”黛西强调道，“老实说，我想给你们做个媒。常来哦，尼克，我会想办法——嗯——把你们两个撮合成一对。比如，假装意外地把你们关在放桌布的壁橱里，或者把载有你们的小船推向海里，以及各种类似的办法……”

“晚安，”贝克小姐在楼梯上喊着，“我可什么都没听到。”

“她是一个好姑娘，”过一会儿汤姆说，“他们真的不应该让她这么到处乱跑。”

“谁，谁不应该？”黛西冷冰冰地问。

“她家里人。”

“她家里只有一个年迈的姑妈。再说了，尼克将会照顾她的，是吧，尼克？她这个夏天将会在这里度过很多个周末我觉得这里的家庭环境将会对她有很好的影响。”

汤姆和黛西一言不发互相凝视了很久。

“她是从纽约过来的吗?”我赶快问。

“从路易斯维尔来的。我们纯真的少女时代是在那里一起度过的。我们那美丽的、纯洁的……”

“你在走廊上是不是把心里话都讲给尼克听了?”汤姆突然质问。

“我有吗?”她看着我说,“我好像不太记得了,不过我们可能聊了一些关于日耳曼民族的事。对,是的,我很确定我们是聊了那个。它不知怎么就变成了我们的话题,你知道……”

“别相信你听到的每一句,尼克。”他告诫我。

我缓缓地说其实我什么也没听到,几分钟后我起身离开了。他们送我到门口,两个人肩并肩地站在一片方形的光芒里。我发动汽车,黛西忽然命令一样地喊道:“等一等!我忘了问你一件事情,而且那事儿很重要。我们听说你已经和一个姑娘在西部订婚了。”

“是的,”汤姆跟着说,“我们确实听说你已经订婚了。”

“那是诽谤和造谣。我太穷了。”

“可是我们真的听说了,”黛西坚持说着,让我惊讶的是她又像花儿一样盛开了,“我们已经听三个人说过了,这一定不是假的吧!”

我当然是知道的,他们说的是哪件事儿,但是我根本就没有订婚。流言蜚语说我订婚了,这正是为什么我要来东部。一方面,一个人不能因为一些流言就与老朋友们绝交,而另一方面,我也没打算因为流言就真的去结婚。

他们给我的关心让我很感动,也让他们不再显得那么有钱而高不可攀了。尽管如此,在我自己开车回家的路上我还是感到非常迷惑不解，甚至厌恶他们。我想，黛西应该去做的事情是抱着她的女儿离开这座房子——但是显然，她的脑袋里并没有这样的念头。至于汤姆，比起他会因为读了某本书而沮丧，汤姆“有个女人在纽约”这种事儿就不那么让人惊奇了。一定有什么东西在帮助他从学术里汲取着精神食粮，好像他的壮硕体格现在再不能满足他那颗“世界我最大”的心了。

现在已经是盛夏了，公路边的旅馆屋顶和修车厂门前都是盛夏景象，一台台颜色鲜艳的红色加油机蹲在电灯的光圈里。我回到西卵村的住处，将车停进了小车棚，又在院子里的那架闲置已久的割草机上面坐了一阵子。风儿已经停了，眼前是悠扬又明亮的夜幕，树上有翅膀挥动的声音，有风箱一样的大地让青蛙发出连续的风琴一样的声音。一只猫咪的侧影缓慢地在月光下移动，吸引着我转过头看它，我发现这里不只我一个人——五十英尺外，有一个人从我邻居家房子的影子里走了出来，他的双手插在口袋里，站着仰望银白色的星光。从那动作中的悠闲和踏着草坪的姿态就能看出来，他就是传说的盖茨比先生，出来确认我们这里哪片天空是归属于他的。

我决定要和他打招呼。之前贝克小姐在吃饭的时候提到过他，那也算得上是做了介绍了。但是我没有跟他打招呼，因为他突然做了那么个动作，好像是表示他很享受独自一人——他向幽暗的大海伸出了胳膊，那样子很古怪，虽然我离他很远，但是我发誓我看得到他在发抖。

我也情不自禁跟着往海上望去——什么都没有，除了那么一盏绿色的灯，微小而遥远，也许是某座码头的一个尽头。等我转过头再去找盖茨比的时候，他已经不知道去哪儿了。于是我又变成了一个人，独自待在声响四起的夜色里。

第二章

在西卵与纽约之间大概中点的位置，公路和铁路汇合在了一起，公路在铁路边上蜿蜒了四分之一英里，为了避开一片不毛之地。那是一个落满灰烬的山谷——一个离奇的农场，在那里，灰烬像麦子一样疯长，长成一座小山、一座小丘或者奇形怪状的小园子。灰烬在这里堆砌成房屋、烟囱甚至炊烟的样子，最后，经过不懈的努力堆砌成一个个灰蒙蒙的人，仿佛在隐隐约约走动，接着又在飞扬着尘土的空气里化为乌有。有时候，会有一列灰蒙蒙的货车沿着一条我们看不到的轨道缓慢爬行，咯吱一声好像鬼叫，停了下来，一瞬间，灰蒙蒙的那些人就会拖着铁铲蜂拥而至，扬起尘土，没有人能看到他们的隐秘活动。

不过，在这片尘埃满天的土地和一直笼罩着它的暗淡的尘土之上，你一会儿就能够看到 T. J. 埃克尔堡大夫的眼睛。他的眼睛呈蓝色，巨大无比——光是瞳仁，就足足有一码高。

这不是一双长在某张脸上的眼睛，这双眼睛藏在一副黄色眼镜后，正在茫然眺望，眼睛之下却没鼻子，这显然是一位眼科医生的异想天开，为了招揽生意，扩大业务，所以这张海报才屹立在此。到最后大概他也永远地闭上了眼睛，再或者是撇下它独自搬走了。但是，他留下来的那双眼睛，经历了风吹日晒和油漆剥落后，光彩早就不如从前了，却还是若有所思般俯视着眼前这片阴沉的灰烬堆。

在这座充满灰烬的山谷里，有一条略显肮脏的小河流过，每当吊桥被拉起来，船舶可以通过的时候，坐在等着过桥的火车上的那些乘客就会盯着眼前的凄凉景象看上半小时。平日里，火车会在这里停留至少一分钟，也正是因为这个缘故，我才第一次见到了汤姆·布坎的情妇。

他有情妇这事儿，是这里所有的人都知道的事实。和他熟悉的人都对此很气愤，因为他总是带着那个情妇去时髦的馆子，而且，让她坐在一张桌子旁之后，自己就会走来走去，和认识的人聊天。虽然我很好奇，想看看她，可我并不希望和她见面——但我还是见到她了。那是一天下午，我和汤姆一起坐火车去纽约。当我们停在灰烬之中时，他跳了起来，然后抓着我的胳膊，就像强迫一样让我下了车。

“我们就在这里下车，”他斩钉截铁地说，“我要你见见我的女朋友。”

大概那天午饭时他喝得有点多，所以他非要我陪同他，这行为近乎暴力。他狂妄自大，相信我周日下午似乎没有什么更有趣的事情去做。

我跟随着他，跨过了一排排粉刷雪白的、立在铁路旁的矮栏杆，沿着公路，经过埃克尔堡医生目不转睛地注视，往回又走了一百码。面前唯一的建筑物就是一小排由黄色砖头筑成的房子，坐落在这不毛之地的边缘，看上去可能是一条小规模的为本地居民供应生活用品的“大街”，旁边什么都没有。在这排房子里一共有三家店铺，其中一家是在招租，另外一家是一个二十四小时营业的小饭馆，它的门前是条炉渣小路；第三家店铺是一个汽车修理店——“乔治·B. 威尔逊，汽车修理，汽车买卖。”我跟在汤姆后面走了进去。

修车店里生意一点也不兴旺，空空荡荡的。里面能看到唯一的一辆汽车，是一辆破旧不堪的盖满了灰尘的福特汽车，它蹲在房间阴暗的一个角落里。我忽然想，也许这个有名无实的修车店只是个幌子，在它的楼上掩藏着一些豪华而温馨的小房间。这时候老板出现在一间屋子的门口，用一块抹布不停地擦着手。那是一个头发金黄、没精打采的人，脸很白，白到没有血色，不过样子并不难看。一看到我们，他那浅蓝色的眼睛瞬间就流露出了一线略显暗淡却充满希望的光芒。

“嗨，威尔逊，你这家伙，”汤姆说着，嘻嘻哈哈拍着他的肩膀，“生意还好吗？”

“还好啊，”威尔逊缺乏说服力地回答着，“那车子你要等到什么时候才卖给我？”

“下个星期。我已经让我的人在修理它了。”

“干得很慢啊，是吧？”

“不，他干得挺快的，”汤姆冷冷地回答，“如果你是这么想的，也许我应该把它卖到别的什么地方。”

“我并没有这个意思，”威尔逊急忙解释道，“我只是想说……”

他的声音渐渐弱了，汤姆不耐烦地打量着修车店。然后我听到楼梯上传来了脚步声，很快地，一个女人的丰腴身体挡住了那些散落在屋子门口的光线。她大概三十五六岁，身体丰腴而结实，就像有些女人能够做到的那样，胖得很匀称很美丽。在那件沾了油渍的深蓝色连衣裙的衬托下，她的脸庞，却显得一点也不美。但是她拥有一种欲盖弥彰的活力，好像她所有的神经都在燃烧着，一刻不停地燃烧着。她嫣然一笑，然后大模大样地从她丈夫身边走过，仿佛那个男人只是一个鬼魂一样可以视而不见，她走了过来，和汤姆握手，双眼直直地盯着汤姆。接着她又用舌头滋润了一下自己的嘴唇，头也不回、声音低而粗地和她丈夫说："你为什么不去拿几把椅子呢，这样某些人就能坐下来了。"

"哦，当然。"威尔逊马上回应道，随后便向他的办公室走去，他的身影很快和墙壁上的水泥色混成一片了。一层灰色和白色混杂在一起的尘土，笼罩着威尔逊黑色的衣服和浅色的头发，也笼罩着周遭的一切——除了他的妻子之外。她向着汤姆走过去，走到了他的身边。

"我想要见你，"汤姆专心致志地说，"坐下一趟火车。"

"好吧。"

"我会在车站底层的报刊亭旁边等着你。"

她点了点头，然后从他的身边离开了，正赶上威尔逊搬着椅子从办公室出来。

我们在公路上没有人看得到的地方等着她。很快就是七月四号（美国独立日）了，所以有一个同样灰蒙蒙而且瘦骨嶙峋的意大利小孩，沿着铁轨放着成排的"鱼雷炮"。

"多么可怕的地方啊，是不是?"汤姆说着就皱起了眉头，看着海报上的埃克尔堡大夫。

"糟糕透了。"

"换个环境对她而言是一件好事。"

"她的丈夫没有什么意见吗?"

“威尔逊？他还以为她是去纽约看她的妹妹呢。他很蠢，蠢到都不知道自己还活着。”

于是就这样，汤姆·布坎、他的情人还有我，我们一起去了纽约——也许不能算是一起去的，因为威尔逊太太是坐在另一节车厢里面，她很识大体。汤姆也做了一点儿让步，免得引起那些刚好也搭乘了这辆列车的东卵人的反感。

她已经换上了另一条棕色印有小花的布连衣裙，到纽约的时候，汤姆扶着她下车，那裙子紧紧地绷着她丰腴的臀部。她在报刊亭里买了一本有关电影的杂志和一份叫《纽约闲话》的报纸，又在车站的药店里选购了一瓶雪花膏和一小瓶香水。在楼上，在那阴沉又有回声的车道里，她放弃了四辆出租车，然后才选择了一辆新车，车身为淡紫色，内饰的坐垫都是灰色的。我们就坐着这辆汽车驶出了宏伟的火车站，开进了灿烂的阳光里。她忽然把头转向了车窗，身子前倾，敲着前面的那面玻璃。

“我要买一只那样的小狗，”威尔逊太太热切地说，“我要买一只小狗养在我的公寓里。多有意思啊——养一只小狗。”于是我们的车倒退到了一位头发花白的老汉跟前，他长得很像约翰·D. 洛克菲勒[1]，真滑稽。他的脖子上还挂了一个篮子，里面有十几只刚出生不久的、很难判断出品种的小狗崽。

“它们都是什么品种？”老汉刚走到了出租车的窗前，她就急着问。

“什么品种的都有。你想要哪一种，太太？”

“我想要的，是一条警犬。我看，您不一定有警犬吧？”

老汉不确定地向他的篮子里张望，然后伸手进去，抓着

① 美国的石油大王，亿万富翁。——译者注

一只小狗脖子后面的那块皮把它提起来，小狗的身子一直扭来扭去的。

“这不是一只警犬啊。”汤姆说。

“不是，这不一定是警犬。”老汉说着，声音里流露出了失望的情绪，“多半是只硬毛猎狗。”他用手抚摸着小狗后背上毛巾一般的棕色皮毛。“你瞧，这毛很棒，这狗绝对不会患伤风感冒给你添麻烦什么的。”

“我真的觉得它很好玩，”她兴高采烈地说，“多少钱？”

“这只小狗吗？”老汉用一种赞赏的眼神看着它，“要十美元。”

这只小短毛猎狗就这样被转了手——当然，它血统里的某些地方是和硬毛猎狗沾了关系的，但是它的爪子却出奇的白[①]——安然地躺进了威尔逊太太怀里。她甚是高兴地抚摸着那些不会得伤风或者感冒的皮毛。

“这是公狗还是母狗？”她委婉地问道。

“是只母狗，”汤姆斩钉截铁地说，“给你钱。拿去，然后再买来十只狗。”

我们坐车来到了第五大道，在这个夏天周日的下午，空气温暖而柔和，几乎有股田园风味。就算是看见一大群皮毛雪白的绵羊忽然从某个街角拐出来，我也不会觉得那有什么惊奇。

“停一下，”我说，“我们得在这里分手了。”

“不可以，你不能走，”汤姆急忙插话，“如果你不去公寓，莱特尔是会生气的，是吧，莱特尔？”

① 这种短毛猎狗的狗背和两侧的毛通常是黑色的，其他部位的毛是棕色的。——译者注

“来吧来吧，”她恳求着我，“我去打电话叫我妹妹也来，她叫凯瑟琳，很多很有眼光的人都觉得她漂亮。”

“呃，我其实很想来，但是……”

我们继续往前走，又掉头穿过了中央公园，向西城一百多号街走了过去。一大排出租车在一五八号大街停在像白蛋糕一样的公寓前。威尔逊太太环顾了一下四周，俨然一副皇后回宫的样子。她捧起了她的小狗，以及其他随身的小东西，趾高气扬地走了进去。

“我会把麦基夫妇也请上来，”我们乘坐电梯上楼的时候她说，“当然，我也要打电话叫上我妹妹。”

他们的套房在顶层——一间小客厅，一间小餐厅，一间小卧室，还有一间小浴室。客厅被一套对于房间而言实在是太大了的布艺沙发挤得满满的，以至于想要在屋子里走动就要不断地被绊倒，倒在凡尔赛宫花园里荡秋千的淑女旁。在墙上能看到的唯一一幅画，是一张放得过大的相片，乍一看相片里是一只蹲在模模糊糊的岩石上的母鸡。可是，远远看去，母鸡却变成了一顶女士帽子，一位胖胖的老太太正笑眯眯地俯视着屋子。桌子上放着几份旧了的《纽约闲话》，一本《西蒙叫彼得》和几本百老汇的黄色读物。

威尔逊太太最关心的是小狗。一个操控电梯的工人很不情愿地找来了一个垫满稻草的盒子和一些牛奶，然后他又主动买了一罐又硬又大的小狗饼干，其中一块一整个下午都泡在一小碟牛奶里，直到最后被泡得稀烂。同时，汤姆打开了一个上了锁的柜子门，拿了瓶威士忌出来。

我这一辈子，只喝醉了两次，第二次就发生在那天下午，所以当时的一切在我现在看来，都好像是发生在雾里一样模糊不清，虽然那栋公寓八点之后依然充满着明亮又温暖的阳光。威尔逊太太坐在汤姆的膝盖上给好几个人打了电话。后来香烟抽完了，我就去街角的烟店买烟。

当我回来，他们两个都不见了，于是我很识趣地在客厅里坐了下来，看了《西蒙叫彼得》的其中一章——也许是书原本就写得太糟糕了，也许是威士忌会让别的东西变得面目全非，反正我是看不出那本书有什么名堂。

汤姆和莱特尔（喝掉了第一杯酒之后，威尔逊太太以及我就开始叫彼此的教名了）又出现了，客人们也开始来敲公寓的门了。

她的妹妹是一个身材苗条又世俗的女人，叫作凯瑟琳，三十岁左右，有一头浓密而发红的短发，脸上抹的半分像是牛奶那么白。而她的眉毛也是拔掉了又重新画过的，画出来的样子比长得更俏皮一些，但是大自然的力量想要恢复它本来的模样，所以整张脸显得眉目不清。她走动时，会不断发出叮叮当当的声音，因为她的胳膊上有很多的假玉镯，随着走动上下振动互相碰撞。她像是女主人一样，大模大样地走了进来，对着屋里的家具扫视一圈，仿佛那些东西都是她的，让我开始怀疑也许她就是住在这里的。但是当我问她时，她却放声大笑。她先是大声地重复了一遍我的问题，然后才告诉我她是和一个女性朋友一起住在一家旅馆里的。

麦基先生住在楼下那层，他是一个白净又有点女人气的男人。刚刚刮过了胡子，他的颧骨上面还残留着一点儿白色的肥皂沫。他与屋子里的每个人打招呼的时候都毕恭毕敬的。他跟我说他是靠艺术吃饭的，后来我才知道，他是一位摄影师。墙上挂着的那幅威尔逊太太的母亲的相片就是他拍摄的，就是那张被放大到模糊不清了的相片。他的老婆声音很尖又没精打采，虽然很漂亮却很讨人厌。她洋洋得意地告诉我，从他们结婚到现在，她的丈夫已经为她拍摄了一百二十七张相片了。

威尔逊太太不知道是在什么时候又换了一套衣服，现在她穿着的是一件精致的呈奶油色的雪纺连衣裙小礼服，当她在屋子里走动的时候，裙摆就会发出沙沙的声音。由于裙子的影响，她的个性都跟着发生了变化。之前在修车店里彰显的活力现在变成了让人永生难忘的傲慢。她的笑声、她的举止、她的主张和观点，一时更比一时矫揉造作，与此同时，随着她越来越膨胀，整间屋子都显得越变越小。后来，她仿佛是坐在一个吱吱扭扭响着的转轴上，旋转在烟雾弥漫的空气中。

“亲爱的，”她装腔作势、大声地跟她妹妹说，“这年头，谁都想着欺骗你。他们的脑子里，想来想去想的都是钱。上个星期我去找了一个女人给我看脚，当她把账单递给我的时候，我还以为她是把我的阑尾给割掉了。”

“那个女人姓什么？”麦基太太询问道。

“埃伯哈特夫人。她经常上门为别人看脚。”

“我很喜欢你的这件衣服，”麦基太太接着说，“我觉得它非常好看。”

威尔逊太太扬了扬眉毛，对此表现得不屑一顾，否定了那句恭维话。

“这其实只是一件破烂的旧货，”她说，“当我不在意自己是什么模样的时候，我就套上它出来。”

“可是它穿在了你的身上，真的显得非常好看，如果你能明白我的意思。”麦基太太接着说，“要是切斯特可以把你现在的样子拍下来，我猜，那一定会是一幅杰作。”

屋子里的人都默默不语地看着威尔逊太太，她把眼前的一缕头发撩开，满眼笑意回望着我们。麦基先生歪着头，专心致志地看着她，然后又伸出一只手在她面前慢慢地来回移动。

“我应该改变一下光，”他过了一会儿说，“我很希望脸庞的立体感能突显出来，我要把那些后面的头发都拍进来。”

“我并不认为光线需要改变，”麦基太太很大声地说，“我认为……”

她的丈夫冲着她“嘘”了一声，然后我们所有人又把目光投向了那些拍摄物件，这时候汤姆·布坎出声地打了一个呵欠，站了起来。

“麦基你们夫妇想要喝点什么吗?”他说，“莱特尔，再弄点冰块还有矿泉水来，不然这样下去，大家都要睡着了。”

“我早就让那家伙送冰过来了。”莱特尔扬了扬眉毛，对于仆人的懒惰和无能感到绝望，“这些人啊，你总得盯着他们。”

她看看我，然后莫名其妙笑了起来。接着她蹦蹦跳跳地跑到了小狗跟前，心醉神迷地亲了亲小狗，大摇大摆地走进了厨房，那股子神气劲儿仿佛里面有十几个厨师在等着听候她的吩咐。

“我曾经在长岛那一带拍过一些不错的作品。”麦基先生坚定地说。

汤姆茫然地看着麦基先生。

“其中有两幅，被我们镶了镜框挂在楼下。”

“两幅什么画啊?”汤姆追问着。

“两幅练习作品。其中一幅我命名为《蒙托克角——海鸥》，另一幅命名为《蒙托克角——大海》。”

凯瑟琳妹妹坐在了我旁边沙发上。

“你也是住在长岛附近的吗?”她问我。

“我住西卵。”

“是吗?我去过一次那里,是去参加聚会,大约是一个月之前的事儿。在盖茨比先生的家里,你认识他吗?”

“他是我的邻居,我就住在他的隔壁。”

“哦,别人说盖茨比先生是德国国王威廉的侄子,或者其他什么亲戚,他的钱就是那样来的。”

“是真的吗?”

她点了点头。

“我很害怕他。我可不想落在他的手里。”

关于我的邻居盖茨比先生这段令人心潮澎湃的报道,被麦基太太忽然用手指向凯瑟琳打断了。“切斯特,我想你肯定能帮她拍一张很好的相片。”她很大声地嚷嚷着,但是麦基先生只是懒懒地点了下头,就把注意力全都移向了汤姆。

“如果有人能够帮忙介绍的话,我很希望可以在长岛把业务扩展一下。我唯一的要求就是他们帮我开一个头。”

“那找莱特尔吧,”汤姆笑着说,刚巧威尔逊夫人端着托盘走了进来,“她可以帮你写一封介绍信的,是不是啊,莱特尔?”

“做什么事?”她惊讶地问。

“你来帮麦基先生写一封给你丈夫的介绍信吧,他就可以帮他拍上几张特写了。”他的嘴唇动着却没有发出什么声音,过了一会儿继续说道:“《油泵前的乔治·B. 威尔逊》,或者类似的什么。”

凯瑟琳把身子倾向我的耳朵,小声地说:“他们都受不了和自己结婚的那个人。”

“是吗?他们忍受不了吗?”

“他们受不了。”她先看了看莱特尔又看了看汤姆。“要让我说，既然忍受不了，又何必还要一起过日子呢？如果我是他们，我就马上和自己的那个人离婚，然后重新结婚。”

“她难道也不中意威尔逊吗？”

这个问题的答案让人出乎意料。是莱特尔说的，因为刚好她听见了我们的聊天，她的回答又粗鲁又下流。

“你知道，”凯瑟琳洋洋得意地大声说，后来她却压低了她的嗓门，“他们之所以不能结婚，是因为他老婆是一个天主教徒，天主教徒不赞成离婚这种行为。”

黛西其实不是一个天主教徒，所以这个看上去很费心思的谎言让我觉得有点震惊。

“当他们真的结婚的时候，”凯瑟琳继续说，“他们将会去西部住上一阵子，直到风浪平息了。”

“去欧洲将会是更慎重的选择。”

“喔，欧洲，你喜欢那里吗？”她突然叫了起来，“我刚从蒙地卡罗（著名的赌博之城）回来。”

“真的吗？”

“就是在去年。我和另外的一个姑娘，我们一起去的那里。”

“在那里待了很久吗？”

“没有。我们只是去了蒙地卡罗然后就回来了。是在去马赛（法国港口城市）的路上顺便去的。我们开始玩儿的时候身上有一千两百多块钱，但是只用了两天，就在赌场的包间里被人骗光了。说真的，回来的路上，我们历尽艰辛。天啊，我真是恨死那座城市了。”

有那么一瞬间，月光映在窗户上，柔和得像蔚蓝色的地中海。就在这时，麦基太太用她尖锐的声音再次把我召唤回了屋子里来。

“我差点也犯了错误，”她精神抖擞地大声说，“我差点就嫁给了那个追了我好多年的犹太青年。我知道其实他配不上我。所有的人都跟我说‘露西，那个小伙比起你来差远了。’但是，如果切斯特没有出现，他一定会把我追到手的。”

“嗯，但是你听我说，”莱特尔·威尔逊不停地点着头说，“幸好你并没有真的嫁给他呀。”

“我知道，我并没有嫁给他。”

“好吧，我嫁给了他。”莱特尔含糊不清地说，“这就是你的境遇和我的境遇不同之处。”

“那你当时为什么嫁给他呢，莱特尔？”凯瑟琳追问道，“没有人强迫你这样做啊！”

莱特尔想了一会儿。

“我之所以嫁给他，是因为我当时认为他是一位绅士。”她终于开口说，“我曾经以为他有一点儿教养，但结果是他连舔我的鞋都不够资格。”

“你有一段时间，爱他爱到疯狂。”凯瑟琳说。

“为他疯狂？”莱特尔对此表示难以置信，“谁说的我曾经爱他爱得疯狂？我从来都没有爱他多过那个男人。”她忽然用手指向了我，于是大家责备的目光便都投向了我。我竭尽全力地摆出一副并没有盼望着有什么人来爱我的样子。

“我唯一疯狂的一次，是和他结婚。我很快就知道，我犯了个错误。他借了一套别人最好的衣服来和我结婚，而且从来也没有告诉过我这件事儿，后来某天在他不在的时候，那个男人来要衣服。‘哦，这衣服是您的吗？’我说，‘这是我第一次听说这事儿。’不过我还是把它还给了他，然后一整个下午，我躺在床上号啕大哭。”

“她真是应该离开他，”凯瑟琳又来跟我说，“他们在那间汽车修理店的楼上已经住了十一年了，汤姆是她的第一个情人。”

那瓶威士忌——是第二瓶威士忌——现在正被大家争先恐后地拿起，除了凯瑟琳之外，她就算什么都没有喝，依然会感到身体轻飘飘的。汤姆按了铃，把看门的叫了进来，派他去买一些很有名的可以当作晚饭的三明治回来。我想出去走走，沐浴在轻柔的暮色里向东边的公园走去，但是每一次我尝试离开，都会被卷进一阵刺耳的争吵声中，最后的结果是好像有一根绳子不断地把我拉回到我的椅子上。城市上空这排黄黄的窗户，一定为在夜色弥漫的街道上行走着的人平添了一抹人生里的秘密色彩，同时我也能够看到他，一边仰望一边深思。我是身在其中也是置身其外，面对人生里的千变万化感到陶醉的同时也感到厌恶。

莱特尔把椅子拉到了我的椅子边，就在那一瞬间，她讲话吐出来的热气向我喷来，她讲起她初见汤姆时的那些故事。

“故事发生在火车上，两个相对的小座位，就是在火车上总是被剩到最后的那两个座位。我去纽约看我的妹妹，在她那里过的夜。他穿了一套礼服，一双漆皮的皮鞋，我忍不住总是想看他，可是每次他转过来看我，我就假装是在看他头顶的那些广告。当我们走进了车站，他紧紧地挨着我，隔着那洁白的衬衫的胸脯蹭我的胳膊，于是我就跟他说我要叫警察了，但是他知道我在说假话。我真的神魂颠倒了，跟着他上了一个出租车，还以为是坐了地铁。我心里反反复复想到的只有那么一句话‘没有永生，没有永生’。”

她转过头来和麦基太太说话，整间屋子都充满了她那矫揉造作的笑声。

“亲爱的，”她大声说道，“这件衣服我穿完了就送给你。明天我还得再去买一件。我得把所有我要办的事情列一个单子。要按摩，要烫头发，要帮小狗买一条项圈，要买一个装有弹簧又娇小玲珑的烟灰缸，还要为母亲的墓地买一个有黑色丝带结的可以延续一整个夏天的花圈。我必须要列个单子，免得我会忘掉需要去做哪些事情。”

那会儿是九点——一转眼，当我再看手表的时候竟然已经十点了。麦基先生靠着椅子睡着了，两只手握着拳头放在大腿上，就像是一张实干家（与纸上谈兵的人相反的人）的相片。我掏出来手帕，把黏在他脸上那一小片叫我一下午看了都难受的干肥皂泡沫擦掉了。

小狗在桌子上坐着，在烟雾缭绕的屋子里漫无目的地张望着，时不时地会轻哼几声。屋子里面的人们，一会儿消失不见了，一会儿又再次出现，商量着要去什么地方，最后又和对方失去了联系，你找我，我找你，然后发现竟近在咫尺。快到午夜的时候，威尔逊太太和汤姆·布坎当面争吵了起来，声音很激烈，争论着威尔逊太太到底有没有提黛西名字的权利。

“黛西！黛西！黛西！”威尔逊太太大喊大叫，“我想叫就叫，无论何时！黛西！黛——”

汤姆·布坎的动作很敏捷，他伸出一只张开的手一巴掌就打破了威尔逊太的太鼻子。

然后，浴室里的地板上都是那些血淋淋的小毛巾，有女人不断骂骂咧咧责备的声音，而在一片极度混乱之中，还夹杂着断断续续的痛苦的哀号声。麦基先生睡醒了，迷迷糊糊地向门口走去。他走到一半的时候，转过身子看着屋里的景象发呆——他的老婆与凯瑟琳边骂着边安慰着，同时还在摆放得很拥挤的那些家具之间来回跑着，手里拿着那些急救用品。还有那个在沙发上躺着的可怜兮兮的人，一边流血不止，一边还想把那份《纽约闲话》报纸铺开在那个凡尔赛宫风景挂毯上。然后麦基先生转了身，继续向门口走去。我从吊灯上取下了我的帽子，跟着麦基先生走了出去。

“改天过来一起吃顿午饭吧。”我们随着吱吱扭扭的电梯下楼的时候，他提议道。

“在哪儿?”

“随便哪里都行。”

“让你的手离电梯按钮远一点。”开电梯的人不耐烦地说。

“请您原谅，”麦基先生很高贵地回答，“我没有意识到我在碰它。”

“好吧，”我同意了，“我很愿意去。”

我站在麦基先生的床边，他刚好坐在那两层床单中间，身上只穿了内衣，手里还捧着一大本相册。

“《美女与野兽》、《寂寞》、《小店老马》、《布鲁克林大桥》……”

后来，我半睡半醒地躺在宾夕法尼亚车站下层很冷的候车室里，盯着刚刚出版的《论坛报》，等待着那班清晨四点的火车。

第三章

几乎在每一个夏季的夜晚，邻居家总是传来音乐。在他蔚蓝色的花园中，男人和女人就像飞蛾一样穿梭于笑声、香槟和繁星里。下午涨潮的时候，我看到他家里的那些客人，有人在他那木筏做的跳台上面跳水，有人在他私人海滩的热沙上晒着太阳，还有那两艘可以乘风破浪的小游艇，拖着滑水板翻起。每到周末，他的私人轿车就变成了公共汽车，从早上九点到半夜，一趟趟往返于城里和这里接送着客人，还有他的那辆旅行车，也变成了一只敏捷的黄色甲壳虫，去火车站做起了班车。每个星期一，都会有八个仆人，其中有一个是临时园丁，要苦苦地干一整天，用拖把、板刷、榔头和修枝剪等很多工具才能把前一晚留下来的残局收拾完。

星期五会有从纽约的水果行送来的柠檬和橙子，经历了周六和周日，这些柠檬和橙子的果皮将被堆成半个金字塔，然后会在星期一从他家的后门被运走。男管家只要把大拇指动上两百下，他家厨房里的榨汁机，就能在半小时内把两百只橙子榨完。

至少两周一次，从城里下来一大群负责准备筵席的人，会带上数不清的彩色小电灯和好几百英尺的帆布帐篷，把盖茨比的巨大花园布置得像一棵美丽的圣诞树。自助餐桌上摆着琳琅满目的冷盘，多种多样的色拉包围着一只又一只的五香火腿，还有被烤得金黄金黄的火鸡和乳猪，各种烈酒、杜松子酒，还有那些早已罕见了的甘露酒，设在大厅里用铜杆做的酒吧。女来宾年纪都很少，她们一般都分不清那些酒的。

乐队会在七点前到达，绝对不是少于五个人的那种小乐队，而是那种配备有长号、短号、萨克斯、双簧管、长笛、短笛、高音鼓、低音鼓，还有小提琴的一个完整的管弦乐队。最后一波游泳的人已经都从海滩上回来了，他们正在楼上换衣服。车道上停着一排从纽约赶来的轿车，一共有五辆。阳台、客厅还有大厅都五彩缤纷的，女士们争奇斗艳的发型，还有女客人们身上披着的卡斯蒂尔[①]人在梦里也想不出来的纱巾。从热闹的酒吧里端出了一盘盘的鸡尾酒，被送到了花园的每一个角落。空气里充斥着欢声笑语，充斥着那些转眼就会被忘记的介绍和脱口而出的玩笑，也充斥着那些最后都不会知道彼此姓名的女来宾之间的交谈。

阳光蹒跚着离开了大地，电灯因此显得格外明亮，与此同时，乐队正在演奏音乐，人们大合唱一般说话的声音又提高了一个八度，人们的笑声变得愈来愈容易似的，肆无忌惮地流淌着，随便什么话都能让大家哄堂大笑。人群的组合也越来越多样，变换的频率也越来越快，随着新到的客人的加

① 卡斯蒂尔，盛产头巾的西班牙地区。——译者注

入，他们彼此突然分开，又马上再度找到各自的聊天伙伴。在那些组合比较久的人群里，钻来钻去的自然是那些脸皮比较厚的年轻小姑娘，她们四处游荡，成为焦点，然后再昂着脑袋骄傲地穿梭于那些五颜六色的灯光里、那些不同的面孔和声音里。

在吉卜赛风格的姑娘们之中，有一个珠光宝气的姑娘举起一杯鸡尾酒，一饮而尽，然后开始手舞足蹈，一个人跑到了舞池的中间开始了表演。片刻寂静之后，乐队的指挥开始为她更改了演奏的曲子，这一殷勤的举动之后，是人们叽叽喳喳的说话声，他们说她是剧团里基德·格雷①小姐的替身。随后晚会便正式开始了。

那是我第一次到盖茨比的家里去参加晚会，我想只有包括我在内的少数人是真的收到了请帖而去的。

那些不请自来的客人，他们自己坐汽车到长岛，然后不知怎么便找到了盖茨比的家门，然后总会有一些和盖茨比相识的人来为他们引荐，接着他们仿佛置身于娱乐场所般开始享受晚会了。其中一部分人从晚会开始到结束，都不会见到盖茨比本人，他们那颗至诚之心可以算得上是入场请帖了。

我是真正收到了邀请函的人。那是一个星期六的清晨，他那穿着绿色正装的司机穿过我家的草坪，送来了他的邀请函，上面的用词非常礼貌客气，是这么写的："如果你能参加我在周末晚上举办的'小派对'，将会让我家蓬荜生辉。他遇到过我几次，早就想要亲自造访，但是总因为一些特殊的原因而没能如愿以偿。——杰伊·盖茨比"神气十足的笔迹。

傍晚七点一到，我就穿着一身白色的法兰绒套装走到了

① 基德·格雷（Gilda Gray），名噪一时的纽约舞星。——译者注

他家的草坪上，然后晃悠在一群群不认识的人群中。这让我感到很不自在，虽然有时也会有那么一两个熟悉的面孔，应该是在那趟区间列车上曾经见过的。我马上就注意到，所来的客人中有不少是英国小伙子，他们个个衣着考究，低声下气地和家境殷实的美国人交谈着。我敢肯定他们是在推销着什么东西——推销债券，或是保险，或是汽车什么之类的东西。他们都相信眼前就是唾手可得的大把大把的钱，而且他们也都相信，只要几句话说得投机，钱就很容易到手。

我一到场就开始寻找盖茨比，但是问了几个人以后，他们不仅不知道盖茨比在哪，还都用惊奇的眼神看着我，我只好默默地走到放着鸡尾酒的那张桌子旁——整座花园也只有那里可以让我逗留片刻，就算是一个人也不会显得孤独和无聊。

我百无聊赖，准备一醉方休的时候，乔丹·贝克从屋里走出来了，站在用大理石砌成的台阶的最上方，身体微微后仰，用骄傲轻藐的神情俯瞰着整个花园。

不管其他人到底欢迎不欢迎，我觉得我必须得找一个认识的人搭话，不然的话，我恐怕得去和过往的那些客人寒暄一番了。“你好啊!”我大声地喊了一下，然后朝着她的方向走了过去，我的声音似乎有些不自然。

“我就猜到你会来的，”等我走到了跟前，她漫不经心地说，“我记得你是住在隔壁的。”

她没有带任何情感地拉了一下我的手，表示她马上会再理会我，然后又去听台阶下两个姑娘的谈话，她们穿着一样的黄色连衣裙。

“嗨!”她们异口同声地喊，“你没赢真是很可惜啊。”

她们是在说上个礼拜的高尔夫球决赛，她输掉了。

“你忘记我啦，”一个穿黄色连衣裙的姑娘说，“我们可是见过的哟，大概一个月前，也是在这里。”

“你们后来是不是染了头发？”乔丹问，我听了很震惊，但是那两个小姑娘早就心不在焉地走开了。所以她的这句回应只能给早早升起的月亮听了。月亮和那些晚餐的食物一样，都是从包办晚宴的人们的篮子里拿出来的。乔丹用她纤细的像小麦一样金黄的手臂挽起了我的胳膊，跟我一起走下了那些台阶，在花园里闲逛。服务生向我们走了过来，端着一个上面放满了鸡尾酒的盘子，我们坐在一个桌子旁，同桌的还有那对穿着相同款式的连衣裙的姑娘以及另外三个男人，他们向我们介绍名字的时候全都是含含糊糊带过了的。

“你是经常来参加这里的晚会吗？”乔丹问坐在她身旁的那位姑娘。

“上次来过一次，就是见到你的那次啊。”那姑娘答道，她的声音充满了自信，而且听上去很机灵，然后她又转过身问和她穿着一样黄色连衣裙的姑娘，“你不也一样吗，露西？”

露西是一样的。

“我喜欢来这里，”露西说，“我倒不在乎来了做什么，只要能够玩得痛快就可以。上次我来参加晚会，椅子把我的衣服撕破了，然后他们就留了我的地址和姓名，不到一个礼拜，我就收到了由克罗力公司送来的包裹，是一件新的晚礼服。”

“你收下那件礼服了吗？”乔丹问。

“当然啊，我本来还打算今天晚上穿呢，但是那礼服的胸口实在太大了，一定要改。礼服是浅蓝色镶着浅紫色的珍珠，价值两百六十五美元。”

“一个人愿意做这样的事真是有点奇怪，”旁边那个姑娘回答得很积极，“他不愿去得罪任何人。”

“你说谁不愿意得罪任何人?”我问。

“他啊，盖茨比先生，是别人告诉我的。”

那两个女孩和乔丹把头神神秘秘地靠在了一起。

“那个人还说，盖茨比先生曾经杀过人。”

我们所有人都感到很惊讶，旁边那位先生也把头都伸到了前面，竖起两耳听。

“我觉得并不是那样的，”露西解释说，“应该是大战时期他为德国当过间谍。”

三个男人之中的一个男人点了点头，他同意露西的说法。

“我也听说过这样的说法，那个人对他非常了解，从小就跟盖茨比先生在德国一起长大。”他的语气十分的坚定。

“噢，不可能，”刚才第一个说话的姑娘又说道，“那是根本不可能的，大战时期，盖茨比是在美军里面的。”因为我们又倾向于相信她所说的话，于是她又积极地将头伸向了侧面。“你只要在他以为没有人看他时多看他一眼，我保证他是杀过人的。”

她的眼睛眯了起来，打起了哆嗦，露西也开始打哆嗦，我们大家转过了身子，四处张望着开始寻找盖茨比。一些人早就觉得在这个世界上没有任何事是需要避讳的，但是现在却窃窃私语地谈起盖茨比来，就凭这一点就足够去证明他能令大家想入非非了。“我们走吧，”乔丹悄悄地对我说，这时我已经莫明其妙在这里耗了超过半个小时，“这里对我而言过于斯文了。”

于是我们站了起来，她跟旁边的人解释说要去找盖茨比，她表示她还未曾见过盖茨比先生，这让她有点不安。那个大学生点了点头，神情显得目中无人又闷闷不乐。

我们先是去了吧台那边，那里都是人，我们张望了一下，没有找到盖茨比，然后她又从台阶上面向下张望，也没有看到他，阳台上也没有他，然后我们又怀揣着希望推开了一扇神气的大门，走进了一间高高的哥特式的书房，四个墙壁上镶着英国雕花橡木，大有可能是从海外某个古迹上原封不动地拆下来的。一个又矮又胖的四五十岁的男人，戴着一副很大的猫头鹰样式的眼镜，他坐在一张很大的桌子旁，醉醺醺又目不转睛地盯着一排排被整齐摆放在书架上面的书。我们一进去的时候，他就很兴奋地把身子转过来了，从上至下地打量了乔丹一番。

“你认为怎么样?”他冒失地问。

“关于什么?”

他把手朝着书架一扬。“关于那个，其实你不用仔细看，我已经认真地看过了，这些都是真的。”

“这些书吗?”乔丹说。

“绝对是真的，一页一页的，什么都有，我最初还以为是一些摆设，是些好看的空书壳子，然后发现，它们是货真价实的，一页页的。等一下啊，我拿给你们看。”

他想当然地认为我们不信，匆忙地跑到了书架上，拿了一本《斯托达德①演说集》卷1。

“看啊!”他得意地喊，“这是一个很地道的印刷品啊，它还真把我蒙住了，技艺精湛，而且无懈可击，这是多么逼真啊，而且懂得见好就收，没有裁开纸页。简直就是贝拉科②的作品。你还有别的想法吗，你还想干什么?”

① 约翰·斯托德（John Stoddard，1850—1931），美国的演说家，著有十卷的《演说集》。——译者注

② 大卫·贝拉科（David Belasco，1850－1931），美国舞台的监督，以布景十分逼真而闻名。——译者注

他突然夺走了我手里面的那本书，着急地把书放回到了书架的原处，嘴里念叨着什么“假如挪开了一个砖头，有可能导致整个书房的坍塌。”

“带你来的人叫什么，还是你们不请自来啊。我是被别的人带来的，这里面的大多数客人都是被其他人带来的。”他说。乔丹很高兴地看着他，她很机灵没有说话。“我是被一个叫罗斯福太太的人带过来的，”他继续说，“你们认不认识她？克劳德·罗斯福太太，我不记得我昨晚上是在哪里碰到她的，我醉了已经有几个礼拜了，我还以为在这个图书馆里面坐上一会儿便可以醒酒了。”

“那你醒了么？”我问道，“醒了一点吧，我猜，但是我还不敢保证，我在这儿待了大概有一小时了，这些书都是真的，我跟你说过了么？它们是……”

“你跟我们说过了。”我们很庄重地同他握手，然后就离开那里回到外面了。

此时此刻，就在花园的那个篷布下面还有跳舞的人，姑娘被老头子推得向后倒退，然后不停地绕着不好看的圈子。也有抱在一起扭着时髦舞步的年轻又傲慢的男女，还有许许多多单身的姑娘守在角落里跳单人舞的，有一支乐队，他们会弹奏一小会儿班卓琴，或者敲打一阵打击乐。

到了午夜，这里会更热闹，有一位很著名的男高音歌唱家，唱意大利文歌曲。也有一位名声不怎么好的女低音音乐家唱爵士乐，还有在两个节目中间表演绝技的，在花园里面到处表演那个绝技，空洞而又欢乐的笑声，响彻整个夏夜天空。原来是她们——那个穿相同黄色连衣裙的双胞胎——她们正在表演化了妆的娃娃戏。在这个时候香槟一杯接着一杯端了出来，杯子比小碗还要大。此时此刻，月亮在夜空里升得更高了。

我仍和乔丹在一块儿，一个跟我年纪相仿的男人和一个闹哄哄的小姑娘跟我们坐在同一张桌子上。她时不时就要放声大笑两下。我现在也玩得开心了，在喝了两大杯香槟后，眼前的景色变得意味深长又充满了奥秘。

在娱乐节目中场休息的时候，同桌的男人对我微笑，“您很面熟，”他很有礼貌地问，“大战期间您是不是在第一师呢?”

“没错啊，我在步兵第二十八连。”

“我 1986 年 6 月前都在十六连，我刚才就觉得之前肯定是在哪见过您。”我们说起了法国的阴雨，笼罩在灰暗下的小村庄，很明显他就住在附近，因为他告诉我明天早上准备去试飞，他刚刚买了一架很棒的水上飞机。“你想跟我一起去么，兄弟，就在海湾沿着岸边转转。”

“什么时候啊?”

“什么时候都行，你方便就行。”

我刚准备问他叫什么名字，乔丹突然把头转了过来，朝我一笑。

“现在你玩得开心多了吧?”乔丹问。

“是啊，我感觉好多了。”我把脸转向我刚刚结识的朋友，“对我来说这是一个神奇的聚会，到目前为止，我还没有见过这里面的主人呢，我就住在这附近。”我指向远处已经看不到的篱笆那边。“盖茨比先生让他的司机给我送来了一份邀请函。”这位朋友朝我看了好一小会儿，好像不太明白我的意思。

“我是盖茨比啊。”他突然说。

“啊?”我叫了一下。

“哦，真是抱歉。”

“老兄，我还以为你知道呢，看来我算不上一个好主人。”

他会心地一笑，这是一种极其罕见的笑，里面饱含善意，也许这辈子都不会遇见第二次。世界在一瞬间凝固，它倾注在你的身上，向你表现出那种不可抗拒的偏爱。他跟你的距离恰恰是你想要的，他就像你另一个自己一样相信你，让你感到你留给他的形象正是你想要给别人留的那样，就在这个瞬间，那种笑容在他脸上渐渐消失了。于是在我眼前的就只是一个跟我年纪差不多的年轻汉子，三十一二岁，风度翩翩，说起话来文质彬彬，真是有趣。

在他告诉我他的身份之前，我有一种强烈的感觉，感觉他说的每一句话每一个字都是经过再三斟酌的。

他说自己是盖茨比之后没多久，一个男人很匆忙地跑向他，那是他的管家，告诉他有长途电话找他，是从芝加哥那边打过来的。他稍稍向前鞠躬，对我们每一个人表示了一下歉意。

“有什么需要帮助的地方，尽管告诉我，兄弟。”他的语气听起来非常真诚。

“失陪一会儿，不好意思。”他离开以后，我迫不及待地找乔丹，转身告诉她我奇怪的感觉。

我脑海中的盖茨比先生应该是一个肥头大耳满面油光的中年男人。我马上问乔丹：“你知道他是谁吗?”

“他就是盖茨比先生啊。”

“我的意思是，你知道他的工作是什么，家乡在哪儿吗?”

“你怎么开始讨论这个话题了，”她无奈地笑了，“嗯，他曾经告诉过我他在牛津上过大学。”

我开始慢慢地了解他，但是乔丹的下一句又让我马上没有了这种了解的感觉。

“其实，我并不怎么相信这个。”

“为什么?”

“就是一种感觉，我不信他曾经是牛津的学生。”她坚定地说。

他的语气里似乎带着偏见的味道，这让我想起了第一个姑娘说“他曾经杀过人”。但是这反而让我对他充满了好奇。无论他是出生在纽约的贫民窟，还是鲁斯安舟的沼泽区，我都觉得没有问题，那都是可以被理解接受的。但是那些年轻人也许不太能理解，至少我这个井底之蛙是这么认为的。我认为他是不可能从某个地方突然出现，然后在长岛的海边买下这么一座像宫殿一样大的别墅。

“无论如何，盖茨比正在举办着规模如此庞大的晚宴。”乔丹像那些人一样，不想要再说得具体点了，所以她换了一个话题，“我就特别喜欢这种大型晚宴，这会让大家觉得很亲近。在那种小派对里，找两三个人去谈心是不可能的事。”

大鼓发出一阵轰隆隆的声音，声音大到盖过花园里所有人发出的吵闹声，接着就听到乐队指挥家的声音了。

“各位先生，女士，你们好!”他大声说，“多谢盖茨比先生，现在我们将为现场所有人献上五月里引起高度关注，并且在卡内基音乐厅引起轰动的弗拉迪米尔·托斯托夫先生的新作品，看过报纸的先生们一定都知道这件轰动的事。”他带着轻藐的神情，微微地上扬了一下嘴角，又说，“真的很轰动!”这句话逗得大家全都笑了。

最后他又用唱歌一样的洪亮嗓音说：“这个曲子就是弗拉迪米尔·托斯托夫的《爵士音乐世界史》。”

我没有过多关注那位先生的最新作品，因为演奏开始以后，我看到了盖茨比先生独自一人站在大理石的台阶上。他用满意的目光从这一群人望向那一群人。

他那脸上紧绷的皮肤晒得像巧克力的颜色一样漂亮，还有那个应该每天都会打理的短发，我在他的身上真是找不到任何端倪，我猜他大概是不喝酒的，这一点让我觉得他和他的客人有很大的不同。随着人们不断高涨的热情，我越发觉得他显得更加端庄。等到那首《爵士音乐世界史》结束，我看到有的小姑娘已经靠在男人的肩膀上了，她们美滋滋的样子就像是小哈巴狗一样。还有的姑娘假装晕倒，然后投入到男人的怀抱中。有的直接往人群里面倒，反正一定会有什么人接着她们的——但是没有哪个姑娘假装晕倒在主人盖茨比先生的身上，也没有哪个法式的小短发能够碰触到盖茨比先生的肩膀，更没有什么人会来拉盖茨比先生去组成四人的合唱团。

“打扰一下。”

盖茨比先生的男管家突然站在我们的旁边。

“是贝克小姐吗?”他问，“不好意思，盖茨比先生问您是否可以跟他单独聊一会儿。”

“跟我聊天?”她用惊奇的语调大声问。

“是的，小姐。”

她缓缓地站起来，惊讶地对我挑了一下眉毛，然后就和男管家一起走向房子那边。我观察着她所穿的晚礼服，被她穿得像是运动服一样，她的每一个动作都很矫健，就好像某个清新的早晨走在高尔夫球场上一样。

我孤身一人，现在已经快到夜里的两点了。阳台上的一个长长的有许多窗户的房间里传来杂乱但是令人感兴趣的声音。同乔丹一起来的那位男大学生，正在和两个舞女讨论助产术，他让我也加入他们，但是我不感兴趣，所以悄悄地走到屋里去了。

大屋子里都是人，那个黄裙子双胞胎中的一个姑娘正在弹钢琴，站在她旁边的是一个很高的红头发少妇，正在那里歌唱，一边唱一边哭，她应该是供职于某个还不错的歌舞团里的。我相信她刚才喝了很多的香槟酒，她应该觉得很悲伤，在唱的过程中，一有间隙，就充满她那抽噎的哭声，然后继续用那颤抖的女高音唱歌。

眼泪顺着她的脸颊向下流——不过流得并不通畅，当它们碰到了那画得浓密的睫毛后，就会变成一行行黑色墨水，如同两条黑河缓缓流下。有人还因此开玩笑，建议她改唱脸上的那些黑色音符，她听到之后却向上甩了甩双手，倒在了椅子上，酩酊大醉地睡了起来。

“她刚才和一个自称是她老公的人吵了一架。”站在我身边的一个姑娘说道。

我往周围看了看，剩下的大部分女客人都在和她们所谓的“老公”吵架。竟然还包括乔丹的那一群，从东卵区来的四个朋友。他们由于意见不同，已经吵得沸沸扬扬了，其中有一个男士正用充满干劲的语气和另一个年纪很轻的女演员说话，起初他的妻子还保持着冷静的态度，脸上充满了不在意，想要一笑而过，但是到最后完全不能再保持理智了，开始采取侧面攻击的战术，时不时地就在他身边对着他的一只耳朵从牙缝里面挤出一句话：“你向我保证过的！”流连忘返的并不只限于男人，长廊里有两个还没有被酒精灌醉的男士和他们两位怒火朝天的太太，她们稍微提高了嗓门互相表示着同情。

“每次我玩得正开心的时候，他就会说要回家。”

“我真是没见过这么自私的男人。”

“我们每次都是第一个离开的。”

“我们也是这样呢！”

“但是，今晚我们几乎都是最晚走的了，半个小时之前，乐队就撤离了。”其中一位女士的先生小声地说道。

虽然这两位太太都认为他们这种自私自利的行为让人难以相信，但是这场纠纷迅速就结束了，这两位太太全部都被先生们抱了起来，她们两脚乱蹬，然后渐渐地消失在了夜色中。

当我站在大堂里面戴帽子的时候，书房的门打开了，乔丹和盖茨比先生一起出来了。

就在他还在跟乔丹说最后几句话的时候，有几个人走过去向他告别，他的态度突然从原来的亲切变成了拘谨。

乔丹的那群朋友站在阳台上开始不耐烦地叫她，但是她还是又逗留了一会儿跟我握手告别。

“我刚才知道了一件很让人惊讶的事。我们在里面有多久了?”她神秘又小声地对我说。

“有一些时间了吧，几个小时。”

“这太让人吃惊了。”她出神地喃喃自语着。

“虽然我已经跟别人保证过不会告诉任何人，可是我觉得我已经想要告诉你了。”

她轻轻地打了一个呵欠，“记得来找我啊，在电话簿里找……古奈·霍华德太太……我在我的姑妈那里。”她边说边匆忙地走了，挥着她的手臂向我告别。那个手臂已经被晒得黝黑了。然后很快就消失在了门口他们那一伙人中。

我感到挺不好意思的，第一次来竟然待到这么晚，所以我走向盖茨比先生，站在最后几位包围着他的客人后面。想去解释一下其实我一来就寻找过他，同时也想为之前我们在花园里面对面的时候，我竟然不知他是谁而向他道歉。

“这没什么，”他很恳切地对我说，“不用放在心上，兄弟。”这个亲切的称呼其实还比不上亲切地用另一手拍打我的肩膀。“明天早上九点，别忘了我们要一起乘坐水上飞机哦。”

接着男管家来了，站在了他的背后，“先生，有来自费城的一个长途电话。”

“好，马上就来，你告诉他们我马上就来了。”

“晚安。”

“晚安。”他冲我微微笑着。就在这个时候，我突然感到这一切好像都蕴涵着深意，好像我就是为了这一句话才待到这么晚的，好像这一切都是希望发生的一样。

“晚安。”

“兄弟，晚安。”

直到我走到台阶下面的时候，我发现原来晚会还没有彻底结束。就在距离大门五十英尺的地方，大约有十几辆小汽车。他们的前灯照亮了一个与众不同的热闹画面，在路边的小沟里，右边往上，放着一辆崭新的小汽车，但是有一个轮子被撞掉了，这辆车距离盖茨比的车道大约有着两分钟不到的距离，旁边的一堵墙凸出来了一部分，这应该就是车轮脱落的原因。围观的群众有五六个充满好奇心的司机，但是，因为他们的汽车把路塞住了，后面的司机都在不停地按着喇叭，已经有一阵子了，刺耳的滴滴声加重了这个混乱的局面。

从已经撞坏了的小轿车里面走出来一个穿着长风衣的男士，他站在马路中央，先看了看车子然后看了看轮胎，又从轮胎看向旁边的人，疑惑却又愉快的表情洋溢在他的脸上。“你们看，”他说，“车子已经开到沟里面了。”这个事让他很是惊讶，我先是觉得这语气似曾相识，然后马上就认出了这位先生，就是之前在书房遇到的那位先生。“怎么会这样?”他耸了一下肩膀，“我不了解机械，到底是怎么回事，你撞到墙上去了吗?”

“我哪里知道，我不会开车，什么都不知道，我就知道现在我们撞车了，就这样。”那个戴猫头鹰眼镜的人这么说道，他对这件事儿不想负任何责任。

“既然你说你不会开车，那刚才你就不要开车啊!”

“我没开车啊！我从来就没有开车。”他很生气地解释着。旁边的人都震惊得说不出话来了。

“你想死吗? 幸好撞掉的只是一个轮子，开得不好，就不要碰车!”

“你们听不懂啊，我根本就没开车，还有另一个人在车里啊。”他拼命地解释道。大家听了这句话震惊得发出一连串惊奇的“啊——啊——啊”声。

这时候被撞的小汽车的门慢慢打开了，围观的人群已经越来越多了，大伙不由得往后退，大门彻底敞开的时候，突然好像有一瞬间的停顿，空气凝结了一样，阴森又恐怖。然后一个脸色苍白的人慢慢地，一点一点地，摇摇摆摆地正准备从被撞坏的汽车里面跨出来。他用穿着大舞鞋的脚在地面上踏了几下才出来。这位脸色苍白的先生被汽车的前照射灯照得几乎睁不开眼睛，又被不停的嘀嘀嘀声搞得十分晕眩，站他在那里前摇后摆了好一会儿，才认出他那穿风衣的同伴，“怎么回事，是因为咱们的车没油了吗?”他很冷静地问道。

“你看!”

有五六人给他指了指被撞下来的轮子，他看了一下，然后又往天上看了看，好像他认为这个轮子是从天而降的一样。

“你汽车上的轮子被撞掉了。”一个人这么跟他说。

他点了点头。

“刚才我还以为，我们在路上。”

他休息了一会儿，来了一个深呼吸，挺起胸来，很坚定地问：“有谁知道这附近的加油站在哪里?”

大约有五六个人给他解释，有些人没有喝那么多，比较清醒，给他解释，轮子已经掉下来了，跟车子彻底分开了。

“倒车，用倒挡。”他似乎又有了新主意。

“但是轮子已经掉了!”

“试一试又没有关系。”他说。

汽车发出的刺耳的喇叭声已经达到前所未有的高潮，于是我转身回家了，穿过草坪，我又回头看了一眼。

盖茨比的别墅上面挂着一轮明月，这夜色还是那么美丽，月光依然那么迷人，但是这个五光十色的花园里已经没有了刚才热闹的气氛和那些从不休歇的欢笑声。那些窗户和巨大的门里好像流出了强烈的空虚感。他站在阳台上，一只手向上做出告别的样子。再读一遍之前我写的这些，好像我给了大家这样的一个印象，我所关注的一切就是相隔了几个礼拜的三个夜晚里所发生的事。其实刚好相反，这些事只是我一整个繁忙的夏天中所发生的一些很小的事情，很久以后，他们还比不上我自己的那些私事重要。

我几乎每天都在工作，每天早上的太阳都会将我的影子向西边投去，我穿梭在纽约南部的那些摩天大楼之间，行走在那些狭窄的白色马路上，匆忙地走向信托公司。那些办事员和年轻的债券推销员都跟我关系不错，我们中午一起挤在那些阴暗的小饭馆里面吃饭，吃些小猪肉肠土豆泥，再喝一杯咖啡。我还与其中的一个姑娘有过短暂的关系，她家在纽约市附近的泽西城，她是做会计工作的，于是她哥哥总给我脸色看，所以七月份她出去旅游休假的时候，我就慢慢搁浅了这事。

我的晚饭一般是在耶鲁的俱乐部里解决，这是我一天中最不美好的时光，我也不知道是什么原因，吃完饭后我到楼上的书房里认真地学习和看各种关于投资或者证券的书，大概看一两个小时。俱乐部几乎每天都会有几个爱玩爱闹的人来，但是他们不会到楼上的书房去，所以书房是一个学习和工作的好地方。学习完，如果天气不错，我就在麦迪逊路上散步，走过古老的莫利山大饭店，再穿过三十三号街走到宾夕法尼亚的车站那里。

我开始慢慢地喜欢上了纽约，喜欢那种在夜里的放纵不羁，喜欢马路上人来人往的男女，还喜欢川流不息的车辆带给我目不暇接的满足感。我很享受走在第五大道上的感觉，从那些过往的男女中挑出一个看上去漂亮又风流的女人，幻想我们即将结识，下一分钟她就会进入我的生活当中，而且这是个不会有人知道的秘密，也没有人可以干预我或为难我。

有的时候，我在脑海里跟着她们来到她们在街道拐角上的神秘公寓。到了门口，她们会回眸一笑，然后走进一道门，消失在温暖的黑暗里。在大城市让人流连忘返的黄昏时分，我常会感到无法散去的寂寞萦绕心头，同时也觉得其他的人有同感——那些踟蹰于橱窗前穷困的年轻小职员，等着孤独的“小餐馆晚餐时间”到来——黄昏里的年轻职员，虚度着夜晚和人生中那些令人最陶醉的美好时光。

有时晚上八点钟，第四十几街那片阴暗的小巷里挤满了出租车，五辆组成一排，热闹非凡，全都是开向戏院区的，这时候我的心里就会充满一种无以名状的怅惘。出租车在路口的暂停时，车里的人们将身子依偎在一起，聊天的声音通过窗户传了出来，听不到的笑话引起了车里人的大笑，点着的香烟在车厢里形成一个又一个的模糊光圈。我幻想着自己也正匆匆赶着去寻欢作乐和享受生活，分享着他们心里的激动，于是我又暗自为他们祝福。

我好久都没有再见到过乔丹·贝克，仲夏时分我再次找到了她。起初我很荣幸可以陪着她到这到那，因为她是一个高尔夫球冠军，人们都知道贝克是她的名字。后来我却另有感觉。其实我并没有真真切切地爱上她，但我产生了一种很温柔的好奇。她对世人摆出来的那副厌烦和高傲的面孔究竟隐藏了什么——大多数人的言行如果装模作样，那么其实到最后都是在试图掩盖什么，虽然刚开始的时候并不如此——某天我忽然发现了她试图掩饰的是什么。那时我们两人一起去参加某个别墅里的聚会。她把那辆借来的敞篷车未拉上车篷就停在大雨里，然后还撒谎——我突然想起了在黛西家的那晚，想不起来的关于她的那件事。在她去参加的首个重要高尔夫球赛上发生过一场风波，差一点就闹到被登报报道——有人传言，在半决赛的时候，她把球从某个不太好的位置移动到了另一个位置。这件事几乎是一个丑闻——虽然后来还是平息下去了。一个球童改了供词，收回了之前说的话，后来另外唯一一个见证人也承认可能是他搞错了。不过这件事和她的这个名字却深深地留在了我的脑海里。

乔丹·贝克本能地回避那些聪明机智的男人，现在我终于明白了这是为什么。因为她觉得，在这样一个对待越轨行为不以为然的朋友圈里来往是比较保险和安全的。她喜欢说谎已经到了无药可救的程度。她不能忍受自己处于相对不利之位，因为她是如此不甘心，所以我想起来她年轻时就开始耍弄的种种花招，为了能够保持着傲慢和冷笑的样子面对世人，这一切与此同时又能满足她结实又矫健的肉体需求。

对我而言这些没有什么大影响。女人的不诚实，从来都是一件司空见惯又无可厚非的事儿——我只是当时有一点点遗憾，之后就忘记了。也是那次去参加别墅的聚会时，我们两个人有过一次有关开车问题的奇怪对话。

她从几个工人旁边开过，挨得实在太近了，所以挡泥板就擦到了其中一个工人的上衣纽扣。“你是一个好粗心大意的司机，”我抗议着，“你应该更小心一点儿，或者，干脆就不要开车了。”

“我已经很小心了。”

“不是，你很不小心。”

“没事儿，反正其他人很小心了。”她轻松地说。

“那这和你开车是否小心，有何关系呢?”

“他们就会躲开我了啊，”她很固执，继续说，“只有双方都不小心，才会酿成车祸嘛。”

“假如你遇到了一个和你一样这么不小心的人，怎么办?”

“我希望我永远都不会遇到这样的一个人，”她回答，“我最讨厌那些粗心大意的人了。这也是我喜欢你的原因。”

她那双灰色的、被太阳光刺得紧紧眯起来的眼睛直直地盯着前方，但是她很刻意地改变了她和我之间的关系，所以有那么一瞬间，我以为自己爱上了她。不过我的脑袋很迟钝，而且满脑袋都是条条框框，致使我的情欲不断地被刹车减速，与此同时，我知道我必须先彻底摆脱老家的那段瓜葛。我一直保持着每周一封信，还在落款处写“爱你，尼克”，而我脑袋里想到的全都是那位小姐每次打网球的时候，总会有一溜汗珠像小胡子似的出现在她上嘴唇的边缘。不过我们确实有过某种含糊不清的默契，必须要通过某种委婉地方式解除，然后我才能真的自由。每个人都会觉得自己至少拥有一种美德，而我觉得我拥有的是：在我认识的人里面，诚实的人为数不多，而刚好我就是其中一个。

第四章

周日的早晨，当教堂里的钟声回荡在沿岸的村落和小镇时，上流社会打扮时髦的男男女女们再次回到盖茨比先生的别墅里，在他的草坪上快乐地嬉戏。

“他是一个走私酒的商人，”一个年轻的少妇说着，走动在鲜花和鸡尾酒之间，“有一次，他杀了一个人，那个人打听到他是德国元帅兴登堡的侄子，是魔鬼的兄弟。他把一朵玫瑰递给了我，亲爱的，然后向那水晶杯里帮我倒上最后的一滴酒。”

我曾经在列车时刻表的空白处写下了当年夏天到盖茨比别墅来的人名单。现在那已经是张破旧不堪的列车时刻表，都快要沿着那些折痕碎掉了，上面还印着“此时刻表自一九二二年七月五日开始生效”。但是我还能认得出上面那些已经模糊不清了的名字，比起我的这些笼统概括，它们能给您一个更清晰的介绍，那些人常常到盖茨比的家里来做客，但是对他知之甚少，好像这种不打探是对他的微妙的敬意。

从东卵来了切斯特·贝克夫妇和利契夫妇，一位我在耶鲁结识的叫本森的男人，以及去年夏天在缅因州溺水而亡的韦伯斯特·西维特医生，还有那对霍恩比母夫妇、威利·伏尔泰夫妇及布莱克巴克一家，他们这些人总是聚集在某个角落里，一旦有什么人走近了，还会像山羊那样翘起鼻孔。还包括伊梅夫妇、克里斯狄夫妇（更准确地说应该是休伯特·奥尔巴和克里斯狄先生的太太）以及埃德加·比弗，据说曾经在某个冬天的午后，他的头发忽然无缘无故变得好像雪花一样白。

如果我没有记错的话，克拉伦斯·恩狄是从东卵来的。他只来过一次而已，当时穿了一条白色的灯笼裤，还和一个叫艾蒂的混混在花园里打了一架。从离小岛更遥远一点的地方来的还有开德乐夫妇、O. R. P 斯雷得夫妇、乔治亚州来的斯通瓦而·杰无逊·亚伯拉母夫妇，以及菲希加得夫妇和平谱利·斯奈迩夫妇。斯奈迩在去监狱坐牢的前三天还曾经来过，喝得烂醉然后躺在了石子铺成的车道上，不料尤里内斯·斯维特太太开着汽车从他右手边开了过去。丹赛夫妇也过来了，还有近七旬的 S. B. 怀特贝特、莫理斯·A. 弗林克、汉姆海得夫妇、从事烟草进口的商人贝路加以及贝路加的姑娘们。

西卵村过来的客人有博尔夫妇、马尔雷得夫妇、塞西尔·洛伯克、塞西尔·萧用、州议员占利克先生，以及卓越影片的老板牛顿·澳基德、艾克豪丝特和克莱得·科恩、小唐·S. 施沃兹和阿瑟·麦佳蒂，他们都是与电影界有着或多或少的关系。还有卡特力普夫妇、班姆保夫妇和 G. 厄尔·马迩东，就是勒死了妻子的那位叫马迩东的男人的兄弟。

发起者达·冯丹诺他也来到了这儿，还有爱德·籁格罗、詹姆斯·菲来特、德·琼夫妇和欧内特·利里——他们都是过来赌钱的，而每当菲来特走进花园，那便意味着他已经输得精光了，第二天他那联合交通公司的股票又将要围绕着利润得失涨落一番。

一个叫克瑞普斯普丽格的男人，他在那里的次数很多、时间又长，后来大家就开始称他“房客”了——我甚至怀疑其实他根本就没有别的家。在戏剧界的人士里，有葛斯·威兹、霍勒斯·奥多诺万、莱斯特·迈尔、乔治·德克维得以及弗朗西斯·布尔。从纽约城过来的克罗母夫妇、贝克海森夫妇、丹尼珂夫妇、罗素·贝蒂、科里艮夫妇、凯瑟贺夫妇、杜厄夫妇、斯科力夫妇、S. W. 贝尔力夫妇、斯默珂夫妇、现在已经离婚了的小奎音夫妇还有亨利·L．帕默多，他后来在“时代广场”跳到一列正在运行着的地铁前自杀了。

本厄·麦克来纳亨常常带着另外四个姑娘们一起过来。她们每次人都不同，可是每次的人都长得很像，简直是一模一样，所以看上去就像是以前曾经来过的。她们的名字我忘了——杰奎林，可能是，再不然就是叫康雪爱拉，或者叫格洛丽亚或者是叫珠迪或者是琼，她们的姓氏要么是一些音调很悦耳的花的或者月份，要么就是美国的大资本家一样的庄严姓氏，只要是有人追问，她们就会坦诚承认自己其实是那些人的远房亲戚。

在所有我能记住的这些人里，我仍然记得那位叫福丝娣娜·奥布莱恩的女人曾经至少来过一次，还有那对贝达珂家姐妹，还有那位小布鲁尔，就是在可怕的战争中鼻子被子弹打掉了的那个，还有那位阿尔布路克斯堡先生以及其未婚妻海格的小姐，那对阿迪泰·费兹比得夫妇和曾经一度出任美退伍军协会主席一职的卜朱特先生，克劳迪娅·希普小姐以及一位被认为是其司机的男性同伴，还有某位亲王，我们都他叫公爵，虽然我曾经是知道他名字的，但现在我忘掉了。

所有这些人都曾经在那个夏天到盖茨比的别墅来过。

七月末的一天早上，大概九点钟的时候，盖茨比豪华的汽车正沿着岩石铺就的车道颠簸地开到了我的门口，一阵十分悦耳的调调从他的“三音喇叭”里发出来。这是他第一次来看我。虽然我已经去过两次他举办的晚会，已经搭乘过属于他的那架水上飞机，还在他的热情邀请下，经常去借用他美丽的海滩。

“早上好，老伙计。我们今天要共进午餐，我想我们可以一起坐车进城。”

他站在车子挡泥板上，尽量保持身体平衡，那种灵敏的动作应该是美国人特有的——我猜这是因为年轻的时候不怎么干重活，甚至是因为那些剧烈又紧张的运动导致了姿态的自然优美。这一特点一次又一次地通过他的坐立不安突破着他的拘谨举止完完全全地流露出来。他没有一刻是安静的，总是有一只脚在某个地方轻轻拍着，再不然就会有一只手漫不经心地不断打开又合上。

他看得出来我在用一种赞赏的眼光瞧着他的小汽车。

“这部车子非常漂亮，是不是，老伙计？”他从车上跳了下来，方便我能更清楚地看他的汽车，“你以前一直都没有见到过它吗？”

我当然看到过，所有的人都看到过。车子是漂亮的奶油色，镀镍的车身闪着耀眼的光，车身长得出奇，层层叠叠的挡风玻璃反射出来十处太阳光来。我们在温室一样的绿色车厢里，在很多层的玻璃后面坐了下来，然后向城里开去。

在过去的一个月里，我可能一共和他交谈了五六次。让我感到很失望的是，我发现他其实没有多少能聊的话。所以我最初认为“盖茨比是一位非常重要的人物”的印象开始逐渐消失，我觉得他不过就是一个郊外有豪华饭店的老板。

尔后，发生了那趟让我感到十分窘迫的同车进城之行。我们还并未到达西卵的时候，盖茨比开始把他那些温文尔雅的话说到一半就打住，然后犹犹豫豫地用手掌拍着他酱色礼服下的膝盖。

“嗨，老伙计，”他出其不意大声地说，“你究竟是怎么看待我的?”

我有一点点的不知所措，于是用了一些含含糊糊的话去搪塞他。

“好吧，我来给你讲一些关于我人生的事情吧，”他打断了正在讲话的我，“我不想让你从听到过的流言和故事里得出一个关于我的错误结论，从而对我有所误解。”

原来他知道那些为发生在他客厅里的聊天增加了很多风趣的不可思议的流言蜚语。

“我要把上帝知道的真相都告诉你，”他的右手忽然命令老天的惩罚做好准备。“我是中西部一个比较有钱人的孩子——我的家人都去世了。我在美国被抚养长大，但是却在英国的牛津大学接受教育，因为我们家的祖祖辈辈全部都是在牛津接受的教育。在那里受教育，这是一个家族传统。”

他斜着眼睛向我望了望——我这才忽然明白了为什么之前乔丹·贝克会认为盖茨比撒谎。他把“曾经在牛津大学接受了教育”这句话匆忙带过，或者闪烁其词，或者吞吞吐吐，好像这句话从前就让他感到麻烦。因为有这个疑点，所以他的全部自述都变成了支离破碎不可信的，我很好奇也许他有什么不可告人的事。

“中西部具体哪里?”我随便问道。

“旧金山。[1]”

“哦,原来是这样。”

“我的家里人全都去世了,因此我继承了非常多的钱。”他的声音听上去很严肃,好像想起家族的瞬间消亡让他仍有余痛。有那么一阵子,我觉得他是在逗我,但是当我瞅了他一眼之后,我便开始相信不是那么一回事。

“在那之后,我像一位年轻的酋长游走于欧洲列国的首都之间——法国的巴黎、威尼斯、罗马——收藏红宝石为主的珠宝;打打老虎和狮子;画点画儿,做这些不过是想要消遣时光,同时尽可能地忘掉好久之前发生的令我十分伤心的那件事。”

我费了很大力气才忍住没有笑出来,因为他说的话真的令人难以置信。他的措辞都是那么的陈腐,以至于我的脑海里只能浮现出如下的形象:一个在傀儡戏里面裹着头巾的“角色”,在布龙公园(巴黎的郊外,有很大片的森林)里面追着老虎打,一边跑着一边从身体的每一个孔和洞里朝外掉着木屑。

“接着战争就爆发了,老伙计。那真是一个大大的宽慰,让人松了口气,我千方百计寻死,在阿贡的森林之战里,我带领着我的两个机枪连小分队冲锋陷阵一往直前,结果我们的两边是半英里大的空地,步兵根本没办法在那里推进。于是我们在那里足足待了两天两夜,一共一百三十人,十六挺刘易斯式的机枪。后来等步兵开了上来,他们在那些堆积如

---

① 旧金山位于西部海岸,并不属于中西部范畴。——译者注

山的尸体里，找到了三个来自德国师旅的徽章。我被提拔为少校，每个同盟国的政府都给我颁发了一枚勋章，其中甚至还包括门第内哥罗，就是亚德里亚海海上的那一个很小的门第内哥罗。”

那一个很小的门第内哥罗，他好像是把这几个字儿都举了起来，冲着它们微笑和点头。这一笑反而展示了他是那么了解门第内哥罗的动乱历史，并且很同情门第内哥罗人民的英勇斗争。同时这一笑也表示他完完全全理解那个国家的一系列情况，正是这些他了解的情况，让门第内哥罗热情的小心脏露出了这个满足颂扬的表情。我曾经的怀疑在此时此刻却化为了神奇，就好像是匆忙地翻阅了十几本杂志那样。

他把手伸进口袋里面去掏，一块系在绸缎带子上的某种金属片随即掉在了我的手心里。“这就是门第内哥罗给的那个勋章。”令我感到吃惊的是，这东西看上去像是真的。上面有一圈文字写道，“门第内哥罗的国王尼库拉斯”。

“翻转过来。”

“杰伊·盖茨比少校，”我念着，“英勇过人。”

“这里还有一件我总是随身带着的东西，是牛津大学的纪念品，拍摄于三一学院的校园里——我左边的那个人，现在是著名的唐考斯特伯爵。”

那是一张五六个青年人的相片，上衣穿着运动衣，站在一条拱形的长廊下，背后是依稀可见的众多塔尖[1]，那里面有盖茨比，那时候的他比现在显得更年轻一点儿，但是也没年轻多少——他手里还拿着一根棒球棒。

---

① 牛津大学的校舍大部分都是哥特式的建筑，塔尖林立。——译者注

这样看来，也许他说的全都是真的了。我仿佛看见很多张斑斓多彩的虎皮挂在大运河[①]上的宫殿里，我好像是看到他打开了一整箱的红宝石，借着它们浓艳的红光来减轻他那颗碎破的内心的痛苦。

“今天，我有一件大事儿很需要你帮忙。”他说着，一边非常满意地把那个纪念品重新放进了口袋里。

“所以我想你应该了解我的那些情况。我并不希望你认为我是个不三不四的人。要知道，我常常和陌生人交往，因为我四处游历，想尽量去忘记那件让人伤心的事儿。”他犹豫了一下，“这件事情，今天下午的时候你就能够听到。”

“是吃午饭的时候吗?”

“不，是在今天下午。我刚好打听到你约了贝克小姐去喝茶。”

“你是想说其实你已经爱上贝克小姐了吗?”

“不是啊，老伙计，我并没有。但是承蒙尊敬的贝克小姐同意，让我来跟你讲这件事情。”

我一点儿都不知道“这件事情”到底是指的什么事情，但是我对此兴趣不高，反倒还觉得厌烦。我请了贝克小姐去喝茶，并不是想去谈论杰伊·盖茨比先生。我敢打赌他向贝克小姐提的要求肯定是某些异想天开的东西，有那么一会儿，我很后悔踏上了他那容纳多人的草坪。

他没有再多说一句话。我们距离城市越近，他就变得越发矜持。我们经过了罗斯福港湾，瞥见了船身有一圈红色油漆的远洋轮船，然后沿着一条建在贫民窟的石子小路飞快地开过，道路两旁是鲜有人光顾的灯光阴暗的酒吧，它们始建

① 指意大利威尼斯城的大运河。——译者注

于褪了色的曾经镀金一般闪耀的时代——二十世纪初。然后，灰烬之谷在我们的道路两旁延展开来，我从汽车上瞥见了威尔逊太太站在加油机的旁边浑身使劲儿地喘着大气帮别人加着油。

汽车挡泥板像一对翅膀那样张开。我们一路上为半个阿斯托里亚①送来了光明——只是半个阿斯托里亚，因为当我们的汽车在高架铁路桥的支柱之间绕来绕去行驶的时候，我听到那种熟悉的机器脚踏车发出的“嘟——嘟——噼啪”声响，然后便看到一名已经气急败坏了的警察在我们旁边的车道行驶。

“好了，老伙计。”盖茨比喊着。于是我们放慢了汽车的行驶速度。盖茨比从他的钱包里拿出一张纯白色的卡片，然后在那位警察的面前晃了晃。

“好吧，是您啊，”警察赞同地说着，轻轻地碰了碰自己的帽檐，“下次再遇到，我就认识您了，盖茨比先生，这次很抱歉！”

“那是什么卡片？”我追问道，“是那张拍摄于牛津大学的照片吗？”

“我曾经给警察局局长帮过一次忙，所以他每一年圣诞节的时候都会给我寄来一张贺卡。”

在大桥之上，从钢架之间穿透过来的阳光落在了川流不息行驶在桥上的汽车上，闪闪发光。河对岸那些城里的高楼耸立在眼前，好像是一堆又一堆的白色糖块。从皇后区的大桥向那边看过去，这座城市好像总是能给人初见的感觉，如此的引人入胜，仿佛充满了这个世界上所有的秘密和瑰丽。

---

① 皇后区的某一地段。——译者注

有一装着死人的灵车从我们的身旁经过，车上是堆得满满的鲜花，车后面还跟有两辆拉上了窗帘的马车，再后面还有两辆氛围稍微轻松些的马车拉载着亲朋好友。那些亲友从车子里望向我们，从他们那忧伤的双眼及短短的上嘴唇看出来，他们应该是欧洲南部那一带的人。我很高兴盖茨比的豪华小汽车能出现在他们出殡的画面中。当我们的小汽车途经横跨布莱克威尔的大桥时，一辆很大的轿车超了我们的小汽车，那位司机是白种人，车子里面坐有三个穿着时髦的黑皮肤的人，分别是两男一女。他们向我们做着翻白眼的动作，一副不可一世的傲慢神情，我看到之后就忍不住放声大笑了起来。

“只要我们过了这一座桥，就什么都可能会发生了。”我在心里想着，“无论什么，什么都……”

所以像盖茨比这样的人物出现了，也没什么可大惊小怪的。

炙热的正午。在第四十二街某个电扇大开的餐厅里，我和盖茨比一起吃了午饭。我眨了眨眼睛，驱散了外面马路上的亮光之后，我在休息室里面很模糊地认出来了盖茨比，那时候他正在和另一个人聊天。

“卡罗维先生，这位是我的朋友，沃夫山姆先生。”

一个鼻子塌陷个头矮小的犹太人将他硕大的脑袋抬了起来，打量着我，他鼻孔里长了两撮浓密的鼻毛。过了一阵子，我才在忽明忽暗的光线里找到了他那两只小小的眼睛。

“所以，我瞧了他一眼。”沃夫山姆先生一边往下说一边非常热切地伸手同我握手，“然后你猜，我又做了什么事？”

“什么事？”我很礼貌地回问道。

很显然，他刚刚并不是在和我讲话，因为当他放下我的手，就把他那只很有表现力的大鼻子对准了盖茨比。

“我把钱给了凯兹保，然后我还跟他说了‘就这么着吧，凯兹保，如果你还是不住嘴，就一分钱都不给你。’然后他马上就住了嘴。”

盖茨比拉住我们每人的一只手臂，向前走进餐厅，于是沃夫山姆把刚才开始讲的话咽了下去，流露出如梦似痴的神态。

“需要混有姜汁的威士忌吗?”服务员领班问。

“在这一带这家餐厅还不错，”沃夫山姆先生抬起头望向天花板上的长老会仙女说，“我其实更喜欢的是马路对面的那家。”

“好的，来几杯姜汁的威士忌，”盖茨比赞同了，接着对沃夫山姆说，“那边简直太热了。”

“是的，又热又小的，”沃夫山姆说，“但是却充满回忆啊。”

“这说的是哪里?”我问道。

“老大都会。”

“老大都会，”沃夫山姆略显不快地回忆着，“那里曾经聚集过很多已经消失不见的容颜，聚集过很多现在已经不在人世间的朋友。我只要还活着，就一定不会忘了他们扣动扳机开枪打死了罗西·罗森塔尔的那晚。我们六个人围成一桌，罗西一整夜都在大吃大喝。天快要亮了的时候，服务员来到他面前，很尴尬地说有一个人想请他去外面说几句话。‘好吧。’罗西说着，马上就要站起来，我一把把他拉回到椅子上。”

“那些杂种们如果想要找你，就让他们自己进来，但是罗西，你可万万不能离开这房间啊。”

“那会儿已经是早晨四点了，如果我们掀开窗帘，就会看到，当时天已经亮了。”

“他出去了吗?”我很天真地问道。

“他当然还是出去了。”沃夫山姆先生的鼻子喘着大气转向我，“他走到门口的时候，还转过头说‘别让服务员收走我的咖啡!’说完之后，他就走到了外面的人行道上，他们向他那吃得圆圆饱饱的肚子开了三枪，接着就开车跑掉了。”

“其中有四个人走进了电梯里。”我想了起来就说道。

“是五个，连同贝克在内。”他的鼻孔又转向我，好像对我很感兴趣，“我听别人说，你正在寻找一起做生意的伙伴。”

这两句话一起说了出来，让听的人很震惊。于是盖茨比替我回答了：“哦，不是的，”他解释道，“他不是你说的那个人。”

“不是吗?”沃夫山姆先生好像颇感失望。

“这只是位朋友而已，我跟你说，过几天再去谈你说的那件事情嘛!”

“抱歉，请原谅，”沃夫山姆先生说，“我认错人了。”

一盘美味多汁的肉丁土豆被端了上来，然后沃夫山姆先生便忘记了老大都会里温柔的氛围，开始不失斯文地大口吃起来。同时，他的那双眼睛也在慢慢转动着，整个餐厅都被他巡视了一遍。他转过身打量起坐在我们身后的那些客人，从而将他的弧形巡视完成了。我甚至想，如果不是因为我坐在这里，他肯定还会把我们的桌子底下也看一看的。

“我说，老伙计，”盖茨比把身子倾向我说，“我今天早上在车里是不是把你惹生气了?”

他的脸上再次出现了那种笑容，但是这一次我却无动于衷。

“我不喜欢那些神秘的东西，”我回答道，“我也不明白为什么你不可以坦率地说出来，让我知道其实你想要的是什么，为什么一定要通过那位贝克小姐呢？”

“嗯，真的不是什么见不得人的事情，”盖茨比向我保证说，“你也知道的，贝克小姐可是一位伟大的女运动员，她才不会做什么不正当的事。”

忽然他看了看手表，接着就跳起来，匆匆忙忙地离开了餐厅，就那样把我和沃夫山姆先生留在了餐桌上。

“他得去打一个电话，”沃夫山姆先生一边解释着，一边目送他出了门，“好人，是吧？一表人才，而且人品极好。”

“是的。”

“他出身于牛劲①大学。”

“哦！”

“他曾经在英国的那所牛劲大学读书，你知道的吧，牛劲大学？”

“嗯，我听说过。”

“那是世界上最著名的大学之一。”

“您认识盖茨比先生很久了吗？”我问道。

“很多年了，”他心满意足地回答道，“是在刚打完仗的时候，一个很偶然的机会让我们相识了。尽管我才和他聊了一个钟头，但我知道我遇到了一位很有教养的人。我跟自己说‘这就是那种你想要带回家介绍给妈妈和姐妹认识的人。’”他停了一下，“我看你一直在盯着我的衬衣袖扣看。”

我其实没有看，但是他说了之后，我真的去看了。那是一些用小象牙片做成的袖扣，看上去很熟悉。

“甄选真人臼齿制作而成的。”他跟我说。

---

① 牛劲为“牛津”的讹音。——译者注

“真的，唉!”我又仔细看了看，“这真是一个很棒的创意。”

“是的，”他把他的衬衣袖口往上缩到了上衣底下，“是的，盖茨比对女人非常小心谨慎。他甚至从来都不会对朋友的老婆多看一眼。”

让人出于本能就想信任的人再次回到了餐桌，他坐下的时候，沃夫山姆先生举起杯子一口气喝掉了他的咖啡，然后站了起来。

“午餐我吃得很愉快，”他说着，“现在我打算扔下你们两个年轻人，我要走了，免得等一会儿你们嫌弃我说我不识趣。”

“别急着走啊，迈尔。”盖茨比不带一丝热情地说。沃夫山姆先生像祝福一样举起了手。

“你们真的很有礼貌，但我是属于另一个年代的人了，”他很严肃地说，“你们就在这里多坐坐吧，聊一聊体育，谈一谈你们的那些年轻女人，说一说你们的……”他又把手挥了挥，来替语言表达某个幻想中的名词，“至于我呢，我已经有五十岁了，就不再留下打扰你们两个了。”

他和我们握了握手，然后转过身去，他那个略显忧伤的小鼻子又在翕动。我不知道是不是我说了哪句话得罪了他。

“他有的时候会变得非常伤感，”盖茨比对我解释说，“今天刚好又是他伤感的日子。他在纽约的时候是个大人物——百老汇里的地头蛇。”

“那他究竟是什么人？是一名演员吗？”

“不是。”

“是一名牙科医生吗？”

“迈尔·沃夫山姆？不是不是，他只是一个赌棍。”盖茨比稍微犹疑了一下，若无其事地接着补充道，“他就是那个在1919年非法操纵了世界级棒球联赛的人。”

“非法操纵了世界级棒球联赛?”我重复了一遍。

居然还有这样的事，我听了发愣。我当然还记得1919年世界级棒球联赛被人非法操纵了，可是就算我想到了这种事，我也只会觉得那不过是某件发生过的事情，是某些一连串必然事件导致的后果。我从来都没有料到一个人竟然可以愚弄五千万人，就好像是一个撬开保险箱的小偷那样专心致志。

“他怎么碰巧干了那事儿?”过了一分钟我问道。

“他只是看到了那个机会。”

“那他为什么没有因此进监狱呢?”

“他们抓不到他的，老伙计。他可是一个特别精明的人。”

我坚持抢着把账付了。服务员送回找的零钱时，我看到汤姆·布坎在拥挤的小餐厅的另一边。

“跟我过来一下，”我说，“我得和一个人去打个招呼。”

汤姆一看见我们，瞬间就跳了起来，向我们的方向走了十来步。

“你这阵子去哪儿了?”他急切地问我，“黛西都要气死了，因为你没有打过电话来。”

“这是盖茨比，布坎。”

他们简短地握了握手，盖茨比的脸上忽然间流露出了一种很不自然并且少见的窘迫表情。

“你最近过得怎么样?”汤姆问我，“你怎么跑这么远来到这里吃饭了?”

“我是同盖茨比一起过来吃饭的。”

我转过身看向盖茨比，但他已经不在那里了。

1917年10月里的某一天——乔丹·贝克那天下午说的，

当时她直直地坐在那间广场饭店的茶室里的椅子上。——我正从这里走向那里，一半走在人行道上，另一半走在草坪上。我其实更喜欢走在草坪上，刚好穿了一双英国鞋，鞋底有很多会在松软的地面上留下一些印痕的橡皮疙瘩。我穿了条新的可以随风飘扬起来的方格图案的呢子裙子，每当裙摆随风飘扬时，所有人家门前的那些红、白、蓝组成的三色旗就都会挺得笔直，同时还发出那种“啧——啧——啧——啧”响的声音，像是不以为然般。

那几面相对大的国旗和草坪全都是黛西·费伊的。她刚满十八岁，比我大了两岁，在路易斯维尔的所有小姐里她是最出风头的那个。她穿白衣服，开一辆白色的小跑车，家里的电话总是一天到晚响个不停，泰勒营那些兴奋至极的青年军官一个个都想在那天晚上独占了她的所有时间。“至少，请给我一个小时吧！”

那天早上我从她家门口对面路过，那白色的跑车就停在了路边，她跟着一位我从未见过的中尉一起坐在车上。他们彼此全神贯注，直到我走到了五步之内她才看见了我。

“哈喽，乔丹，”她突然喊道，“请你过来一下。”

她要和我讲话，让我觉得很是光彩，因为在所有那些年纪比我大的女孩子们当中，我真的最崇拜的就是她。她问我是不是要去红十字会做绷带。我说是的。那么，可不可以请转告他们就说这几天她不能来了？黛西讲话的时候，那位军官一直盯着她看，我想每个女孩都希望别人有时会用类似的神态看着自己。因为我总是觉得那是件非常浪漫的事情，所以后来我一直在心里记着这个情节。那位军官的名字叫杰伊·盖茨比，从那以后的四年多时间里，我一直没再见过他——就连我在长岛又一次遇到他，我都没有察觉出原来那是同一个人。

那发生在 1917 年。到第二年，我也有了几个男朋友，同时我开始参加比赛，所以我常常见不到黛西。她来往的都是一群比我的年纪稍微大的人——如果她还在和一些人保持来往的话。那些关于她的极其荒唐的谣言四处传播——他们说什么某个冬天的夜晚，她的母亲发现了她正在收拾她的行装，准备去纽约跟一个打算到海外去当兵的人告别。家里人阻止了她，可是之后的几个星期她都不再跟家里的人讲话了。自那之后她也就不再和军人们一起玩了，只和城里几个根本就不能去参军的有平足或有近视的年轻人来往了。

等到了第二年的秋天，她忽然又像以前那样活跃了起来。停战之后，她去参加了为那些刚踏入社交圈的人举办的舞会。据说是在二月的时候，她和从新奥尔良市过来的某人订了婚。六月的时候她就和芝加哥来的汤姆·布坎正式结了婚，婚礼的隆重程度和豪华规模是整个路易斯维尔闻所未闻的。他和那一百位客人一起搭乘四节包车南下而来，又在莫尔巴赫那间饭店里租了一整层楼，在举行婚礼的前一天，他还送给她一串珍珠，大概价值三十五万美元。

我是她的几个伴娘之一。在婚礼举行的前夕，宴会前的半小时，我走进了她的屋子，发现她正躺在床上，穿着一身绣了花的衣服，就好像六月的那个夜晚一样美，只是像猴子似的喝得烂醉了。她的一只手里拿着瓶白葡萄酒，另一只手里攥着一封信。

“恭喜我，”她含糊不清地嘟囔着，“我从来都没有喝过酒，啊，可是今天喝得真的好痛快！”

“怎么了，黛西？”

我吓坏了，是真的，我从来都没有见过哪个女孩子竟然会醉成这个样子。

“喏，我的宝贝，”她在那个已经被放到床上的废纸篓里面胡乱地摸了一通，掏出来了那一串珍珠，“把这个拿到楼下去，原本是谁的现在就还给谁去。然后告诉所有的人，就说黛西已经改变主意了。就说‘黛西已经改变主意了！’”

她开始哭起来——她哭啊哭啊。我跑了出去，去找她妈妈的那位贴身女佣，然后我又锁上了门，帮她洗了个冷水澡。她死死地捏着那封信，把信带到了洗澡盆里，捏成了湿漉漉的一团，一直到最后看到它碎得好像雪花一样了，才让我把它拿走放到盛肥皂的碟子里去。

但是她再也没有说一句话。我们给她服用了含氨的药，又把冰块放在她的前额上，然后帮她把衣服都穿好。半个小时以后，我们走出了房间，那串珍珠套在她脖子上，一场风波便这样过去了。

到了第二天下午，五点钟的时候，她就像什么事儿都没有发生过似的，和汤姆·布坎举行了婚礼，接着就动身去了南太平洋旅行了三个月。

在圣巴巴拉[1]，我又见到了他们，那是他们旅行回来之后。我想我从来都没有见过哪个女孩竟然那么迷恋她的丈夫。只要他离开屋子一小会儿，她都会惴惴不安四处张望，嘴里还念叨着“汤姆去哪儿了呀？”同时还会满脸的魂不守舍，直到他们终于又看到了他，看到他正从门口向里走来。他常常在沙滩坐上几个小时，她让他把头放在她的膝盖上，一边用手轻轻地按摩着他的眼睛，一边满心欢喜地望着他。看他们两个在一起时的那种场景，真的会让人备受感动——让你入

① 位于加利福尼亚，一个海滨的旅游胜地。——译者注

迷，让你宛然微笑。那都是八月份的事情了。我离开圣巴巴拉一个星期后，一天夜里，汤姆在凡图拉公路上和某辆货车发生事故，汽车的前轮胎被撞掉了一个。和他一起在车上的姑娘也上了报纸，因为那位姑娘的胳膊撞断了——而她，正是圣巴巴拉酒店里一名以收拾房间为业的女佣人。

在第二年的四月，黛西的女儿出世了，随后他们就到法国待了一年。有个春天，我曾经在戛纳[①]见到了他们，后来又在多维尔[②]再次见到，再后来，黛西他们就回到芝加哥定居了。黛西其实在芝加哥城很出风头，这你都是知道的。他们和一群花天酒地意乱情迷的人来往，每个都是年轻又有钱同时也很放荡的人，但黛西的名声却一直是清清白白的。也可能是因为她并不喝酒。在很爱喝酒的那些人之间穿梭，自己却并不喝酒，那可是真的很占便宜。你能够守口如瓶，而且，你可以替自己选择时机做小动作，可以等到其他人全都喝得烂醉，或者已经看不见了或者已经不再理会了的时候，才去搞小动作。又或者是黛西从来都不爱搞桃色事件——可是她的声音里却有异样的地方……

后来，大概六个星期之前，她这么多年来头一次听到这个名字——“盖茨比”。就是当我问你的时候——你还记得吗——你是否认识住在西卵村的盖茨比。等回家了之后，她就到我的屋里来推醒了我，她问我：“说的是哪个盖茨比?”于是我形容了他一番——我正半睡半醒着——她用最古怪的一种声音说着一定是过去她就认识的那个人。直到那会儿，我才开始将这个盖茨比和当年坐在黛西的白色跑车里面的那

---

① 法国南部的海港，是旅游和疗养的胜地。——译者注

② 法国的西北部，一个旅游胜地。——译者注

个男军官联系起来。

等乔丹·贝克将所有上面这些都说完，我们已经离开那间广场饭店大概半个小时了，两个人搭乘敞篷马车穿过了中央公园。太阳早已经落到西城五十几号街那一片电影明星们居住的公寓大厦后面。这时候，小朋友们聚集在一起，就像草地里的蟋蟀，他们清脆的声音在闷热的黄昏里歌唱：

是我，阿拉伯首长，
我心头是你的爱情。
当今夜你睡意恰浓，
我就要爬进你帐里……

"真是好奇怪的一个巧合。"我说。

"这根本算不上是哪门子巧合。"

"为什么算不上?"

"盖茨比买下了那座房子，所以黛西刚好就在海湾的对面嘛。"

这么说来，在六月的那个夜晚里，他所向往的不再是天空里的星星了。盖茨比在我的眼中有了生命，忽然之间就从他那子宫一样豪宅中毫无缘由地分娩出来了。

"他想知道，"乔丹接着说，"你是否愿意在某天下午邀请黛西来你的住处，然后也邀请他一同过来坐坐。"

这个要求是如此的微不足道，让我倍感震惊。他居然为此等了整整五年，然后又买下了一栋大房子，在那里为来往的飞蛾献上璀璨的星光——为的只是在某个下午，他能够去一个陌生人的小花园里"坐坐"。

"我真的非得知道了所有这一切之后，他才肯拜托我帮这么小的一个忙么?"

“他有点害怕，他已经等太久了。他担心你也许会反对。不过虽然如此，他还是非常顽强的。”

还是有什么事儿让我觉得不安。

“他为什么没有让你来安排一次会面呢?”

“他想要让她看一下他的房子，”她解释着，“你的房子刚好是在他的隔壁。”

“哦!”

“我猜想，他大概还是有点盼望着，也许某天晚上，黛西会翩然而至，光临他的某一次宴会，”乔丹接着说下去，“但是，事实上她始终一次也没有来过。所以后来他便开始了有意无意地问别人是不是认识黛西，我刚好是他这样找到的认识黛西的第一人。就是在那个晚上的舞会，他派了人去邀请我，很遗憾你没在场，你没有听到，盖茨比他是怎样煞费苦心拐弯抹角才终于说到了正题上，我自然马上就给了他建议，我建议他到纽约吃上一顿午餐——没想到，他着急得要发疯，‘我可不想做些什么不对的事情!’他一再强调，‘我只是想要在隔壁看看她。’”

“后来我跟他说你其实是汤姆的朋友，他又想彻底地打消掉这个念头。他对汤姆不太了解，虽然他说过有好多年他都是天天看着份芝加哥的报纸，希望碰巧能够看到黛西的名字。”

这时候天已经黑了，我们乘坐的马车也走到了一座小桥下面，我伸出我的胳臂搂住了乔丹金黄色的肩膀，把她拉到了我身边，并邀请她一起去吃晚饭。忽然之间，我脑袋里想的已经不再是盖茨比和黛西，而是身边这个干净坚强的人，她对这世间的所有一切都抱着怀疑的态度，她向后靠在我伸出的胳臂上。一个警句开始在我的耳朵里激动地鸣响，让人也跟着激动起来："世界上其实只有追求者和被追求者，忙碌之人和疲倦之人。"

"黛西的生活里其实也应该有点慰藉。"乔丹喃喃低语地跟我说。

"她愿意见到盖茨比吗?"

"这件事情是不想让她知道的。盖茨比不想让她知道。你也只是邀请黛西来喝茶而已。"

我们经过一排黑乎乎的树，第五十九街高楼里的一片柔光照到了下面的公园中。和盖茨比以及汤姆·布坎并不一样，我眼前其实没有什么姑娘的面庞或者身影会沿着阴阴暗暗的檐口和耀眼至极的招牌缥缈浮动，所以我把身边的这个女孩拉得更近了，同时胳臂也搂得更紧了。

她那张苍白又满含轻藐的小嘴嫣然一笑，接着我就把她拉得更紧了点，这一次一直拉到贴着我的脸。

第五章

那天夜里我回到西卵时，有一阵子我还担心我的房子是不是着了火。已经是半夜两点钟了，半岛的整个一角都被照得亮堂堂的，落在灌木丛上的光好像都不是真的，照在路旁的电线上又映出了纤长的一条条闪光。转弯之后，我才看出来其实是盖茨比的别墅发出的光，从塔楼一直到地窖，灯火通明。

开始我还以为那又是一次宴会，一次狂欢的盛会，整个别墅都敞开着，好让大家可以做游戏，玩着捉迷藏或者“沙丁鱼罐头”什么的。但是一点声音也没有。只有树丛里传出来的风声，风把电线都吹动了，电灯也忽暗忽明的，就好像房子正对着黑夜眨眼睛。当出租车吱吱扭扭开走之后，我才看到盖茨比穿越了他的草坪正向着我走了过来。

“你府上一眼看去好像在开世界级博览会一样。”我说。

“是吗?”他一副漫不经心的样子，转过头望了望，“我刚才随便打开了几个房间看了看。我们去康尼岛①玩吧，老伙计。就坐我的汽车过去。”

“现在时间已经太晚了。”

“那么，我们到泳池里去泡一泡，你看怎么样？我一整个夏天都还没有进去泡过呢。”

“我得上床去睡觉了。”

“好吧。”他等着，眼巴巴地望着我。

“我已经同贝克小姐都谈过了，”我过了会儿才说，“我明天会给黛西打电话，邀请她到我这里喝茶。”

“哦，那好啊，”他貌似满不在乎地说，“我并不希望这给您带来什么麻烦。”

“哪天您认为比较合适？”

“哪天您认为比较合适？”他马上就纠正了我的话，“我希望不再给您添加麻烦，你知道的。”

“后天怎么样？”

他考虑一会儿，然后略显勉强地说：“我要找人再去把草地平整一下。”

我们俩都低下头看了看那草地——在我那杂草丛生的草地和他的那一大片已经修剪整齐的深绿色的草坪之间，可以看到一条十分清晰的分界线。我猜大概他指的是我的那片草地。

“另外，我还有件小事。”他含糊地说，接着又犹疑了一阵子。

“你是不是想要再推迟几天？”我问道。

“哦，和那个没什么关系。至少……”他笨拙地连开了好

① 康尼岛（Coney），位于纽约，是一处游乐的胜地。——译者注

几个头，“呃，我猜……嗯，我说，老伙计，你挣的钱不多，是吧？”

“并不太多。”

这似乎让他更放心了一点，于是他也变得更有信心继续说下去。

“我猜你可能挣得不多，如果你不责怪我——你知道，我想再附带着做点小生意，搞点什么副业，你懂的。我也想到了既然你挣的钱不多——你是在卖债券，是吧，老伙计？”

“在摸索着学着做。”

“那么，也许这会吸引你的兴趣。不需要真的花费掉很多时间，你便可以挣到一笔可观的钱。刚好是一件很机密的事。”我现在才认识到，如果当时的情况略有不同，那次的谈话可能就成为我一生里的一个重要转折点，不过，因为他的这个提议说得太露骨，太不得体，很明显是为了感谢我帮了他的忙，所以我别无其他选择，只好当场就把他的话打断了。

“我手头的工作很忙，”我说，“真的非常感激，但是我已经不可能再去承担更多的工作了。”

“你并不需要同沃夫山姆去打任何交道。”显然，他还以为我是讨厌在午饭时提到的那所谓的“关系”，可我告诉盖茨比他搞错了。他又等了一会，希望我可以找个话题，但是我的心思完全就不在这儿，我没有接下去，最后他只好很勉强地回家去了。

这晚让我感到思绪轻飘飘的，却又很快乐。大概是因为我一进门就倒头呼呼大睡了，所以我并不知道那晚盖茨比究竟有没有到康尼岛去，也不知道他之后又花了多少个小时去“随便地看看房间”，同时他的大房子一直散发着刺眼的光。第二天的早晨，我从办公室把电话打给了黛西，邀请她来我家喝茶。

“不要带汤姆过来。”我提醒着她。

“你说什么?”

“别带汤姆来。”

“谁是‘汤姆’?”她装傻地问我。

我们定好的那天大雨倾盆。上午十一点钟，一位男士身穿雨衣，拖着架割草机，来敲我的大门，说是盖茨比先生让他过来整理我的草坪。这让我想起来我忘记告诉我那来自芬兰的女佣今天回来，所以我开车到了西卵镇上，在湿淋淋的、两边都是白灰墙的巷子里寻找她，同时又买了几个茶杯、一些柠檬还有些鲜花。

但是花变成多余的了，因为下午两点钟，一整间屋子的鲜花从盖茨比他们家送了过来，连同无数插着花的器皿。一个小时以后，大门被某个人战战兢兢地打开了，盖茨比一身白色法兰绒出现了，银色的衬衫，金色的领带，慌张地跑了进来。他脸色是煞白的，眼圈是黑黑的，看得出来他一整夜都没有睡好。

“一切全都准备好了吧?”他一进门就开始问。

“草坪看上去真的很漂亮，如果你问的是那个草坪。”

“什么草坪?”他茫然地向我问道，“哦，你的院子里的那块草地。”他从窗户里向外面望去，不过从他的面部表情来看，我相信他其实什么也没看见。

“看上去不错，”他含含糊糊地说，“某份报纸上说这场雨会在四点多的时候停下来，好像是《纽约日报》说的。喝茶需要用到的东西全都准备齐全了吗?”

我把他领到了食品间，他有点看不太顺眼地向那位芬兰女佣看了看。我和盖茨比又一起把那些从甜食店里面买回来的一打柠檬蛋糕仔细地打量了一番。

“这些可以吗?”我问道。

“当然可以，当然可以！它们好得很!”然后他又茫然地说了一声，“老伙计!”

三点半左右，那场雨渐渐变小了，变成了很湿的雾，偶尔还会有那么几滴雨水好像露珠似的飘在雾里。

盖茨比心不在焉，翻着本克莱写的《经济学》，每每那位芬兰女佣的脚步将厨房地板震动的时候，盖茨比就会一惊，还不时地朝着模模糊糊的窗户深情地张望。好像外面有一系列我们看不到的却触目惊心的事情正在发生。最后，他索性站了起来，用犹豫不定的声音跟我说，他现在要回家了。

“这是为什么?”

“没有人会过来喝茶了。时间已经太晚了!”他看了一眼他的手表，就好像别的什么地方还有什么紧急的事情在等着他过去处理。

“我不能这样等一整天。”

“别傻，现在还有两分钟才到四点。”

他很苦恼，然后坐了下来，好像是我推了他一把似的，正在这时，外面传来了一辆小汽车拐进我的巷子的那种声音。我们俩全都跳起来了，然后我也觉得有点慌张，跑去了院子里。在还滴着水的没有开花的那棵紫丁香树旁，一辆敞篷大汽车正沿着车道开了上来。车子停了。黛西的脸在一顶三角形的浅紫色的帽子下歪着偏向一边，她满面春风又心花怒放地朝我看着。

“你真的是住在这里吗，亲爱的?”她悠扬的声音混着雨声，让人听着就很陶醉。我不得不先侧耳倾听她那高低起伏的声音，过一阵子我才听得出来她所说的是什么话。一缕有点潮湿的头发就那样贴在她的面颊上，好像是抹了一笔天蓝色的颜料一样。搀扶她下车时，我看到了她的手已经被那晶莹的小水珠们打湿了。

“你是不是爱上我了，”她悄悄地在我耳朵边说，“不然你为什么非得要我一个人过来呢？”

“那可是来自雷克兰特城堡①的秘密。让你的司机尽量走得远点，一个小时后再回来。”

“过一个小时再回来吧，弗迪。”然后她缓缓地低声说，“他的名字是弗迪。”

“汽油的味道会影响他鼻子吗？”

“我想不会影响吧，”她天真地回答，“为什么这么问？”

我们走进了屋子。让我极为惊讶的是，这间起居室竟然是空空荡荡的。

“咦，这真有趣。”我大声说。

“什么真有趣？”

就在此时，有人斯文地将大门轻轻敲了一声，她转过身去看。我走到外面打开了门。盖茨比面如死灰，那只手好像提了什么重东西似的揣在他上衣口袋里面，两只脚正站在一大摊水里，神色悲惨地看着我眼睛。

他趾高气扬地从我身边跨过了门走进了门廊，他的手还依然揣在他上衣的口袋里，仿佛是受了牵线的操纵似的突然一个转身，走进了起居室然后消失不见了。那样子其实一点都没趣。我忽然意识到了自己的心脏正在扑通扑通地跳着。外面的雨又下大了，我伸手去把那扇大门关上。

---

① 《雷克兰特城堡》是英国旧世纪一位叫埃奇沃思的女性小说家写的一部恐怖又神秘的小说。——译者注

有大概半分钟那么久，屋子里一点声音都没有。然后我就听到起居室里面传来了一阵哽咽般的低语和一点儿笑声，跟着是黛西那嘹亮又做作的嗓音“又见到你了，我真是高兴极了”。

一阵静寂。时间在那时候长得可怕。我在门廊站着没什么事可做，于是走进了屋子。

盖茨比仍然把两只手揣在口袋里，正斜倚在壁炉架上，勉强装出了一副悠然自得无精打采状的神气。他的头向后仰着，直到碰及了一架早就已经报废了的大台钟钟面。他那双心神错乱的眼睛从这个位置开始向下盯着黛西看，露西正坐在一张靠背很硬的椅子边上，神色略显惶恐，但姿态倒还是很优美。

“我们以前是见过的。”盖茨比嘟囔着说。他的目光短暂地瞥了一下我，嘴唇张开了想笑又没有笑出来。好在那座架钟因为他的头的压力，在这一刻正摇摇欲坠，所以他赶忙转过身去用颤抖着的手把钟抓住，然后放回了原处。接着他身板直挺挺地坐了下来，把胳臂肘搭在了沙发的扶手上，手托住了下巴。

“对不起，我碰了你的钟。”他说。

我自己的脸此刻正涨得通红，就像是被热带的大太阳刚刚晒过那样。我的脑子里曾经有千百句的客套话，可是这时候一句都说不出来了。

“那是一架已经很旧了的钟。”我呆头呆脑地说。

我想我们所有人当时都有一瞬间相信，那架老钟其实已经摔在地板上被砸得完全粉碎了。

“我们已经很多年没有见过面了。”黛西说，她努力让自己的声音平稳。

“到十一月就整整五年了。”

盖茨比脱口而出的这个回答，至少让我们所有人又跟着愣了一分钟。我急中生智，提议帮我去厨房准备茶，他们立刻都站了起来，就在这时，我那魔鬼一样的芬兰女佣却用托盘托着茶走了进来。

传递茶杯和传递蛋糕造成的大忙乱很受大家的欢迎，在忙乱中建立起来了一种有序的体系。当我和黛西聊天时，盖茨比躲到一边去了，他用紧张又痛苦的眼睛认真地在我们两个人间看过来看过去。不过，平静并不是这里需要的，我伺机找了一个借口，随即站起来就要走。

“你到哪儿去?”盖茨比马上显得很惊慌，他问道。

“我很快就回来。”

“你走之前，我还有话想要跟你说。”

他发疯了似的跟着我走进厨房，关上了门，然后他痛苦地放低了声音说：“啊，天哪!”

“怎么啦?”

“这是一个巨大的错误，”他把头摇来晃去地说，“是大错特错!”

“你不过是觉得难为情而已，没什么大不了的。”幸好我又补了一句，“黛西她也觉得难为情。”

“她难为情?”他不以为然地重复了一遍我的话。

“跟你一样的难为情。”

“声音请不要那么大。”

“你的行为就好像是一个小孩，”我不耐烦地说，“不但如此，而且你也很没有礼貌。黛西她正孤零零地在那里面坐着。”

他举起手让我不要再讲下去了，又怀着一股让人难忘的怨气朝我看了一眼，然后战战兢兢地打开了门，回到了屋子里。

我从房子的后门出去了——半小时以前，盖茨比他也是从这道门出去的，紧张兮兮地绕着这座房子跑了整整一圈——然后奔向了一棵黑乎乎的有很多节藤条缠在一起、打了结的大树，那茂密的叶子构成一块可以挡雨用的苫布。此时雨又开始下大了，我的那片本不成形的草坪，虽然已经被盖茨比的园丁仔细修剪整齐了，现在又满是小小的泥潭形成一个好似历史悠久的沼泽了。从树底下向外望去，除了那间属于盖茨比的巨大房子以外并没有别的什么东西可看，所以我就盯着它足足看了有半个小时，好像是康德[①]目不转睛地盯着他的教堂的尖塔一样。其实这座房子是十年前的一位酿造酒的商人在“仿古热”时期建造的，坊间还有一个那样的传闻，都说他曾经答应了为附近所有的小别墅付满五年税款，只要周围各位房主愿意在屋顶上铺满茅草。也许周围房主们的拒绝让他“创建家业”的计划受到了致命打击——他很快就衰颓了。尽管葬礼的花圈还在门上挂着，他的孩子们就已经把那座房子给卖掉了。虽然美国人愿意、甚至是渴望去做农奴，但一向是坚决不肯做乡下佬。

半小时之后，太阳再次出来了，食品店的送货汽车正沿着属于盖茨比的车道拐着弯，给他的仆人送来了做晚饭要用到的原料——我敢肯定其实他本人是一口都吃不下的。一个女佣开始打开楼上的所有窗户，并在每一个窗口停留片刻，之后，又从正中那扇大窗户里探出了身子，若有所思地向着

---

① 康德（Immanul Kant，1724～1804），德国的哲学家。——译者注

花园啐了一口。到我该回去的时间了。刚才雨一直下个不停，好像是他和黛西的窃窃私语声，随着感情发展不时变得高昂，但在这新的静寂里，我反而觉得房子里面也是一大片肃静了。

我走了进去——先是在厨房里面发出了一切可能的响声，就差把炉灶也推倒了——但我敢肯定他们什么都没有听见。他们两个人分别坐在那张长沙发的两端，面面相觑，仿佛是某个问题被提了出来，悬而未决，所有的难为情也都消失不见了。黛西满脸泪痕，我进来的瞬间她就跳了起来，用手绢对着镜子擦起脸来。但盖茨比身上却发生了某种让人诚惶诚恐的变化。他简直变得光芒四射。虽然没有流露出来任何表示他欣喜的语言或姿势，但一种新鲜的幸福感从他的身上向外散发出来，充满了我的那间小破屋子。

"哦，嗨，老伙计。"他说，就好像他有很多年没有见过我了似的。有一阵子我还以为盖茨比是想跟我来握个手呢。

"雨停了。"

"是吗?"等他终于明白了我刚才说的是什么，又发现这间屋子正阳光闪烁的时候，盖茨比像是个天气预报员似的笑了起来，又像个欣喜若狂的光的守护神，他转身又把这消息播报给了黛西，"你看多好玩儿，雨停了。"

"我很高兴啊，杰伊。"她的声音是那么哀艳动人，也吐露了她的意外和喜悦。

"我希望你和黛西都到我的家里来，"他说，"我很想带她去参观参观。"

"你真的想要我也来吗?"

"当然了，老伙计。"

黛西去楼上洗脸——我羞涩又惭愧地想起了我那条毛巾，可惜，已经为时太晚——盖茨比和我一起在草坪上等候着黛西。

“我的房子真的很好看，是不是？”他问道，“你瞧它啊，整个正面都映着阳光。”

我同意他，说那房子真是漂亮极了。

“是的。”他仔细地打量了一通，每一扇拱形门、每一座方砖他都看到了，“我只是花了三年的工夫就挣到了购买这座房子的钱。”

“我还以为那些钱是你继承来的。”

“不错，老伙计，”盖茨比脱口而出，“但就在那场大恐慌里，我损失了其中的一大半——就是由战争引发的那场大恐慌。”

我猜他大概也不知道现在自己在说着些什么，因为当我询问他是做什么生意的时候，他的回答是“那是我自己的事”。话说出口的时候他才发觉这个回答其实很不得体。

“哦，我其实干过好几个行当，”他改口说，“我曾经做过药材的生意，后来又做了石油的生意。但是现在这两行我都不干了。”他聚精会神地看着我。“这么说，你考虑了那晚我提到的事？”

我还没有来得及回答，黛西就从我的房子里走出来了，她的衣服上有两排铜制的纽扣，正在阳光里闪烁着。

“是那边那座好大的房子吗？”她用手一边指着一边很大声地问。

“你喜欢它？”

“我太喜欢它了，但是我不太明白你是怎么做到自己一个人住在那里的。”

“我让它不论白天还是黑夜都挤满了各种有意思的人，做着有意思事情的人，或者有名气的人。”

我们并没有抄小路沿着海边过去，而是绕到了大路上，从那扇后门走了进去。黛西望着天空里的那个中世纪时的城堡一般的黑乎乎的轮廓，用她那极为迷人的声音，低低地赞不绝口，一边走一边赞赏着花园，赞赏着长寿花发出的香味，山楂花以及梅花的香味，还有淡金色的吻别花的香味。走到了大理石的台阶前，我看不到衣着光鲜的人们从大门口出出进进，除了树上鸟的鸣叫，这里听不到任何一点声音，真是让人感到不同寻常。

到了房子里面，我们三个穿过了玛丽·安托内特[①]式的音乐厅，又穿过了复辟时期[②]样式的客厅，我觉得好像每张沙发和桌子的后面都藏着几个客人，奉命要屏息不动一直到我们走过去为止。

当盖茨比关上了“默顿学院的书房”[③] 的大门时，我发誓我真的听到了里面戴着猫头鹰眼镜的那个人，忽然间发出了鬼一样的笑声。

我们走上楼，穿过一间间的仿古卧室，里面铺满了玫瑰色和淡紫色绸缎，摆满了色彩缤纷、芳香馥郁的鲜花，穿过了一间间的更衣室以及嵌有地下浴缸的浴室——闯进一间卧室，里面有一个很邋遢的穿睡衣的人正在地板上做着俯卧撑。他就是“房客”克利斯普格先生。那个早上我曾经看到他如饥似渴般地在海滩上面徘徊。最后，我们终于来到了盖茨比

---

① 玛丽·安托内特（Marie Antoinette，1755～1793），法国路易十六国王的王后，在大革命里被送上了断头台。——译者注

② 英国第一次的资产阶级大革命宣布失败以后，英国的查理二世在1660年进行了复辟。——译者注

③ 默顿学院（Merton College），牛津大学里的某个学院，以藏书极为丰富而闻名。——译者注

本人的那间套间，里面有一间卧室、一间浴室以及一间很小的书房。我们几个在书房里坐了下来，喝起一杯他从壁橱里刚刚拿出的荨麻酒。

他一刻都不停地眼巴巴看着黛西，因此我在想也许他是在把房子里所有东西都重新按照那双他无比钟爱的大眼睛重新估价。有时候他也会神情恍惚，向四周望着他自己的财产，好像在黛西这个让人惊心动魄的真人面前，所有这些东西没有一件是真实的。有一次他甚至差点从楼梯上滚了下去。

他的卧室正是所有房间里最简朴的一间——梳妆台上，只有一副纯金制作的梳妆用具作为点缀。黛西很高兴地走过去拿起了那把刷子刷了刷头发，引得盖茨比坐下来用手指遮住眼睛笑起来了。

“这真是最有趣的事情了，老伙计，”他哈哈笑着说，“我简直是不能……我想要……”

显而易见，他的精神已经经历过了两种状态，现在又进入了第三种。他最开始是局促不安，继而变得大喜若狂，目前由于她的出现，他又眼前感到过分的惊喜，甚至已经不能自持。这件事他长年朝思暮想，梦寐以求，简直就是在咬紧牙关地期待着，感情已经强烈到了不可思议的程度。而此时，因为反作用，他就像是架发条上得太紧了的时钟，已经精疲力竭了。

过一会儿，他精神恢复了之后，为我们打开了两个特别讲究的超大衣橱，里面满满地装着他的西装、领带，还有那些一打一打像砖头似的堆成一堆的衬衣。

“我有个人专门在英国帮我买衣服。每年的春秋两季即将开始之时，他都会挑选一些东西寄来给我。”

他拿出了一堆的衬衫，开始把它们一件又一件地扔在我们面前，薄麻布的衬衫、厚绸的衬衫、细法兰绒的衬衫，它们都被抖散了，五颜六色摆满一桌。我们在欣赏的时候，他又继续抱来了其他东西，那堆柔软又贵重的衬衣，开始越来越高——条纹的衬衫、花纹的衬衫、方格的衬衫，珊瑚色的衬衫、苹果绿的衬衫、浅紫色的衬衫、淡橘色的衬衫、上面绣有深蓝色姓名字母的衬衣。黛西突然之间发出了极不自然的声音，一下子把头埋进了衬衫堆里，接着就号啕大哭了起来。

“这些衬衫是这么的美，”她呜咽地说，她的声音在厚衣堆里闷哑了，“我看了好伤心，因为我从未见过这么美丽——这么美丽的衬衫。”

看过了房子之后，我们本来打算要再去看看外面的庭园、泳池以及水上飞机、仲夏里的繁花——但盖茨比的窗外又下起了雨来，所以我们三个人只能站成一排，然后远眺着水波荡漾的海面。

“要不是因为有雾，我们是可以跨过海湾看到对面你的房子的，”盖茨比说，“你家码头的尽头那里，总是有一盏整夜都不会灭掉的绿灯。”

黛西蓦然地伸出胳膊去挽盖茨比的胳膊，而他似乎还沉浸在刚才说的那些话里。可能是他突然间想到了那盏绿灯的巨大意义现在却永远消失了。与把他同黛西隔开的距离相比，那盏灯貌似曾经距离她非常近，几乎都能碰得着她。就好像是一颗星星距离月亮一样的近。现在的它又变成码头上一盏普通的绿灯了。而他的宝贝已经又少了一件。

我开始在那间屋子里随便走，在那半明半暗变幻的光线里，我看着各种各样模糊不清的摆饰。一张很大的男人的相片再次引起我的注意，穿着游艇服上年纪的男人的相片就挂在了盖茨比书桌前的那面墙上。

“这位是谁?”

“那个吗? 那位是丹·科迪，老伙计。”

那名字听起来有点儿耳熟。

“他已经去世了。很多年前他曾是我最要好的朋友。”

五斗橱上面有张盖茨比本人的很小的相片，也是穿游艇服——他昂着头，一副看上去很不在乎的样子——显然像是在十八岁前后照的。

“我真是很喜欢这张相片,”黛西嚷嚷着,“这个笔直的向后梳着的发型! 你从来都没有告诉过我，你曾经留过这么笔直又向后梳着的发型，也没有告诉过我，你还有一艘大游艇。”

“过来，看这个,”盖茨比忙说,“这里还有很多剪报——有关你的。”

他们俩就那样并肩地站着，仔细地看着那些剪报。我正想向盖茨比要求去看一看他的红宝石，这时电话忽然响了，于是盖茨比拿起了电话听筒。

“是的……噢，现在我不方便谈……现在我不方便谈，老兄……我说的是找一个小城……他肯定知道的，什么叫小城……行啦，他对我们而言没什么大用处，底特律如果是他心中的小城……”

他挂了电话。

“到这里来，快来!”黛西在窗口向我们喊道。

外面的雨还在下着，可是西边的乌云已经拨开了，海湾的上空开始翻滚着那些粉红色和金色的彩霞。

“瞧那个,”黛西低声说，过了一会儿她又说,“我真想去采一朵那种粉红色的彩云，然后把你放到上面推来推去。”

这时我想要离开了，但是他们无论如何都不答应。可能有我在，他们便可以更心安理得地待在一起。

“我忽然想到我们可以做什么了，”盖茨比说，“我们可以让克利普斯普林格来弹钢琴。”

他走出了屋子大喊一声“艾温”，几分钟后才回来，带来了一个看上去难为情的、并且面容略显憔悴的年轻人，一副玳瑁制成的眼镜，一头稀稀的金色头发。现在的他，衣服显得整齐多了，穿着一件敞领的运动衫，穿了双运动鞋还有一条颜色不清不楚的帆布裤。

“我们刚才是不是打扰到您做体操了?”黛西很有礼貌地询问他。

“我正在睡觉，”克利普斯普林格在窘迫之中脱口而出，“我是说，我其实是在睡觉。可是后来，我就起床了……”

“克利斯普格他会弹钢琴的，”盖茨比打断他的话继续说，“是不是啊，艾温，老兄?”

“我其实弹得并不好。我不会……我根本就不怎么弹。我已经好久没练了……”

“我们去楼下吧。”盖茨比打断了他的话。他按了某个开关。于是整个房子立刻充满了光明，那些灰暗的窗全都不见了。

在那间音乐厅里，盖茨比扭开了钢琴旁的一盏灯。他双手颤抖着拿根火柴帮黛西点燃了她的香烟，然后他和她一起坐在了屋子远处的那张大长沙发上，在那里，除了经由地板从过道反射过来的一点光，再没有了其他的光线。

克利斯普格在演奏完《爱情的温床》后，从长凳上面转过身来，很不高兴地在幽暗之中四处张望地寻找着盖茨比。

“我已经很久没弹了，你看啊。我已经告诉过你了，我不会弹。其实我好久都没弹……”

“不要讲那么多了，老兄，”盖茨比强硬地命令道，“快弹吧!”

每天的早上，
每天的晚上，
我们玩得欢畅……

外面是刮得呼呼作响的风，还有从海湾上传过来的一阵阵的隐隐雷声。这一刻西卵村所有的灯全都亮了起来。电动火车也在雨中满载着乘客从纽约疾驰归来。这正是事情发生巨大变化的时候，兴奋的情绪正弥漫在空气里。

有件事千真万确，
富人生财穷人生——孩子。
与此同时，
在这期间……

我走过去告辞时，看到了那惶惑至极的表情再次出现在盖茨比的脸上，好像他有点不确信他目前的那种幸福果真存在。几乎整整五年了！那天下午肯定有过某些时刻，是黛西远远不如盖茨比所梦想的——那并不是她的过错，而是他的幻想有着巨大的能力。他的幻想已经超越了她，已经超越了所有的一切。他用一种巨大创造性的热情把自己投入到了这份幻想里，不断地进行添枝加叶，还要再用飘过来的每根美丽羽毛加以缀饰。再多激情或者活力其实都比不上某一个人阴凄凄的内心里所能集聚起来的情绪。

当我注视他的时候，我看得出他也在默默地让自己去适应眼前的种种现实。他伸出了手去抓她的手。她声音低低地在他的耳边说了些什么，他听了之后满腔热情地转向了她。依我看，最让他入迷的就是她那昂扬又激动的声音，就因为那些是不管怎么样希冀都不能企及的——她那声音像是一首永恒的歌。

他俩很快就已经把我给忘了，但是黛西倒抬起头瞥了我一眼，伸出了她的手。盖茨比这时候已经压根儿不认识我是谁了。我又看了一眼他俩，他们也看了看我，就好像是远在天涯，他们沉浸在浓浓的情意之中。于是我走出了屋子，走下了大理石铺成的台阶，走到了雨里，留下了他俩在那里。

第六章

大概就是在某天早上的这个时间，一个年轻的记者雄心勃勃地从纽约那边来到了盖茨比的大门口，问盖茨比是否有什么话想要说。

“是有关什么的话?”盖茨比非常客气地询问道。

“呃——就是发表个声明什么的。”

混乱了大概五分钟后，整件事情才被弄清楚。原来这个年轻人在他工作的报馆里曾听别人提到过盖茨比这个名字，不过为什么提到了这个名字，他却一直不肯透露给我们，也许他也没有完全弄明白。那天是他的休息日，所以他就积极主动地跑过来“看看”。

这不过就是来碰碰运气，而这位年轻记者的直觉是对的。成百上千的人曾经到他的家里来做客，这些后来都成了他的人生经历，也正是由于这些人的宣扬，盖茨比的名声在这个夏天变得越来越大，于是他差点儿就成了新闻人物。当时有各种传奇，比如“通向加拿大的地下管道”这类的，都和盖茨比挂上了钩，甚至还有一个长期流传着的谣言，说他其实根本没有住在一栋房子里，而是住在了一条船上，那条船看上去很像是座房子，并且那条船总是沿着长岛的海岸偷偷来回地移动着。究竟是为什么在北达科他州生活着的杰姆斯·盖兹可以从所有这些疯传的谣言中获得满足，这倒很难回答。

杰姆斯·盖兹——这是他的真实姓名，至少是他在法律上用的姓名。在他十七岁的时候，他改了名换了姓，也是他一生事业的开端，那个特定的时刻——那天他看见了丹·科迪先生的游艇抛锚在了苏必利湖[①]最险恶的那片沙洲上，那天下午，穿着一件破旧不堪的绿色运动衫以及一条帆布的裤子在沙滩上面游荡的其实是杰姆斯·盖兹，不过后来他借了一条很小的船，划到了托洛美号去警告科迪，他说半小时内很可能会起大风，这会让他的船被掀翻覆没的，那时候他就已经是杰伊·盖茨比了。

我想，在那时他早就已经想好了这个名字。他的父母都是碌碌无为的平凡的庄稼人——在他的想象里，他根本从来都没有真正地承认过他们是他的父母。实际上在长岛的西卵，杰伊·盖茨比是来自他给自己的那柏拉图风格的理念。他是上帝之子——这个称号但凡有什么实际意义的话，那就是能看到的浮于字面的意思——所以他必须为其天父效命，并献身在一种博大又庸俗且华而不实的美好之中。因此，他当时虚构的“杰伊·盖茨比”，刚好是一个年方十七的少年很可能会虚构的那种，而他之后便一直矢志不渝地忠诚于这一个理

① 苏必利湖（Lake Superior），是美国的五大湖中的一个。——译者注

想中的形象。

一年多以来，他总是沿着那条苏必利尔湖的南岸奔波，有时候是捕鲑鱼，有时候是捞蛤蜊，有时候也会干任何其他的能为他赚取食宿的零活儿。在那些饱经风雨的日子里，他干着一些时松时紧、时有时无的活。有着一身晒得黝黑的皮肤，拥有越来越硬朗的身体，他过着很自然的生活。他早就和女人发生过了关系，由于那些女人们过分地宠爱他，他反倒瞧不起那些女人。他也瞧不起那些年轻处女，因为觉得她们是那样愚昧无知；他也瞧不上其他的女人，因为她们会为了某些事情就大吵大闹，而那些事他是那么不可思议地自我陶醉其中，所以在他看来，全都是些理所当然之事。

而他的内心其实经常处于不安之中。夜晚，当他躺在床上，各种稀奇古怪的幻想就会纷至沓来。一个绚丽到没办法去形容的小宇宙会展现在他的脑海里，这时候小钟表正在洗脸盆的架子上滴滴答答地响着，月亮用那水似的光浸泡着他横七竖八扔在地上的那些衣服。每个夜晚他都会给他的那些幻想添枝加叶，一直等到那昏昏沉沉的睡意降落在了某个生动逼真的场景之上，于是他便忘却了一切。有过一阵子，所有这些幻梦都为他提供了一个发泄想象力的途径：它们以某种让人欣慰的方式暗示着现实是并不真实的，它们表明这个世界里的磐石总是牢牢地立在那些仙女的小翅膀上。

在几个月前，追求似锦前程的某种本能，督促着他前往了明尼苏达州的南部，那个位于路德教叫作小圣奥拉夫的学院。他在那里只停留了两周，一方面是因为学院对其命运之鼓、对命运本身的麻木不仁感到十分沮丧，一方面也是鄙视他，就为了赚取学费而干了勤杂工的工作。后来他东漂西荡最终又回到了那个苏必利尔湖，那天当他又在寻觅着干什么活儿的时候，丹·科迪的游艇竟然在湖边那片浅滩上向下抛起锚来。

科迪当时大概五十岁，他正是自1875年来内华达州银矿和育空地区[①]的淘金热带来的产物。他因蒙大拿州的铜生意发了财，腰缠百万，虽然身体还仍然健壮，可脑袋已经近乎糊涂。无数女人都对这个状况有所觉察，所以她们总是想方设法使他和他那些钱财分手。

叫作埃拉·凯的那个女记者，抓住了他的弱点，于是扮演了德曼特侬夫人[②]模样的角色，怂恿他去乘游艇和航海，她要的那些并不很体面的手段，正是1902年间那些旨在耸人听闻夸大事实的报纸杂志争相报道的话题新闻。

他沿着那条住着极为好客的居民们的海岸又继续航行。五年后，就在这一天，他驶入了小姑娘湾，成了杰姆斯·盖兹的命运主宰。

年轻的盖兹比，两只手靠在那条船的船桨上，抬头望着围着栏杆的甲板，在他的眼中，那只船代表了这世界上的所有美和魅力。我猜他曾对科迪笑了笑——他大概早就已经发现了他笑时很讨人喜欢。不管怎么样，科迪问了几个问题(其中之一便引出了他这个崭新的名字)，发觉他既聪明伶俐又雄心壮志。几天之后科迪把他带到了德卢恩城[③]，帮他买了一套蓝色的海员服、六条白色的帆布裤子和一顶游艇小帽。

---

① 育空地区（Yukon），加拿大的西部地区，19世纪末发现了新金矿。——译者注

② 德曼特侬夫人（Madame de Maintenon），17世纪法王路易十四的情妇，后又秘密成婚。——译者注

③ 德卢恩（Duluth），港口名，位于苏必利尔湖。——译者注

等托洛眉号向西印度群岛以及巴巴哩海岸[①]启程时，盖茨比也跟着他走了。

盖茨比成了身份并不明确的私人雇员，开始在科迪的手下工作——曾经先后干过听差、大副、船长、秘书，甚至还做过监守，因为在丹·科迪清醒的时候，他知道自己一旦喝醉了，什么一掷千金的傻事就都做得出来，所以他变得越来越信赖盖茨比，免得发生这类意外。这种状况一共延续了五年，在此期间，科迪的那艘船环绕了美洲大陆总计三次。它本可无限期继续环绕下去，如果不是那晚停在波士顿的时候，埃拉·凯登上了船，一周后，科迪便凄凉地死掉了。

我记得科迪那张挂在盖茨比卧室里的大相片，里面是一个头发已经花白、服饰却还花哨的老头，一张冷酷无情的脸、内心空虚——是那种典型的沉湎于酒色的拓荒者，这帮人把边疆那些妓院和酒馆里的种种粗野狂暴都带回了东部的滨海地区。盖茨比极少喝酒，这得间接归功于科迪。有时在那些热闹的宴席上，会有女人把香槟揉进盖茨比的头发里，他本人反倒养成了滴酒不沾的习惯。

他正是从那个叫科迪的人那里继承到了钱——那笔遗赠高达二万五千美元。他其实并没有拿到钱。盖茨比始终都没搞懂别人对付他用的那些法律手段，所以千百万的财产通通都归属了埃拉·凯。留给盖茨比的，只有那于他而言十分合适的教育经历。杰伊·盖茨比模糊的轮廓，开始逐渐变得充实，正在向一个有血有肉的人发展着。

这一切都是他很久后才一点点告诉我的，但我在此写下

---

① 巴巴哩海岸（Barbary Coast），埃及西，北非的伊斯兰教区。——译者注

来，是为了驳斥之前那些关于盖茨比来历的荒唐谣言，那都是些一丁点儿影子也没有的事。再者，这些都是他在十分混乱中告诉我的，那时候，关于他的各种传闻都已经让我到了即将相信的地步。所以我想现在利用这短暂的小停顿，就像是趁盖茨比喘气的时候，来把那些误解一并澄清。

在我和他交往的过程中，这也算得上是个停顿。有好多个礼拜，我既没有和他见面，也没有在电话里面听到他的声音——大部分的时间我都在纽约，和乔丹到处跑，同时竭尽全力地去讨她那年迈的姑妈的欢心——但我终于在某个周日的下午到他的家里去了。我待了不到两分钟，就有个人带汤姆·布坎进来喝酒。我当然很吃惊，但真正让我感到惊奇的其实是以前竟没有发生过类似的事情。

他们一行三人是骑着马过来的——汤姆和一个叫斯隆的人，还有个穿着棕色骑装很漂亮的女人，她是之前来过的。

"我很高兴可以见到你们，"盖茨比站在自己的阳台上说，"我很高兴，你们来光临这里。"仿佛是承了他们的情一样！

"请坐，请坐。想抽支香烟还是抽支雪茄呢？"盖茨比在屋里忙来忙去，忙着打铃和喊人，"我马上让人给你们拿过来点东西喝。"

汤姆的到来让他备受震动。他感到深深的局促和不安，直到他真的招待了他们一些什么才行，因为他隐约知道，那些人就是为这个过来的。斯隆先生却什么都不想要。一杯柠檬水？不，谢谢。来杯香槟吧？什么都不需要，谢谢……对不起……

"你们一路骑马骑得非常痛快吧？"

"这一带路真的都很好。"

"大概途经的汽车……"

“是啊。”

被一股无法克制的冲动驱使着，盖茨比转向了汤姆，那个在刚才的介绍里被当作是陌生人介绍的人。

“我坚信我们以前是在哪里见过的，布坎先生。”

“噢，是的，”汤姆略显生硬却很有礼貌地回答说，他显然已经不记得了，“我们见过的，我还记得非常清楚。”

“大概在两个星期之前。”

“对啊。那时候你和尼克在一起的。”

“我还认识你的太太。”盖茨比又接着说，甚至是有一点点的挑衅意味。

“是吗？”

汤姆转向我。

“你住附近吗，尼克？”

“就在这隔壁。”

“是吗？”

斯隆先生并没有参与谈话，他大模大样地仰靠着他的椅子。那个女人也再没说什么——直到两大杯含有姜汁的威士忌下肚之后，她忽然变得有说有笑。

“我们都过来参加你的下一次晚会，盖茨比先生，”她提议说，“你觉得如何？”

“当然好啊。你们都能来，我简直太高兴了。”

“那很好吧，”斯隆先生并不承情，“呃——我看我该回家去了。”

“请不要这么忙着走。”盖茨比劝着他们。他现在能很好地控制自己了，并且他想要再多看几眼汤姆。“你们为何不——你们何不留下在这里吃晚餐呢？说不定还有别的什么人会从纽约过来。”

“你到我家吃晚饭吧，”那位太太很热情地说，“你们俩全都来。”

这也包括我了。斯隆先生站了起来。

“我是说真的，”她坚持着说，“我真的希望你们能来。都坐得下。”

盖茨比很疑惑地望着我。他想过去，他也不觉得斯隆先生已经打定主意不许他去。

“我恐怕是去不了。”我说。

“那么你来。”她极力怂恿着盖茨比一个人。

斯隆先生靠近她的耳朵咕哝了几句。

“如果我们现在马上走，一点儿都不晚的。”她固执又大声地说。

“我没有马匹，”盖茨比说，“我虽然在军队骑过马，但我自己却从来都没有买过马。我只好在后面开着车跟着你们。对不起，失陪一下。”

我们其余几个走到了外面的阳台上，那位太太和斯隆站在一边，又开始了气冲冲的聊天。

“我的天啊，我相信盖茨比这家伙是真的要来，”汤姆说，“难道他不知道她不想他来吗?”

“她说她想要他来的啊。”

“她是要举行一个盛大的宴会，可他在那里一个人都不认识。”他皱了皱眉头，“我真是纳闷，盖茨比究竟是在哪里认识黛西的。天晓得，也许是我的思想有点太古板，但是我可真看不惯，这年头的女人到处乱跑。她们会遇上各种怪物。”

忽然斯隆先生以及那位太太都走下了台阶，随即骑上了马。

“来吧，”斯隆先生跟汤姆说，“我们已经晚了。我们必须要走了。”然后跟我说，“请转告盖茨比，我们不可以再等了，好吗?”

汤姆和我握了握手，我们其余的几个人彼此冷淡地点了点头，他们骑着马在车道上小跑起来，接着很快就消失在八月的树荫里，就在这时，盖茨比的手里拿着他的帽子还有薄大衣，正从那扇大门走出来。

汤姆对于他老婆黛西独自乱跑这事儿，显然是放心不下，因为之后的那个星期六晚上，他和她一起来这里参加了盖茨比举办的晚会。也许是因为他在场，那次的晚会竟有一种很特殊的沉闷氛围——它如此鲜明地刻在了我的记忆里，和那个夏天盖茨比举办的其他晚会都迥然不同。还是那些人，或者至少都是同一类人、同样源源不断的香槟、同样的五颜六色、同样七嘴八舌的喧闹，可是我总觉得在无形之中，有种很不愉悦的感觉弥漫着曾经从未有过的某种罪恶感。要不然，或许是因为我本来就已经逐渐习惯了这一套，逐渐地认为其实西卵村是个独立而完整的小世界，有它自己的大人物及自己的独特标准，它是如此的首屈一指，而此刻我最想通过黛西的眼睛去重新看所有的这一切。想通过崭新的一双眼睛去看一看所有那些你已花了很大力气才终于适应了的事物，那总是让人难受的。他们是在黄昏时分到达的，当我们几个人漫步到几百名浑身珠光宝气的宾客之中时，黛西的声音又在她的喉咙里上演着呢呢喃喃的花样。

“这些东西真让我兴奋，”她低声地说，“如果今晚任何时候你想吻我，尼克，你只要让我知道就好，我一定会为你的安排而感到高兴。只要提我名字就好，或出示那张绿色请帖。

我正在派发绿色的……”

“四处看看。”盖茨比在敦促她。

“我正在向四面看啊。我真是开心极……”

“你一定看到很多曾听过的人的面孔。”汤姆用他傲慢的双眼扫了扫人群。

“我们平时都不大外出，”他说，“实际上，我刚才还在想，我在这里甚至不认识一个人。”

“也许你是认得她的，那位小姐。”盖茨比指出了一位似玉如花的美人，她正端庄地在一棵白梅树下坐着。汤姆同黛西都目不转睛地盯着看，然后认出来了这是一直以来只有在银幕上才能见到的明星，他们几乎都不敢相信这是真的。

“她真是美啊。”黛西说。

“站在她身边那位弯着腰的人是她的导演。”

盖茨比正礼貌又很周全地领着他们从一群客人走向另一群客人做着介绍。

“布坎夫人……坎农先生，”踌躇了片刻之后，他又补充说，“马球健将。”

“不是，”汤姆急忙否认，“我可不是。”但盖茨比显然很喜欢此名称的含意，因为这样以后，一整个晚上，汤姆便一直都是一位“马球健将”。

“我从来都没有见过如此多的名人，”黛西很兴奋地说着，“我喜欢那人……他叫什么来着？就是鼻子发青的那人。”盖茨比说了那个人的姓名，还说他是个小制片商。

“哦，反正我很喜欢他。”

“我宁愿不是马球健将，”汤姆愉悦地说，“我倒宁愿是以……是个默默无闻之人来看这些有名的人。”

黛西同盖茨比一起跳了舞。我记得当时我看到他竟然在跳那种优雅的老式的狐步舞，这让我感到很是诧异——我之前从来都没有见过他这样跳舞。后来他俩跑到了我家，在我家的台阶上坐了整整半个小时，她让我待在院里把风。“万一着了火或是发了大水，”她解释说，“或是别的什么灾难啦。”

我们一起坐了下来开始吃晚饭的时候，汤姆又默默无闻地出现了。“我和那边的几个人一起吃饭，可以吗？”他说，“有个家伙正在大讲笑话。”

“过去吧，”黛西和颜悦色地回答，“如果你想要留下他们的住址，来，这是我的小小的金铅笔。”……过了会儿黛西四处张望了一圈，跟我说那边的女孩“虽然俗气了点，可是很漂亮”，于是我就明白了，她除了单独跟盖茨比在一起的那半小时外，玩得并不怎么开心。

我们这桌人都喝得很醉。这怪我，是我不好——盖茨比被喊去听电话，碰巧两周之前我还觉得所有这些人都挺有意思的，但当时那些我曾经觉得很好玩的夜晚却变得那样索然无味了。

“你觉得怎么样，贝达克小姐？”

我跟她说话的姑娘现在正慢悠悠地倒向我肩上，可是她并没成功。听到我的这个问题，她坐了起来，睁开眼睛。

“什么？”一位丰腴又懒洋洋的夫人，本来一直怂恿着黛西明天和她一起去本地的俱乐部打高尔夫，现在又来帮忙给贝达克小姐辩解了：“噢，她现在没事儿了。她每次都这样，五六杯鸡尾酒下了肚，总会像这样大喊大叫。我跟她说过她不该喝酒。”

“我没有喝酒。”遭到指责的那位姑娘随口说道。

“我们听到了你的嚷嚷，所以我才跟这位叫希维特的大夫说：‘那里有人正需要您的帮忙，大夫。’”

“她非常感激，我相信，”另一位用并不感激人的口气说着，“可是你把她的脑袋按到外面的泳池里，把她衣服全都搞湿了。”

“我最讨厌的就是将我的头按到泳池里，”贝达克小姐咕哝着说，“有一次在新泽西州，他们差点就把我给淹死。”

“那你就不该喝酒嘛。”希维特医生堵她嘴说。

“你说你自己去吧！”贝达克小姐激烈地喊道，“你的手是发抖的。我才不会允许你给我做手术开刀呢！”

情况大概就是这样。我能记得的最后一件事情是，我和黛西站在一起，望着某位导演以及他的那位“大明星”。他们还在那棵小白梅树下，脸都快要贴到一起了，那中间其实只隔了一线很淡的月光。我忽然想，也许他整晚一直在慢慢地弯着腰，现在才和她的脸靠得那么近，然而当我再次抬头望，我看见他又弯下了最后的那一点距离，亲吻了她面颊。

“我喜欢她，”黛西说着，“我真的觉得她简直美极了。”

但是其他所有的一切都让黛西觉得讨厌——而且是不容分说的，因为那不是某种姿态，而是一种感情。她十分厌恶西卵，这个被百老汇硬生生加给长岛渔村的一片“胜地”——之前可并没有这样的先例——厌恶它那份不安于陈旧辞令的巨大活力，厌恶它那种驱使着居民沿一条捷径就从零跑到零的过分突兀的命运。在那些她所不能理解的单纯里，她看到了某些极为可怕的东西。

他们正在等着车子向这边开过来，我和他们便一同坐在了大门的台阶上。这里光线很暗，只有那扇敞开着的门向黎明的幽暗里射出了十平方英尺那么大的亮光。有时候楼上化妆室窗前的遮帘上会有个人影掠过，然后又会出现另一个人影，络绎不绝地，女客们对着一面其实看不到的镜子涂脂抹粉。

“这个姓盖茨比的，他究竟是谁？”汤姆突然来质问我，

“一个大的私酒贩子吗?”

“你是从哪里听来的?”我问他。

“我不是听说的。我是猜的。有很多这样的暴发户都是大的私酒贩子，你知道的。”

“盖茨比他可不是。”我简短地说。他沉默了一会儿。车道上的细小石子正在他的脚底下发出咔嚓咔嚓的声响。

“我说，他一定是花了不小的气力，才搜罗到这么大帮的牛头马面。”一阵微风轻轻吹动了黛西毛茸茸的领子。“至少他们确实比我们以前认识的人更有趣。”她略有勉强。

“看上去，你好像并不怎么有兴趣嘛。”

“噢，我其实很感兴趣。”汤姆哈哈笑着，把脸转向了我。“那个姑娘让黛西帮她来个冷水澡时，你有没有去注意黛西的脸?”

黛西跟着音乐用她那沙哑而富有节奏的声音低低地唱了起来，每个字都被她唱出了一种以前从未有过、以后也绝对不会再出现的意义。当曲调升高了的时候，她的嗓音也跟着改变，那样的悠扬婉转，那正是一个女低音应有的状态，而且每一微小的变化都在空气里散发出温暖又饱含人情味的魔力。

“有很多人并不是被邀请来的，”黛西忽然说，“那个女孩就从来没有收到过邀请。他们直接闯上门来，而盖茨比总是太客气，不好意思谢绝。”

“我很想知道他究竟是什么人，又是干什么的，”汤姆固执地说，“并且我要去把这些打听清楚。”

“我现在就可以满足你的展望，”她答道，“他开了药房，很多家药房。都是他白手起家创办的。”

那姗姗而来的大轿车正沿着车道向上开来。

“晚安了，尼克。”黛西说。

于是她的目光离开了我，向灯光照亮了的最高一层台阶看去，那里有一支当年很流行的哀婉动人的《凌晨三点钟》，是一支小华尔兹的舞曲，正从那扇敞开着的大门里传出来。话又说回来，正是晚会的轻松氛围，让她有了她自己那个世界里完全没有的各种浪漫发生的可能性。那支舞曲里面究竟有什么东西呢？好像正在呼唤着她，让她重新回到那里面去。在幽暗又无法预料的这个时间点会有什么事发生呢？也许会有一位难以置信的宾客造访，一位世间少有的让人叹为观止的佳人，一位很正点的少女，她只是向盖茨比瞥上一眼，只需要那么一瞬间魔术一样的相逢，她便能够把五年以来坚贞不渝的那爱情彻底勾销。

那天晚上我一直待到了很晚，盖茨比让我一直待在那里，直到他可以走了为止，于是我在外面的花园里徘徊，待到最后毫无征兆地来了一群游泳的人，他们在寒冷中极其兴奋，沿着那片黑乎乎的海滩向岸上跑来；我一直等着盖茨比，等到楼上客房的灯全都熄灭了。当他最后走下台阶时，他那被阳光晒得发黑的皮肤相比以往任何时候都更加紧绷绷地贴在了他脸上，他的眼睛里闪烁着明亮的光，也闪烁着疲倦。

“她并不喜欢今晚的这个晚会。”他马上就说。

“她当然是喜欢的啦。”

“她不喜欢，”他坚持说，“她玩得并不开心。”

他不再讲话了，我猜他有满腔说不出来的郁闷。

“我觉得和她之间有很遥远的距离，”他说，“很难让她真的明白。”

“你说的是关于舞会吗？”

“舞会？”他打了一个弹指，把他曾经在这里举办过的所有舞会全都勾销了，“老兄，那些舞会都是些无关紧要之事。”

他只是想要黛西跑去和汤姆说：“我从来都没爱过你。”等她用那一句话把四年的婚姻一笔勾销后，他俩便可以回到现实，商量一下接下来要做的那些事情。其中的一件事儿就是，当黛西恢复了她的自由身，他们两个就回到路易斯维尔，从她家里出发去教堂举行他们的婚礼——就像五年前一切本该发生的那样。

“可她不能理解，”他说，“她以前是可以理解的。我们常常一起坐着，坐几个小时……”

他忽然停住不再说下去了，沿着那条满是丢弃的礼物、踩烂的花，还有果皮的荒凉小路走来走去。

“要是我，我就不会对她有那么多要求，”我冒昧地说着，“过去的就过去了，你没办法让一切重来一遍的。”

“不能重来?”他不以为然，喊道，“谁说的，当然能啊!”

他发狂一样东张西望，就好像他的那些曾经都藏在这里，藏在灯光照过房子投下的阴影里，触手可及。

“我会把一切全都安排得同过去的一样，”他说着，坚定地点了点头，“她是会看到的。”

他滔滔不绝大谈往事，所以我揣测，其实他是想为某件事做些弥补，也许是关于盖茨比自己的某些想法，是和对黛西的狂热爱恋相关的某些想法。从那时起，他的生活就一直混乱无序，但是如果他可以回到某个出发点，慢慢地重新走一遍，他也许就可以发现了那东西究竟是什么……

一个秋日夜晚，五年之前，落叶纷飞的时候，他们两个一起走在街上，走到了一处没有大树的地方，月光把人行道照得很白。他们在那里停了下来，然后面对面地站着。是个很凉爽的秋夜，那是一年里两个季节交替变换之时，空气里洋溢着某种神秘莫测的兴奋。屋子里那些安静的灯在黑夜里正燃烧殆尽，夜空里斗转星移好不热闹。盖茨比从眼角看到，一段段人行道构成了一架梯子，通向树顶的上空那个隐秘的地方——他可以攀上去，如果他一个人攀登的话，在顶处他便可以畅快地吮吸生命的琼浆，大口地吞掉那些无与伦比的神奇的乳汁。

当黛西那洁白的脸靠近盖茨比的脸时，他的心越跳越快。他知道他必须吻这个姑娘，把那些根本无法形容的有关她的憧憬同她那短促的呼吸永远结合在一起，他的心灵再也不能像上帝的心灵那么自由驰骋了。所以他等着，听了一会儿，响起一阵叮叮当当的悦耳声，就像是音叉在敲响星星。然后他就吻了她。当他的嘴唇碰了她，她便像一朵花似的为他绽放，就这样完成了一个由人向花的转世。

他说的所有话，以及他那惊人的多愁善感，让我又记起来了一些什么……很久之前的某个地方我听到过一种捉摸不透的节奏，几句零零散散的歌词。一小会儿之后，就有一句话到了嘴边，我的嘴唇像哑巴的嘴唇那样张开了，好像除了受到惊吓的空气，还有别的一些什么在我的嘴唇上挣扎着。但嘴唇却发不出任何声音，所以我差不多想起来的东西，便永远都无法表达了。

第七章

当大家对盖茨比的求知欲和好奇心都达到巅峰的时候，在一个周方的晚上，他大别墅的灯却暗着，没有点亮——所以他的“马奇奥[①]”生涯就莫名其妙结束了，就像当初不明原因开始了一样。我也是慢慢才发现，那些满怀期待而来的小汽车，稍停了片刻，就又闷闷不乐地开走了。我开始担心也许他生病了，所以我去了他家看望他——一个我不太熟识的、面目狰狞的男管家疑心重重地在门那边斜眼看着我。

“盖茨比先生他是生病了吗?”

“没有。”停顿了一会儿之后，他拖拖拉拉又勉勉强强加了一句“先生”。

“我最近都没怎么见到他，这让我很担心。请转告他，就

① 马奇奥，古罗马的作家皮特尼斯《讽刺篇》里的一个暴发户，他经常大宴宾客。——译者注

说卡罗威先生曾过来。”

“是谁?”他很粗鲁地问道。

“卡罗威。”

“卡罗威。好的。我会转告他的。”他忽然“砰”的一声就把门关上了。

我的那个芬兰女佣跟我说，盖茨比一周以前就已经辞退了家里所有的仆人，然后重新雇用了五六个人来顶替那些被辞退的人，这些新来的人从不去西卵村的商店选购东西，而是通过电话订下那些必需的东西。杂货店的伙计说，他的厨房乱得像是一个猪圈，村里的大部分人都认为，那些新雇佣的人根本就不是仆人。

盖茨比第二天给我打了电话。

“是要出远门吗?”我问。

“不是，老兄。”

“我听别人说，你已经辞退了你所有的仆人。”

“我想要一些不爱讲闲言碎语的人。黛西她经常过来——在下午的时候。”

原来是这样，因为她眼里的不赞同，这座原本像大酒店一样的房子顷刻间倒塌，变得像是用纸牌搭建的房子似的。

“他们都是沃夫山姆想要尽量去帮助的人。他们亲如兄弟姐妹而且曾经一起开了间旅馆。”

“我知道了。”

他是奉黛西的要求打来的——我明天能否去她家共进午餐?贝克小姐也将在那里出现。半小时后，黛西亲自给我打了电话，似乎在得知我会过去之后，她如释重负。

一定是出什么事儿了。但我却难以接受他们会挑选这么一个场合大闹——特别是盖茨比之前在花园里提到过的那种让人难堪得很的场面。

第二天的天气酷热难耐，夏天几乎就要结束了，但那天无疑是整个夏天里最闷热的一天。当我所搭乘的列车沿着地道钻出来驶向阳光时，只有国家饼干公司热腾腾的汽笛声打破了正午的闷热和寂静。而那些客车里面的草编椅垫热得简直要着火了。在我旁边坐着的那位妇女，起初她的汗水很斯文地浸透着白衬衫，手指下的报纸都被打湿了，她叹了一口气，向后倒在了酷暑里。她的钱包顺势“啪”地掉地上了。

“哦，我的天呀！”她倒吸一口凉气。

我懒懒地弯下了腰，帮她把钱包捡了起来，然后递给了她，我拿着钱包的一个小角，胳膊伸得直直的，想以此表达我没有什么阴谋诡计——但是每一个附近的人，包括那位女士，却依然怀疑我。

“热！”售票员和他熟悉的那些面孔说，“鬼天气！热！热！热！你觉得足够热了吗？热吗？你是不是觉得……”

当乘车月票送还给我时，上面已经留下了售票员手上发黑的汗渍。这样的酷热天，有谁会在意自己亲的是谁的嘴唇，还有谁会在意是谁的头依偎在他胸口，弄湿了他的睡衣口袋呢？

一阵阵微风从布坎房子的大厅里吹过，我和盖茨比在门口站着等候，听到电话的响铃声被风吹了出来。

“主人的尸体！”他对着电话听筒嚷嚷道，“我很抱歉，夫人，但是我们没办法提供它——正午这会儿，真是太热了，没法儿碰！”

而他事实上说的是“好的……好的……我会试试。”

他放下听筒走向我们，汗珠微微地闪着光芒，他接过了我们的硬草帽。

“夫人正在客厅等着您呢!”他大声说着，完全不再给我们指路。在这么炎热的天气里，每个多余的动作都是对生命储能的冒犯。

这间屋子被遮阳篷遮挡得很好，很阴暗也很凉快。黛西和乔丹两个人躺在一张大沙发上，就像是两座银色的雕像，他们压着白裙摆，免得被电扇呼呼作响的风给吹起来。

“我们动不了了。”他俩异口同声地说。

乔丹黝黑的手指上面涂了层白色粉末，在我的手指上放了一会儿。

“汤姆·布坎[①]，运动员先生呢?”我打听着。

与此同时，我就听到了他那粗犷低沉又沙哑的声音，正在走廊和谁通着电话。

盖茨比站在深红色地毯的中央，用陶醉的目光环顾了四周。黛西看着他笑着，她的笑声甜美又动人。有一小阵脂粉风从她的胸口上升到了空气里。

“谣言都说，”乔丹很小声地说，“电话那头的是汤姆的小情人。”

我们都沉默不语。走廊里讲电话的声音因为生气而提高了。

“很好很好，所以，我根本就不会把汽车卖给你……我根本就不欠你任何什么……我再也不会忍受你在午饭时间对我的打扰。”

“挂了听筒啊。”黛西冷嘲热讽地说。

“不，他不是，”我试图让她相信，“那只是一笔真实存在的交易。”

---

① 托马斯·布坎，就是上文里的汤姆·布坎。——译者注

汤姆猛然间把门推开，粗壮的身子有那么一瞬间甚至挡住了门口，他急匆匆地走进屋子。

“盖茨比!”他伸出宽大而扁平的手，很好地掩饰了对盖茨比的厌恶之情，“见到您很高兴，先生……尼克……”

“给我们拿杯冷饮。”黛西大声地说。

当他再次离开房间的时候，黛西站起来走到了盖茨比旁边，她拉下了盖茨比的脸，亲吻着他的嘴。

“你知道的，我爱你。”她喃喃自语着。

“你忘了这里还有一位女士呢。”乔丹说。

黛西迟疑地四下看了看。

“你也亲吻尼克吧。”

“多么低贱下流的一个女生啊!”

“我才不在乎呢。”黛西很大声地说着，又开始在砖砌起来的壁炉前跳起了舞。

之后她想起来了酷热的天，便又不太好意思地坐在了沙发上，就在这时，一个小女孩由一个保姆领着走进了房间，那个保姆穿着刚洗净的衣服。

“心——肝，宝——贝!”她嗲嗲地说着，伸出了她的胳膊，“快到爱你的亲生母亲这里来。”

保姆松开手之后，那个小女孩，从屋子的另一端跑了过来，羞羞地一脑袋埋进了母亲的裙摆里。

“我的心——肝，宝——贝！妈妈把脂粉弄在你那深黄色的小头发上啦？现在站起来，然后说——您好。”

于是盖茨比和我弯下身子靠近她，握了握她那不太情愿伸出来的小手。

这之后，盖茨比就一直惊讶地盯着那个小女孩看。我觉得他之前从未真的相信过那个小女孩的存在。

“我在午饭之前就已经打扮好了。”小女孩说着，急切地将脸蛋儿转向了黛西。

“那是因为，你妈妈想要和别人显摆你。”小女孩笑了，她的脸成了雪白脖子上面唯一的褶皱。“宝贝，宝贝儿。你这个小宝贝儿。”

“是的，”小女孩很平静地说，“乔丹阿姨也穿了件白色的裙子。”

“你喜不喜欢妈咪的朋友们？”黛西把小女孩转了过来，这样她就刚好在盖茨比对面了，“你觉不觉得他们很漂亮啊？”

“爸爸在哪里啊？”

“她长得并不像他的父亲，”黛西解释着，“她长得多像我。她和我有一样的头发和脸型。”

黛西向后靠在了沙发上。保姆向前走了一步，伸出了她的手。

“来吧，帕米。”

“拜拜，我的宝贝儿！”

她不情愿又怯生生地回头望了一眼，然后被保姆拉着小手带出了房间，刚好汤姆这时候回来了，在他身后跟着四杯松子酒，里面都装满冰块，冰块互相碰撞发着咔嗒咔嗒声。

盖茨比拿起了一杯汤姆端着的酒。

“这些酒一定很凉爽！”他说着，却难以掩饰他的紧张。

我们迫不及待地大口喝下了酒。

“我在哪儿看到过，说太阳正变得一年比一年热，”汤姆和和气气地说，“就好像地球很快就要掉到太阳里去了——等等，或者——刚好相反，太阳正变得越发冰凉。”

“来外面吧，”他跟盖茨比建议，“我想带你看看这里的一切。”我和他们一起去了外面的走廊。绿色的海峡上，海水都停滞在了炎热里，一条帆船正慢慢地移向更新鲜的海水。盖茨比的双眼顷刻间就跟上了那条船。他举起手，指向海湾对面。

“我就在你的正对面。”

“可不是嘛！”

我们的目光掠过了玫瑰花圃，掠过了炙热的草坪，又掠过了大热天里的海边乱草堆。那只小船的白色帆布缓缓地移动在蔚蓝又清凉的天空大背景之下。再往前看去，是荡漾着水波的大海以及星罗棋布的岛屿。

“那里有为你准备的运动，”汤姆点着头说，“我真是想和他出去，到那边玩上几个小时。”

在餐厅里，我们一起吃了午饭，餐厅被遮挡得十分阴凉，于是大家把紧张的情绪混着凉爽的啤酒喝了下去。

“今天下午我们做点儿什么好呢？”黛西大声地说着，“还有明天呢，还有未来的那三十年呢？”

“不要这么神经兮兮的，”乔丹说，“当秋天天气变得凉爽之后，生活又会重新开始的。”

“可是现在真的太热了，”黛西坚持说着，就快要哭了出来，“一切又都这么混乱不堪。我们一起进城吧！”

她的声音仍然在热浪里挣扎着，将热浪冲撞着，将热浪的无形塑造成有形。

“我听说过，有人把马棚改成了车库。”汤姆和盖茨比讲，“我可是首个将车库改成了马棚的人啊。”

“谁想进城去啊？”黛西固执地问着。盖茨比的目光落在了她的身上。“啊，”她叫着，“你看起来真酷！”

他们的目光交汇在一起，互相凝视着沉默着，仿佛整个世界只有他们两个人。

好不容易，她才把目光收回，落在了桌子上。

“你看上去一直都很酷。”她又重复了一遍。

她告诉过他，她爱他，汤姆·布坎也看到了她爱他。他很震惊，嘴巴微微张着，他盯着盖茨比，然后又看了看黛西，好像他刚认出来她是自己在很久之前就已经认识了的一个人。

“你很像是广告里头的那个人，”她恬静地继续说，“你知道吧，广告里面的那个人……”

“好吧，”汤姆赶快打断了她，“我很愿意进城去。来吧——我们大家一起进城去吧。”

他站起来了，只是目光还流连于盖茨比和他老婆两个人身上。

没有人动起来。

“来啊！”他有点儿不耐烦了，“到底怎么了？如果我们是要进城的话，那现在就动身吧！”

他把酒杯里剩下的那些啤酒举到嘴边，因为太用力控制自己，所以在抖动。

黛西的声音让我们全都站了起来，我们走到了外面炙热的石子车道上。

“我们是现在就出发吗？”她不屑地说，“就这样吗？我们不是要先让某些人抽根烟再出发吗？”

“吃午饭的时候，每个人都在抽烟啊，而且是从头抽到了尾。”

“噢，我们高高兴兴的吧，”她央求着她，“天气这么热，快别闹了。”

汤姆并没有回答她。

“你随便吧，”她说，“走吧，乔丹！”

他们两个上楼去换衣服了，我们三个男人站在楼下用脚踢着热热的鹅卵石等着。月亮在西边的天空弯成了一个银色的弧线。直到汤姆转了过来满怀期待地对着他，盖茨比这时候开始说话了，他改变了想法。

“你有马棚在这附近吗?”盖茨比勉强找到了话题，开口讲话。

“大概四分之一个英里远，沿着这条路下去。”

“哦。”

停顿了一会儿。

“我不理解，为什么要进城去，进城去做什么?”汤姆突然气哄哄地说。

“女人总是这样啊，忽然就心血来潮。”黛西从楼上的窗户里喊道。

“我去拿一些威士忌过来。”汤姆回答道。他走了进去。

盖茨比很严肃地转向我：“在他家里，我什么都不能说，老兄。”

“她说的话都很轻率，”我补充道，“全都充满了……”我犹豫了一下。

“她满口谈论的都是钱。”盖茨比忽然说道。

就是这样的。我以前从未遇到过。她的谈论里充满“钱”字——这就是她那声音抑扬顿挫魅力无穷的原因，金币叮当，铙钹伴着歌声齐鸣……在白色宫殿的高处，国王的女儿，黄金的女郎……

汤姆从房子里走了出来，用一条毛巾包裹起一个瓶子的四分之一，他的后面跟着黛西和乔丹，她们戴着由明亮硬币做成的小而紧的帽子，胳膊上面搭着轻薄的纱质披肩。

“我们一起开我的车过去，怎么样?”盖茨比提着建议。他摸了摸被晒热的绿色皮椅，“我之前应该把它停在阴凉处的。”

“这部车是普通的车挡吗?”汤姆问道。

“是的。”

“好吧，那你开我的车吧，我来开你的进城。”

这是一个让盖茨比不喜欢的建议。

“可能剩下的汽油不是很足了。”他表示反对。

“还有很多汽油啊。”汤姆吵吵闹闹地说着，他看了眼油表。“要是在路上没油了，我可以在某个药店停下。现在这个年代，你能够在药店买到任何你想要的东西。”

这句看上去没任何意义的话讲出来之后，大家都沉默了好一阵子。黛西皱着眉头看着汤姆，同时盖茨比的脸上，掠过了一种无以言状的表情，陌生却又眼熟，好像之前我曾经听别人描述过一样。

“走啦，黛西，”汤姆说着，用手拉着黛西向盖茨比的小汽车走过去。“我开这辆马戏团的表演马车载你。”

他打开了车门，但黛西却从他的手臂围城的圈里走了出去。

“你开车带着尼克还有乔丹。我们会跟着你，开在后面。”

她朝着盖茨比走近，用她的手摸了摸他的外套。乔丹、汤姆和我，坐到了盖茨比汽车的前排，汤姆尝试性地推了推车挡，于是我们便冲进了沉重的闷热里，将他们甩在了后面直至消失在视线里。

“你们刚才有没有看到?”汤姆说。

“看见什么?”

他很敏锐地看了看我，忽然间意识到了，我和乔丹一定是一直都知道那些事儿的。

“你觉得我很蠢很傻吧，你没有吗?”他说，“也许我确实是傻，但是我有——几乎是有另一只可以看到一切的眼睛，它会告诉我其实我应该要怎么做。也许你们都不相信这些，但是科学……”他停顿了一下。反应灵敏的现实追上了他，把他从理论的深渊里拽了回来。

“我已经对盖茨比这个人做了些小调查，”他接着说，“我本来还可以调查得再深入一些，如果我知道……”

“你是在说，你曾经去找了一个巫婆么？”乔丹很幽默地问他。

“什么？”他摸不着头脑，眼睁睁地看着我们两个笑得前仰后合，“巫婆？”

“去问那些关于盖茨比的事情。”

“去问那些关于盖茨比的事情！没有，我并没有。我刚刚想说的是，我已经对盖茨比的身世做了一番调查。”

“结果是，你发现了盖茨比毕业于牛津大学。”乔丹帮忙似的说道。

“牛津大学的毕业生！”他一点儿都不相信，“他要是牛津大学毕业的才怪呢！他穿了一套粉红色的衣服。”

“尽管如此，他依然是一个牛津人。”

“牛津，新墨西哥，”汤姆表现得嗤之以鼻，“或者某个类似地方。”

“听着，汤姆，如果你真的这么瞧不起他，那为什么你还要邀请他过来吃午饭呢？”乔丹不理解地问。

“是黛西，黛西邀请了他。她在我们结婚之前就已经认识他了——天知道，他们在哪里相识的！”

因为啤酒的酒力已散，所以我们这会儿都很烦躁，当我们意识到了这点，我们便不再说什么，沉默地开了一阵子车子。当埃克堡医生暗淡的双眼显现在路的尽头时，我想起来盖茨比说的有关汽油不太够的警告。

“我们有足够多的汽油，足够我们开到城里。”汤姆说。

“可是在这儿有一个车行，”乔丹反对道，“我可不想在这种大热天里抛锚。”

汤姆很不耐烦，踩了两次刹车，车子扬起尘土，突然就在写着“威尔逊”的牌子下面停下来了。过了一会儿，老板从里面走了出来，两只眼睛呆呆直直地看着我们的小汽车。

“给我们的车加点汽油!”汤姆粗声粗气地叫道，“你以为我们停在这儿是要干什么——欣赏风景是吗?”

“我病了，”威尔逊岿然站在原地说道，“已经病了一整天了。”

“怎么啦?”

“我的身体垮了。”

“那么是要我自己动手吗?”汤姆问，“你刚刚在电话里面听着还挺好的啊。”

威尔逊费力地从门口的阴凉地儿走出来，喘着大气，把汽油箱盖子旋转着拧下来。在阳光里，他的脸色很糟，是青色的。

“我并非有意要在午饭的时候打扰你，”他说，“可是我真的急需用钱，所以我很想知道你的那辆旧车有何打算。”

“你喜欢现在这辆吗?”汤姆问，“我上个星期才买回来的。”

“好漂亮的大黄车。”威尔逊说着，费劲地给汽车加着油。

“想要买它吗?”

“不可能。”威尔逊微微一笑。

“不想买这个，但我能够在那部小汽车上赚点钱。”

“你需要钱去干什么，有什么事儿，这么突然需要钱?”

“我已经在这里待了太久了。我想要离开这里。我的老婆和我，我们打算把家搬到西部去。”

“你老婆她想去？”汤姆表现得很吃惊。

“她说想去已经说了十年了。”他靠在一台加油机旁休息了一下，手搭在他的眼睛上遮挡着阳光，“现在，她是真的要过去了，不管她是不是想去。我都要让她马上离开去西部。”

盖茨比开着的小汽车从我们身旁疾驰而过，一阵尘土飞扬，车上的人挥着手一闪而过。“我应该付给你多少钱？”汤姆语气粗鲁地问。

“就在前两天，我发现了一些蹊跷的事儿，”威尔逊说，“这就是我要离开这个地方的原因。也是为什么我会拿那辆车子的事儿去打扰你。”

“我应该付给你多少钱？”

“一块二。”

无情的热浪让我已经开始头昏眼花，在某个瞬间感觉很不适，但我始终觉得，他还没有怀疑到汤姆身上。他已经发现了他的妻子莱特尔正背着他活在另外某个世界里，这个打击让他觉得自己生病了，身体很不舒服。我先是盯着他看了看，接着盯着汤姆看了看，不到半个小时之前，汤姆也有和他一样的发现——所以我想到了，人们在智力上或者种族上的差异，都远远不及病人和健康人之间的差异那么大。威尔逊病得十分严重，所以看上去好像犯了罪似的，犯了什么不可饶恕之罪——仿佛他刚把某个可怜的小姑娘搞大了肚子。

“我还是把那辆车卖给你吧，”汤姆说，“明天下午我就给你把它送来。”

这一带总是让人隐约觉得心神不安，就算是在阳光耀眼的下午也一样，所以我转过头去，好像有什么人在警告我，我需要提防我的背后，那儿仿佛是有某种东西。在灰尘堆积的上方，是埃尔堡医生的大眼睛，它们守望着，但过了一小会儿，我就觉察到有另一双眼睛在不足二十英尺的距离外全神贯注地看着我们。

在修车店楼上的一扇窗前，窗帘拉开了点，莱特尔·维森正窥视着楼下的这辆车子。她是那样的全神贯注，所以根本就没有觉察到也有人同时注视着她，各种感情交替地出现在她的脸上，就好像是一个物体慢慢显影到一张照片上。她的表情熟悉得略有蹊跷——那是我常在女人脸上见到的一种表情，但在莱特尔·维森的脸上，这种表情似乎却是毫无意义和难以理解的，直到我终于明白了她的那两只眼睛，充满妒忌的小火苗、睁得又圆又大的，并不是盯着汤姆，而是盯着乔丹·贝克，我才知道，原来她把乔丹认成了汤姆的妻子。

当一个想法简单的大脑陷入了慌乱之中，那一切就变得非同小可了，我们的车子开上了路，离开了修车店，汤姆在被恐慌的鞭子狠狠地抽打着。他的妻子还有他的情妇，在一小时之前还都是那么听话、忠贞，现在却突然之间脱离了他的掌控。本能促使着他狠狠踩着油门，以达到他的双重目的——以最快的速度赶上黛西，并把威尔逊尽快抛在远远的脑后。于是我们便以每小时五十英里的速度朝着阿斯托亚一路飞驰而去。直到开到了高架铁路那蜘蛛网一般的条条钢架中间时，我们才终于看见了那辆正逍遥自在奔驰着的蓝色小轿车。

“第五十街附近的那些豪华电影院都很凉快。”乔丹提议着。

“我爱夏日午后人潮散尽之后的纽约。有一种很舒畅的感觉——一切都熟透了，好像各种各样奇异的水果都会从高处掉下，落到你的手里。”

“舒畅”这个词儿让汤姆感到比从前更加惶惶不安，但他还未来得及寻找到可以表示反对的话，小轿车就已经停下来了，黛西打了手势叫我们一直开上去再并排停下。

“我们要去哪儿?”她喊道。

“去看场电影怎么样?”

“天儿太热了，”她抱怨着，“还是你们去吧。我们在附近兜兜风，然后晚点儿再和你们见面。”她又勉勉强强地讲了几句小俏皮话。“我们等会儿在某个街角碰头吧。你们会看到个男人，他同时抽着两根香烟，那个人就是我啦。”

“我们不能就这样站在这里争论这些，”汤姆很不耐烦说着，我们的后面来了一辆卡车，卡车司机正在拼命地按着喇叭，“你们跟着我开，我们去中央公园的南边，广场前面。”

他有很多次扭过头朝后看，寻找着他们开的那部车子，如果路上糟糕的交通让他们堵住了，他就会放慢速度等一等，直到他们的汽车重新出现在他的视野中。我猜想，他会这样做是因为他很怕他们会忽然钻进路旁的某条小巷，然后自此从他的生命里销声匿迹。

然而他们并没消失。我们还干了件让人费解的事儿——预定了广场饭店的某间套房和客厅。

那场旷日持久又分外激烈的争执，最终以我们都被赶进了那间房子而结束，我现在已经搞不明白当时是怎么了，虽然我很清楚地记得当时的一切，在整个过程中，我的内裤就像是一条浑身湿漉漉的蛇，它沿着我的大腿向上爬，伴随着阵阵冷汗沿着我的背往下流。这是黛西的主意和建议，她说我们应该去订五间浴室来洗个冷水澡，后来我们觉得“找个地方，喝点儿凉的薄荷酒”是更实际一点的可行方案。大家都在一遍遍说着，这真是个“疯狂的想法”——我们都马上跟那个困惑的店员说话，这让人觉得或者是我们假装觉得，我们几个人的样子很是滑稽。

那是一间又大又闷热的房间，虽然已经下午的四点了，但是就算打开了窗户，也只能感受到那阵从公园的灌木丛里刮过来的热风。黛西走到了镜子前面，背着我们站着，整理着她的头发。

“这套间真的很高级。”乔丹肃然起敬，低声说着，这引得在场的人都笑了起来。

“再去打开扇窗户。”黛西用命令的口吻说着，头都没回。

“没有窗户能开了。”

“那么我们最好去打个电话要把斧头来……”

“我们该做的是，忘了这闷热，”汤姆有点不耐烦地说，“像你现在这样不停地唠叨，简直是让情况糟糕了十倍。”

他打开了毛巾，拿出那一瓶威士忌，放到了桌上。

“何必要找她茬呢，别理她就行了，老兄？”盖茨比说，“你是那个吵着说要进城的。”

于是所有人都沉默了一阵。电话簿从原来的位置滑落了，啪的一声就掉到了地板上，随之乔丹低声地说：“对不起。”——但这一次，却没人再笑了。

“我把它捡起来。”我抢着说。

“我捡到它了。”盖茨比正仔细地看看那断开了的绳子，显得饶有兴趣，他“哼”了一声，接着就把电话簿朝着椅子一扔。

“那是你最得意的小口头禅，是吧？”汤姆尖锐地说。

“什么是我的口头禅？”

“张口闭口满口都是‘老兄’。你究竟是从哪儿学来的这个？”

“听着，汤姆，”黛西说着，从镜子前掉转过身来，“如果你打算进行一场人身攻击，我就马上离开这里。打个电话去要一点冰好的薄荷酒。”

汤姆刚一拿起话筒，那些压缩成团了的热气便突然间爆发，我们听到了门德尔松的那首《婚礼的进行曲》，听到和弦那么惊心动魄地从底下的舞厅里向上传来。

“天儿这么热的，竟然有人还在办婚礼！”乔丹看上去很难受，她喊道。

“热也照样结婚——我也是啊，我在六月中旬结的婚，”黛西回忆着说道，“六月，路易维尔！那时候还有个人当场昏倒了。昏倒的是哪个人来着，汤姆？”

“叫毕洛克西。”他简短地答道。

“一个叫‘毕洛克西’的人。‘木头人’毕洛克西，他是一个做盒子的人——这是真的——他还是来自田纳西州的毕洛克西①州的人。”

“后来他们把他抬到了我的家里，”乔丹补充着，“因为我住的地方和那间举办婚礼的教堂只隔了两户人家。他一来，就住了整整三个星期，后来爸爸跟他说他必须得离开了。他走以后的第二天，爸爸就过世了。”过一会儿她又补充说，“两件事情，其实也没什么大的联系。”

“我曾经也认识个孟菲斯市的②人，名字是比尔·毕洛西。”我说。

“他是他的堂兄弟。他走之前，我已经对他的家族史了解得清清楚楚了。他送给我一根用来打高尔夫的轻击棒，我一

---

① 木头人还有盒子，都是人名毕洛克西的谐音。——译者注

② 孟菲斯（Memphis），城市名称，位于田纳西州。——译者注

直在用，现在还在用。”

婚礼开始了，之前播放着的音乐马上就停了，于是一阵悠长的欢呼声从窗口缓缓飘了进来，接着是一阵阵的“好啊——好啊”这样的叫喊，最后响起的是爵士乐，人们开始跳舞了。

“我们都变老了唉，”黛西说，“要是我们还依然那么年轻的话，我们就会马上随着音乐起身来跳舞的。”

“可别忘了那个叫毕洛克西的。”乔丹警告着她，“你又是在哪里认识他的啊，汤姆？”

“毕洛克西吗？”汤姆聚精会神地想了一会，他说，“我并不认识他啊。他是黛西的朋友。”

“他才不是啊，”黛西否认道，“那是我第一次见到他，之前从未见过。他是坐着你的车来的啊。”

“对啦，是他说的，他说是认识你的。他说他从小在路易维尔生活。阿莎·伯德在最后一分钟带了他来，然后问我是否还有地方可以给他坐。”乔丹笑了笑。“他大概是不花自己的钱搭辆车回家。他还告诉我们他是在耶鲁的时候认识你的，是你的班长。”汤姆还有我，我们彼此相顾茫然。

“毕洛克西吗？”

“首先我得说，我们从来就没有班长……”盖茨比不耐烦地接连敲了好几声脚，这引得汤姆突然瞧了瞧他。

“说到这儿我想起来了，盖茨比，听说你也是牛津人。”

“不完全是。”

“哦，是，我只是听说，你在那里上过学。”

“是的，我是上过。”

停顿了一下。

然后又传来了汤姆讲话的声音，带着怀疑和侮辱的语气

“你肯定是在那个毕洛克西人去纽黑文的时候，上的牛津吧。”

又停顿了下。一个服务员来敲门，端着一些敲碎的薄荷叶和冰块走了进来，但是他的一句“谢谢您”以及轻轻关上门的声音没能够打破这沉默。这个重要的细节就要被澄清了。

“我和你说过的，我去过那里。”盖茨比说。

“我听见了啊，可我只是想要知道那是在哪年。”

“1919 年，我仅仅停留了五个月。这就是我不自称牛津人的原因。”汤姆朝大家瞥了一眼，看了看我们脸上有没有反应出对他的怀疑。但我们当时都在忙着看盖茨比。

“那是大战结束后他们提供给部分军官的机会，”他继续往下说着，“我们可以选择去任何英国那边的或者法国那边的大学。”

我真是想站起去拍他的肩膀。我又一次觉得自己对他是完全相信，这是我很早以前就有的了。

黛西站了起来，微微笑了笑，走到了桌子前面。

“打开那瓶威士忌，汤姆，”她命令地说道，“我来给你做杯薄荷酒。然后你就不会再觉得自己是那么的愚蠢了……你看啊，这些薄荷的叶子！”

“等一会儿啊，”汤姆严厉地说道，“我还要再问盖茨比一个问题。”

“请问吧。”盖茨比很有礼貌地回答。

“你到底想要在我家里制造出什么纠纷才满意？”他们终于打开天窗说亮话了，盖茨比倒也觉得满意。

“他没有在制造什么纠纷，”黛西惊惶失色地看了看这个人又看了看那个人，“是你在制造着纠纷。请你稍微自制一点点。”

“自制！”汤姆表现得对此难以置信，他重复着，“我猜当下最时髦的一件事儿可能就是表现得‘装聋作哑’，允许不知道从哪里冒出来某个阿猫阿狗来和你的老婆调情。哼，如果只有这样才算时髦，那你完全可以不把我包含进去——现在这年代，人们已经逐渐对家庭和制度表现得嗤之以鼻，再发展下去，他们就该不顾一切，黑人白人都搞通婚了。”

他满口的胡言乱语，脸又涨得通红，俨然一副形单影只地站在文明的最后壁垒上。

“我们这里，所有的人都是白人啊。”乔丹嘟囔着说。

“我知道，我是不得人心的。我从不会举行什么大型宴会。也许你非得把家搞成猪圈，这样才能在人群里交到朋友——如今就是这么个世界。”虽然我和其他人一样感到气愤，每次他张口说话，我就按捺不住地想笑。一个贪酒好色之徒竟摇身一变成了布道先生。

“我也有点儿话想对你说，老兄……”盖茨比开口说。但黛西仿佛猜到了盖茨比的意图。“请不要说！”她无奈打断了他的话，“咱们还是都回家吧。咱们回家去不好吗？”

“这是一个好主意。”我站起来，“走吧，汤姆。这里没人还想喝酒了。”

“我想知道，他，盖茨比有什么话想要跟我说。”

“你妻子并不爱你，”盖茨比说，“她从来就没有真的爱过你。她爱的是我。”

“一定是你疯了！”汤姆脱口说出。盖茨比也猛地跳了起来，异常激动。

“她从来都没爱过你，你听见没有？”他喊道，“她是跟你结婚了，只不过因为我那时候穷，她等我已经等到不耐烦了。那是个大错，但她的心里头，除了我以外从来没有再爱过任何人！”

这时候我和乔丹都想走了，但汤姆却和盖茨比一起，争先恐后阻拦着我们，硬要我们都留下，好像他们两个都没有任何不可告人的事，好像这样间接地感受到他们的情感是我们的一种荣幸。

“坐下，黛西，”汤姆努力地装出那种父辈一样的口吻，可并不怎么成功，“这是怎么回事儿？我要知道整个经过。”

“我刚刚已经告诉过你了这是怎么回事，”盖茨比说，“已经有五年了——而你竟然还不知道。”

汤姆突然转向黛西。

“五年了，你一直都在和这个家伙见面吗？”

“没有见面。”盖茨比接着说，“不，是我们不能见面。可在此期间我们两个是相爱的，老兄，但你并不知道。我曾经因此时而大笑，”但是他的眼里并无笑意，“当我想到，事实上你还不知道。”

“哦——不过如此。”汤姆像一位牧师似的，把他那粗粗的指头合并在一起轻轻敲了敲，然后又往椅子那一靠。

“你疯了！”他开始破口大骂，“五年前发生了的事现在我没法评论，因为那时候我还不认识这位黛西小姐——可我真是想不通你是怎么接触到的她，除非你是那个把食物和杂货送至她家后门的人。而你其他的话，全都是胡扯。当我们结婚的时候黛西是爱我的，现在她也是爱我的。”

“不是。”盖茨比摇了摇头说。

“可她的确是爱我的。唯一的问题是，黛西有时会胡思乱想，想一些她也想不明白的事。”他像智者一样点了点头，“不但如此，事实上我也是爱黛西的；偶尔我也会荒唐一下，或是干点什么蠢事，但我总是会回头，而且在我的心里，我始终是最爱她的。”

“你真是让人恶心。”黛西说。

她转了身面向着我，声音已经降了一个八度，于是整间屋子都充满了让人难堪的某种轻蔑。

“你知道离开芝加哥是为什么吗？真是奇怪啊，没有人给你讲过那个胡闹的小故事。”

盖茨比走了过来，然后站在了她的身边。

“黛西，一切都已经过去了，”他很认真地说着，“现在那些都不重要了。跟他说实话——你从来就没有爱过他——一切就都一笔勾销了。”

她茫然地瞧着他。“是啊——我怎么会呢，爱他——那怎么能是真的呢？”

“你从来就没爱过他啊。”

她犹疑不安——她的目光像是哀诉般落在了乔丹和我的身上，好像她忽然间认识到了自己正在干什么——好像她一直都没有打算做任何事，而现在，一切都已经发生了，为时也太晚了。

“我从来就没有爱过他。”黛西说，但是看得出来，说得很勉强。

“在凯皮欧拉尼的时候，也没有爱过吗？”汤姆突然质问黛西。

“没有。”

低沉又闷人的音乐声正随着阵阵的热气从底下的舞厅飘上来。

“那我为了你的鞋子不沾湿而把你‘从甜酒钵’号①上面抱下来，你也没有觉得爱我吗？”他沙哑的讲话音流露出柔

① 甜酒钵，某游艇名。——译者注

情，“黛西?”

“请不要再说下去了。”她的声音很冷淡，但怨恨已经从中消失了。

她看了看旁边的盖茨比。“你看啊，杰。”她说着，那只正在点烟的手抖个不停。突然间，她把香烟和点着了的火柴全都扔在了地毯上。

“啊，你的要求也太过分了!”她冲着盖茨比喊，“我现在是爱你的——这难道还不够吗？过去的事儿我也没法挽回。”黛西因为无可奈何而抽噎得哭了起来。“我曾经爱过他——但我也真的爱过你。”

盖茨比的双眼睁开又闭上。

“你也真的爱过我?”他重复说着。

“就连这句都是假话，”汤姆恶狠狠地说着，“她根本就不知道盖茨比你还活着。要知道，黛西我们两个人之间有很多你永远都不会知道的事情，而我们永远都不会忘记。”

他的话把盖茨比狠狠地刺伤了，他的心痛着。

“我需要和黛西单独在一起谈谈，”他执意说着，“她现在是太激动了……”

“就算是单独谈，只有我和你，我也不能跟你说我从未爱过汤姆，”她用很伤心的语气说道，“那样的话不是真话。”

“当然不是真话。”汤姆附和着说。

她转过身对着她的丈夫。

“就如同你仍然在乎似的。”她说。

“我当然在乎。从今以后，我还要把你照顾得再好一点儿。”

“你怎么还不明白呢，”盖茨比说着，他变得有点慌张，“你已经没有机会来照顾她了。”

“我没有照顾她的机会了?”汤姆睁大着眼睛，放声地大笑着。他现在已经可以很好地控制自己的情绪了。“为什么呢?”

“黛西将会离开你。”

“胡说八道。”

“但是我确实要离开你了。”她费劲地插话道。

“她是不会就这么离开我的!”汤姆突然向着盖茨比张口大骂，“反正绝对不会为了这么一个骗子就离开我，一个给她套在手指头上的戒指都是偷来的骗子。”

“我真是受不了了!”黛西喊道，“哦，我们走吧。”

“你到底是个什么人?”汤姆冲着盖茨比嚷起来了，“你是在梅耶·沃夫山姆附近游荡的人里的其中一个，这点我碰巧是知道的，我对你所有的事儿都做了个小调查——明天我还会做进一步的调查。”

“关于这些，你想做什么就做什么吧，老兄。”盖茨比一副镇定自若的样子。

“我打听到了你的那些‘药店’有什么名堂。”他转过来语速很快地对我们说，“他和那个叫沃夫山姆的人在这里和芝加哥收购了很多街上的小药房，还私自把酒精拿去卖给别人喝。那就是他耍的众多诡计当中的一个。我第一次看见他就看得出来他是一个走私酒的贩子，我猜的并没有和事实相去甚远。”

“那又怎样呢?”盖茨比很有礼貌地回答道，“我想你的朋友，叫瓦特·蔡斯的那个，并没觉得和我们一起做生意有什么丢人的。”

“你还把他拖进水了，是不是?是你们害得他在新泽西州的监狱里待了一个月。天啊!你应该去听一下瓦特是怎么评价你的。”

“他找到我们时，是个彻头彻尾的穷光蛋。他很高兴可以赚几个钱，老兄。”

“你不要再叫我‘老兄’!”汤姆喊着说。

盖茨比并没有搭腔，“瓦特他本来是可以以违犯了赌博法的名义告你的，但沃夫山姆让他怕得闭上了嘴。”那种不太熟悉却认得出来的表情再一次出现在了盖茨比的脸上。

“那个有关开药店的事儿不是什么大事儿，”汤姆又缓缓地说，“但你们如今又在搞什么鬼，瓦特他不敢跟我说。”

我看了一眼黛西，她被吓得瞠目结舌，她瞧了瞧盖茨比，又看了看她的丈夫，接着瞅了瞅乔丹——她的脸上闪过一丝不易察觉却又很有趣的表情，像是努力在让所有事情保持平衡，于是我又转过头看了看盖茨比——我看到他的面部表情，让我大吃一惊。他看上去就像刚刚“杀死了一个人”那样——我说这样的话，和飘荡在他花园里的流言蜚语一点儿关系都没有。但是他脸上那瞬间的表情真的刚好能用那种有点儿荒唐的比喻来形容。

这种表情消失之后，他又激动地和黛西聊了起来，矢口否认了那一切，又为没人提出来的罪名帮自己辩护。但他说得多一点儿，她就疏远一点儿，所以他只好什么都不说了，只有那已经没有了生命的梦想还在下午的逐渐消退中继续奋斗着，拼命地想要触碰那些不再存在的东西，面对着屋子另一边已经消失了的那个声音，痛苦又不失希望地挣扎着。

那个声音央求着想要走了。

“求求你了，汤姆！我再也忍受不了了。”她诚惶诚恐的双眼显示出，不论以前她有过怎样的意图，有过怎样的勇气，现在都已经烟消云散。

“你们两个动身回家吧，黛西，”汤姆说，“就搭盖茨比的车子吧。”

她盯着汤姆，极度的惊恐，但他坚持着，看上去是宽宏大量，其实是蔑视。

“走吧。他是不会骚扰你的。我想他是明白的，他那些狂妄的小调情早已经完了。”

他们两个走了，一句话都没有说，一转眼就消失了，变得不足轻重，孤独得像一双鬼影，甚至与我们给的怜悯都隔绝开了。

过了一会儿，汤姆站起来了，又开始用那块毛巾把没打开的那瓶威士忌重新包起来。

“来点儿吗？乔丹？尼克？”我没回答。

“尼克？”他又问了一遍。

“什么？”

“要来一点儿吗？”

“不要……我才想起来啊，今天刚好是我生日啊。”我三十岁了。一条崭新的凶多吉少又咄咄逼人的十年之路展现在了我的面前。十年的凶多吉少、咄咄逼人的道路。

当我们跟着他坐上了小轿车动身返回长岛时，已经七点了。汤姆路上一直在说话，他洋洋得意，哈哈大笑，可是在乔丹或者我看来，他的声音就像是人行道上那嘈杂的人声以及头顶上高架铁路的轰隆隆车声那般遥远，对人类而言，同情心总是有个限度的，所以我们也很愿意让他们的可悲争论连同身后的城市以及灯火一起逐渐消失。三十岁——望向未来的十年孤寂，能一起交往的未婚单身汉正在逐渐稀少，从前热烈真挚的感情开始逐渐变得稀薄，脑顶的头发也逐渐稀疏。但我的身边还有乔丹，她和黛西很不一样，她是少年老成的，不会让早已经忘怀了的梦还一年年地藏在心里头。我们驶过那座黝黑铁桥的时候，她苍白的脸颊懒懒地靠向我的肩，紧紧地握住了我的手，这个举动驱散了这个年纪生日所带来的重大冲击。

我们在凉爽的黄昏里向着死亡开去。

那个希腊籍的年轻人米切利斯，在灰尘堆的旁边开了一间小咖啡馆，他是后来审讯时最主要的目击证人。在那么个大热天里，他一觉就睡到了五点，起来之后溜达着到了车行，在办公室看到威尔逊生病了——他是真的不舒服生病了，脸色差得就像他那苍白色的头发，浑身颤抖。于是米切利斯劝他去上床睡一觉，威尔逊却怎么都不肯，他还说那样会错过很多生意。这个邻居在劝他休息的时候，楼上突然之间传来大吵大闹的声音。

"我把我的老婆锁在了楼上，"威尔逊很平静地边说边解释，"她会一直待在那里，待到后天，后天我们就要搬走了。"

米切利斯对此很吃惊，他们已经做了四年的邻居了，威尔逊从来都不像是会说出这般话的人。通常情况下，他都是一个疲惫不堪的人：没活儿干的时候，他就会在门口的椅子上坐着，望着马路上的车水马龙和往来的行人发呆。不管是谁过来和他说话，他总是会那样和气又没什么力气地笑一笑。他总是听他老婆的呼喊和支使，自己却没有什么的主张。

所以很自然地，米切利斯想要了解究竟是发生了什么事，但是威尔逊一个字都不肯说——而且相反地，威尔逊用古怪又狐疑的目光不停地端详着这位邻居，同时还不停地问他在某个日子某个时间做了什么。正当米切利斯开始慢慢觉得不自在之时，几个工人从门口经过，向着他开的那间餐馆走去，于是他借机脱了身，打算等一会儿再过来。不过他并没再来。

他猜想的是他可能忘了，并没有什么别的原因。七点多一点儿的时候，他又来到了外面，再次想起那番谈话，是当他听见了威尔逊的老婆正在楼下车行里破口大骂着。

“你打我啊！”他听见车行里的她正在嚷嚷，“把我扔出去啊，打我啊，你这个肮脏的胆小鬼！”

过了一会儿，她忽然冲出了门，向着黄昏奔跑过去，一边挥着手一边叫喊着——还没等他离开自己的饭店门口，整件事情已经发生了。

那辆“死亡之车”——按照报纸上面的提法——连停都没有停，从苍茫的暮色里开了出来，出事之后略显悲惨地犹疑了一时半刻，然后便在前面的一个转弯处消失不见了。米切利斯甚至连那部车子是什么颜色的都说不准——他告诉最早过来的警察，那是一辆浅绿色的车。而另一辆小汽车，开往纽约去的那辆，在开过一百码之后停了下来，开车的人赶快跑到出事的地点，威尔逊太太正跪在那里的公路上，她死于非命，那黑色的血液和满地的尘土混在了一起。

米切利斯和这个人是最先赶到威尔逊太太身旁的人，但当他们把威尔逊太太的衬衫撕开时，看见她的左边乳房松松拉拉地耷拉着，就都不用再去伸耳朵听其下的心脏了。她的嘴张得很大，嘴角也被撕破了，仿佛是在放弃那些储藏已久的精力时噎了一下。

我们在离那里很远时就看见了三四辆小汽车以及一大群的人在那里。

“撞车了！”汤姆喊道，“那很好啊。威尔逊终于能有一点儿生意了。”

他把小汽车的速度慢了下来，但并不打算要停下来，直到我们的车开得距离事发地近一点儿时，在车行门口的那群人脸上的屏气凝神才让他自然而然地踩了刹车停了下来。

“我们过去瞧一瞧，”他犹疑不定，继续说，“就瞧一眼，然后就走。”

这时我听见了一阵空洞的哀号声从车行里传了出来，我们下车向车行的大门走去，终于听出了那声音在上气不接下气一遍遍地喊着“我的天啊”几个字。

“这里出了什么大乱子?”汤姆很激动地说着。

他从脚打量起，越过了一圈人头向车行里面望去，天花板的上面挂着一盏电灯，挂在一个铁丝罩里，发着黄光。他喉咙里哼了一声，接着用他那两只有力的手臂忽然向前一使劲儿便挤进了层层的人群中。

那一圈人于是又合拢了起来，同时传出了一阵阵嘟嘟囔囔的劝告声。有大概一两分钟的时间我是什么都看不见的。后来新来的人再次打乱了这个圈，于是乔丹还有我就被挤到了里面。莱特尔的尸体被一条毯子裹着，外面包了另一条毯子，仿佛在这么炽热的夜晚，莱特尔依然还是怕冷似的。尸体放在墙边的工作台上，汤姆正背对我们低着头在看，岿然不动。他的旁边站着一名骑摩托车的警察，他正往小本上面抄名字，一边流着汗一边写了又改。刚开始的时候，我找不出空荡的车行房间里回荡着的高昂呻吟声是从哪里发出来的——然后我看见了威尔逊正站在他办公室的高门槛上，身体前前后后地摆动着，两只手都抓着门框。有一个人在低声地和他说话，不时地想把手放在威尔逊的肩上，但威尔逊仿佛是听不到又看不见。他的目光慢慢向下，从那盏摇摇晃晃的电灯上移动到墙边的那张放着尸体的桌上，忽然又转回到了那盏灯上，他还不停地发出高亢又可怕的号叫：“啊，我的上……帝哟！啊，我的上……帝哟！啊，上……帝啊！啊，我的上……帝哟!”

不久，汤姆突然使劲儿一甩，把头抬了起来，他目光呆滞扫视着车行，接着对警察说了一句含糊不清的话。

“M—y—v ”警察在说，“—o—”

“不是，r —”那个人更正道，“M—a—v—r—o—”

“你听我说!”汤姆怒哄哄低沉地说。

“r—”警察说，“o ——”

“g——”

“g——”汤姆那只大手忽然落在了他的肩膀上，他抬起了头问汤姆，“你想要干吗，伙计?”

“究竟发生了什么? 我想要的就是知道这个真相。”

“一辆汽车把她撞了，当场就撞死了。”

“当场就撞死了。”汤姆重复着，两只眼睛直勾勾的。

“她跑去了马路中间。那个混蛋的车子连停都没有停。”

“当时这里有两辆车子，”米切利斯补充道，“一辆来，一辆去，知道吗?”

“是去哪儿的?”警察渴望地追问。

“每辆车各自去了一个方向。喏，她，”他的手指着毯子的方向举了起来，但在半路就又停了下来，放回到了身边，“她跑到了外面的马路上，从纽约开来的那部车迎面撞了她，车子的时速大概有三十或者四十英里。”

“这里叫什么?”警察问道。

“没有名字。”

一个脸色灰白穿着体面的黑色皮肤的人走了上来。

“那是辆车身为黄色的小汽车，”他说，“大型的，车身呈黄色的小汽车，新的。”

“看到了事故是怎么发生的吗?”警察问。

“没有，在路上，那辆车是从我的旁边开过去的，速度可远远不止是四十英里，有五十或者六十英里。”

“过来，我们要把你的名字记录下来。让开一点儿。我们要记录下他的名字。”

这段对话肯定有某些字触动到了正在办公室门口摇摇晃晃着的威尔逊，因为他的哀号里忽然多了一个新话题：“不用你来告诉我是辆什么模样的汽车！我知道是辆什么汽车！”

看着汤姆，我看见了他的肩膀后面的那团肌肉正在衣服下面紧绷起来。他急忙朝着威尔逊走了过去，然后站在了他的面前，一把就抓住了他的胳膊。

“你一定要镇定下来。”汤姆说，粗犷的声音里夹杂着安慰。于是威尔逊的眼光落在了他的身上。威尔逊先是一惊，接着踮起脚尖，然后差一点就跪倒在了地板上，如果不是汤姆忽然扶住了他的话。

“你听我说啊，”汤姆说着，轻轻地摇了摇他，“刚刚我才到的这里，从纽约那个方向过来的。我是来把我们之前谈过的那部小轿车送给你的。今天下午的那辆车子，我开的那一辆，并不是我的车子——你听到了吗？后来一整个下午我都没有再看到它。”

只有之前的那位黑人与我靠得近，所以我可以听得到他所讲的话，但警察也听得出他的声调里有些问题，所以目光严厉地向这边看着。

“你说什么啊？”他质问道。

“我是他朋友。”汤姆转过头来，但两只手还在紧紧地抓着威尔逊身体，“他说他是认识那部肇事车的……是辆黄色车子。”

模模糊糊的一点冲动使得那位警察满心疑惑地看了看

汤姆。

“那你的汽车是哪种颜色的呢?”

“是蓝色的一辆汽车，一辆小的轿车。”

“我们是刚刚才从纽约过来的。”我说。

有个一直开车跟在我们后面不远处的司机证实了我说的这一点，于是警察掉过了头去。

“现在，如果你能让我把那个名字正确无误地……”威尔逊被汤姆像玩偶似的提了起来，提到办公室里面，放在了一把椅子上，然后他又回来了。

“来一个人，来这儿陪着他坐着。”汤姆发号施令似的说，张望着，这时候，站得距离办公室最近的那两个人互相望了望，很勉强地走进了那间屋子。汤姆随后关上了他们身后的门，跨下了一级台阶，他的目光躲开了那张桌子。他经过我的身边时对我低声说道：“咱们走吧。”

他不安地用那专横的胳臂开了路，我们从聚集在一起的人群里推了出去，还遇到了一位匆忙赶来的医生，他手里拎了个皮包，这还是半小时之前抱着一线希望去叫的医生。

汤姆把车开得很慢，拐过了那个弯后，他才把油门使劲儿地踩下去，接着小轿车就飞一般地在黑夜里奔驰。过了一会儿，我听见了一声低沉的呜咽，接着就看到了汤姆那泪流满面的脸。

“这个没胆的胆小鬼!”他抽泣一声说，“他的车子竟然连停都没有停。”

忽然布坎家的房子在黑乎乎又瑟瑟作响的树丛中浮现在了我们面前。汤姆在他家的门廊旁停了下来，他抬头望了望二楼，那里的蔓藤中的两扇窗户被灯光照得很明亮。

“黛西已经到家了。”他说道，我们下车的时候，他瞧了我一眼，又微微地皱了皱眉头。

“我应该在西卵就让你下车的，尼克。今晚我们也没有什么别的事要做了。”他的身上发生了变化，话说得很严肃，也很果断。当我们穿行于铺满月光的小石子路向着门廊走去时，他用干练的话语利索地处置好了眼前的所有情况。

“我应该去打电话叫辆出租汽车过来送你回家。等车时，你和乔丹最好去厨房里，让他们帮你们做一点晚饭——如果你们是想要吃点儿什么的话。”他推开大门说，“进来吧。”

“不用啦，谢谢。但如果您真的帮我叫部出租车来这里的话，我会觉得很高兴。我将在门外等。”

乔丹把手放在了我的胳臂上。

“你不要进来吗，尼克?”

“不了，谢谢。”

我的心里有点儿不好受，我想要自己一个人待一会儿，但是乔丹又徘徊了一阵子。

“现在刚刚九点半而已。”她说。

如果我再进去我就要下地狱了，我不肯进去。某天，我会觉得看够了他们，忽然之间，我觉得我也看够了乔丹。她肯定是在我的面部表情里看出了关于这些的什么端倪，所以她忽然转过身去，沿着门廊的那些台阶一路跑进了屋子里。我两只手抱着自己的头，在那里坐了几分钟，直到听见了屋子里面有人在打电话，又听见了男管家叫出租车的声音。然后我缓缓地走上了车道，离开了房子，打算走去大门等着出租车来。

还没有走出去二十码，我就听到了有人在叫我名字，然后便看到盖茨比在两排灌木丛之间的小路上朝我走来，当时的我一定已经是神志不清的了，因为我的脑子里一片空白，只能看到他的那套颜色粉红的衣服，正在月光底下闪着光芒。

“你在做什么呢？”我问道。

“只是在这里站会儿，老兄。”

不知那是为什么，这像是某种很可耻的勾当。说不定，他正要在某个时刻抢劫了这个房子。我也是不会感觉惊讶的，假如我看到了很多邪恶的面孔，“沃夫山姆人”的面孔，它们就躲在了他身后的那片黑乎乎的灌木丛里。

“你在来的路上瞧见了什么麻烦事儿吗？”过一会儿他问道。

“看见了。”

他犹豫了一下。

“她被撞死了么？”

“是的，死了。”

“我当时就已经料到会这样了。我告诉过黛西的，我想她是被撞死了。这是件好事儿，所有的震撼在一瞬间发生了。她面对这些突发事件表现得很棒。”

他这么说着，就好像黛西做了什么反应是整件事情里唯一重要的事情。

“我从小路上开车回到了西卵，”他继续说着，“我把车停在了我的车库里。我觉得大概没有人在那时候看到了我们，但当然，我也不能十分肯定。”

说到这里的时候我已经变得十分厌恶他了，所以我觉得已经没有必要去告诉他那些“觉得”是错的。

“那女人是谁？”他问道。

“她姓威尔逊。她的丈夫是旁边那个修车店的老板。这件事情究竟是怎么发生的？”

“哎，我当时是想把方向盘扭过来的……”他突然就打住了，我也很快就猜到了真相。“当时其实是黛西在开车？”

“是的，”过了一会儿他才接着说，“但当然，我得说当时是我在开车。就是这样的。当我们离开了纽约，她的神经异常紧张，总是认为开车可以让自己镇定下来——这个女人忽然冲向我们的时候，我们正在和对面方向过来的一辆汽车会车。前前后后都不足一分钟，瞬间就发生了，但我始终觉得她是有什么话想要和我们说，她以为车里的我们是自己认识的某个人。好吧，起初黛西把方向盘从那个女人的那边打向了迎面过来的那辆车那边，然后她又惊慌失措地把方向盘转了回来。当我的手刚刚触碰到方向盘的时候，我便感到了那个撞击——她一定在瞬间就被撞死了。”

“她被撞开了花……”

“别和我说这些，老兄。”他的面部肌肉抽搐了一下，“总而言之啊，黛西碾过去了。我尽力想要让她停下来，但是她停不下来。于是我拉了手刹，她倒在了我的膝盖上，所以我继续把车往前开。”

“她明天就会好起来的，”过了会儿他又说，“我将会在这里等一等，看看他是否会拿今天下午的那些不愉快来找她的麻烦。黛西已经把自己反锁在房间里了，如果他对她有什么粗鲁的举动，她就会重复地打开灯关掉灯。”

“他是不会对她怎么样的，”我说，“他现在满脑子里想的都不是她。”

“我并不信任他啊，老兄。”

“那你准备要在这里等多久？”

“等一夜，如果有这个必要的话。至少，也要等到黛西他们都去睡觉了。”

一个关于这件事儿的新看法忽然涌现在我的脑海里。假如汤姆发现了当时开着车的人是黛西，他也许会认为整件事情是事出有因的——他也许会把事情想成这样或者那样。我看了看那座大房子。在楼下有两扇或者三扇窗户是亮堂堂的，而黛西房间发出的粉色光亮正在二楼闪耀着。

“你在这里等着，”我说，“我去看看那里是否有什么吵闹的征兆。”

我沿着草坪边往回走着，轻轻地跨过了石子铺成的车道，踮起脚尖走上了长廊的台阶。

挂在客厅里的窗帘是打开着的，所以我能够看得到整间屋子空无一人。我穿过了三个月之前，那个六月的傍晚，大家一起吃晚餐的那个阳台，来到了一小片矩形灯光的前面，我猜那是食品储藏室的窗户。百叶窗紧紧地拉着，但我却在窗台上面找到了一个小缝隙。

黛西和汤姆面对面地坐在厨房里桌子的两边，有一盘冷了的炸鸡和两瓶啤酒摆放在两人的中间。他隔着那张桌子，正和她聚精会神地讲话。说得那么热切，他还用自己的手捂着她的手。她也时不时地把头抬起来去看看他，并点着头表示同意。

他们并非是快乐的，他们两个人谁都没有动桌子上的炸鸡和啤酒——可是他们也并非不快乐。这样的一幅画面里，有一种显而易见的亲密存在于两人之间，任何人看到了都会觉得他们两个一起是在密谋着什么。

当我的脚尖踮着走下了阳台时，我听见了出租车正沿着黑乎乎的车道缓缓地朝着这座房子的方向开了过来。盖茨比还在石子铺成的那条车道上面等着我，就在我刚刚同他分开的那里等着我。

“上面一切都还平静吗？”他很焦急地询问道。

“是的，一切都很平静。”我犹豫了一下，“你还是回家睡觉去吧。”

他把头摇了摇。

“我要在这里等，一直等到她上床去睡觉了。晚安啦，老兄。”他把两只手插在了上衣的口袋里，转过了身去，满怀希望地投入到了他对那座大房子的监视里。就好像是，我的存在破坏了他那神圣的瞭望和守护。所以我就走开了，留下了月光里站着的他——空守着。

第八章

我一整夜都睡不着。在海峡里，一个雾笛正在不停地呻吟着，我就像生病了一样躺在现实的狰狞和噩梦的可怕之间辗转反侧。天就快要亮了的时候，我听见了一辆出租车的声音，它开上了盖茨比家的车道，我马上从床上跳了下来，然后开始穿我的衣服——我想我有什么话要去和他说，我有什么事儿要去警告他，如果等到早晨，那么一切就都太迟了。

穿过了他家的草坪，我看见他家大门仍然敞开着，他在门厅靠着桌子站着，大概是因为沮丧或者是因为瞌睡，显得十分的颓废。

“什么事都没有发生，”他无精打采地说，“我在那里等着，等到了大概四点钟的时候，她走到了窗口来，在那里站了一小会儿，然后关掉了灯。”

他的大别墅从未显得那么空旷，当我们两个人在那天夜里穿过他的那些巨大房间去找烟抽的时候，他的别墅前所未有地大。

我们推开了帐篷布一般的厚门帘，又沿着那无穷无尽的黑暗和墙壁摸瞎寻找着电灯的开关——有一次我竟然轰隆一声摔在了一架如同幽灵一般的钢琴键盘上。到处都是积攒得很厚的莫名其妙的灰尘，所有的房间都潮湿发霉，好像已经很久没有通风换气过似的。我在一张我并不很熟识的桌上发现了烟盒，还有两根已经走味且干瘪了的纸烟在里面。穿过客厅里打开了的法式窗户，我们坐了下来，一起对着窗外的黑夜抽起了烟。

“你应该离开这里，”我说，“他们会来追查你的那辆小汽车，这是一定会的。”

“现在离开吗，老兄?”

“去大西洋城①那里待上一个星期，或者朝北，去蒙特利尔②。”

他不肯接受这个建议。他无论如何都不肯离开黛西，除非他已经知道了她接下来打算怎么做。他正抓着那最后的一线希望死死不放，我也不忍心劝他撒手。

就是在这天的夜里，他把他同丹·科迪一起度过的那些年轻时光里略显离奇的故事讲给了我听，因为在汤姆的恶意伤人之下，“卓伊·盖茨比”已经如同玻璃一样碎成了渣了，那漫长的秘密的狂想剧也拉上帷幕了。我想这时候他对什么问题都会没有保留地坦诚相认，而他想谈的却只有那些有关黛西的事。

---

① 大西洋城（Atlantic City），南部的乔治亚州的首府。——译者注

② 蒙特利尔（Montreal），加拿大的首都。——译者注

他认识的人里面，她是首个所谓的“大家闺秀”。他以前曾经用各式各样的未经披露的身份去和这类人接触，可是每次总是有一层看不到的铁丝网横空隔在他们的中间。他为她神魂颠倒了。他去了她的家里，起初是和其他军官同去，后来便单独前往了。她的家让他震惊——他从来都没有到过这么美的房子里，但让一切变得屏气凝神的，是黛西住在这里——这房子对她而言，就像是他常在军营里看到的那些帐篷，平淡无奇。房子里充满着浓浓的神秘气氛，仿佛是暗示在楼上那里有很多比其他卧室更凉爽也更美丽的，走廊里面随处都发生着的赏心悦目之事儿，当然还有很多的风流艳史——不是潮湿发霉要用熏香草才得以保存的，而是些有血有肉活生生的，让人不禁联想起今年款的雪亮的小汽车，联想到那鲜花还未凋谢的大舞会，很多男人都曾爱过黛西。这点也让他很激动——这使得她的身价在他心中又抬高了不少，他感到他们存在于她家的边边角角，简直是无处不在。空气里弥漫着依然颤抖的阴影还有回声。

但他是明白的，他之所以可以出入黛西的家，这纯属偶然，无论他以卓伊·盖茨比的身份将会拥有如何锦绣的前程，目前而言，他只是个年轻人，既默默无闻又一文不名。而他的那套军服——那件其实并不能看得见的衣服，却是随时随地都可能由他的肩膀滑落而下。所以他竭尽所能地利用着他的时间，他霸占了所有他可以得到的那些东西，狼吞虎咽又肆无忌惮——终于在十月某个寂静的夜晚，他拥有了黛西，因为对他而言，他并无真正摸她手的权利。

他也许鄙视过自己，因为他的确是用了欺骗手段才占有了她，这并不是在说他用了他那不切实际的百万家财。但他却是有意为黛西用心造成了某种安全感，让她相信了他的出身和她是不相上下的——也相信了他是完全可以照料她的。然而实际上是他没有这样的能力——他的背后并没有生活极其优裕的一个家庭为他撑腰，而且只要那个没有人情味的小政府下了命令，那么他随时随地都可能被调去世界上的任何地方。

但他并没真的鄙视自己，事情也并没有像他想象的那样发生。他可能本打算，拿他能拿的，然后再离开。——但现在他却发现自己已经献身给了对某种理想的追求。黛西的不同寻常他是知道的，但他并没有真的认识到究竟有多少不同寻常属于黛西这个“大家闺秀”。她回到了她那无比豪华的大宅里，回到了她那无比丰富而又美满的小生活里，突然就不见了，什么都没有给盖茨比留下。他却觉得自己已经和黛西结婚了，仅此而已。

两天以后，他们再次见到彼此的时候，盖茨比是那个无比兴奋却又被背叛的人。她家的阳台正沐浴在那璀璨的星光里。她转过身面向盖茨比，让他去亲吻她奇妙又可爱的小嘴，入时的长椅和长椅上的柳条跟着发出吱吱嘎嘎的声音。她有点儿着凉，这让她的声音变得比平时更加沙哑，却也更加迷人。于是盖茨比深深地体会到了财富是如何禁锢和保藏了青春和神秘，体会到了一套套的衣装是如何让人保持着清新，体会到了黛西是如何发着银色的光芒凌驾于所有穷苦人激烈的生存斗争之上。

“我没办法和你形容，当我发现自己已经爱上了她之后，我是多么的惊讶，老兄。有一阵子，我甚至盼着她能够把我甩掉，可是她没有这样做，因为她也一样爱着我。她认为我知道很多事情，因为我懂的事情和她懂的很不一样……唉，我就那样，把所有的雄心壮志都丢在了一边，每一分每一秒都在感情里越陷越深，并且我也忽然变得什么事儿都不再在乎了。如果我能从和她分享我即将去做什么中获得更大的快乐时光，我又何必真的去做我本打算做的事情呢？”

在他动身去海外之前最后的那一个下午，盖茨比搂着黛西沉默不语地一起坐了很长一段时间。那是一个天气凉爽的秋日下午，房间里生了火，黛西的两颊被火烘得红通通的。她不时地移动一下，他也跟着微微地挪动一下自己的胳膊，有一次他甚至还亲吻了她那一头乌黑发亮的秀发。那个下午曾让他们稍微平静了一阵子，仿佛是为了能够在他们彼此的记忆里留下深刻的印象，仿佛是要为第二天即将开始的长久的分离去做足准备。他们在相爱的这一个月里从未如此地亲密过，也从未如此坦诚地互吐心声，当她用无言的嘴唇轻轻拂过他衣服下的肩膀，当他极其温柔地轻触她的指尖，就好像她正在睡梦中。

他在那场战争里一帆风顺。还没有到前线他就已经做上了上尉，而在阿贡战役结束后，他便晋升了少校，做起机枪连连长。停战之后他急得发疯要求马上回国，但由于局势的混乱又或者是哪里有了误会，他却被调到了牛津。于是他变得很烦恼——因为在黛西的来信里他看到了她流露出的紧张和绝望。她想不明白为什么他还不能回来。她开始觉察到来自外界的那些压力，所以她需要马上见到他，需要感受到有他在身边，需要他的安慰，需要听他说她做的事情完全是正确的。

毕竟黛西那时候还很年轻，她那人工搭建的世界里满是盛开的兰花、愉悦的势力风气以及乐队——正是那几个乐队定下了当年的音调和节奏，用崭新的调子总结着人生里的悲喜和冷暖。萨克斯在通宵地呜咽着爵士曲《比尔街》里的绝望，同时有一百多双金银的舞鞋正在扬起闪着光亮的灰尘。每天的晚茶时分，总会有一些房间因为这种低沉而甜蜜的狂热乐曲变得不停震颤，同时那些鲜亮的面孔飘来荡去，仿佛是一些被哀怨的小喇叭，吹落散在了舞池里面的玫瑰花花瓣。

在这个朦朦胧胧的小宇宙里，黛西随着社交的忙季又开始变得活跃了。她忽然间每天重新同五六个男人进行五次或六次的约会，一直到了破晓，她因为困顿不堪才睡去，礼服上的珠子以及那些薄绸和凋零了的兰花纠缠在一起，被她丢在了床旁边的地板上，在这整个过程里，她的内心深处正渴望着能够做出个决定。她现在马上就要去解决掉终身大事了，那是刻不容缓的——并且这个决定一定要由一股确确实实近在咫尺的力量帮忙做出——是爱情啊，或者金钱啊这样确确实实存在着的东西。

在春天过去了一半之时，那股力量伴着汤姆·布坎的到来出现了。他的身材很棒，身价不菲，所以黛西觉得和他在一起很光彩。毫无疑问地，黛西也是经历过了一番思想斗争的，但她后来如释重负。当盖茨比接到黛西的来信时，他还在牛津。

这时黎明已经照亮了长岛，我们走去楼下把其余所有窗子打开，让整间屋子充满了逐渐发白、逐渐变得金黄的光线。一棵大树的倒影忽然投射在了露水上面，幽灵一样的小鸟开始在树叶里歌唱。空气里有种缓缓的愉悦的动静，但也还算不上是风，不过已经预示了天气凉爽又宜人。

“我是相信的，她从来就没爱过他，”在一扇窗前，盖茨比转过身来，用那挑战的眼神看着我，“你一定要记住啊，老兄，她下午特别的紧张。他跟她讲话时的方式吓到了她——他将我描述成了一个一文不值的骗子，搞得她几乎不知道刚刚自己在说着些什么。”

他闷闷不乐地坐了下来。

“当然也可能，她是爱过他的，只是一阵子，就在他们刚结婚的那会儿——就算是在那时候，也是更加爱我的，你明白这些吗?”

他忽然说了句很是奇怪的话。

“无论怎样，”他说，“这都只是一个人的事。”

你会如何理解他的这句话呢，除了猜测着他对这一件事有一种没法估量和预测的无比强烈的感情之外，如何理解呢?

他从法国回到这里之后，汤姆和黛西他们还在蜜月旅行没有回来，他苦不堪言又不能拿着发军饷存下的最后一点钱去路易威尔一趟。他在那里停留了一周，走遍了当年十一月里的夜晚和黛西一起散步的那些街道。又重新造访了当年他俩开着她那辆白汽车去过的所有那些偏僻的地方。

就像黛西的房子在盖茨比看来总是比其他房子充满了更多的神秘和快乐，现在的路易威尔这座城市，虽然已经没有了黛西的踪迹，但在盖茨比看来，仍然弥漫着某种忧郁的美丽。

当他离开那里的时候，他觉得，如果他更加努力去找的话，也许是能够找到她的——可是现在他选择留下她，自己离开了。三等车车厢里很热——如今的他一分钱都没有了。他走到了敞着篷的长廊里，在张折叠的椅子上坐了下来，然后车站就从眼中溜了过去，一幢又一幢的陌生建筑的背面也跟着移动了过去。驶过了春天的田野，一辆黄色的电车在那儿和火车并排地飞驰了一阵儿，电车上也许有人曾经无意之间在某个街头看见了她那张迷人的脸。

铁轨转了个弯，现在是背向太阳走，西沉了的太阳却光芒四射，仿佛要为这个正慢慢消失的、她曾经在此生活过的城市送上祝福。他很绝望，伸出了手，就像是只能抓住一缕烟，在那个因她而可爱的土地上留下哪怕一个小小的碎片。但一切在他泪眼婆娑的面前跑得都太快了，他是知道的，其中的某部分他已经不再拥有了，最新鲜最美的那一部分，他永远地失去它了。

我们吃完了早饭，到外面阳台上的时候已经是九点钟了。天气在一夜之间发生了天翻地覆的变化，空气已经开始有了秋意。园丁，也是盖茨比那老一批佣人里面最后的一名，来到了台阶前面。

“今天我准备要把游泳池里的水放掉，先生。树叶很快就要开始凋落了，那样的话，水管就会堵塞的。”

“今天先不要处理。”他回答道。他略带歉意，转身和我说，“你知道吗，老兄，我一整个夏天，一次都没有用过这个游泳池!”

我瞧了瞧我的手表，站了起来。

“再过十二分钟，我的那班车就来了。”

我其实并不愿意去城里。我也没什么精神去干一点儿什么像样的工作，而且不仅如此——因为我不想离开盖茨比。所以我误了我的那班车，然后又误了它的下一班车，最后才勉勉强强地离开了。

“我会打你电话的。”我最后跟他说。

“一定打，老兄。”

“我在中午左右给你打电话。”

我们慢慢走下台阶。

“我想黛西也会打过来的。”他神色不安地看着我，好像正希望着我能证实他说的话。

“我也觉得她会的。”

“好吧，再见吧。”

我们握了握手，然后我就离开了。当我就要走到树篱之前的时候，我忽然想起来一件事，所以我又掉转了过来。

“他们是帮混蛋，”我隔着他的草坪向他喊道，“他们一大群人加起来都远远不如一个你。”

后来我一直都为我当时和他说了那句话而感到高兴。那是唯一一句，我跟他说过的好话，因为我彻头彻尾都不赞成他。他先是很礼貌地点了点头，接着又在脸上流露了会心欢喜的微笑，好像事前我们已经在这事上疯狂地勾结过了。他那套颜色华丽的粉红色的衣服，在白色台阶的衬托下，变成了色彩鲜艳的一片。这让我又想起了三个月之前的晚上，我第一次来到他这古色古香大的别墅。当时他的草坪挤满了人，还有他的汽车道上，都挤满了猜测着他罪行的人的面孔——而他却在台阶上站着，藏起了他那永不磨灭的梦，朝他们挥着手告别。

我感谢他的款待。我们都总是因为这个向他表达感谢——我和其他的人。

“再见，”我喊着，“谢谢你请的早饭，盖茨比。”

到城里后，我勉强地抄了会儿那些密密麻麻的股票行情，后来在转椅里头睡着了。

中午之前我被电话吵醒了，吓了我一跳，我的脑门上面直冒汗珠。是乔丹打来的。她经常在这么个时间给我打电话，因为她总是在大饭店、俱乐部或者私人的住宅出入，是那么的行踪不定，所以我是很难用任何其他办法把她找到的。通常从话筒里传来的她的声音都是清凉悦耳的，就像是一小块草根土[①]从一片碧绿的球场上忽然飘到办公室窗口，但今天上午她的声音，却一反常态地显得很生硬和枯燥。

“我离开黛西家了，”她说，“我现在位于海姆斯特得，今天下午我就要到索斯普敦。”

也许离开黛西家这做法很得体，但她的做法还是让我很不高兴。她接下来的话更让我生气。

“昨晚的你对我可不怎么好。”

“在那样的情况下这有什么重要的呢？”

沉默了片刻。然后她说：“无论如何……我想见你。”

“嗯，我也想见你。”

“那我就不到索斯普敦去了，下午就进城来，你看好不好？”

“不好……我觉得今天下午是不行的。”

“那随你便吧。”

“今天下午我确实不行。许多的……”

我们这样聊了一会儿，后来我们两个突然间都不再说话了。我不知道是谁，我们俩之中的谁啪的一下把电话挂掉了，但是我知道我已经毫不在乎这些了。我那天是不可能和她喝着茶面对面地聊天的，就算她从此再也不和我讲话了也不行。

几分钟后，我给盖茨比家打了电话，但是线被占用了，我一连打了四次电话，最后，一个负责接线的工作员很不耐烦地告诉了我，这条线正在等着来自底特律那边的一个长途电话。我拿出了火车运行时刻表，把三点五十的那班车圈了起来。然后我就靠在我的椅子上，想去思考一下。这时候刚

---

① 打高尔夫时，球棒磕碰土地，削起的那些小块的土。——译者注

刚是中午。

那天早上搭乘火车途经灰堆时，我还特意走去了车厢另一边。我猜想那里整天都有一群因为好奇而围观的人，小男孩们正在尘土之中寻找着黑色血斑，还有个总是唠叨的人在翻来覆去地讲着事情发生的经过，一直说到就连他自己都觉得事情被说得越来越失真了，他便不再讲下去了，威尔逊太太的悲惨结局也被大家遗忘了。现在我想倒回去，再讲一下之前那晚，当我们离开了车行以后车行里的情况。

他们花了好大力气才终于找到了她妹妹，那个叫凯瑟琳的女孩。那天晚上她一定破了自己不喝酒的习惯，因为当她到这里的时候，她已经喝得醉醺醺了，无法明白救护车开到了弗勒兴区，等他们终于让她明白到了这点，她瞬间就昏厥了，好像这是此次事件里最难接受的那部分似的。

有个或者是出于好心又或者是出于好奇的人，让她上了自己的车子，然后跟在拉载着她姐姐遗体的车后一路开了过去。

直到午夜之后，车行前面的人群仍然川流不息，乔治在里面的长沙发上摇来晃去。办公室门先是开着的，所有来车行的人都会忍不住地向里张望。后来有人说，这简直太不像话，于是便把门关上了。米切利斯还有另外的几个男人轮流地陪着他。先是有四个或五个人，后来便只剩下了两三人。然后，米切利斯没办法，不得不发出要求，要最后的那个陌生人再等上十五分钟，他回到自己的店里煮了壶咖啡。那以后，他自己一个人留在车行，陪威尔逊待到了天亮。

三点左右的时候，威尔逊开始哼唧着胡言乱语——他渐渐地安静下来，谈到了那辆通体黄色的小汽车。他还宣布他能查得出来这车子是属于谁的。尔后他脱口说，两个月前，他的老婆曾经鼻青脸肿的从城里面回来。

当他听到自己竟然说出了这事，他还是畏缩了下，然后又开始叫喊着“我的天啊！”一旁的米切利斯正笨口拙舌地想办法去分散威尔逊先生的注意力。

“你们结婚有多久了，乔治？好啦，安静地坐一会儿，然后回答我刚才问的问题。你已经结婚几年了？”

“十二年了。”

“有没有生过小孩？好啦，乔治，坐在那里别动——我刚才问了你个问题。你有没有生过孩子？”

棕色的硬壳甲虫一直在朝着昏暗的电灯乱撞。当米切利斯每一次听到外面公路上有辆汽车疾驰而过时，他总觉得听上去像是若干小时前的那辆没有停下来的车。他不愿走到汽车间里去，因为那张放过她尸体的台子上有血迹。所以他只好在那间办公室里不自在地走来走去——还没等到天亮时分，他便已经对里面的每样东西都十分熟悉了——他不时会坐回威尔逊的身边，然后想方设法地让他变安静一点。

“你有没有一个偶尔会去一去的教堂啊，乔治？也许你都已经有好久没有去过教堂了？我也许可以给教堂打个电话，请位牧师过来，那么你就可以和他谈谈了，不好吗？”

“我不属于这世界上的任何一座教堂。”

“你应该有个教堂的，乔治，像现在这样的情况，它就有用了。你以前也一定是做过礼拜吧。难道不是在某个教堂里面结的婚吗？听着啊，乔治，你听我说啊。你们难道不是在某个教堂里面结的婚吗？”

“那已经是很久之前了。”

因为努力回答着问题，所以威尔逊来回摇晃的节奏被打乱了——他算是安静了一会，随后，之前似睡似醒的迷糊表情再次回到了他那双没了神的双眼里。

“把那个抽屉打开看看。”他指着书桌说。

“哪个抽屉?”

“那个——那一个，那个。”米切利斯打开了距离他最近的抽屉。里面什么东西都没有，只有一根小的却贵重的小狗牵引带，是牛皮制作的，又镶了银。看上去仿佛还是新的。

“这个吗?”他举起了那条小狗牵引带问道。威尔逊瞪着眼睛点了点头。

“昨天下午我发现的。她试图跟我解释它的由来，但我知道，里面有蹊跷。”

“你是说，你的太太她买了这个吗?”

“她用张薄纸包裹着放在了她的梳妆台上。”米切利斯其实看不出来这有何古怪之处，所以他跟威尔逊说了十个理由，帮助解释为什么他的老婆要买这条小狗牵引带。这众多理由中，有些是莱特尔已经讲过了的，因为他再次轻轻地叫起“我的天啊!”于是他的那位安慰者把几个还没说出口的理由又缩了回去。

“所以，他杀了她。”威尔逊说着，嘴巴突然张得很大。

“是谁杀了她?”

“我有办法，能打听出来。”

“你不要胡思乱想啊，乔治，”他朋友说，“你受了好大的刺激，自己都不知道自己在说什么了。你还是试着安静地坐着等到天亮了吧。”

“她被他谋杀了。”

“那是一场交通事故啊，乔治。”

威尔逊却摇了摇头。他的眼睛已经眯成了一条缝，嘴巴也微微咧开，满脸的不以为然，轻轻“哼”了声。

“我知道的，”他很明确地说，“我是一个肯相信别人的人，我也从来都不去怀疑任何别的人，当我搞明白了某件事，我就相信事实是这样的。是车里那个男人。她奔跑过去是想和他说话，但他却没有停下来。”

米切利斯那时候也看到了这个情况，但是他没有想到这里面有什么与众不同的含义。他还以为她是从她丈夫那儿跑开的，而不是去拦截下某辆小汽车。

“她怎么把事情搞成了那样呢？”

“她是一个很有深度的人。”威尔逊说，仿佛这样就能回答之前的问题了。

“啊——哟——哟——”他又开始摇晃了，米切利斯则站在他旁边，手里搓着那根小狗牵引带。

“也许我可以给你的什么朋友打个电话，请过来帮忙，乔治？”

这是一个希望渺茫的问题——他差不多能够确定威尔逊是一个朋友都没有的，他连一个老婆都不能照顾好。过了一会儿，他开始变得很高兴，因为他看到了屋子里发生的变化，窗外正渐渐发蓝，于是他知道就要破晓了。大概五点多的时候，外面的天空变得更蓝了，以至于屋里的灯都可以全部关掉了。

威尔逊那呆滞的双眼转去看外面的尘土堆，在它之上是一小朵灰色的云彩，呈现着古怪离奇的形状，在黎明的微风中快速地从这儿飘向那儿。

“我和她谈过了，”在沉默了一阵子之后，威尔逊喃喃地说起来，“我告诉她，她也许能够欺骗我，但是她欺骗不了主。我把她带到了窗口……”他挣扎了一下站了起来，走到了远处的窗户前，脸贴着窗户，然后我说：“你做的事儿上帝都知道，你做的所有事儿他都知道。你可以欺骗我，但是你欺骗不了上帝!”

米切利斯吃惊地站在他的身后，看到他在盯着埃克堡医生的眼睛，他的大眼睛暗淡无光，上一秒才从正在消散淡去的夜色里显现出来。

“上帝能够看见所有的一切。”威尔逊又重复说了一遍。

“那是一个广告。”米切利斯很笃定地跟他说。有什么东西使得他从窗子那转身望向屋子里，但威尔逊却在那里久久地站着，脸紧紧地贴着玻璃窗，不停地向曙光点着头。

等到了六点钟的时候，米切利斯已经筋疲力尽了，所以当他听到一辆汽车在外面停下来的声音之后，满心感激。来的人是昨天帮忙守夜的几个人之中的一位，他答应了今天要回来的，然后他做了他们三个人的早饭，那个人和他们一起吃了。威尔逊这时候已经变得稍微安静点儿了，米切利斯回家去睡觉了。四个小时以后他醒了过来，急忙又跑回了车行，但那时候威尔逊已经不知道去哪儿了。

他的行动轨迹——他一直都是步行的——事后经查得知，他先是到了罗斯福港，然后从那里去了盖德山，威尔逊在盖德山买了块三明治，却没有吃，他还买了杯咖啡。他一定是很累，走得也很慢，因为已经中午了他才走到了盖德山。一直到此，为他的行踪做出个交代来并不难——几个男孩曾经看到过一个看上去“疯癫”的男人，还有几个之前在路上开着汽车的人也都记得他在路边稀奇古怪地盯着开车的他们看。再之后的三个小时，他便无影无踪不知去哪儿了。警察根据威尔逊和米切利斯说的话，那句“有办法能查出来”，猜想着他在那段时间行走于那一带的各家车行之间，打听着一辆颜色为黄色的小汽车，却自始至终没有遇到一个曾经见过它的人肯站出来讲话，所以也许他还拥有另一个更简洁可靠的方法去打探那些他想知道的事情。到了下午的两点半钟，威尔逊到了西卵，他在那里向别人询问如何能够到盖茨比家。所以到那时为止，他已知道盖茨比这个名字了。

下午的两点，盖茨比穿上了游泳衣，给男管家留了话，说如果有什么人打来电话的话，就到泳池给他送个信。他走到车库拿了曾经在这个夏天供他的客人们娱乐的一块充气垫子，他的司机帮他把那个充气垫子充满了气。尔后他又吩咐他的司机，无论如何都不能将那辆敞篷小汽车开出来——而这真是太奇怪了，因为小汽车的左前侧挡泥板是需要修理的。

盖茨比把那个充气垫子扛在了自己的肩膀上，朝着游泳池走了过去。他中途停下来了一次，把它挪了一下，他的司机问他是否需要帮忙，但是盖茨比摇了摇头，又过了一会儿便消失在叶子枯萎变黄的树林里了。

始终都没人打来电话，但是男管家连午觉都没有睡，一直等着等到了四点——等到了就算有电话打进来也早就没有人能接了。我甚至觉得：盖茨比他不相信有什么人会打来电话，并且对他而言，这已经不那么重要了。如果真的是这样，他一定觉得他已失去了那个旧日里曾经温暖的小世界，为一直以来抱着一个不真实的梦太久了而付出着巨大的代价。他曾经一定透过那些令人惊恐的树叶抬头望到过一大片无比陌生的天，甚至因此浑身感到毛骨悚然，与此同时也开始觉得一朵玫瑰是一个多么丑恶无比的东西，阳光洒在才刚发芽的小草上又是一种何等的残酷。这是一个崭新的世界，是一个物质的世界却也是不真实的世界，在这里，那些可怜的幽魂正呼吸着如空气一般的梦，四处地飘荡着，像那个灰蒙蒙、古怪的人，穿过了杂乱无章的树木，正悄悄地向他走来。

他的司机——是属于沃夫山姆的人——听到了那声枪声。事后他只是说，关于那声音，他当时没有想太多。我把车子从火车站直接就开到了盖茨比的家里，等我急忙忙地冲上前门的那些台阶，第一次让屋里的那些人感觉到出事了，而我却认为他们当时早就已经知道出事了。我们四个人，司机、男管家、园丁还有我，大家都一言不发急匆匆地向游泳池那边跑去。

游泳池里面的水以微弱到几乎看不见的速度流动，从一边放进来的清水，流向了另一边的排水口。在隐隐约约的涟漪里，那只气垫在泳池里漫无目的地漂着。风吹不皱水面却能轻而易举地吹乱它的航程。一大堆的落叶让它缓缓旋转着，就像是经纬仪，在水面上转出了一道道细小的红色圆圈。

我们把盖茨比抬起来向屋里走去之后，园丁在远一点的草地里看到了威尔逊的尸体，一场浩劫就此结束了。

第九章

两年之后，我回想着那天其余的时间，当天晚上以及第二天，我只能想起来，在盖茨比的家门口，一批又一批的警察来来往往，同时还有摄影师以及新闻记者。大门口的外面拉了一根绳子，一名警察站在绳子的旁边，不允许那些凑热闹的人进来看，但是那些调皮的小男孩很快就发现从我家的院子就可以绕开警察和绳子进去，他们站在泳池旁边惊呆了地看着，在那天下午，一个举止积极的人，也许是个侦探，低头检查了威尔逊的尸体，当他弯下身子查看的时候，他说了句“疯子”，而他看似权威的声音却为第一天早上几乎所有的报纸定下了基调。

那些报道大多数都像噩梦一样，糟糕透了——通篇古怪离奇，到处捕风捉影，看上去煞有介事，实际上根本就不真实。当米切利斯在验尸的时候，提供的证词里透露出了威尔逊对老婆的猜忌和怀疑后，我还以为整件事情在不久之后会被一番添油加醋，然后刊登在不入流的小报纸上——没想到凯瑟琳却表现出了令人震惊的魄力，她本来是可以站在那里信口开河乱讲一通的，她却什么也没说——她那描过了的眉毛下面，两只坚定无比的眼睛直直地盯着验尸官，发誓说她的姐姐从来就没有见到过盖茨比，说她的姐姐和她的姐夫在一起生活得很是美满，还说她的姐姐从来就没什么不检点的行为。她说得连她自己都要对那些谎言全盘接受了，又用小手帕捂起脸痛苦地哭了起来，仿佛提出类似的疑问都已经是她所接受不了的，于是这样，威尔逊被归结成了一个“因悲伤过度而精神失常了”的人，这样一来，这个案子就可以保持在最简单的情节状态下。案子也就如此了结了。

事情的各个方面看上去都是些不痛不痒、又无关紧要的。可是我发现，我是站在了盖茨比这边的，而且这边只有我一个人。从我把电话打到了西卵镇去报告惨案的那一刻开始，每个关于盖茨比的揣测、每个实实在在的问题，都提到了我这里来。起初我觉得惊讶觉得迷惑，但后来，随着时间一小时一小时地过去，他还躺在他那间房子里，不动也不呼吸，更不说话，这才让我渐渐明白了我要负责，因为除了我以外再没有任何人会有兴趣——我是说，每个人死后都有点权利去得到别人的热切关注。

在发现了他尸体的半小时后，我本能地、也毫不犹豫地把电话打给了黛西，但她和汤姆那天下午很早就出门去了，还都随身带了一些行李。

“没有留下地址吗?”

“没有。”

“他们说什么时候会回来吗?”

“没有。”

“知道他们是去哪儿了吗？我怎么样才能和他们取得联系呢？”

“我不知道，这些我都说不上来。”

我真是想给盖茨比找来一个人。我真是想走进他躺着的那间屋里给他安慰，说：“我一定会给你找来一个人，盖茨比。你别着急。请相信我吧，我一定会给你找来一个人的……”

迈耶·沃夫山姆的名字并不在电话本里。男管家把他百老汇的办公室地址写给了我，于是我又把电话打到了电话局的问讯处，但是等我有了那号码时，却早就已经过了五点，没有人来接听电话了。

“请你帮忙再给摇一次好吗？”

“我都已经摇过整整三次了。”

“我有十分要紧的事情。”

“对不起，那里恐怕已经没有人了。”

我回到了客厅里，屋里突然间挤满了政府人员，最初我还以为他们是些不速之客。虽然他们用手掀开了被单，惊恐地看着安静的盖茨比，可是他的那些抗议仍然在我的脑子里继续回响着：“我说，老兄啊，你一定要帮我找来个人啊。你一定要想想办法啊。我一个人实在承受不了啊。”

有些人开始向我问问题，我却跑到楼上去了，匆匆忙忙地翻了一通他书桌上那些没锁的抽屉——他从来都没有明确地跟我说过他的父母双双去世了，但是却又什么都找不到——只有那张丹·科迪的相片，那已经都被人遗忘的象征着粗野狂暴的生活，正从墙上面朝下凝视着。

第二天的早晨，我派他的男管家去纽约给沃夫山姆他们送去一封信，在信里向他打听了消息，并恳请他能够马上搭乘下一班的火车过来。当我在信里这样写着的时候，我觉得自己的这个请求简直多此一举。我觉得他会在看到报纸的瞬间就马上赶来的，正如我也认为在中午之前，黛西就一定是会发来电报的——可是既没有电报来，也没有沃夫山姆的信。没有任何人来，只有更多的警察、摄影师以及新闻记者。

当男管家把沃夫山姆的信带回来时，我开始觉得可以傲视一切了，觉得我和盖茨比可以一起横眉冷对其他所有的人。

亲爱的卡诺威先生：这个消息让我万分震惊，我几乎无法相信这一切都是真的。那个人竟然干出了这样的疯狂行为，这应当让我们大家好好想想。我现在却不能前来，我正办理着一些极其重要的事情，目前暂时不可以和这件事有牵连。过一阵子，如果有我能够出力相助的事情，请派管家埃德加再次送信给我。当我听到了这种事情后，简直都不知道自己现在是身在何处了，我感觉天昏地暗。

您忠实的

迈耶·沃夫山姆

下面他又匆匆地附了一笔：

请通知我关于葬礼的各种情况。我完全不认识他家里的任何一个人。

当那天下午电话再次响起的时候，长途台说是从芝加哥打来的电话，我还以为这次终于是黛西打来的了，但等到电话真的接通了之后，一听那边却是个男人的声音，很轻又很远。

“是斯莱格……”

“哦?”这名字我并不熟悉。

"那封信可真是够呛啊，是吧？收到了我的电报吗？"

"什么电报都没有。"

"小派克真是倒霉了，"他的话讲得很快，"当他在柜台上面递交证券时，他被逮住了。就在五分钟前，他们收到了纽约来的通知，关于这些你知道多少啊？在这样的乡下地方，真是没法预料……"

"嗨！"我气喘吁吁地打断了这个男人的话，"请听我说——盖茨比不是我。盖茨比他死了。"

电话线的那头长久地沉默着，然后是声惊叫……再然后就"咔嗒"一声把电话挂断了。

我想大概是事发的第三天，一封由明苏达州的某个小镇寄来的署名为亨利·C. 盖兹的电报到了。上面只说了发电报的人会马上过来，还要求一定要等他到了以后再举行盖茨比的葬礼。

来的原来是盖茨比的父亲，一位庄重的老人，非常无助也非常沮丧，在如此暖和的九月，他裹着一件很蹩脚的外套。他激动得眼泪不住地往下流，我从他的手里把行李和雨伞都接了过来，他不断地伸出手去拉扯他的一撮稀疏而花白的胡须。我好不容易才帮他把大衣脱了下来。他整个人都快要累垮了，我一边把他带到了音乐厅，让他先坐下来，一边又打发了人去弄一点儿吃的来，但是他却不肯吃什么东西，那杯牛奶不小心从他那哆哆嗦嗦颤抖着的手里泼了出来。

"我是从芝加哥的报纸上面看到的，"他说，"芝加哥报纸上把一切都登出来了，我马上便动身过来了。"

"我不知道怎样才能通知到您。"

他的目光呆滞，不停地在屋子里环顾着。

"是个疯子做的，"他说着，"他肯定疯了。"

“您要喝一杯咖啡吗？”我劝着他。

“什么都不想要了。现在我好了，您是……”

“卡诺威。”

“呃，我现在已经好了。杰米被他们放在哪儿了？”

我把他带到了客厅里他儿子停放的那里，把他留在了那儿。一些小男孩费力地爬上台阶，正在向门厅这里张望。等到我去告诉了他们来的是谁，他们才很勉强地离开了。过了一小会儿，盖兹先生打开了门从里面走出来了，他的嘴巴张着，脸颊泛着红，眼睛流露着孤独，流淌着时断时续的泪水。到他这个年纪，死亡对他来说已经不是一件不可以接受的事情了，于是此时此刻他第一次环顾四周，看到那富丽堂皇的客厅，那连绵不断的屋子从这间通向那间，他的表情变得十分复杂，开始有一些吃惊很快又变成欣赏然后是骄傲，这些错综复杂的感情纠缠着在他的脸上展现出来。我把他扶到楼上的某一间卧室去休息。

在他脱外套、上衣和背心的时候，我告诉他有关葬礼的一切事情都已经推迟安排了，等他来做决定。

“我当时不知道怎么才能跟您取得联系，盖茨比先生。”

“盖兹，我姓盖兹。”

“盖兹先生，我还以为您会想要把他运回到西部。”他摇了一下头。

“杰米一直喜欢住在东部，他是在东部白手起家的，你是他的好朋友吗？先生。”

“是的，我们是知己。”

“他是一个很有前途的人，你要知道，他的年纪还很轻，却在这里非常有本事，头脑非常的智慧和灵活。”他很认真地看着我，用手轻轻地敲着他自己的额头。

我也点头表示赞同。

"如果他还活着，他一定会成为一个名垂千史的大人物，一个像詹姆斯·J. 希尔[①]那样的厉害人物，他会是这个国家的栋梁之材。"

"的确如此。"我不安地说道。

他笨手笨脚地把绣花的床罩扯来扯去。他想要把它从床上拉下来，接着就直接硬邦邦地躺到了上面，很快就睡着了。

就在那天晚上，有个似乎很胆小又很着急的人打电话过来，他非要知道我的名字才愿意告诉我他的名字。

"我是卡诺威。"我告诉他。

"噢!"他似乎不那么紧张了，"我是科里普斯普林格。"

我也感到不那么紧张了，因为这样，盖茨比的葬礼就有可能会多一位真诚的朋友，我不愿意在报纸上刊登出来，我怕会引来一大批并不是真诚地来参加葬礼的人，而是看热闹来的人。所以我亲自打电话通知了他的几位朋友。他们很难找得到。"葬礼在明天举行，"我说，"在下午的三点钟，就在他家里这边，我希望你能帮我转告他其他的朋友，如果他们愿意来参加他的葬礼。"

"好的，这是当然的。"他马上说，"不过我不太可能碰到其他人，假如我能够碰到的话，我一定会转告的。"

他的语气让我开始有些怀疑。

"你自己肯定会来参加吧。"

"这个，我尽量来，我打电话来其实是想要问问。"

"等一下，"我匆忙地打断了他的话，"先说你一定来参加怎么样?"

---

① 詹姆斯·J. 希尔，美国的铁路大王。——译者注

"这个，事情是……实际上是这样的，我目前暂时寄居在格林威治①的朋友家里，他们家希望我明天能够跟他们一起出去游玩，其实是一起去野餐，当然，如果我走得开，我一定会去的。"

我实在是忍不住了，"哼!"他一定也听到了这句，因为后面他说的每一句话听上去都很小心谨慎。

"其实我打电话是想要我的一双球鞋，我把他留在了那里，不知道您能不能……麻烦您让管家帮我寄过来可以吗?你不知道，那双网球鞋，我简直没有办法割舍掉它，我的邮寄地址是——"我把电话挂了，没有继续听他说完。

在这之后我深深地为盖茨比感到悲哀——还有一个人我打电话过去时，他竟然告诉我盖茨比活该。不过，这都是我的错，因为那些在宴会上拿着盖茨比的酒开始大骂盖茨比的客人中就有他。我根本就不应该告诉他的。

就在葬礼的那天早上，我跑到纽约去寻找迈耶·沃夫山姆，但是无论我用什么办法都无法把他找出来，负责开关电梯的男孩告诉了我方向，我推开了一个门口挂着"十字控股公司"的大门，我最初以为里面没有人，大喊了几声"喂"也没有任何人的回应。但之后我突然听到争辩的声音从一扇隔板后传来。很快就有一个人出现在了里面的门口，那是一个很漂亮的犹太女人，她用很不友善的眼光看着我。

"里面没有人了，"她说，"沃夫山姆先生去芝加哥了。"很明显第一句是谎话，因为我已经听到里面有跑调的《玫瑰经》的口哨声了。

---

① 格林威治，也译作格林尼治，是英国伦敦的一个区。位于伦敦东南、泰晤士河南岸。——译者注

“请您帮我转告，卡诺威要求见他。”

“我又不能立刻让他从芝加哥回来，是吧?”

就在这个时候从门里面传来一声“斯特拉”，我非常肯定那是沃夫山姆先生的声音。

“您把名字留下吧，”她的语速很快，“等他一回来我就帮您转告。”

“但我是知道的，他就在那里面。”

她朝着我的方向跨了一步，然后开始把两只手气冲冲地沿着她的臀部上上下下地移动。

“你们这些自以为是的年轻人，你们以为这里是可以随便进出的么!”她很生气地骂着。“我们已经烦死了！我都说了他在芝加哥，他就是在芝加哥!”

我马上提起盖茨比的名字。

“什么?”她开始从上到下地打量我。“等等，你姓什么?”

她走了，过了一会儿，沃夫山姆严肃地站在了门口，两手伸出将我拉进他的办公室。他用诚恳的口吻说我们现在都很难受，一边递给我一根雪茄。

“我还记得我和他第一次见面时的场景，”他回忆说，“那时候他还只是一名年轻的少校，刚刚离开军队，他的胸口上挂满了勋章，那都是他在战场上赢来的。他当时很穷所以只能穿军装，其他的什么衣服也买不起。第一次见面的那天，他走进四十三号街的一个怀恩波兰纳开的撞球厅找工作，他已经有两天没有进过食了。‘走，我们一起去吃午饭吧。’我说，‘四美元多的饭他不到半小时就吃完了。’”

“是您帮他把生意做起来的，是吗?”我问。

“帮他? 是我一手培养和提拔的他!”

“哦。”

“是我把他从一无所有变成现在这个样子。我把他从水深火热之中救起来，我一看他就知道他是一个相貌英俊、知书达理的年轻小伙子，当他告诉我他在牛津大学读过书以后，我就马上知道他是一个需要培养的很有潜力的人才。我带他加入了美军退伍联合会，后来他在那里取得了一定地位。他一加入马上就去了奥尔巴尼[①]，帮我的一个老主顾解决了一个问题，我们做什么都是亲密无间的。”他举起了那两根肥肥的手指。“几乎没有分开过。”

我觉得很好奇，不知道1919年那场世界棒球联赛的内部交易作弊的事是不是也是他俩一起参与计划然后实施的。

“但是他已经死了，”我停顿了一下，“您曾是他关系最好的朋友，所以我想您今天下午一定会参加他的葬礼的。”

“我很想来。”

“那么您就来啊。”

“但是我不能过去，我不想被牵扯其中。”他摇了摇头，鼻孔里面的那些鼻毛颤抖着，泪水也冲出了眼眶，流得满脸都是。

“没有任何事情再会被牵扯到里面了，既然现在事情都已经过去了。”他说。

“只要有人被杀，我就不想再被牵扯进来了，以前年轻的时候反而不一样。如果有朋友死了，无论是什么原因导致的，我都会陪他们到最后，也许你会觉得这太意气用事，但是我就是这样，一直会坚持到最后一刻。”

我看出他不会去的，而且很坚决，所以我起身准备离开。“你读过大学吧？”

---

① 奥尔巴尼（Albany），纽约州首府。——译者注

他问我问得很突然，我还以为他准备跟我搞些什么“关系”之类的。但是他只点了下头，跟我握了个手。“我们都要知道，讲交情这个事是对活人而言的，而不是对死人而言。”他表示，“我的个人原则是，不管死人的闲事。”

当我离开他的办公室时，天已经黑了，我在蒙蒙细雨中回到了西卵。我换过衣服后就到了隔壁，看到了盖兹先生正在门厅里兴奋地走来走去。他对他的儿子以及他儿子拥有的这些财物带来的自豪感一直在增长，现在的他又有一样东西想要给我看。

“杰米把这张照片寄给了我。”他的手指哆哆嗦嗦地掏出了钱包，“你瞧吧。”

是拍的这座房子，四角都已经破裂了，也被许多双手摸得脏了。他乐此不疲地把每个细节指给我看。“你瞧!”随即期待着我眼中的赞赏神情。他已经拿着这张照片去给别人看了无数次，我相信大概在他看来，这张照片比这座真房子更真。

“是杰米，他把它寄给了我，我觉得这真是张好看得不得了的照片，照得特别好。”

“照得非常好。那您最近见过他吗?”

“两年之前他回来看过我，给我买了现在我住着的房子。当然了，他从家跑掉时，我们都很伤心，但现在我明白了他那样做其实是有他的道理的。他知道自己有着远大前程，发财了之后一直都对我很是大方。”

他似乎并不愿意将那张照片重新放回去，很舍不得地又在我眼前把它举了一阵子。然后他把他的钱包放回去了，从口袋里掏出来一本已经破破烂烂了的旧书，书的名字是《霍帕朗卡西迪》。

“你看啊，这是他小的时候看的书。真的是三岁见老啊。”

他把书的封底转过来给我看，在最后的那几页空白页上面，很工整地写着“时间表”和1906年9月12日。下面是：

起床上午	6：00
哑铃和体操以及爬墙	6：15—6：30
学电学等	7：15—8：15
工作	8：50—16：30
棒球和其他的运动	16：30—17：00
练习演讲和仪态	17：00—18：00
学有用的那些新发明	19：00—21：00

个人决心

不浪费时间在沙夫特家里或（另一个名字，字迹不清）

再也不抽烟或者嚼烟

两天洗一次澡

每周都读一些好书或者读杂志一份

每周存下五元（涂去了）三元

对父母要更加体贴

“我是无意之间发现的这本书，”老头说，“真是三岁见老啊，是不是?”

“杰米是从小就注定以后要出类拔萃的，他总是会制定诸如此类的决心。你注意到没有，他是在用什么方法提高着他的思想？他在这一方面总是很了不起。有一次他竟然说我的吃相像猪一样，因此被我揍了。”

他舍不得把书合上，大声地把每条都念了一遍，然后又眼巴巴看着我。我想他大概还以为我会把书上的那张表亲手抄下来，留给自己以后用呢。

就快三点时，从弗勒兴赶来的路德教会牧师到了，所以我开始不由自主地望着窗外，想看看是否有其他车子也到了。盖茨比的父亲和我一样也在望着。随着时间一点一滴流逝，佣人们都走进来了，他们站在盖茨比的门厅里面等候着，老头的双眼流露着焦急，不停地眨着，同时他忐忑不安地说外面下雨了。牧师已经看了很多次表，我没办法只好把他拽到了一旁，拜托他再多等上半个钟头，但是无济于事。始终没一个人来。

大概五点钟的时候，我们一行三部车到了墓地，在霏霏小雨里，在大门的旁边，我们停了下来——第一辆是他的灵车，又黑又湿，挺难看的，后面一辆是坐着他父亲盖兹先生、牧师和我的大型小轿车，再后面的那部搭载了他的四五个佣人、西卵镇邮差，他们坐在他的那部旅行车里，我们每一个人都被淋得浑身透湿。

当我们穿过大门向墓地走去的时候，我听见了一辆汽车的声音，我听到了它停下来的声音，然后是一个人踏过湿透了的草坪从我们身后追上来的脚步声。我回过头一看，原来是之前那个戴了猫头鹰样式眼镜的人，在三个月前的某个晚上，我看见他在盖茨比的书房里，一边看着他的书，一边满脸惊讶。

而那之后我便再也没有见过他了。我也不知道这个男人是怎么知道今天这个葬礼的，我甚至都不知道他姓什名谁。

雨水沿着他那厚眼镜流了下来，他只好把自己的眼镜摘下来擦了擦，再去看那块用来挡雨的大帆布从盖茨比的坟上面卷了起来。

在这种时候，我很想去回忆一下我们的盖茨比，但他已经走得太远了，我只能记得黛西既没有发来电报，也没送来花，但我并不因此而感到气恼。我隐隐约约地听到什么人在喃喃念道："上帝会保佑这雨中的亡者。"然后那个戴着猫头鹰样式眼镜的人声音洪亮地说了一句："阿门！"

我们零零散散地淋着雨跑回了车子上。戴着猫头鹰样式眼镜的人在大门口那里跟我说了一些话。

"我没能够赶到别墅。"他说。

"其他人也都没能赶来。"

"真的吗！"他大吃了一惊，"啊，天啊！他们曾经去过几百次的啊。"

他摘下了他的眼镜，里里外外全都擦一遍。

"这家伙真他妈的好可怜。"他说。

我记忆里最鲜明的印象之一，是在每年的圣诞节从大学回来，以及从预科学校回到西部。到芝加哥以外的同学，通常会在十二月的黄昏六点聚集在那个古老又昏暗的车站，同几个家位于芝加哥的好朋友依依作别，他们早已融入了自己节日的欢娱气氛里。我还记得从东部的某个私立女校返回来的那些女学生，她们的皮大衣，她们在寒冷空气里叽叽喳喳的笑语，我记得当我们发现了熟人之后拍手欢呼，我记得我们互相对比着收到了的邀请："你会去奥德威家吗？那赫西家呢？舒尔茨家去吗？"我还记得那些被我们紧紧抓着的绿色车票，戴着手套的手攥着长条形状的它们。以及停在月台轨道上的那辆黄色客车，芝加哥一密尔沃基一圣保罗一线的客车，看上去就好像是圣诞节似的，使人愉快。

寒冬又漆黑的冬夜里，火车在奔驰，真正的皑皑白雪、我们的雪，它们开始在铁轨的两边朝着远方伸展，迎着火车的车窗闪耀着，威斯星州车站昏暗的灯火从我们眼前匆匆掠过，这时候空气里突然出现了一股让人神清气爽的寒气。我们吃过晚饭穿过了寒冷的长廊回来时，一路都在深深地一口一口呼吸着这样的寒气，在那神奇的一小时里，无可言说地感受到自己和这片土地之间密不可分、血肉相连。接着我们就不得不毫无痕迹地融化其中了。

这就是我们的中西部——不是麦田也不是草原，更不是由瑞典移民组成的一个荒凉村镇，它是我青年时奔跑着的那些动人心弦的归乡列车，它是寒冷夜里的街灯、是雪橇铃声，是圣诞节的花环映在了雪地里的影子。我隶属其中，受那些漫长冬日的影响，我为人略显矜持，又因为是在卡罗威的公馆里长大，所以我的态度不免会有点自满。在我们居住的那个城里，大家的住所仍然被以某姓公馆来称呼。我到现在才忽然明白了，这个故事其实到头来是个有关西部的小故事——汤姆以及盖茨比、黛西、乔丹以及我，我们全是西部人，也许我们都具有某种共同缺陷，它使得我们冥冥之中对东部的那些生活备感不适。

就算是东部令我无比兴奋之时，就算我敏锐地觉察到了河对岸那些枯燥无味又乱七八糟的城镇，那些唯有儿童老人才能幸免于无止境的流言的城镇，东部具有无比强大的优越性——就算是在那种时候，我也认为东部存在着畸形之处，尤其是西卵，它仍然会出现在我的那些荒唐离奇的梦里。在我的梦里，这个小镇像是埃尔·格里柯①画的某幅夜景：上百间的房屋，平常又奇怪，坐落在阴沉的天空和黯淡的月光下。前景里，四个男人板着脸穿着大礼服，正沿着人行道行

① 西班牙的画家。作品多为宗教题材，常用阴冷的色调渲染出超现实气氛。——译者注

走，他们抬着副担架，上面躺着个喝得酩酊大醉的女人，她身上穿了件白色晚礼服。她一只手垂在一边，上面的珠宝闪耀着寒光。接着那几个人郑重其事地转了身，走进了一所大房子——却走错了。但没人知道她的姓名，也没人关心。

盖茨比死了以后，东部在我的心中就是这样的鬼影憧憧，面目全非到了要超出眼睛可以矫正的范围，所以枯叶燃烧后的蓝烟在空中四处弥漫之时，寒风把那些晾在绳上面的湿衣服都吹得硬邦邦之时，我决定我要回家了。

在我离开前，我还有件事儿要办，一件尴尬且不愉快之事，也许本应不了了之，但我还是希望可以把事收拾干净，而不是指望那片虽然乐于帮忙却不动真感情的海把我的那些垃圾冲走。我去见乔丹・贝克，从头到尾围绕着之前两人间发生的那些事情谈，然后就谈到了我后来的经历，她在一张很大的椅子里躺着听着，一动不动。

她穿着打高尔夫的衣服，我还记得当时我想过，她简直像是一幅很棒的插图，她的下巴神气地翘起来，头发像是秋天树叶的颜色，脸蛋和放在膝盖之上的浅棕无指手套是一个颜色的。当我讲完了之后，她跟我说她已经和其他人订婚了，别的话便一句都没说。我怀疑她说的话，虽然确实有好几个只要她点头便会和她结婚的人，但我仍然故作惊讶。瞬间我想着自己是否正在犯着错误，接着我又很快地思考一番，便站起来和她告辞了。

"无论如何，是你把我甩掉的，"乔丹忽然说，"那天在那通电话里，你把我甩了。我现在已经完全拿你不当回事儿了，但当时一切来得太突然，我有好长一段时间觉得天旋地转晕头转向。"

我们两个握了握手。

“哦，你还记得吗，”她又追加一句，“我们曾经有过一次谈话，关于开车？”

“啊……我不太记得了。”

“你说过的，一个开车时不小心之人，只有在遇到另外一个开车时不小心的人之前，才是安全的。看啊，我就碰上了那个‘另外一个开车时不小心之人’啦，是不是啊？我是想说，我可真是不小心，竟然就这样把人看错了。我还以为面前的你是个老实又正直的人。我还以为那也是你引以为荣之事。”

“我已经三十岁了，”我说，“要是我再年轻个五岁，也许我还能够欺骗自己，说这样也是一种荣耀。”

她没有再回答。我又气又恼，对她却也有一丝爱慕，但与此同时我的心里又特别难过，所以我只好选择了转身离开。

在十月下旬的某个下午，我偶然间遇到汤姆·布坎，他在第五大道上走着，就在我的前面，还是那样的机警那样的盛气凌人，他的两手微微离开他的身体，仿佛是要打退别人的碰撞似的，同时他把头时左时右地转动着，配合着那双滴溜溜旋转着的眼睛。我正要放缓脚步以避免赶上他，他却忽然停了下来，皱起眉头朝一家珠宝首饰店的橱窗看去。忽然间他就看见了我，于是往回走，伸出了手。

“怎么了，尼克？你不愿意和我握个手吗？”

“是的。你知道我是怎么看待你的。”

“你真是发疯了，尼克，”他急忙解释说，“疯得够呛啊。我真是不明白你怎么了。”

“汤姆，”我质问他，“那天下午，汤姆，你和威尔逊都说了什么？”

他沉默不语地瞪着我，所以我就知道了当时我对于不知情的那几小时的推测是猜对了的。我掉头便走，可他却紧跟了一步，抓住我的胳臂。

“我和他说了大实话，”他说，“他来到我家的门口，这时候我们正要出去，后来我让别人传话过去说我们都不在家，他于是打算冲上楼来。他已经疯到可以把我杀死的地步，如果我没有跟他说那车子属于谁的。到了我家里，他的手时时刻刻都放在了他口袋里那把手枪上……”他突然停下了，然后态度变得强硬起来，“就算是我告诉了他，又怎样？是那家伙自己找死。他已经把你给迷惑了，就像他也迷惑住黛西一样，其实他是一个狠毒的人。他撞死莱特尔时就像撞死的是一条狗似的，车子连停都没停一下。”

我觉得自己无话可说，除了那个根本就说不出的事实：事情其实并不是如此的。

“你不要认为我没有遭受痛苦——我跟你说，我去退掉公寓时，看见那盒该死的喂狗的小饼干还那样摆在餐具柜上，我便坐下来像小孩子一样开始放声大哭。我的天啊，真是难受……”

我并不能真的宽恕他，也不能真的喜欢他，但是当我看到，他做的所有事情在他的眼里都是完全在理的。一切都是那样的粗心大意、那样的混乱不堪。汤姆还有黛西，他们都是粗心大意之人——他们砸碎东西，毁灭了人，然后便退缩回自己的或者是金钱或者是麻木不仁又或者是不管什么使他们能够在一起的某些东西里，让别人接着收拾他们留下的烂摊子……

我和他握了握手。不肯握手未免太愚蠢了，因为我忽然觉得，我像是在和一个小孩说话。随后他便走进了那家珠宝首饰店去买了一串珍珠的项链——或者那只是副袖扣——永远地摆脱掉了我这个乡下佬吹毛求疵般的责难。

在我离开时，盖茨比他的房子仍然空着——他草坪上的草已经长得像我那么高了。镇上面有个出租车司机，他载着客人从大门口经过时，每次都会把车子停下来，用手朝着里面做一番指点和评论。也许在出事那天的夜里，开着车把黛西还有盖茨比送到了东卵的人就是他，也许他都已经编造出了一个引人入胜的故事了。我不想听他讲，所以我下火车的时候总是躲着他。

每个星期六的晚上我都会在纽约度过，盖茨比的那些灯光璀璨、光彩夺目的宴会一直在我的记忆里，历久弥新，我仍然能够听到那微弱缥缈的音乐、欢乐的笑声，它们络绎不绝地从盖茨比的园子里飘来，还有那一辆辆小汽车在石子铺成的车道上面开来开去的声音。有一个晚上，我确实是听见那里真的有辆小汽车，我看见了车灯照在他门口的台阶上，但我并没有去调查。大概那是他的最后一位客人，刚从遥远的某个地方回来，还不知道这里的宴会早就已经散场了。

在要离开的那天晚上，我的行李已经全部打包收拾好了，杂货店的老板也把我的车子买走了，我再次走过去想要跟那座庞大而脏乱的好像象征着失败一样的废宅道别。一些脏的字眼被涂在了白色的大理石台阶上，不知道是哪个调皮的男孩用砖头涂上去的，在月光底下显得格外清楚刺眼，我走过去把它擦掉，鞋底在石板上磨出了沙沙的声音。

接着我又走到了海边，躺在沙滩上望着天空。

多数海边的大别墅已经熄灯关门了，周围黑漆漆的一片，只能看到海面上一艘移动的渡轮发出微渺的光芒，月亮越来越高、越来越亮，那些房屋也慢慢地消失，它们显得那样的微不足道，那样渺小。我慢慢地意识到这个曾满地灌木、绿草和鲜花的古老岛屿，是当年那些荷兰水手眼里的新世界。那些不见了的树木，是为盖茨比的大豪宅让路而被砍伐的。

它们曾经一度屹立挺拔，默默为人类的伟大梦想而付出奉献，当时看到这片土地，人类在欣赏这昙花一现的美妙瞬间一定屏气凝神，不由自主地陶醉到一种难以理解又难以得到的美学中，最后一次面对这奇妙的感觉。

正当我坐在这里思考这古老而又未知的世界时，我忽然想起了盖茨比第一次看到黛西家码头尽头的那盏绿色照明灯时内心的欣喜。他经历过那么多才到了这片蓝色的港湾，他肯定曾觉得梦想就在眼前，触手便可得，但是他不知道，梦想早就落在了他的身后，早就被丢到这个混沌一片无边无际的城市中的不知道的某一个角落，被丢到了夜幕降临后漆黑一片的田野上了。

盖茨比信奉着那片绿色的光，信奉着那个在我们面前一年更比一年模糊的极乐未来。之前追求它的时候，它成功地逃脱掉了，但是没有关系——明天我们将会跑得再快一点，把我们的双手伸得再远一点……迟早会有那么一天……

所以我们都奋力地向前划着，逆流而上的小船，不停地向后退，退回到曾经。

he Curious Case Of Benjamin Button

返老还童

导读：传奇人生，异样酸甜

本书收录的第二部短篇是《返老还童》。这部小说同样是由“文坛巨星”菲茨杰拉德所著。“生命总是开端于最美好的状态，而在最糟糕的时候结束。”因为马克·吐温的这句名言，让菲兹杰拉德有了创作灵感，继而在1921年完成了这部短篇小说。

它最初发表在《科利尔周刊》（*Collier Weekly*）上，基本上有着观察日记的性质：一个生下来就是老头的人，如何在这个世界中生存，如何结婚生子，如何参军打仗，如何尝试去耶鲁和哈佛上学，如何在几十页的篇幅当中慢慢变年轻，直到回到婴儿状态，度过漫长而短暂的一生。但是《阿甘正传》的编剧埃里克·罗斯（Eric Roth）动过刀以后，这个故事发生了巨变，变成了一个时间寓言。布拉德·皮特（Brad Pitt）饰演的本杰明·巴顿变成了一个类似于《人总是要死的》和《奥兰多》一类故事中的人物，以违反所有科学定律的方式过完了自己的一生。除了名字与内核之外，可能还留在电影当中的菲茨杰拉德元素，就只有永远的美国南方。大卫·芬奇把巴顿的家乡从巴尔的摩换到了新奥尔良，而主人公巴顿依然家庭富足，哪怕他真正的家是在一个死亡如人来客往的养老院。病床上风烛残年的凯特·布兰切特饰演的戴茜，在卡特琳娜飓风来临前的一刻，回忆巴顿和她的一生。不论是讲述故事的模式，还是魔幻的故事本身，都颇有些让人想起卡尔维诺和博尔赫斯。

这部影片被翻译成多种语言广受全球影迷的追捧，一举获得第81届奥斯卡金像奖的13项提名，并最终荣获3项大奖。

一

在 1860 年之前，人们都认为在家里生孩子是最佳的选择。但是现在，有人对我说，令人仰慕的医界专家们一致裁定：婴儿的第一声啼哭，应在弥漫着麻醉剂气味儿的医院上空回荡，倘若那是一家风尚的医院，就最好不过了。所以，1860 年的某一个夏日，风华正茂的罗杰·巴顿和他的夫人做出了以下决定：让他们的第一个孩子出生在医院。这个做法整整超前了五十年。这个因时代造成的错误，能否对我将要记录下的、令人震惊的故事产生某种影响，我就一无所知了。我会真实地把发生的一切都写下来，其中的曲直是非要靠你自己判定。

在南北战争爆发之前，巴顿夫妇在巴尔的摩市①拥有令

① 美国大西洋沿岸重要的海港城市，位于马里兰州，离首都华盛顿六十多公里。——译者注

人仰慕的社会地位和经济地位。几乎每个南方人都知道的，他们与世族大家的渊源颇深，因而成了众多南部联盟众多贵族中的一员。这次是巴顿夫妇第一次接触婴儿出生这一古老却迷人的习俗——巴顿先生当然十分紧张了。他期望生个男孩，这样孩子就能够被送往位于康涅狄格州的耶鲁大学，他当年就是在这所大学。他在大学四年里一直被赋予“袖口”①的绰号，其中的缘由不言而喻。

生孩子这件圣洁的大事在九月的某个清晨发生了。巴顿先生十分紧张，他六点钟就起来了，穿戴整齐后走出家门，匆匆忙忙地经过巴尔的摩市的一条条街道，朝着医院的方向走去，因为他很想知道在昨天黑漆漆的夜里是否诞生了新的生命。距离马里兰私人医院约一百英里的地方，巴顿先生看见了自家的医生基恩正下着台阶，双手正紧张地摩擦着，做着类似洗手的动作——每个医生都这么做，这成了医生这一行不成文的规定。巴顿先生——五金批发有限公司的总裁罗杰·巴顿，立刻朝着基恩医生跑去，根本没时间顾及在当时那个年代，人们所期望的南方绅士本应具有的风度。

“基恩医生！”他嚷嚷道，“哎，医生！”

基恩医生听出了他的呼喊，朝四周望了望，之后就立在原地等着他过去。当他靠近时，巴顿先生看见基恩医生那一向肃穆的面上显露出令人奇怪的表情。

“怎么样了？”跑着过来的巴顿气喘如牛地问着，“是男的还是女的？我老婆怎么样了？男的吗？是什么性别？什么……”

---

① “巴顿”的发音和“纽扣”的发音很像，因而得了这个绰号。——译者注

“严肃点!”基恩医生大声责备着，看起来他有些生气了。

巴顿先生十分恳切地问道:“我的孩子生出来了吗?”

皱着眉头的基恩医生说:“哎呀，是啊，我猜是生了——姑且算是生了吧。”他用好奇的神情望着巴顿先生。

“我老婆好吗?”

“还好。”

“男孩还是女孩?”

“够了!”基恩医生大发雷霆地叫嚷着，“我命令你自己过去看，真是受不了!”最后一个词儿，他几乎是用一口气发出来的，之后转身就要走，嘴里还嘟囔着:“你以为一次这样的助产，会对我在整个医界的名望有所提高?我看，再多一次就足够把我毁灭了——能把任何一个医生都给毁灭喽!”

“这是怎么了?”巴顿先生既吃惊又害怕地问道，“难道生了三胞胎吗?”

“不是的，不!”基恩医生讽刺地回答着，“你还是自己进去瞧瞧吧。我不打算继续做你家的医生了，另请他人吧。青年人，虽然你也是我接生的，而且我在你家做医生做了足足四十年了。虽然如此，咱们的关系还是到此为止了!我既不想见你，也不想见你其他的亲人，拜拜!”基恩医生恼怒地转身走开，多余的字一个也不想说，他钻进停在马路边的马车里，猛地抽着马匹离开了。

站在人行道上的巴顿先生，浑身颤抖，目瞪口呆。究竟降临的是怎样的灾难啊?忽然间他放弃了去马里兰私人医院的想法。又过了半晌，经过很长时间的努力，他才迫使自己踏上医院的台阶，朝着正门走去，进入医院。

空气似乎被惨淡的阴霾笼罩着，它们在医院大厅的上方徘徊着。接诊台后面坐着一位护士小姐。他忍着内心强烈的羞耻感，来到护士面前。

护士小姐问候着："早晨好!"她亲切地抬头望着他。

"上午好。我……巴顿先生是我。"听到这样的回答后，护士小姐的回应充满了恐惧。她立刻站起来，脸上呈现出将要立刻逃离现场的神情。显而易见的是，她正在努力地控制着自己。

巴顿先生说道："我想看看我的宝宝。"

护士尖着嗓子轻轻地叫了一声，"啊……当然没问题!"她发疯一般地嚷嚷着，"孩子在楼上，就在上面。快点……上去吧!"

她指着楼上的方向。巴顿先生浑身上下全被冷汗打湿了，他踉踉跄跄地转身过去，抬腿向二楼走去。到了大厅，他看到一个端着小盆向他走来的护士，他说："我是巴顿，"他努力说得清楚些，"我要看看我的……"

哐啷！那位护士手中的小盆一下子掉到地面上，朝着楼梯那边滚动着。哐啷！哐啷！小盆马不停蹄地滚动着，似乎也被卷入了这位名流刚刚引起的惊恐气氛中。

巴顿先生大声尖叫着："我要看看我的孩子!"他几乎陷入了崩溃的状态。

哐啷！小盆直接滚到了一楼大厅。那个刚才拿着小盆的护士终于镇定自若了，用略带轻蔑的眼神瞥着他。

"巴顿先生，好吧。"她压低嗓音，"非常好！可是你要知道：你的孩子在今天清晨，将我们大家都置于何种境地了！简直是骇人听闻！这个医院从此不会拥有好声望了，自打……"

巴顿先生嗓子都沙哑了，"麻利点吧，我实在忍不住了!"

"好吧，巴顿先生，那就跟我过来吧。"护士说。

巴顿先生跟在护士身后，脚步显得十分沉重。他们来到走廊的尽头，终于走到了一个充斥着哭声的房间。用当下较为流行的话来讲，这里就是婴儿们的啼哭室。护士走进了这个房间，巴顿先生也跟着进去了。

他非常紧张地屏住呼吸，问护士："现在，你能不能告诉我，哪一个是我的孩子?"

"那一个!"护士用手指着其中一个说。

巴顿先生顺着她指的方向望去，天哪，那是一个多么令人吃惊的画面啊！在那个方向摆放着一张婴儿床，被塞在上面的是一个看上去有七十多岁的老人。稀稀疏疏的头发，几乎全是白的，还有一缕儿灰白的胡须长在下巴上，在微风的吹拂下，此刻正轻轻地摆动着。他抬起头，看了眼巴顿先生，眼神十分黯淡，似乎充满了困惑。

这时，巴顿先生已经变得暴跳如雷了，他大声吼着："我八成是疯了！这是什么破医院啊?居然敢拿这种事情开玩笑!"

护士十分严厉地回答："这不是一个玩笑，我不知道你有没有发疯。我非常清楚地跟你说，这就是你夫人生的。"

巴顿先生顿时满头的冷汗，他有些不相信地阖上双眼。最后，他睁开眼，想证实下这一切仅仅是他的幻觉而已。但他眼前的那个老婴，依然老态龙钟，他都没法儿好好躺着，两只脚都在围栏外伸着，悬在栏杆上方。

老婴看上去十分平静，他瞅了瞅周围的人，用苍老且沙哑的声音问道："你就是我爸爸吗?"

护士和巴顿先生听到后，全都吓呆了。

老婴接着抱怨说："如果你是我的爸爸，我真希望你能带我离开这里，实在不行，麻烦你换个舒适点儿的摇篮给我。"

巴顿先生顿时发疯了一般，大声叫嚷着："我的天呐！你究竟是从哪儿来的？你到底是谁啊？”

老婴继续抱怨：“我还没法子告诉你我叫什么，我才出生几小时而已，但我可以跟你说，我姓巴顿。”

“你这个大骗子！你一定是在说谎！”

老婴看上去有些累了，他转过头朝着护士说：“这真不赖，他居然对刚出生的孩子采取这种欢迎方式。”他有些虚弱，但依然抱怨道：“为什么你不告诉他，是他错了呢？事实的真相就是这样。”

护士一本正经地说：“他说得没错，巴顿先生，这确实是你的孩子，你有抚养他长大的义务。医院要求你今天就把他带回去。”

巴顿先生似乎觉得自己听错了，喃喃重复着：“带回去？”

“是的，没错，我们不能让他老待在这儿了，你应该能理解的，是吧？”

老婴还是没停止抱怨：“我非常高兴回家，这里假如全是安静的小孩儿，还相当不错。但事实上简直是吵死了，我根本没办法好好睡一觉。”他抗议道，“特别是我饿的时候，他们只给我喝一瓶牛奶！这太……”

巴顿先生似乎整个人都站不稳了，他坐在老婴摇篮旁边的一把椅子上，看上去浑身虚脱了。他非常痛苦地用手蒙着脸，嘀嘀咕咕地念叨着：“老天爷呐！别人会怎么看我啊？我究竟该怎么做啊？”

护士用根本无须商量的语气说：“一刻也不能耽误，你必须带他回去！”

眼前的这个男人已经被自己想象中的场景折磨得痛苦不堪了，他似乎看到因为自己带着这个怪物被街上的人们围观嘲笑。他抑制不住心中千万种羞辱，开口道：“不行！我没办法这么做!”

人们一定会议论纷纷的。他却不得不向大家介绍这个怪物。“这个看起来七十多岁的老婴是我的宝宝，他是今天早晨刚来到这个世界的。”他还得抱着这个被毛毯包裹的老婴，穿过热闹的街道，经过人来人往的商店和奴隶交易市场，这更加让他绝望。他甚至想：即便有个黑人儿子也比这个怪物好得多。巴顿先生恐惧地想着，还要带他走过富人区、养老院……

对着精神萎靡的巴顿先生，护士说：“快点儿站起来吧，振作些啊!”

忽然，老婴插嘴说：“你别以为我会允许你用这条毯子裹着我带我走，这可就错得太离谱了!”

“但是，宝宝都裹毯子的吧?”

老婴拾起一件白色的衣裳，这是给婴儿特制的衣服，他非常讨厌地抖了抖它，接着很不高兴地说：“你们看到了吧，居然要我穿这衣服出门?”

护士一本正经地回答：“每个宝宝都是穿这样的服装。”

老婴说：“倘若你们继续让我裹着这条扎得我很痛的毯子的话，我想我会立马把自己脱光。早就跟你们说过，给我换上一条床单的。”

巴顿先生连忙说：“先穿着它，别脱掉!”

他立刻回身对护士说：“当下，我们得做些什么?”

护士说：“你去城里，给你宝宝买几件衣服吧。”

巴顿先生离开房间，向外面走去。当他走到一楼大厅的时候，他的“老”儿子还冲着他嚷嚷道：“爸爸！我还要一根拐杖，不要忘记了!”

巴顿先生愤怒地合上了医院的门。

二

巴顿先生来到奇沙克纺织公司，他有点紧张地对店员说：“早上好！我想买件衣服，嗯，给我的孩子穿。”

“先生，请问您的孩子有多大了?”

巴顿先生想都没想就直接回答：“刚刚出生六小时。”

“那你应该买婴儿衣服，在后面的柜台有。”

“哦，对了，估计是我没说清楚，他可不是一般的孩子，他比一般的婴儿大了很多。”

“那边有最大号的儿童服装，就在这儿后面。”

巴顿先生真想马上摆脱此刻的困境，连忙问道：“那么，男婴的服装在哪里有卖的?”他以为店员知晓了他的秘密。

“这儿就是啊。”

巴顿先生瞧了瞧衣服，有些拿不准主意。他感到很痛苦，因为要让自己的儿子穿大人的衣服。要能找到一件男孩子穿的最大号的衣服就太好了，那样的话，剃掉他的胡子，将头发染成跟自己一样的棕色，那么他还有把握遮盖住这个耻辱，不用保住自己在巴尔的摩市的社会地位，只需留点自尊给自己就行了。

但是，他翻遍了男婴区的所有角落，可一无所获，他没能找着自家孩子能穿的、合适的衣服。这商店实在太混账了。现在，他能做的只剩下责怪商店了。

服务员用好奇的语调问他："刚才你说你的孩子多大了？"

"他啊，我想，十六了。"

"喔，那刚才是我听错了，非常抱歉，我还以为你儿子是个出生才六个小时的宝宝呢。你朝下一个通道走，那边是青少年服装专区。"

于是巴顿先生朝着那儿走去，此刻他感到十分悲哀。忽然他瞥见了一个塑料模特身上穿的衣服，这件让他感觉很满意。他停下来，对服务员大喊："我要那件！对，就是模特身上的，快点儿给我！"

服务员非常吃惊地说道："哎哟，先生！那可不是给小孩子穿的衣服，这是用在化装舞会上的，而且它太大了，连你都能穿上！"

巴顿先生非常坚持自己的看法，"把它包好吧，快点儿，那衣服挺合适的，我就是在找它。"

服务员看起来很吃惊，不过最终还是照着巴顿先生说的去做了。

他拿着衣服，再次回到医院的婴儿室。他将包裹扔向床上的婴儿，大声说着："这是买给你的！"

老婴打开包裹，然后用奇怪的眼神瞅了一下里面的衣服。

他显得非常不满意："这衣服太逗了，我才不愿意当众出丑呢……"

巴顿先生用超大的声音回应着："我早就因你而出过丑了！觉得滑稽不滑稽的没用，你立马穿好衣服，要是不照我说的做，我可要打你的屁股了！”老婴没有办法，只好将刚想说的半句话咽回去，他学着小孩子的口气说：“爸爸，好吧，你懂的道理比我多，就按你说的做吧。”

巴顿先生听到他称呼自己为“爸爸”，反应就跟刚到医院那会儿一样，有种天马上就要塌倒的感觉。

“你赶快穿上吧！”

“我已经在努力了，爸爸。”

巴顿先生萎靡不振地上下打量着自己的孩子，看着他穿衣服。老婴穿上了那条粉红的裤子，将印着斑点的两只袜子都套在了脚上，还在腰上系了条腰带；上半身换上了那件白色的宽领上衣，他那白白的胡子有点长，从下巴垂到了腰上，在衣服前晃个不停。他这身打扮看上去不太合适。

“等等！”

巴顿先生拿着医院的大剪刀，动作飞快地剪掉了儿子的胡子。但是这其实没能让整体效果改观很多。老婴的头发依然是稀稀疏疏的，看上去两只眼睛仿佛被泪水糊住了似的，再加上和一般的老头一模一样的牙齿，整个形象和身上的华丽装扮完全格格不入。然而，巴顿先生像是豁出去了，他拉起自家孩子的手就往婴儿室门外走去，用坚定的口气说：“我们现在就回家！”

他的儿子非常信任他，紧紧握住爸爸的手，颤抖着问：“你打算称呼我什么呢，爸爸？在你想出好听的名字之前，我想，你干脆叫我宝贝得了。”

巴顿先生显得很难过：“这个我还没想好，但我觉得叫你玛士撒拉①好了。”

---

① 《圣经·创世记》中的人物，据传享年965岁，非常高寿的人。——译者注

三

巴顿家族的这位新成员现在已经拥有一头修剪整齐的头发了，并且将稀稀拉拉的白发染黑了，只是看上去很不协调。他的脸被修整得很好，被刮得发亮，穿着定制的男孩服装，只是这衣服比正常男孩穿的大了很多。但是，一看到这男孩，巴顿先生依旧没办法接受。他第一个宝宝，居然是一个见不得人的怪物。老婴最后没叫玛士撒拉——那个十分贴切的名字，如今，他被称为本杰明·巴顿。他那身定制的衣服还是遮掩不住他老年人一般的驼背。那双总是疲惫的、经常流泪的眼睛，修剪过的眉毛也遮掩不住。那位本来早就请好的保姆,看了老婴一眼之后就马上离开了，还带着满腹的怨气。

照巴顿先生看来，本杰明怎么说也是个婴童，所以，此刻他也应该像婴儿一样被照顾。最开始时，巴顿先生规定本杰明什么也不能吃，除了温牛奶之外，可到头来他还是妥协了，同意本杰明可以去吃黄油面包，要么就喝点燕麦粥。有一天回来，他给本杰明带了一个拨浪鼓，让他拿着玩，虽然老婴很不愿意，但他还是十分勉强地晃着它玩了足足一天。

本杰明肯定是非常讨厌那个玩具，当自己独处时，他根本不去碰那个拨浪鼓，他会想法子找别的乐子。比如，有一天巴顿先生发现自己这周抽的雪茄特别多，几天后他就找到了原因。他冷不防地迈进了本杰明的房间，看见他的屋子里弥漫着蓝色的烟雾，本杰明正手忙脚乱地藏匿着雪茄烟头，脸上也呈现出一副做了坏事被发现的表情。对于儿子的这种做法，按照常理，巴顿先生肯定会好好修理一顿他的屁股，但是，巴顿先生只是警告他这么做不利于他的发育，而没有揍他。

从此以后，巴顿先生还是像对待一般的孩子那样来对待本杰明。他买了很多同龄孩子都喜欢的玩具，有铅制的玩具火车、玩具士兵，还有令人喜爱的毛绒玩具。为了让自己把本杰明看成是正常的孩子，巴顿先生还跟别的父亲一样，担心着孩子的无知。比如他问售货员："那些粉红的鸭子身上的涂料有没有害，万一孩子把那些涂料吃下去了可怎么办?"尽管巴顿先生用尽了各种办法，然而对本杰明而言，这些东西完全不能让他感兴趣。他偷偷溜进楼下的书房，找到一本《大英百科全书》，兴致勃勃地看起来。那些玩具，比如士兵玩偶、诺亚方舟等等，都被他扔到了角落里。巴顿先生对于儿子的固执无可奈何。

在巴尔的摩市，自从这事发生以来，早就在人群中引起了强烈反响。然而人们此时更关注南北战争的战况，所以这件事对他们这个家族究竟带来了怎样的影响还不得而知。有些人出于礼貌，想说些顺耳的话给巴顿先生听，可最终能想到的最好的话就是——"这孩子和他爷爷简直一模一样"。这话自然没错，本杰明长着一副老头儿的模样，拥有着和其他老头一般无二的特征。所以巴顿夫妇可高兴不起来，且对本杰明的祖父而言，这根本就是对自己的大不敬。

打从离开医院的那一刻起，本杰明就自觉接受了他必须面对的生活。某个下午，有几个男孩子到他家来，与他一块儿玩，他花了整个下午才对他们带来的弹子和陀螺燃起兴趣。为此，他还闯祸了，厨房的玻璃被他用弹弓打破了，可巴顿先生没有因此责骂他，这个父亲反而为他这种与同年龄孩子一样的作为而感到由衷的高兴。

打这以后，为满足他们的这种愿望，每天本杰明都会打破点东西，他是个十分乐于让他人满足的人。

经过一段时间的相处，祖父对本杰明不再持有偏见，这个老绅士终于乐于跟亲孙子相处了，因为他们彼此都感觉相当愉快。这两个年纪相差很大的人会共同度过几个钟头，讨论每个白天发生的那些无聊的事儿，即使翻来覆去一遍遍地说也不会厌倦。在祖父跟前，本杰明觉得更自由，也更能放松心情。但是面对着对自己管教严厉的父母，他就变得十分拘束，因为他俩老把他看作一位长者，充满了敬畏之情。

对自己心理年龄与身体年龄之间的差异，本杰明也和周围人一样困惑不解。为此他大量阅读医学杂志，想找到其中的原因，可终无所获。在他父亲殷切的关照下，本杰明常常跟别的男孩一块儿玩耍，然而，他可不敢去玩那些剧烈的运动，因为他的身体承受不住，他也只能玩点轻松的运动。

当本杰明 5 岁时，他同别人的孩子一样，被送进了幼儿园接受幼儿教育。在那里，他接受了艺术启蒙教育：在黄色的大纸上贴上绿色的小纸片，绘制五彩缤纷的世界地图，以及用硬纸板做项链。孩子们总在重复这些在本杰明看来十分无聊的事，并且这些事总会让他疲倦，做着做着他就睡着了。对于他这个坏习惯，那位年轻的老师可气坏了。可本杰明十分感谢他，就因为这个年轻的老师对他父母告状，使得他退学，离开了幼儿园那个令人无趣的地方。巴顿夫妻是这样向别人解释的："他还小了点，根本不到上学的年龄。"

陪他一起度过十二个年头后，他的父母终于习惯了这个奇怪的孩子的行为方式。习惯充满了巨大的力量，要不是这些异常的情况，他们没理由怀疑本杰明其实是个非常正常的孩子。在本杰明刚刚过完十二岁生日的几周后，他照镜子时忽然惊奇地发现，自己那头稀疏的白发变成了铁灰色，皱纹也减少了很多，皮肤也不那么松弛，看起来更健康、更紧致，脸色也更红润。这简直让他无法相信。但是，他肯定自己的身体比之前更健康了，如今，他已经不驼背了。

他暗自想着："这会不会说明了……"可他还是不敢往下想。

他朝父亲走过去，口气坚决地说："我长个儿了，现在我必须穿长裤。"

巴顿先生愣住了，最终答应了他的要求。然而他又说："我有些不懂，一般十四岁的孩子才穿长裤，可现在你才十二啊！"

本杰明分辩道："你也瞧见了，十二岁的我已长得足够大了。"

巴顿先生望着本杰明陷入了沉思。他思考了一会儿说："喔，好吧，估计我十二岁时也长了你这么高的个头。"

可事实完全不是这样，巴顿先生这么说仅仅是为了说服自己，儿子的长大是件再正常不过的事。

最终，双方都同意了对方的要求。本杰明答应父亲，在以后的日子里，依然会染头发，尽量与同岁的男孩一起游戏，上街时永远不戴眼镜，永远不拄拐杖。也正是因为答应了这些，他被准许穿上成人才能穿的裤子。

四

本杰明在二十一岁前的那段时光，我没必要仔细说了，我只想说，在这些日子里，他的身体没再长大就不错了。等到他十八岁时，已经长成貌似一个高大的中年男子了，头上的头发茂密了许多，发色是深灰色的，声音是浑厚的男中音，脚步也更稳健了。在这一年，巴顿先生将他送去参加耶鲁学校的入学考试。他十分顺利地考上了，迈入了大学一年级新生的队伍。

在得知被录取的三天后，本杰明收到了通知书，是耶鲁学校的注册员哈特先生寄出的信。信里要他去一趟办公室了，去选择下学期要上的课。本杰明仔细地照着镜子，他发现头发的颜色似乎淡了点，但他翻遍了整个抽屉也没找到染发剂。最终，他想起来了，那瓶染发剂昨天就用完了，而瓶子老早就被他顺手扔了。

此刻他有点不知所措，再过五分钟，他就不得不去办公室了，而现在也没其他的法子，他干脆打定主意就以自己的真实面貌过去。

于是，他就这样去了办公室，注册员哈特先生十分礼貌地朝他打招呼：“上午好，先生，你是来了解你孩子情况的吗?”

“喔，我是……巴顿……”本杰明吭哧了半天才说，哈特先生马上插嘴说：“巴顿先生，很高兴见到您，我正等着您儿子来选课呢。”

本杰明立刻接着说：“我就是您等的新生啊!”

“您说什么?”

“我就是新生啊。”

“您肯定在开玩笑。”

“我真没有说笑啊。”

哈特先生皱了皱眉，又瞧了瞧摆放在身前的学生信息表，疑惑地问：“这究竟是怎么了?学生名单上明明写着，本杰明·巴顿的年龄是十八啊。”

本杰明脸都涨红了，然而依然用坚定的口气说道：“我确实是十八岁!”

哈特先生显出不耐烦的样子，他看着本杰明说：“要是你继续坚持这么说，我只好告诉您，巴顿先生，我才不信您的鬼话。”

本杰明勉强带着笑意重复着说：“我的的确确是十八岁。”哈特先生觉得自己被耍了，非常生气地用手指向门外的方向，朝他吼起来：“你给我出去，立刻从我们学校走出去，不要再在这个城市出现了！你是个疯子!”

“我的确十八岁啊!”

注册员走到办公室门边，一把拉开门，冲着他大叫：“这太荒谬了，你瞧瞧自己那一把年纪，居然恬不知耻地想混入新生队伍里。你说你十八，是不是？那好的，你马上给我在十八分钟内滚出去，离开这座城市。”

本杰明迈步走出办公室，他看起来十分镇定。在一楼大厅里，还有五六个学生等待着，他们一直用好奇的眼神望着他。本杰明走了没几步，转身看到注册员依然怒气冲冲地盯着他，于是他照旧用坚定的口吻说：“我真的是十八。”

本杰明在那群等候的学生的嘲笑声中离开了学校。

然而，命运总喜欢捉弄可怜的人。当本杰明正十分懊恼地走向火车站时，他发现居然有人尾随在自己身后。最初还只有一个青年男子，到后来逐渐变成一大群人，直至最后越来越多的人，交汇成一片人海。他们都听到一个流言，说有人通过了耶鲁学校的测验，但他是个彻头彻尾的疯子，居然想打扮成十八岁的年轻人来上学。这件稀奇古怪的事情轰动了整个校园，年轻的男人们都忘记戴礼帽，就急吼吼地冲出来；橄榄球队的球员们也放弃了当前的训练，跟着人群一起凑热闹；教授夫人们当然也不想错过这个看热闹的机会，她们在队伍后面尖叫着，希望能抢占个好位置，连帽子都被人群挤歪了。在这个队伍中，不断有人指指点点，那些话非常刺耳，让本杰明脆弱的心饱受伤害。

“他肯定是犹太人，看起来简直就是流浪汉！”

“那人年纪还小吧，差不多能参加预科班！”

“他可是个千载难逢的神童啊！以为这是哪里，是养老院吗？”

“去哈佛吧！”

本杰明立刻加快了步伐，到最后连风度也顾不上了，干脆跑起来。他心里想着：“你们等着瞧吧，我肯定去哈佛！你们将为这些话感到羞耻!”

他坐上开往巴尔的摩市的火车，对着窗外那些看热闹的人嚷道：“你们一定会后悔，为今天嘲弄我而后悔!”

但是，那些学生们、夫人们却充耳不闻，依然大声地笑着。

在这之后，这件事终将成为耶鲁大学校史上最严重的一个败笔。

五

时间一晃过了两年，到了1880年，本杰明在二十岁生日的那天，开始去父亲巴顿先生开的“罗杰·巴顿五金批发公司”上班，这是他的成人礼。也就在这一年，他的父亲开始执意要求他参加各种上流社会的舞会，他也因此正式进入社交界。在这二十年中，巴顿先生和自己的儿子越发亲密了，也十分乐于和他一起同行，此时外人看来，五十岁的巴顿先生和自己不用染发的儿子简直就是一对亲兄弟。

在那年八月的某天晚上，他们穿好了礼服，乘着马车前往巴尔的摩市郊外，去参加位于西佛灵乡村别墅里举办的舞会。那夜的月光真美，路面都被月光涂染成了白金色。安静的夜空下，晚秋的花朵也跟着笑意盈盈地散发出香气。广阔无边的田野上，铺着金色麦穗连结而成的地毯，看上去是透明的，就像白日的天空。面对这样纯粹的美景，没有人能抵抗它的诱惑……

可此时的罗杰·巴顿却依旧在关心着自己的生意："五金行一定有不错的发展。"他没有达到高水平的审美境地，没有被眼前的美景完全吸引，他的审美还处于较低的层面上。

他继续发出感慨："我早就老了，完全跟不上时代的发展了，还是你们这些精力旺盛的青年去开拓美好的未来吧。"

马车就要到达西佛灵的乡间别墅了，他们已经能看见灯光在前方闪现了。没过多一会儿，他们听到了好像叹息一般的声音，或许是麦田里的响声，又或许是小提琴的哀奏。

最终，他们的马车停在了一辆四轮马车的后面。那辆马车看起来很华丽，从上面走下来几位客人，刚开始下来的是一位女士，然后是一位上了年纪的绅士，最后走下来的是一位美丽的小姐，这时他们正朝着大门的方向走去。本杰明所有的注意力都集中在那位小姐上，她的身体似乎正发生一系列的化学反应，像是被燃烧得熔化了。他的脸变得通红，因为激动导致身体不停地颤抖，心脏怦怦直跳。被称为本杰明的青年人陷入了爱河之中，人生第一次恋爱要开始了。

女孩的身材十分苗条，头发也非常漂亮，在月光下，看上去是银白色的，而在门廊的煤气灯照射下，又变成了金黄色。她肩上披着一件浅黄色的披肩，薄纱制的，似乎是西班牙款，在上面还点缀着黑色的蝴蝶。裙摆上满缀着闪闪发亮的纽扣。

罗杰·巴顿贴近他的儿子说："那个年轻漂亮的姑娘是蒙克瑞弗将军的宝贝女儿，她叫希尔嘉·蒙克瑞弗。"

本杰明脸上并没显露出欣喜的表情，十分冷静地点了点头。他装出沉稳的样子说："她是个美貌的姑娘。"当黑奴带走了马车之后，他又忍不住插了一句，"我想，爸爸，你能介绍她给我认识吧。"

他们朝着蒙克瑞弗小姐走去，早已有一群人将她围在中间。她很有礼貌，朝本杰明行了个老式的屈膝礼。他琢磨着，没准自己有机会能跟她一起跳支舞。但是，向她道谢之后，本杰明犹豫了一下，还是走开了。

本杰明觉得时间过得太漫长了，特别是等着与她共舞时。他装出一副深沉的样子，默默地靠墙站立。同时，他用恶狠狠的眼神盯着那些围着这个漂亮姑娘的贵族小伙们，他们能近距离接触她，他十分羡慕，而自己心中也同样充满着爱慕的情绪。他痛恨这些贵族小伙们，也讨厌他们红润的皮肤与弯曲的胡子。

直至他与希尔嘉开始跳华尔兹时，这种妒忌与焦虑的情绪才烟消云散。在舞曲的伴奏下，他们共舞起来，他开始陶醉了，看不清周围的事物，感觉生命直至此刻，才被赋予了新的意义。

希尔嘉抬起头问他："你和我们是不是同时到这儿的？我好像看到你和你的哥哥一起过来的。"说话的时候，她迷人的蓝眼睛正注视着本杰明。

这个问题使本杰明犹豫了一下，他感觉告诉她事情的真相可不是个最好的选择。发生在耶鲁大学的那段不愉快的往事还犹在眼前，他想干脆不解释最好，目前就让她以为自己是爸爸的亲弟弟得了。假使他因为反驳这个姑娘的行为不够礼貌，且破坏了如此美妙的氛围，那根本就是犯罪。这荒诞的理由以后再说吧。于是他微笑着点点头，接着心情愉快地听姑娘说话。

希尔嘉对他说："我感觉你这个年龄的人挺不错的，那些青年人真是太蠢笨了。他们老是讲些无聊的事儿给我听，不是说在学校喝了很多酒，就是说打牌时输了很多钱。我认为，他们完全不懂女人，只有你这般年龄的成熟男子才懂得欣赏女人。"

听到这些话后，本杰明差点克制不住立马向她求婚的冲动。

她接着往下说："五十岁是男人最最浪漫的年龄，你恰好就处于该阶段。照我看来，二十五岁的小年轻总喜欢讲些没边儿的话。三十岁的人会让工作压力弄得脸色苍白，四十岁的男人总喜欢抽一根雪茄，然后就开始吹嘘自己的经历。而六十岁的又怎样呢？我猜，又太接近七十了。所以人生的黄金阶段是五十岁，而我就钟情于这个年龄的男人。"

如今，本杰明开始盼望自己马上长到五十岁，他也认为这是个非常不错的年纪。

希尔嘉接着说："我对我爸爸说过很多次了，嫁给一个五十岁的人远比嫁给一个三十岁的人好，至少是他来照顾我，而不是我去照顾他。"

在当晚余下的时光中，两个人都沉浸在淡黄色的薄雾里。希尔嘉和他连续跳了两首曲子。他们通过谈话发现，两人对许多方面的看法都近乎相同。希尔嘉约本杰明下个礼拜日一起去郊游，到那时，他们能更深入地继续今晚的话题。

天微微发亮，本杰明才和他的爸爸一起离开。坐马车回去的路上，已能看到蜜蜂出来采蜜了，而月亮也几乎要消失了，挂在天上，发着微弱的光。在路上，父亲照旧说着关于五金业务的事儿。

巴顿先生问本杰明："除了锤子和钉子之外，你认为还有哪些东西值得我们关注？"

本杰明心里面只想着希尔嘉，他脱口而出："爱①！"

---

① 在英语中，爱的发音"fond"和手柄的发音"handle"有些接近。——译者注

老巴顿继续说："手柄吗？啊，是哦！我刚才忘记手柄的事了。"

本杰明茫然地瞅着自己的爸爸。突然间，在东面天空上划过一道闪电，将天空割裂了，树林也逐渐从沉睡中苏醒，一只黄鹏此时正用尖锐的嗓音打着呵欠……

六

过了六个月之后，大家全都听闻了本杰明·巴顿先生与希尔嘉·蒙克瑞弗小姐订婚的消息。这件事儿并不是蒙克瑞弗将军自己传扬出去的，将军早就表示过，让他公开，还不如用剑杀了他。整个巴尔的摩市上流社会都因为这个轰动了，全在议论纷纷。本杰明的事儿本来老早被忘记了，现在又被人们传遍了，还加进去不少流言蜚语。说什么的都有，有人说，罗杰·巴顿的亲生父亲其实是本杰明·巴顿；有人说，小巴顿是老巴顿的亲生弟弟，他被关进监狱四十年，刚被释放出来；更令人奇怪的说法是，小巴顿是由约翰·维尔克斯·布斯[①]假扮的；有人说得更稀奇古怪，说他头上长有两个公牛似的犄角。

① 约翰·维尔克斯·布斯（John Wilkes Booth），美国戏剧演员，他于 1865 年 4 月 14 日刺杀了林肯总统。——译者注

这事居然还出现在纽约各大报纸的周日增刊上面，报纸采用漫画的形式对此进行了调侃。在漫画中，本杰明·巴顿的头被安在不同的身子上，有时候是鱼，有时候是蛇，还被画在铜人身上。在新闻界，人人都称呼他马里兰人。而真相只有很少的人才知晓。

很多人的看法与蒙克瑞弗将军一致，都认为这个可爱的姑娘的行为根本是充满罪孽的，她本可以拥有更好的归宿，然而，她居然选择了一个年过五旬的糟老头儿。在巴尔的摩市的报纸上，罗杰·巴顿先生用超大的字体刊登出他的儿子本杰明的出生证明，可这完全没用。只要看过本杰明本人的人，就根本不相信这码子事。

然而无论外人怎么议论，这事所涉及的男女彼此却都爱恋着对方，根本不为所动。希尔嘉知道，那些关于本杰明的流言蜚语，完全是没有根据的，这使得她连本杰明出生的真相也不完全相信了。蒙克瑞弗将军还做着最后的努力，他对女儿说："五十岁的男人身体都不太好，特别容易死去，并且最近五金店的业务也不稳定。"但是，这些话一概不能影响到希尔嘉，她依然决心嫁给本杰明，她要照着自己的想法去做。

七

蒙克瑞弗将军的话其中有一点肯定是完全不对的，因为五金店没有从此陷入萧条，恰好相反，生意正兴旺发达。从本杰明 1880 年结婚开始算起，直到 1895 年他爸爸老巴顿退休，他们巴顿家族的财富足足翻了 15 倍，而其中的大部分功劳都应归于本杰明。

这也让巴尔的摩市接受了本杰明夫妻。他赞助蒙克瑞弗将军出版了二十卷之多的《南北战争史》，之前这套书被很多著名的出版商拒绝，多达九家。从此以后，将军与女婿的关系开始融洽了。

在这十五年之中，本杰明觉得自己的身体也发生不少变化，他的精力更充沛了。他能在睡醒后马上将饱满的精力全都投入到繁忙紧张的工作中，不知疲倦地为发货奔忙，他觉得工作就是一种享受。到了 1890 年，在生意上他提出了一个观点，收货人有权获得钉箱子时使用的那些钉子，于是这成为当年相当出名的一个提案。司法部长批准了这项提案，凭借这条建议，罗杰·巴顿五金公司每年能节省下约六百颗铁钉。

让本杰明感到更加快乐的是，自己愈来愈能领悟出生活里的愉悦。为了找寻激情与快乐，他尝试了很多别人不敢做的事儿，比如说，他是巴尔的摩市第一个买汽车并驾驶它的人。当他行走在大街上，那些同龄人遇见他，都会妒忌地盯着他，他身上的那股活力与热情正是他们一直希望拥有的。

他们会这么评论他，“现在他可是活得愈发年轻了。”此时，罗杰·巴顿已经六十五岁了，只能靠奉承儿子去弥补他出生时没有受到广泛欢迎这事了。

但我们还需要提到一个令人不舒服的话题，最好一笔带过——本杰明·巴顿正因为一件事而烦心，他感觉自己开始对妻子没有任何兴趣了。

现在的希尔嘉已是个十四岁男孩的妈妈了，她本人已经三十五岁了。在刚结婚那会儿，本杰明对她非常中意，感觉她就是自己最喜欢的人。但无情的岁月吞噬了她的美貌与青春，她那头美丽的金发褪去了色彩，成了乏味的棕色；宝蓝色的眼睛再也不如宝石那般闪耀，像廉价瓷器一样黯淡了。还有更糟糕的情况是，如今希尔嘉早已没有了年轻时的激情，乐意过着安逸的生活，品位也不如以前那么高雅了。几年前，希尔嘉还常常硬拉着本杰明参加各种舞会，现在这事颠倒过来了，变成本杰明硬拉着她去。对于社交，她褪去了热情，不再热衷于和他人聊天了。而这种惰性能让沾上的人彻底无法脱身。

随着时光飞逝，本杰明对希尔嘉的不满情绪也越发增加。到 1898 年，美国和西班牙开战了，希望借此能够摆脱令人乏味的家庭，本杰明选择了参军。因为在商界他享受着不小的声名，于是刚到军队他就当上了上尉。而在工作中，他一直表现优异，完全胜任该职务。所以被升为上校，还参加了圣·胡安山攻坚战①，并凭借战功获得了一枚奖章，也因此被提升为上校。但他也在这次战役中受了轻伤。

本杰明十分喜欢军旅生活，可最终考虑到家族生意，他只好万分不舍地辞去军职，回老家了。在车站，他受到了一支军乐队的热情欢送，他们还将他一直送回家乡。

---

① 1898 年 7 月 1 日，美军联合古巴军队，经激烈的白刃战攻占了圣胡安山，对于最终的胜利有很大帮助。——译者注

八

在自家的门口，妻子很早就在等候着了，一看到他的身影，立刻挥舞起一幅巨大的锦旗。但是，亲吻希尔嘉时，本杰明由衷感到心情沉重，经过了长达三年的军队生活，他对妻子彻底没有了感情。希尔嘉现在处于四十岁的年纪，头发也开始变灰，全身上下没有任何吸引他的地方了。

本杰明走回自己的房间，照了照镜子，从那面伴随他多年的镜子中看到了自己现在的样子。为了看得更清楚，他凑得更近，他还拿出三年前入伍的照片，有些焦虑地和镜子中的自己进行对比。

他吃惊地嚷嚷道："噢，我的上帝!"他的容貌还在发生着改变，如今的他已成了三十岁的模样。但对于自己正在越变越年轻的事儿，他并不十分高兴，换句话说，为此他感到很不安。他一直怀有希望——自己只要长到与年纪相等的年岁，就能恢复到正常，不会再反常。而现如今，他有些害怕了，全身都战栗着，为前途不明而深感不安。

希尔嘉还等在楼下，看起来十分不耐烦的样子。他有点儿担心了，是不是刚才她发现了这不正常的事情了。吃晚饭的时候，为了缓和同妻子的紧张，本杰明换了另外一种口气，他巧妙地提起一个话题。

他看起来轻松而高兴地说道："哎，你知道别人是怎么评价我的吗？他们说我越来越年轻了。"

希尔嘉很不屑地瞥着他，用嘲弄的口吻说："你认为这是非常值得骄傲的事？能摆在桌面上显摆吗？"

本杰明觉得有些不舒服，说："我可没有显摆。"

她接着用听起来十分不屑的口气说："可笑！"过了一会儿，她继续补充道，"我之前还认为你是一个有礼貌的人，可以阻止这事儿，不让它继续下去。"

本杰明问道："我哪儿有办法！"

希尔嘉反驳道："我不想跟你吵，但事情总有好和坏的区别。你总是想表现得很特殊，我也没办法。可是，我以为你这么做是极端自私的，是非常不合适的、冲动的行为。"

"但是，希尔嘉，我也无能为力啊！"

"你肯定可以想出办法，但是，你就总想与众不同，这么固执的念头将一辈子伴随你。可是，你仔细想想，要是人人都像你这么想，那世界会变成多么混乱的样子？"

这场讨论本来就是个愚蠢的行为，再坚持到底也找不到答案，本杰明就不再往下说了。从那以后，两夫妻就更陌生了。现在的他就是有些困惑，当初为什么她会那么喜爱自己，当时的自己给她下了什么迷药啊！

新世纪即将来临，本杰明夫妻之间的隔膜也开始加深，因为他对娱乐充满着越来越强烈的渴望。哪里举办舞会，只要是在巴尔的摩市，就能在舞会现场找到他。他跟最美丽的少妇跳舞，会找最受欢迎的小姐们聊天，他发现自己通过和她们的交流而获得愉快的心情。而他的妻子正满脸凶相地和老妇女们坐在一起，此刻正盯着本杰明，那神情就像把眼睛钉在他身上一般，里面夹杂着疑惑、责备与高傲。

人们现在开始这样评论他们俩："看呐！那小伙儿真可惜，要跟这么个老女人一块儿生活，她看上去四十五了吧，我估计她至少比她先生大二十岁。"人们都健忘得很。在1880年，那些人的爸妈也说这对夫妇不合适。然而，他们早就没印象了。

本杰明这些新的兴趣和爱好，开始让自己从家庭的困扰中解脱出来。现在，他学会了打高尔夫，而且球技还相当不赖。他经常出现在各种跳舞的场合。1906年，他被称为"波士顿圆舞"专家。1908年，他又获得"巴星舞"能手称号。1909年，他的城堡舞是男人中跳得最好的，所有人都妒忌他的舞姿。

愈来愈多的社交活动，让他浪费了大量时间，同时也影响到家族的生意。然而，他认为自己在五金业上足足劳累了二十五年了，早就到了移交给儿子的时候了。此时，儿子罗斯科·巴顿已经完成了哈佛大学的学业。

人们经常弄错本杰明与罗斯科。这件事儿，本杰明总觉得十分高兴。他早就丢掉了刚离开军队时的担心，现在他很喜欢自己愈发年轻的外表，这带给他纯真的快乐。然而，令他对生活极度不满的是，总要和希尔嘉共同出席活动，让他很讨厌。他认为和五十岁的妻子并肩站着，看上去太荒谬了……

九

罗斯科·巴顿掌管“罗杰·巴顿五金批发公司”已经好几年了。时间来到1910年九月的某一天，哈佛大学的新生队伍里，来了个二十岁的青年。现在他远比年轻时理智，不去强调真实的年纪，也不跟别人说起自己的儿子也是毕业于这所学校。

他十分顺利地考上了哈佛。并且，在这么多的新生里面，他看上去最成熟最稳重，立刻成为这些平均年龄为十八岁的学生之中的明星。

其实他在哈佛的愉快生活，必须要归功于在橄榄球赛事上的优异表现。那是跟耶鲁学校的比赛，在球场上，他勇敢而冷静地发起进攻，七次触地得分，还有十四次射门得分。耶鲁大学队在这次比赛中因为他而导致十一个队员被抬出去，他为哈佛大学赢得了最终的胜利。从这以后，他成为哈佛大学里最著名的人物。

但当他升入大三时，他却几乎没能加入到橄榄球队，更别提成为主力了。因为教练们说现在的他变得瘦弱，不再适合该位置了。在场上他再没得过一分。不过大家还是继续让他在队伍中出现，希望能借他之前的名望威慑耶鲁大学队，让他们内心胆怯。

进入大四之后，他就更瘦弱了，根本不能再待在球队中。有时候，他被大二学生当成大一新生，这让他觉得很不好，认为是对他的侮辱。而在别人看来，他是一个十六岁的大四生，就好像是个神童。而今，他开始难以理解现在的课程了，觉得自己跟不上进度了。他听同学们谈到圣·米达斯这所享有盛名的预科学校，许多哈佛学生都来自那里。他下定决心，等到毕业后就去那里上学，在那里寻找适合的伙伴，一定能宽心不少。

1914 年，本杰明在哈佛大学毕业了，他拿着文凭回到巴尔的摩市的老家。希尔嘉早就出国了，定居在意大利，现在家中只剩下本杰明和儿子罗斯科。即便罗斯科对本杰明的回家表示欢迎，但显然并不是发自肺腑的。因为他觉得在屋子里乱晃的、像个少年一样的本杰明十分碍事。现在罗斯科已经结婚了，在巴尔的摩市的上流社会很出名，他希望维持住自己的地位，而不是被流言蜚语困扰。

如今的本杰明外表显示出十五岁孩子的模样，而在社交圈里，年轻的小姐们和大学生们都对他不感兴趣。现在他只能跟小孩子混在一起玩。这让本杰明无法习惯，于是他再次想去圣·米达斯上学。

有一天，他对儿子说："唉，告诉你多少回了，我想去预科学校读书。"

罗斯科马上回答："好，你想去就去吧！"他可不想被这个讨论困住，希望能早些结束。

本杰明用十分无助的语气说：“但是，我一个人去不了，需要你的申请。对了，你还需要带我去那里报名。”

罗斯科不加思考地马上拒绝：“我没空。”但是看看父亲，他又补充说：“这事儿到此为止吧，你不要再想了，你最好……”他停下来，脸涨得很红，他在想说点适当的话，“你还是找别的事做吧，别再想着这个古怪的主意。不要太荒谬了，你懂点规矩吧！”

本杰明十分难过地望着自己的儿子，他马上就要哭出来了。

罗斯科接着说：“有件事我还要提醒你注意，要是有外人在场时，你还是称呼我为叔叔吧，别直呼我的姓名，懂了吗？要是大家看到一个十五岁的孩子完全不尊称我的名字，这得有多可笑啊。我认为你平时就叫我叔叔，这样你就能更快适应这个新称谓了。”

罗斯科说完，凶狠地瞧了父亲一眼，才转身走开。

十

罗斯科走后，本杰明上楼去了，他此刻的心情非常压抑。站到镜子跟前，他看着镜子中的自己。已经三个月没刮胡子了，但是他却一根黑胡须也没长，下巴上只有少数不显眼的白色绒毛。他想，以后可以不用刮脸了。当他从哈佛大学毕业刚刚回家时，罗斯科提出让他戴上墨镜，贴上假胡子。那简直是他童年时代所要的花招。但是，他被那胡子黏得非常不舒服，并且因此感到很自卑，最后，他忍不住哭了。罗斯科也没办法，不再强求他戴着。

本杰明翻开一本故事书，《比米尼海湾的童子军》，男孩子都喜欢读的，里面描写了战争，这让他回忆起自己的参军生涯。就在上个月，美国也加入到参战队列，作为同盟国之一。他想再次参军。但是他外表看上去不像十六岁，还达不到参军的资格，就算是别人知道了他的真正年纪也没用，因为五十七也同样没法入伍。

他正在伤感之际，有人敲着他的房门。男管家走进来，拿给本杰明一封信，信的左下角盖着军队的图章，正面印着收信人的姓名——“本杰明·巴顿”。他急不可待地拿着信，迅速打开信封，继而十分高兴地读起了信。信里面写着：“该场战争将召集在美西战争时的所有预备役军官，前往的人将被授予更高的军衔。”随信寄来的还有任命书一份，上面写明授予本杰明陆军准将的军衔，要他立刻前往部队报到。

本杰明兴奋得几乎一下子跳了起来。他浑身上下都为这事颤抖，激动到坐立不安。这才是他希望的事。他抓起帽子窜了出去，仅用了十分钟就跑到查尔斯大街，那里坐落着一家大规模的服装公司。他迈步走进商店，要求店员为他定制一套合适的制服。

店员对他说：“小弟弟，你想打扮成士兵，是吗？”

本杰明的脸涨得通红，十分生气地说：“哎！别管我拿衣服干什么！我是定居在蒙威龙广场的巴顿先生，此刻你应该知道我没跟你开玩笑吧，我买得起。”

店员犹豫了下，最后还是点头说：“好吧，你要是付得起钱，或者你父亲能给钱，我们就为你做一件。”

本杰明量好了尺寸。一周后衣服就被送过来了。他打算再弄一枚货真价实的将军徽章，但店主想给他那枚印着V. W. C. A的，说用这个做游戏时很好玩，他费了半天劲才从店主好心的建议里脱身。

某个晚上，他没跟罗斯科说，便独自一人离开家，踏上了一辆目的地是南卡莱罗纳州的列车，前往莫斯比营地。在那儿，他将作为步兵旅的一个指挥官出现。四月份的天气开始湿热，他来到了营地的大门，把车钱交给了从火车站送他过来的司机。然后，他走向在门口站岗的哨兵。

本杰明十分神气地对哨兵说："你快叫个人出来，把我的行李拿到里面去！"

士兵认为他是来捣乱的，责备地瞅着他说："哎，小弟弟，瞧你这身将军打扮，你准备去哪儿？"

现在，这个曾经参加过美西战争的现在的退伍军官，眼里顿时冒出了怒火。但是，本杰明依然用孩子的声音怒吼着："立正！"因为这一嗓子，他有点上不来气，只好停下来休息。在这个命令之后，忽然他看到哨兵摆出了非常标准的立正姿势。这令他十分满意。可是笑容没一会儿就消失得无影无踪了，因为他转过身来，看到一位骑着马的炮兵上校，正朝这边过来，他反应过来原来哨兵并没有服从自己下的命令，因此他十分不满意。

他朝着那位上校尖声嚷道："上校！"

上校听到他的叫声，骑马走过来，看了看他，用亲切的口气问："这是谁家的孩子？"

本杰明觉得上校根本不尊重自己，用凶狠的语气回答："我会让你知道是谁家的！你快点儿下来，从马上！"

上校根本不听他的，他笑个不停。"你打算骑我的马？将军大人！"

本杰明觉得自己即将哭出来，绝望地喊道："你看看这个吧！"说完，他将委任状塞到上校的手里。

上校看完委任状后，十分惊讶。

他一边收好文件，一边问本杰明："你在哪儿拿到的？"

"一会儿你就知道，这可是政府给我的。"

上校脸上呈现出一种怪异的表情，他对本杰明说："现在你跟我走，咱们一块儿去本部，我们在那里把这件事解决掉。"说完，上校就掉转马头，向总部的方向慢慢走去。

本杰明只好跟着上校走，出于维护尊严的目的，他尽量摆出高傲的姿态。心里面还在琢磨着，一定要替刚才自己受到的羞辱而报仇。

但他最后没能拥有报仇的机会。因为两天后，冒着酷暑，罗斯科从巴尔的摩市赶来，把这个哭闹的小将军带走了。

十一

1920 年，本杰明·巴顿第一个孙子诞生了。然而，在这个孩子的庆生大典上，祖父本杰明没有出席。因为没人提起他的存在。作为一个还玩着儿童游戏的十岁男孩，没有人特别关注他。

这个快活中带点忧伤的男孩，大家并没有讨厌他。但在罗斯科·巴顿眼中，他就是自己一直被困扰的根源。他想，自己的父亲变得根本不像六十岁的男人，这完全不是男子汉该有的行为，他经常说："这么做只能让别人感到奇怪而已。"要是罗斯科持续想着这件事想上半个钟头，那么他肯定会精神崩溃。他认为，有活力的人确实能让自己显得年轻，但是，他的爸爸做成这样就太糟糕了。不过想到这里也就打住了，他不想再继续思考。

一晃又过了五年。看起来，本杰明的孙子已经和他的爷爷一般大了，在同一个保姆的看护下，两人一起做着游戏。

罗斯科把他们一起送进幼儿园。现在的本杰明最喜欢画画，做链条，因为在他的眼中，这是这个世界上最吸引他的游戏。有一次他犯了错，被罚站在角落里，他忍不住大哭起来。但是在那间充满欢乐的教室里，大多数时间他还是十分开心的，老师贝利小姐总喜欢摸他的头，这让他觉得非常舒服。

又过了一年，本杰明就跟自己的孙子分开了。孙子去读一年级了，而本杰明还继续待在幼儿园。对这他很高兴。但是，当听到其他小孩说长大后要做什么什么的时候，他还是会有点难过，好像知晓自己无法跟他们一样期盼这些事。

时光照旧在乏味的生活中流逝。本杰明待在幼儿园三年了，现在他小了很多，都弄不懂那些闪亮的纸条是做什么的了。看到那些大点儿的孩子，他马上就会哭喊，非常害怕他们欺负自己。对于老师说的话，他费尽心思也还是不能理解。

此时他不适合继续待在幼儿园了。他被带回了家，他生活的中心是保姆娜娜。晴朗的天气，娜娜会带着他一起到公园里散步。保姆有时候会指着一个灰色的巨大的家伙说："大象。"本杰明跟着重复："大象。"晚上，当娜娜抱着他睡觉时，他嘴巴张大，大声说着"大象，大象，大象"。有时娜娜还把他放在床上，让他蹦着玩儿。如果坐下去的时间正好，他就会被床垫的弹簧弹起来，在弹跳中，他嘴里不停地发出"嗷嗷"的声音，奇怪的、又变了调的声音，而本杰明觉得这真是太好玩了。

现在本杰明喜欢站在衣帽架下，从上面拿起一根大手杖，拖着它到处跑，一边用它敲打桌椅，一边喊道："杀啊，打啊！"要是有人看到这场景，老太太们会笑个不停，年轻的女士们会抱起他，开心地吻着他。即便他不喜欢被亲，但还是勉强摆出顺从的样子。白天过后，娜娜带他上楼去，拿出糊糊与燕麦片，一口接一口地用勺子喂给他吃。

在儿童的梦里是没有任何烦恼的，纯洁无污染的。他不再惦记着在大学里曾经那么辉煌的时光，也记不得自己在女孩子中受到青睐的那些日子。他只对这些人和事物有印象：自己拥有的白色小床、照料他的保姆娜娜、一个经常来看他的男人和一个被保姆叫作太阳的圆球。只要橙红的圆球不见了，本杰明就想睡觉。他从来不做梦，睡觉时很踏实。

以前发生的一切事，比如在圣·胡安山领着部队冲锋的时光；为了让希尔嘉生活得更舒适而拼命工作的时光；在老宅与祖父一块儿悠然抽烟的时光，全都从他的脑海中消失了，他什么也想不起来了。

他都忘记了。现在一点儿想不起来最后喝的牛奶是热的还是温的，这天是怎么过的。他只能记得眼前的婴儿床，还有照顾他的保姆的脸。然后，他就想不起来了。如今，他能做的就是饿了后大声地哭泣，叫保姆喂他吃饭。一整天他只是躺着呼吸，听到的话也不懂，闻到一些味儿，也不清楚那味道代表什么，眼睛也只能分辨明亮和黑暗。

接着他就陷入了黑暗的包围中。连白色的婴儿床、充满香气的牛奶和在他头顶晃来晃去的模糊的脸都看不到了，所有的所有都忘了。最后，一切都归于虚无。

Heart of Darkness

黑暗的心

导读：那无穷无尽的黑暗中心

本书收录的第三个短篇是《黑暗的心》，这是公认的二十世纪文学经典，作者像剥葱皮一样把殖民主义者的心态一层层刻画得淋漓尽致。“黑暗的心”本身就含有双层寓意：既指地理意义上的黑色的非洲腹地，也指殖民者黑暗的内心。本书具有鲜明的现代主义特色，作者康拉德用了马洛这样一个叙述者，让他以回忆者的身份出现在故事里，他的叙述穿梭于过去与现在、自己和库尔兹及听众之间，让读者分享着他的各种情绪，这种叙述角度的交替，开创了一种新的叙述模式，代替了传统的线性叙述方法。

说起《黑暗的心》，可能很多读者不是很熟悉，但提到《现代启示录》，很多从事电影的工作者肯定就再熟悉不过了。其实，后者便是由前者改编而来的。《现代启示录》曾获得奥斯卡最佳导演、最佳剧本在内的8项提名，还赢得了1979年的金棕榈，1980年金球奖的最佳导演，也是伦敦影评人协会奖1980年年度电影的获得者，成为影评人和影迷们的心头大爱。

作者约瑟夫·康德拉生于波兰，在上流社会的家庭中度过了童年生活，后来逃到法国，在那里，他曾在一艘船上当水手。当时，他只懂6个英文单词。20年后，他成了世界著名的用英语写作的作家。他曾航行世界各地，积累了丰富的海上航行经验，从而也最擅长写海洋冒险小说，有“海洋小说大师：之称。《黑暗的心》就是他最负盛名的海洋小说。

前　言

康德拉（Joseph Conrad），出生于当时正被俄罗斯占领时的波兰。其父亲好似波兰的一位爱国者，因为参与爱国活动，被流放到俄国，于 1869 年去世。康德拉自小由其舅舅照顾长大，在其十五岁那年，他就对自己的家人和好友表示自己想要出海的愿望，但一直到了 1874 年，他才被获准去马赛。在那里，他乘坐法国的商船多次到达了西印度群岛和马蒂尼克。1878 年的时候，康德拉和一艘英国的船只签署了条约，并且乘坐着这艘船抵达了位于英国动海岸的港口城市——洛夫托斯特茨。在那里，他成为一艘往返于纽卡斯尔和洛夫托斯特茨的小船上的一名水手，利用六次的往返，他学会了英语。之后作为一艘英国商船上的水手，他乘坐过各种类型的英国船只，去到过东方以及其他的地方。康德拉在 1886 年的时候获得了船长证书，同年还加入了英国国籍。1888 年，他拥有了属于自己的第一艘船，第二年他带领一艘汽船进入到刚果河，在河道上的经历严重损及了他的身体健康，并且长时间地萦绕在他的脑海当中。

在 19 世纪 90 年代早期的几年，康德拉决定将自己的经历写成小说。1892 年，康德拉与约翰－高尔斯华绥相见恨晚，尽管自己拥有船长证书，但是很难再找到一份船长的工作了。于是，康德拉只好作罢。因为一直找不到船只，而且他与 1895 年出版的第一本小说反响不错，因此他转而开始了写作事业。后来他在伦敦彻底定居下来，在 1896 年的时候和一位英国的姑娘结婚。至此，康德拉完成了作为一名波兰的爱国者的儿子，而后成为水手，接着成为作家的人生轨迹。康德拉的作品主要有《黑暗的心》、《水仙号上的黑鬼》、《杰姆老爷》等。

其中《黑暗的心》是他康德拉根据自己早年间在刚果河的亲身经历所写的。他本人就如同这本书中的叙述者马洛（Marlow）一样，从孩提时期，就立志有一日自己一定要探访非洲腹地。在其 1911 年所发表的《个案》中写道："1868 年，当时我大约九岁左右，我对着地图指着那块像谜一样的大陆空白，带着自信和大胆暗誓说：'长大以后我一定会去那儿。'"

通过当时他的一位远房表姐的帮忙，康德拉被许诺可以在河上担任领船员的职位。他的那位表姐住在布鲁克斯，认识刚果比利时公司的权威人士。当时，刚果在名义上是一个独立国家（国名为刚果独立国），实际上则是比利时国王利帕尔世的个人财产。后来，刚果发生的殖民掠夺的暴行被公之于众，因为国际社会的谴责不止，1904 年成立了一个调查委员会。康拉德在 1990 年的所见所闻使他大为触动，这使他开始怀疑在新国度里所进行的探险以及贸易的道德基础问题，甚至是整个世界文明的道德基础问题。1917 年，他在其《作者的按语》中写道“《黑暗的心》也是一种经历，讲述的是怎样驶入刚果河。”小说中描写的如同梦魇一般的诡异氛围，真实地反映了当时康拉德自己经历这段灾难的反应和思考。小说讨论了到达刚果河上的白人们所要面临的如同噩梦一般的选择——做一个只具有商业头脑的人，把非洲、非洲人和非洲资源全部看成是掠夺的对象；还是要做一个受到良心谴责的理想主义者。小说将欧洲的文明发展与其在非洲所造成的恶果进行了深刻的比较和分析。

其中的情景和细节都具有象征性意味，它们揭示出一个真理——我们不知道自己究竟是谁，我们不知道究竟该同情谁。

一

潮水已经涨高，风儿也已经停息。“奈丽号”小艇原本正沿河而下，此刻不得不停下来，等待潮水回落。摇晃了几下之后，抛锚停船，船帆丝毫未动。

泰晤士河的河面出现在我眼前，看起来像是一条无边无际的水路发源处。远处的水面，水天相接，浑然一色。明净的天空之下，有几只驳船在潮水之中缓慢地向前行进着。黑色的风帆映衬着红色的帆布，看起来就像是上了色的幽灵一样。海滩在一片烟雾的笼罩之下，向着远方延伸，最终消失在了烟雾之中。

格雷夫森德[①]上空云团阴郁，而且越来越暗淡，最终形成了一团朦胧之色，阴森可怖地笼罩在这座城市之上——这

① 格雷夫森德（Gravesend）是英国的一座城市，位于肯特郡西北部，泰晤士河南岸。市内交通十分发达。——译者注

座世界上最伟大的城市。公司的经理就是我们的船长，也是我们的老板。当他伫立在船板上眺望大海的时候，我们往往会深情地注视着他。在这条河上，没有一个人比他更像是一名海员了。他看起来很像是一名领航员，而在船员们的眼中，是大海让我们能够彼此联系在一起，它不仅能让他们在漫长的分别的日子里惦念着彼此，还让我们做到了包容彼此，理解彼此。律师那个人平时待人不错，船板上只有他正靠着一个软垫，躺在那条唯一的毯子上，因为他在这里德高望重。会计拿出了一副多米诺骨牌，玩弄着把它们搭成房子的样子。

马洛在船尾处盘腿坐着，后背靠着桅杆。他脸色蜡黄，两颊深陷，身材消瘦，脊背直挺，此刻正垂着两条胳膊，将手心向外放着，看上去像是一尊神像似的。经理看到铁锚正将船只稳稳地固定在那儿，就走到船尾坐在了我们的旁边。大家懒懒地说了几句话，然后就集体陷入了沉默。因为这样或那样的原因，我们并没有开始玩多米诺骨牌，反而是开始了沉思。

我们凝视着远方，茫然地，什么事也不想做，在这样的一片静谧之中，白昼正在逐渐消逝。河水静默地闪动着，天空一尘不染，洁净亮丽，埃塞克斯①沼泽上升起的薄雾，形成了一件五彩的薄纱。那薄纱从被树木翳所覆盖的山冈上延伸下来，将海岸也笼罩进它透明的褶皱里。西边那团笼罩在河流上游的云团变得越来越黑，好像在因为落日的逼近而恼怒不已。然后，明亮的白光变成了淡红色，太阳沿着一条曲线悄无声息地西沉了下去。那阳光好像随时会熄灭似的，仿

---

① 埃塞克斯：位于英国东南部，泰晤士河和斯陶尔河两河河口，西靠伦敦，东临北海。——译者注

佛是受到了那团覆盖着众生的云团的致命一击似的。

眨眼间的工夫，河面上已经有了变化，静谧的河水收拢了它的光芒，变得更加深沉。多少年来，这条古老而又宽阔的河流一直施恩于居住在它两岸的人们。在这临近黄昏的时刻，这条流遍天下的水道就这样肃穆深邃地呈现在了我们面前。我们并不是在借着这将要消逝的晚霞来打量这条神圣的河流，而是凭借记忆当中威严的光芒在注视着它。就像人们说的那样，我们既满怀着回归家园的温暖记忆，同时心中又充满了对浴血海战经历的感慨。

“奈丽号”小艇曾经熟识并且陪伴过弗朗克斯·德雷克爵士和约翰富·兰克林爵士，以及所有让这个国家引以为傲的人们。这些个骑士，不管有没有被册封过，他们都是海洋上真正的骑士。“奈丽号”曾经运载过的船只，它们的名字就好像夜空中闪耀的宝石一样闪亮，其中包括船舱中满载着金银珠宝胜利归来的“金鹿号”① ——女王视察结束后，宣告了其显赫故事的结束，还有那两艘一去不复返的“爱勒巴斯号”和“恐怖号”。

“奈丽号”小艇曾经了解所有这些船只，以及这些船上所有的人。他们有的是冒险家，有的是殖民者，从德特福特、格林威治、艾瑞斯出海航行；有的是国王和股民的船队；有的是船长、海军将领，以及非法从事东方贸易的商贩们，甚至还有东印度公司船队所雇佣来的“将军”。这些人全部是从这条河上出发的，去找寻黄金或是去求取功名利禄。他们随

---

① “金鹿号”原是一艘在英国女王伊丽莎白一世时期（1558—1603）的英格兰盖伦船（西班牙式大帆船），它由于是德雷克环球航行的旗舰而闻名于世。——译者注

身带着刀剑，有的还常常举着火炬——因为他们既是权利的使者，也是圣火的传播者。有哪个曾经叱咤风云的人，哪件惊动天地的事，不是从这条河流上出发而去往神秘未知世界的呢？这里承载着人们的梦想，共和国的种子在这里萌芽。

太阳继续西沉，黄昏的霞光洒在河面上，河岸两旁开始出现一排排灯火。恰普曼灯塔闪烁着光辉，样子就像是一只三脚架，站立在一个烂泥的平台上。船身的灯光在河道中摇曳，一团团灯光，飘忽不定。再向西边，在河流的上游，这座巨大的城市仍然不祥地倒映在天空之中——夕阳里的一团阴影，星星下方的一片血红光亮之色。

这时候，马洛突然开口说道："这地方，也曾是世上最黑暗的地方。"他是我们当中唯一一个"遵循大海"的人，最能讽刺他的话语就是，他并不能代表他所在的阶级。

是的，他是个海员，但同时也是个流浪者。正如大多数的船员所表述的一样，过着静坐不动的生活。他们的想法就是能做自己家庭的主人，他们的家庭、船，总是和他们待在一起。他们的国家、大海，也一直陪在他们身边。每艘船看起来都是一样的，大海也永远是同一副面孔。异国的海岸、异乡的面孔，在他的身边闪过。

对大海，除了怀有一些不屑的无知之外，再没有其他神秘性可言。因为作为一名海员，大海不是什么神秘的东西，大海像命运之神一样地主宰着他的人生。至于其他的时间，在他的工作之余，可以上岸溜达一会儿，或是去岸上狂欢一阵子，以便能够了解到陆地上所有的秘密——但一般来说，陆地上没有什么秘密是值得他去了解的。海员们平时说话不爱拐弯抹角，他们话语的意思总是直截了当，像坚果的外壳一样裸露在外面。但马洛不是这样的人（如果抛开他喜欢讲故事的嗜好来说）。他认为，故事的意义并非像是包裹在核桃壳里的核桃肉，而是包裹着核桃肉的核桃壳。他认为，故事揭露意义，却又被意义所包裹着。正如一团光亮一般：光亮会散发出一层薄雾，又好像月晕也只有借助朦胧隐晦的月光才能看清楚一样。

他的话并没有使众人感到吃惊，大家都知道马洛就是这样的人。他一开始说话，也不怕没人回应，甚至都没有人愿意哼哼一声作为回应。过了一会儿，他又缓慢地说道："我想起了遥远的古代，那时罗马人刚到这里。明明已经是一百多年的事情了，现在想起来却觉得像是发生在前几天一样。就是从你们所谓的骑士时代开始，这条河上开始有了光明。对的，没错！这光明好像在平原上奔腾的火焰一般，又好像是薄雾里闪耀的闪电一般。我们就住在这样的闪耀当中，希望这闪耀能像我们古老的星球一样亘古不变地永转。但是，昨天黑暗还停留在这里。假设现在有一名司令官，正在地中海指挥调遣着一艘漂亮的船——你们怎么称呼来着？那些个能工巧匠们只要花上一两个月的时间，就能制造出上百艘这种船只来。我们现在假设他就在这个地方，在世界的尽头，海水是如同铅灰一般的颜色，天空是如烟雾般的昏黑色，而船只本身则笨重得像一架六角手风琴一样。司令官的船上满载着军需用品、货主预定的东西，或是其他的货物，正在艰难地逆流而上。周围都是沼泽、河岸、森林和野蛮人。除了泰晤士河的河水能喝以外，周遭的环境中根本就没有其他能够让文明人进食的东西了。既不能喝到法勒纳斯酒，也不能到岸上去。偶尔，会有几座军营出现在荒野上，但看上去就像是草堆上的一根针一样渺小。"

"浓雾、风暴、饥饿、流亡、疾病和死亡，散布到世界上的各个地方。死亡，潜伏在空气里、河流里、丛林里，他们很有可能就会像只苍蝇一样不经意间死去。但是，毫无疑问，他成功了，并且做得相当好。他甚至都不再去想这件事——除了在之后的日子里向别人夸耀自己生平经历之时。他们确实都是真正的男子汉，敢于勇敢地面对黑暗。假如他在罗马有什么朋友，假如他能够活着走出这样恶劣的天气的话，这位一想到有机会升任拉文纳舰队的司令官，他就会马上变得兴高采烈起来。又或许，让我们再来设想一位穿着体面长袍的年轻罗马公民——可能他不太走运，所以才跟着某位长官、税官，或是某位商人，希望求得财运。他从沼泽地里登陆，穿过了一片丛林，在一座内陆的驿站处，感受到了荒凉。一种原始的荒凉感笼罩着他，在树林间、在丛林里、在野人的心中有一种神秘的力量在游荡。面对着这些神秘，他如同坠入雾中。他置身于一个既让人困惑又让人憎恶的世界当中，这个世界并不缺乏某种魔力——那是一种因为憎恶而产生的某种魔力。设想一下他那种与日俱增的懊悔感、他那种想要逃跑的渴望、他那种无可奈何的气愤、他那种投降、那种仇恨。"

他停顿了一下，把手臂从手肘的地方抬起，掌心向外，双腿盘坐，看上去就像是一个身穿欧洲服饰的、正坐在莲花台上讲经的菩萨一样。然后，他又接着说道："记住，我们当中没有一个人会有这种感受的，效率，或者说，正是注重效率拯救了我们。不过你们也都知道，我要说的那其实根本算不上什么，他们没有开拓过殖民地，他们的管理组织也是一帮乌合之众，仅此而已。他们是征服者——当征服者只需要武力便足够了，这实在不是什么值得夸耀的事情，因为武力这种东西是纯偶然的因素。别人变弱了，他们就拥有了蛮力。

因为想要得到别人的东西，所以他们开始了大规模的抢掠活动。闭着眼睛肆意掠夺，那完全是充满暴力的掠夺活动，是充满血腥的谋杀活动——只有人们在抵御黑暗的时候才会出现这些景象。征服世界，这往往意味着把东西从其他肤色的人种手中抢夺过来，或者是从那些长着扁平鼻子的人们那里夺过来。如果你对此加以审视思考的话，你就会发现，这一行为其实一点儿也不浪漫。人们用来自我安慰的，是他们隐藏在征服背后的一种观念。这并非是一种伤感的矫揉造作，而是人们的一种观念，还有人们对这种观念的无私信仰——那种能让你顶礼膜拜的、供奉香火的信仰。”

突然，他停了下来，有火光从河面上滑了过去。微弱的红光、绿光、白光，它们相互追逐、赶超、交叉、分离，然后又缓慢地分离开来。来自这座城市的船只，此刻正在这条不眠不休的河流上航行着。而我们只能看着，等着，在潮水退却之前，我们什么也不能做。

马洛又吞吞吐吐地说道：“想必你们都知道，我曾经干过一段时间的内河水手。”然后我们就料到，在退潮之前，估计只能听马洛讲述他那一段并无结果的经历了。

他说道：“我真的不想拿我的经历来打扰大家。”这句话其实刚好暴露出很多讲故事人的弱点——他们并不知道听众们真正想听的是什么。“要理解这段经历对我产生的影响，你们就得先知道我是为什么去的那儿，我是怎么沿着河流到达那个让我遇到那个可怜人的地方的，以及我在那里看见了什么。那里是所有航海家们所能够到达的最遥远的地方，也是我一生航海事业的巅峰了。它似乎给我的经历，还有我的思想，都涂上了一层色泽。那是一层暗淡却又寻常的色泽。虽然很淡，但它的确是一种色泽。”

“你们还记得吗？当时我刚从太平洋、印度洋、中国南海回来——就是那些人们常去的东方世界[①]。我在那些地方辗转了五六年之后，回到了伦敦。当时我因为无所事事，所以到处游荡。有时候会影响到你们的正常工作，甚至还到你们家里去捣乱，一副我就是天主派来专门调教你们的派头。一开始，我并没有觉得这有什么错，但是没过多久，我就觉得腻味了，我想自己找一艘船——当时我认为找船是这世上最难的事情了。因为，那些个船居然连看也不看我一眼，所以我对找船这件事也觉得厌烦了。”

“其实我小时候特别爱拿着世界地图看，我可以盯着澳大利亚、非洲、南美洲一连几个小时，全然沉浸在自己的探险美梦中。那时候的地图上有很多还是空白的，每次我看见空白的地方，就会拿手指着那一块地方，说‘我以后长大了要到这里去’。在我看来，那些空白的地方看起来是如此诱人。我记得北极就是这样的一片空白，但我至今为止还没有到过北极，而且也不打算去了，因为我探险的梦想已经没有了。当然，在赤道附近也有这样的空白地方，还有东西半球的各个纬度里都有这样的空白地带可去，我也确实到过这样的地方，我们就不说它们了。但是有一个地方，那个最大、最空白的地方，至今仍然让我魂牵梦绕。”[②]

“其实，那块地方已经不全是空白了。在我还是个孩子的时候，它就已经有了许多的湖泊、河流、地名。它已经不再

① 新航路开辟之后，欧洲人沿大西洋绕过好望角，到达印度洋和太平洋，在中国、印度等地进行贸易、殖民化和掠夺。——译者注

② 由作者生平简介及后文描述推测，此处应该指的是刚果河流域。刚果河为非洲第二长河，流域面积 370 万平方公里，其干支流多险滩、瀑布和急流。——译者注

是一块吸引人的神秘的空白，不再是一个让孩子们朝思暮想的地方了，它已经变成了一块充满着黑暗的地方。你可以在地图上看到，那里流着一条长河，像是一条巨蟒，伸展着身体，头颅潜藏在海里，尾巴埋在大地之中，身子蜷缩在旷野之上，一动不动。当我透过商店的橱窗看到地图上的这块地方时，我立刻被它迷住了，就像是一只鸟对一条蛇着了迷，多么愚蠢的鸟啊！我想起河上面开着的一家商店，那是一个贸易公司。我当时心里想，淡水河上不用汽船又能用什么来航行呢？那我为什么不能自己去找一艘汽船来呢？我沿舰队大街向前走着，脑子里却怎么也甩不掉这个想法。显然，这条蛇已经完全占据了我的思想。你们要知道，那家贸易公司是大陆上的一家商行，我有一些亲戚家住在那里，据说，住在那里的人们可不是贫贱的人。”

“很不好意思，我要开始去麻烦他们了，因为这对于我来说毕竟是个新的起点，虽然，这并不是我的行事风格。如果我想要去什么地方，我一贯都会靠自己的双腿去向前走。所以，连我自己也不理解怎么会冒出这样的想法来。但是，不知怎么的，我就是觉得自己必须要想尽一切办法完成这个目标，所以我才决定去打扰他们。那些男人对我说道：‘我亲爱的朋友啊’云云，却什么忙也没能帮上。然后，你们能想象得到吗？我居然去找了个女人来帮忙！我，查理·马洛，居然会靠女人来帮我找一份工作。天主啊，这个念头可真是驱使着我！我有个为人热心的姨妈，她在信里回复道：‘我很高兴为你做任何的事情，你这真是个很好的主意。我结交过一位政府要员的妻子，还认识一位很有影响力的人士。’诸如此类的话。她向我保证，只要我愿意，她就一定能让我当上内河汽船的船长。是的，我得到了这个职位，而且机会来得很快。”

“公司里有一位船长在与当地黑人发生冲突的交战过程中被人杀死了，我看到机会来了，更加急着想要去了。那家伙是个丹麦人，名叫弗莱斯列文。几个月之后，当我找回他的尸身之后，我才听说，当时的冲突原来是由两只母鸡而起的。是的，是两只黑母鸡。弗莱斯列文觉得自己在一桩生意中吃了亏，所以拿着木棍上岸去痛打那位黑人村长。有人告诉我说，弗莱斯列文平时一直是个谦逊、温和的人，我听了也不觉得奇怪。可能他以前确实是那样的人，但是这几年来，他一直都在从事海外事业，当时他可能是觉得自己需要用某种方式来维护自己的自尊心，所以才会狠命地抽打那个老村长。据说当时有很多黑人都在旁边看着，一个个吓得呆若木鸡。后来，村子里的一个人听到村长发出的惨叫声，忍无可忍，遂用长矛刺向我们的这位船长——据说他是黑人村长的儿子。长矛一下子就深刺进了弗莱斯列文的肩胛骨里，吓得这些黑人们都纷纷躲到树林里去了，因为他们知道这下子闯大祸了。而原本由弗莱斯列文指挥的那艘汽船，估计是在轮机长的带领下也匆忙逃跑了。就这样，一直到我接任之前，都没有人想过去给他收尸，但我心里一直惦记着这件事情。等到我终于能够前去寻找他的尸骨的时候，我看到青草已经长满了他的尸身。自他死后，这具尸身没有被其他东西惊动过，所以尸骨保存得很完整。树林里没有人，茅屋的门大开着，屋子啊，周围的围墙啊，也东倒西歪的，显得阴气森森。原本住在这里的男人、女人和孩子们都被吓得跑进了森林，再也不敢回来了。现如今这里毫无生气，大难是真的降临了。至于那些黑母鸡的下场，我猜想它们已经因为这场伟大的事业而牺牲了吧。……不管怎样，正是因为这场风波，我才能这么轻松就获得了这个职位。”

“我四处奔走，一刻也不敢闲着，就为了做好充足的准备。不到四十八小时的时间里，我已经跨过了海峡去拜见我的雇主，并且顺利签下了合同。又过了几个小时，我去到一个城市，那个城市让我总是会想起一座坟墓——当然，这肯定是偏见了。在那座城市里，我很容易就找到了那家公司，因为每个人脑子里想的都是它，城里的头等大事就是它了。据说，他们打算建立起一个海外帝国，通过贸易的方式来获取无穷尽的财富。”

“深深的阴影映射在空无一人的街道小路上，高大的房屋，一扇一扇的百叶窗，石头缝里长着杂草，两边是气势宏伟的马车拱道。巨大的双扇门半开着，透出一股死亡一般的沉寂。我钻过这样一条门缝，屋子里如同沙漠一般荒芜，我双脚踩着光秃秃的、被打扫干净的楼梯走了上去。推开第一扇门，里面有一胖一瘦的两个女人，她们正坐在铺着草垫的椅子上，织着绒线。那个瘦女人突然站起身，朝我的方向走过来，她身上穿的衣服甚是朴素，简直像是伞面布似的。我看着她虽然是在向我所站的方向走来，但她一直低着头，手里还在织着绒线，并没有看我。我以为她是个梦游患者，要给她让路时，她却停在了我身前，抬头看着我。她没有跟我说一句话，只是转过身去，将我引进了候客厅。”

“我自我介绍过后，就拿眼打量起周遭的情况来：屋子的正中间摆着一张松木桌子，四周靠墙的地方放着几张简陋的椅子。墙壁上挂着一张色彩优美的图画，那是一张光芒四丈的地图。眼前的是一片红色，因为那里的工作大多卓有成效，所以任何地方看起来都赏心悦目。还有许多绿色、蓝色、橘红色的区域。在东海岸的地方还有一块紫色的区域，说明那些开拓文明的人们正在欢快地痛饮着德国啤酒。但是，这些都不是我打算去的地方，我想去的地方，在地图的正中央，那是一块黄色的区域。我说的那条河就在这片区域，十分令人向往，却又时刻充满着危险，像条蛇一样！这个时候，一扇门突然开了，有一个白头发的秘书出现了，脸上挂着一丝同情的表情，伸出一根干瘦的手指示意我走进了内殿。内室里面光线十分昏暗，中间还摆放了一张大写字桌。我看到写字台的后面站着一个人，身穿礼服大衣，想必这就是那个大人物了。那人看起来身材魁梧，我猜他可能有五英尺六英寸高。他手中掌管着巨额财富，和我握了握手，好像还嘟哝了一句什么。他看起来好像对我的法语很满意，遂用法语跟我说了一句‘一路顺风’。”

“大概四十五秒之后，我就又和先前那位富有同情心的秘书待在同一间接待室里了。他用一种凄苦和同情的表情，让我在相关的文件上签了字。我保证说要严守商业机密，但是，实际上我并不打算这么做。”

“你们知道的，我是不习惯这一套繁文缛节的，所以，我开始觉得有些不自在了。而且空气中也弥漫着一股不祥的气息，好像我现在正要参与到什么阴谋中去似的——我不知道那具体是什么事，但是我知道肯定不会是好事。所以，当我走出屋子的时候，我感觉很高兴。在外屋，我看见那两个女人还在一个劲儿地织着绒线。期间不时有人进来，那个年轻点的女人就会过去招呼他们；而那个年老的女人，则一直坐在椅子上，她脚穿平底布鞋，怀抱着一只猫，脚下踩着一只脚炉。我看到她的头上戴着一件白色的头饰，鼻子上挂着一副银丝边的眼镜，一边的脸颊上还长有一颗痦子。她从眼镜的镜片边上瞥我了一眼，就是这样的一瞥，让我突然间觉得心里一阵不安。这时候，有两个看起来愚钝但是很心情很欢快的年轻人从我身边经过，那个女人同样用迅速、冷漠、充满智慧的目光瞥了他们俩一眼，好像她对我以及那两个年轻人的情况很了解的样子。她看起来是那么的高深莫测，好似没有什么事情能够瞒过她的法眼，一瞬间，竟让我有一种凄惨的感觉。”

“当我远在他处的时候，我时常会想起这两个女人。她们俩好像是在守护通往黑暗世界大门的守门人，手中织的绒线，就好像是用来遮蔽尸身的遮尸布一般。她们俩，一个在为别人引路，将人们引向那个未知的世界中去；另一个，则用一种冷漠的眼光打量着来来往往那一张张欢快而又愚钝的面孔。所有被她打量过的那些年轻人，很少人有机会能活着回来的，可能有一半，可能连一半也没有。嘿！那位织黑绒线的老妇女，请接受我们这些将死之人向你致敬！”

“‘还是要去见见医生的，不必紧张，只是个形式而已。’秘书这样安慰我道。于是，就有一个把帽子压低到左眉毛处的年轻人，从楼上下来，带着我去见医生。我估计他是公司里的一个小职员——虽然这间屋子里沉寂无声，如同鬼城一般，但是一个公司，总应该是有几个职员的吧。那个职员长得跳突不定，下巴则像是一个破旧的靴子一样尖细。而他的穿着不修边幅，衣服领子很大，衣袖上尽是墨水水渍，一副穷酸的模样。当时以为时间还早，我便向他提议一起去喝点酒。他听我这么一说，脸上立马露出欢喜的神色。我们喝着苦艾酒的时候，他在那里把公司的生意吹嘘得无比红火，可是当我无意提起为什么他不去进行海外贸易时，他便立刻清醒了过来，又重新变得镇静从容起来。柏拉图告诫他的弟子说：‘不可以吾貌丑遽以吾为笨伯’，他在我身边卖弄学问，然后我们举起杯来，一干而尽之后，就起身离去了。”

“老医生一边号着我的脉搏，一边心里想着其他的事情。然后嘟哝着说一句‘脉象还不错’，接着却急切地问能不能量一下我的脑袋。我觉得诧异不解，但还是答应了他的请求。然后他就拿出了一个看起来像是卡钳一样的东西，前后左右地量过了我脑袋的尺寸，并且详细地记录了下来。那个医生是个身材矮小的人，同时又长着茂密的胡子，他脚上拖着一双拖鞋，身上则穿着一件破旧的、像是工作服一样的衣服，看起来像是个十足的呆瓜。”

“他解释道：‘我常常以研究科学的名义请求度量那些要到那边的人的脑袋的尺寸。’我问道：‘等他们回来时再量一遍吗?’他回答说：‘我还从没见过他们回来呢！况且，即便有了变化也只是在脑袋里面，外面又怎么能看得到?’他用讲笑话似的口吻，说着这些话。他扫视了我一眼：‘所以你是想要到那边去了？不错，挺好的。’然后又低下头去做记录。接着他又问道，‘家里有过癫疯病的病史吗?’我微微感到不悦：‘难道这也有助于科学研究?’他倒并不理会我的愠怒，继续说道：‘关注一个人的心理变化对科学研究还是很有帮助的，能够当场观察……’‘可你是精神病医生吗?’我出言打断了他。可是这位奇葩医生居然回答道：‘每个医生都应该了解一点儿这方面的知识。’‘我希望通过你们这些去那里的人们来帮我证明一个理论，我们的国家通过占领别的土地获得了许许多多的好处，我现在这样也算是沾了一点儿光了。请您原谅我贸然的提问，只因为您是我所调查的第一位英国人。’我忙说道：‘我并不具有典型性，如果我是个那样的典型，我今天就不会这样跟你谈话了。你的想法倒是很深刻，但很有可能是错误的。’他笑起来对我说道：‘要避免在阳光之下暴晒，尤其要避免情绪激动。再见（法语），你们美国人是怎么说的，再见（法语）？那就再见吧（法语）。’他举起食指发出警告：在热带雨林里，最紧要的事情就是要保持镇定……”

“我还有一件事情要做，那就是跟我那位神通广大的姨妈告别。我发现她当时喜气洋洋，我在这样一个贵妇人的客厅里，喝着一杯茶——一杯以后很长时间都没有机会再喝到的体面的茶水。我和她坐在火炉边上，细细畅谈，在谈话过程中，我了解到她已经把我介绍给了她口中那位大人物的妻子，也不知道还有其他多少人。她吹嘘说我是难得的人才，像我这样的人可不是每天都能碰到的，还说公司找了我真是交了好运。天主啊，我要去接任的不过是一艘不值钱的轮船，而且还是一艘装着小汽笛的内河汽船。不过，我好歹现在也算是一个‘有正经工作’的人了——名字也是用大写字母写的，就像是一个低级的圣徒，或者是一个传播光明的使者。那时的年月里，像这样的字眼腔调充斥着报刊和言谈之中。而我的那位神通广大的姨妈，不幸地每天耳闻目染，所以被这些鬼话唬得晕头转向的。她不停地吵嚷着：‘那些愚昧的人们啊，必须要彻底改掉他们的习惯，那些可怕的生活习惯。’她一直重复，重复到让我觉得厌烦至极。我的心忐忑着，又不得不鼓起勇气提示她道：姨妈，开公司可是为了赚钱。”

“她兴致盎然地继续说道：‘可是工人们干活获得工资本来就是天经地义的啊，我亲爱的查理，他们可不会白白地帮你干活的。’多么奇怪的观点啊！女人们居然相信存在这样的一个世界，一个以前不曾有过，今后也不会有的世界，她们是与真理相悖的。假如她们真能创造出这样的一个世界，那它肯定会在天黑之前就倒塌。因为这样的世界太过梦幻，从创世以来就被我们男人们所接受的事实真相会无情地把这美梦敲得粉碎的。”

“接着，她抱了我一下，又叮嘱我记得常常写信给她，还有要穿法兰绒的衣服……然后，我走出了她的家门，走到了大街上。不知怎么的，我突然心生一种奇怪的感觉，好像我是个骗子似的。要是以前的我，接到通知后肯定会立马出发，前往世界上的任何地方，甚至不会比人们穿行马路的时候想得更多。可如今，面对这么小的一件事，我却——”

“我不想说自己是犹豫了，但我确实惶恐地顿了一下——这就是我能够给你们的最好的解释了。一瞬间，我感觉自己不是要去往某个大陆的中心，而是要去向地球的正中心。”

二

“我乘坐的是一艘法国的汽船，这艘该死的船每到一个港口都要停靠一下，在我看来，停靠下来只是为了让那些海关官员和士兵们上岸去。海岸从汽船的旁边向后掠去，我像思索一个谜一样，凝视着这一片海岸。海岸总是不置一词，却又像是一直在窃窃私语着，来吧，来探险吧！来发现吧！海岸时而紧锁双眉，时而眉开眼笑，时而招手示意，时而卑贱猥琐，时而壮观宏伟，时而又枯燥单调，或者应称之为苍茫荒凉。相比起来，此刻我眼前的这片海岸就单调多了，好像正处于形成期似的，显得毫无特色。莽莽的丛林，苍茫青翠，看起来漆黑一片。丛林修饰着一条白色浪花的外延，就像是一条用尺子画出来的线条，沿着湛蓝色的大海向前延伸着。在炎炎烈日之下，大海的光芒被一团移动着的厌恶所笼罩。大地好似也在发着光，滴着雾气一般。浪花聚集起白花花灰蒙蒙的斑点，或许还有一面旗帜，在那旗帜后面还有一个定居点。尽管那是一个已经存在了几百年的定居点，但因为有它身后的荒无人烟、广袤无垠的荒原作映衬，它看起来小得就像是针尖一样。”

“我们的船只缓慢地向前行驶，不时地停下来让士兵上岸；然后船只又继续前进，把海关官员送到一片被上帝抛弃的荒野上，他们要去那里征收通行税。同时将更多的士兵送到那里，我猜想是为了去保护那些官员。在荒野上有一根旗杆和一间用铅皮做顶的小屋子。据说，有些士兵淹死在了海浪里，不过他们是不是真的淹死了，似乎也没人真的关心。我们只是把那些士兵丢在那里，然后就掉头继续前进。”

“海岸看起来没有任何变化，好像日子一天天过去，我们却并没有向前移动似的。不过我们确实路过了好些地方，像大巴莎、小波波这样的地方，都是一些贸易口岸。这几个地名听起来像是肮脏幕布前正在上演的闹剧一般。乘客中有的人懒散无聊，我孑然一身，跟周围的其他乘客也没有什么交流。海岸一副阴沉的样子，放眼望去的海面也是油腻腻的，显得毫无生气。面前的这些事情让我无法洞察事物的本质，面对着这样一个无意义的幻想中的景象，我只能选择冥想。耳边不时传来海浪的声音，听起来让人感觉十分惬意，还很自然，意义明显，有感而发，像是一位兄弟在跟自己对话一样。时不时地，岸边会划来几艘小船，让人在一瞬间产生现实感。你隔着老远就能看到，那些正在划船的黑人们的眼睛在闪烁着光芒。他们大喊大叫，还一边唱着歌，浑身流淌着汗水，他们的脸看起来就像是奇怪的面具，但是他们同样有骨骼、肌肉，而且行动矫健，活力充沛，就如同岸边的波涛一样真实自然。”

“他们不用解释自己为什么会出现在那里，只要看着他们，心里就觉得很欣慰了。刹那间，我感觉自己仍旧处于一个被简单事实所构成的真实世界之中，但这种感觉转瞬即逝，因为有什么东西闯了进来赶跑了它。又一次，我们碰见了一艘停泊在海上的军舰，明明岸上连一间房屋也没有，它却在对着一片树林进行轰炸，大概是法国人在这附近打仗。军舰上方的军旗如同一块破布似的耷拉在那里，几尊长约六英寸的大炮的炮口却在低低的船身上向前伸着。”

“油腻腻、湿滑的海水不停地把船身抬高，抬高又放低，船上的桅杆也跟着海水的起伏不停地摇晃着。砰的一声！一尊六英寸的大炮鸣叫了一声，一团火光出现又消失了，一颗炮弹发出了呼啸声，一缕白烟消散了。眼前的整件事都透露出一种疯狂的感觉，在空旷的大地上，在水天相接的地方，有一艘军舰在莫名其妙地轰炸着一片陆地！这简直就是让人感觉啼笑皆非的滑稽剧一样。不会有什么事情发生的，什么事情也不可能发生的。军舰上有人声称他们为敌人，说他们藏匿在某个隐蔽的地方，但是这样的解释并不能够使我感到宽慰。”

“我们把信交给了那艘孤独的船后，就继续向前航行，据说这艘船上每天会有三个人死于热病。之后我们又在几处地方停靠了几次，那几个地方的名字同样滑稽好笑。在那里，贸易和死神共同在安静的、充满着泥土气味的气氛中狂欢着，就好像是在一座森严的坟墓中狂欢一样。汽船一路上沿着尚未成型的海岸继续向前行驶着，海岸上跳动着汹涌的海浪，仿佛是大自然依靠自己的力量在驱赶入侵者。”

“我们驶出一条毫无生气的河流，又驶进另一条相同的河流中。河岸腐烂成为一摊烂泥，河水也变成了厚重的泥浆。红树在河水的侵蚀下，像是在向我们痛苦地扭动着身躯，似乎身处无奈的绝望之中。就这样，我们匆匆靠岸停歇，然后又匆匆起航出发。虽然我们从来没有对哪个地方留下深刻的印象，但是我的心里一直有一种压抑、模糊的疑惑，我们好像是在如梦一般的世界里继续着一场让人备感疲倦的旅行。”

“这样一直过了三十多天，我们才到达了这条河的河口处，我们在离政府不远的地方停船抛锚。但因为我工作的地方距离这里还有大约二百英里，所以，我一有空就会赶去三十英里的另一个地方。”

“我乘坐的是一艘小型的航海汽船，船长是瑞典人，他知道我是一名水手之后，就把我请到了驾驶台。船长是个年轻、英俊、清瘦的人，但他又有一点儿怪癖，留着一头长发，走路还爱拖着腿。我们离开那个可怜的小码头的时候，他轻蔑地用头朝岸边示意了一下，然后问我：‘听说你一直住在那里？’我回答说：‘是这样的。’他的英语听起来虽然发音准确但却很苦涩。‘政府机构里的那些人还不错，对吗？我真不知道，为什么有人愿意遭受那份罪，去挣那几个法郎。不知道旷野上的景象究竟是什么样子的？’我回应说我很快就会知道的。‘是啊’，他叹了一声，拖着双腿向后退了一步，同时一只眼睛还在警觉地看着前方。‘不过也别太自信了。’他说道，‘不久前有个搭乘我船的男人，在行进途中突然上吊死了，好像也是个瑞典人。’‘怎么回事？吊死了？天主啊！’我惊呼出声。‘鬼知道是为什么，可能是他受不了这里的烈日，也可能是他受不了那片旷野吧。’”

“终于，我们的船行驶到了一段开阔的河段。迎面而来的先是一面石崖，而岸上则堆着几堆被翻起的泥土。在山坡上有几间房屋，有些房子上面盖有铁皮顶，有些建在山腰间，有些则立在洼地里。山间不时地传出山泉的湍流声，回荡在这片只有少数人住着的荒芜的土地上。我看到有很多衣不蔽体的人，像蚂蚁一样地蠕动着，他们大部分是黑人。我还看到有一座栈桥蜿蜒曲折着延伸到了河里，但太阳照出的光芒常常会淹没了眼前所有的景象。船长用手指着山坡上的三间貌似是兵营的木屋子，对我说道：'那就是你们公司的贸易站了，我之后会把你的东西送到岸上去的，是那四只箱子，对吗？那就再见吧！'"

"我看见草地上摆着一只锅炉，还看到了一条通往山上的小路。因为有石头阻挡，小路便转向了另外一边，那儿背朝天躺着一节小型火车车厢的轮子，其中有一个轮子已经脱落，车厢看上去就像是某种动物的尸骨似的。我看见，路旁还有一些被锈蚀掉的机器零件和一堆已经生了锈的铁钉。在小路的左边，有一片树林洒下的荫凉，我眨了眨眼，好像有一些黑色的东西在那儿蠕动着。山路十分陡峭，在小路的右边，有一支小号正在嘟嘟地吹着。我忽然看见黑人开始奔跑，然后就听到了一声震动大地的、重重的、沉闷的爆炸声响，同时山壁上飘出来了一缕白烟。但也只是这样而已，因为山崖的表面并没有丝毫的变化。看来黑人们是在铺设着一条铁路，其实这堵峭壁并没有妨碍到什么东西，但这毫无目的性的爆破工程就是他们所要从事的全部工作了。"

"我听见身后传来了轻微的叮铃声，于是转过身来，看见有六七个黑人排成一行艰难地在山道上行走着。我看到他们都挺直身子，但却都走得特别慢，看来是为了要保持头上顶着的装满泥土的小竹篮的平衡。他们的脚步声和叮铃声很有节奏，腰间都围着一条破黑布，布条在他们身后像条尾巴一样地晃来晃去。他们四肢上的关节处就像是绳索上打的绳结似的，我都能够很清晰地看到他们身体上的每一根肋骨。一排的黑人，被一条铁链拴在一起，每个人的脖子上都套着一个铁项圈。链条随着他们的走动而左右晃动，有节奏地发出一声声的叮当声。”

“这时，又有一声爆炸声从峭壁上传了过来，让我突然想起了先前的那艘正在轰炸大陆的军舰。这两种声音听起来同样让人害怕，但是无论你多有想象力，也不会把这些人想象成敌人。但是他们却被当作是罪犯，那些被触犯的法律降罪到他们身上，就像是炸裂的炮弹降临到大地上一样，这一切让我觉得匪夷所思，像是海底的奥秘一样地无法理解。他们的两只眼睛木讷地看着山上，清瘦的胸膛一起喘着粗气，撑得鼻孔也在不停地颤动着。他们从距离我只有六英寸的地方走过去，却看也不看我一眼。”

“像是所有不幸的野蛮人所特有的那种如死亡一般的、彻底的冷漠。我看到有一个留用者，正在有气无力地跟在这些野蛮人的身后，手里提着一支来福枪——他是新生力量所创造的产物。他身穿一件掉了扣子的制服外衣，一看见路边站着一个白人，就立马用肩膀扛起枪。其实他这么做完全是过于谨慎了，因为从远处看着，所有的白种人都长着同一副面孔，我猜他甚至连我是谁都看不清。不一会儿他就放下心了，咧开了大嘴，露出满口的白牙，像个无赖一样地笑着。他似乎把我看成了是他的同伙，因而很信任我，只是瞥了一眼那些被押着的黑人们。这样也对，我现在也是这些从事着公正崇高事业的人们的一部分了。”

“我并没有继续往山上走，而是转过身，沿着左边的山坡下了山。我想等那些身上戴着铁链的黑人们离开之后再继续登山。你们是知道的，其实我平时并不是个特别脆弱的人。我知道自己必须要主动出击防守。我必须要抵抗，甚至还需要主动进攻。这是我目前唯一的抵抗方式了——不管付出多大的代价——这全要看我对自己已经一头栽进去的那种生活要提出什么样的要求了。我曾见到过充满欲望的魔鬼、贪婪的魔鬼，还有暴力的魔鬼。天主啊，它们可全都是身体健壮、体格强壮的红眼睛魔鬼。它们驱使着其他人，左右着别人的命运，可是，它们其实不是真正的魔鬼，它们是人类。因此，当我站在山坡上，站在炫目的阳光下的时候，我就预感到自己将会遇到一个贪婪成性、装腔作势、愚蠢之极、软弱无力的魔鬼。直到一个月以后，在距离此地几千英里之外的某个地方，我才见识到这个魔鬼有多么的阴险狡诈。我在那里愣愣地站了一会儿，感觉自己像是听到了某种警告。然后，我向下走了下来，走向我刚才路过的那片树林。"

"中途，我还绕过了一个不知道被谁挖出来的一个大坑。那个坑看起来就是个普通的坑，但又不是沙坑，也不是采石坑，我想不出来这到底是个什么坑。也可能，是哪个心肠慈善的人为了让那些罪犯有事可干，所以才命令他们挖的这个坑？我不知道。有一条很狭窄的山沟，窄得就像是山坡上的一条细缝似的，我差一点儿就掉进这个窄沟里去了。我看到那里堆放着很多从别的地方运过来的排水管子，应该是留作居住点使用的。但是水管胡乱地堆放在那里，很多水管都已经爆裂了，简直就是浪费。终于，我走到了那片树林，我在树荫下走了一会儿，看到的景象简直就如同地狱一般阴森森的。离我距离近的地方是水流，单调、急促、持续的喧嚣声覆盖了整个丛林间的沉寂。空气好像凝固不动了，天空中连一片飘动的树叶也没有。天地间就只剩下了这一种莫名的声音，听起来像是地球间急速奔跑的脚步声一样。"

"黑人的身躯躺着，卧着，蜷缩着。有的坐在树林里，有的依附着地面，有的依靠着树干。虽然他们的姿态不尽相同，但是都表现出一种绝望、痛苦、自暴自弃的感觉，在阴暗的光线之下，若隐若现。这时又传来了几声爆炸的声响，甚至震动起了我脚下的泥土。这说明工作还在继续，可是这些在工作中出过力的人们此刻却在这里等死！”

“很明显，他们这些人正在逐渐走向死亡。他们不是敌人，也不是罪犯，甚至连这世界上的生灵都算不上，只是被饥饿和疾病所困扰的黑影子罢了。他们横七竖八地躺在树林间，苟延残喘着。他们都是按照合同从世界各地招募过来的，被安排在这完全陌生的环境下，吃着诡异的食物。所以很快，他们当中很多人就病了，干活时手慢脚慢的，这才被恩准去暂时离开休息一下。这些濒临死亡的人自由得如同空气一样，也和空气一样稀薄。现在我开始看清了来自树林底下的几双眼睛所发出的恶毒的目光。我的目光向下看过去，看见了靠近我身边的一张人脸。那个人看起来特别年轻，简直像个孩子似的，不过我也很难说得准。他一侧的肩膀靠在树干上，骨头直直地斜倚着，慢慢地抬起头来，用他那双深陷下去的、大大的、无神的眼睛注视着我。”

“我看到他眼珠里面那一缕白光也正在渐渐地消散。我看着他，把口袋里装的那块好心的瑞典船长给我的饼干给了他，我能做的也只有这些了。他伸出手哆哆嗦嗦地抓住了饼干，再也没有其他的动作，甚至都不看我一眼。我看到他的脖子上面系着一条白颜色的绒线，和他的黑肤色对比起来，让人觉得惊悚。我在想，这条白色绒线是怎么来的？它是一件饰物，一种标记，还是一个符咒，或者是一个许愿行为？这个玩意儿到底有什么意思？他到底为什么要系着它呢？”

“还有两个黑人，盘着双腿，直挺挺地坐在这棵树的旁边。一个黑人睁着两只目光呆滞的眼睛，用膝盖托着下巴，让人觉得不忍直视，毛骨悚然。而另外的那个黑鬼则把额头埋在双膝里，一副困倦的样子。四周的其他人扭曲着身子，瘫倒地上，一副大屠杀后的景象，或是瘟疫泛滥的场景。在我傻站在那里的时候，我看到有一个人用手和膝盖支撑起身子，爬向河边要去喝水。他用手掌捧起水来喝，然后把小腿盘坐在身前，在阳光之下，就这么坐着。不一会儿，我就看见他那毛茸茸的脑袋低垂到了胸前。”

“我不愿意继续在树林里逗留了，所以转身向贸易站走去。等到我走到大楼跟前的时候，遇到了一位白人。乍眼一看，我还以为自己出现了某种幻觉，因为他的穿着实在太过华丽了。我看见他上身穿着一件浆洗过的、领子高高的、袖口洁白的羊驼外套，还打着干净整洁的领带，下身着一条雪白色的裤子。脚上则蹬着一双耀眼夺目的靴子，头发从中间分开，梳得一丝不乱，而且还上好了油。我觉得他挺有趣的，因为他那双又大又白的手掌里正撑着一把女士的条纹状遮阳伞，耳朵上居然还卡着一支笔。”

“我伸出手和这位白人握手，了解到他就是这家公司的总会计师，公司里所有的账目都是他在这个贸易站里记下的。‘出来呼吸一些外面的新鲜空气’，他的解释听起来让人觉得奇怪，容易让人想象成他需要坐在案前工作。其实，本来我并不想向你们提起这个人，但是，一来我就是从他那里第一次听到的那个人的名字①；二来，我心里对这个人是很尊敬的。是的，我尊敬这个人，我尊敬他干净的袖口，我尊敬他高高的领子，还有他满头闪亮的头发，远远看上去，他就像

---

① 由后文知此处指的是克尔兹先生。——译者注

是理发师的模特似的。我尊敬他，因为在这片国土上，所有人都是一副萎靡不振的样子，唯独他还能保持着体面的形象。这是一种骨气，他笔直的领带和浆洗过的衣领就是他的成就。他在这里待了将近三年了，我很好奇他是怎么做到在这个地方还能保持衬衫的白净。后来我问他这个问题的时候，他微微红着脸说：'我其实一直都在教贸易站里的一个当地的土著女人，可她一点儿也不喜欢这份工作，真是累人啊！'这个人的账本一本本都摆放得整整齐齐，他全身心地投入到会计的事业当中，因此也算是稍有成就了。"

"贸易站里的其他东西都显得乱哄哄的，不管是房子、物品，还是里面待着的人。在那里，有很多尘土满脸的黑人，一个个都拖着一双人字拖，来来回回地穿行着。在那里，破烂棉布、玻璃弹珠，还有工业制成品和放在暗处的铜丝一直不断地被运送过来，来换走珍贵的象牙。"

"所以我只好在贸易站这里等待了十天，多么漫长的十天啊。我被安排住在大院子里的一间小屋里，不过，因为不想看到到处一片乱哄哄的景象，我会经常到会计师的办公室里去坐坐。他的办公室搭得很简易，是用横条制的木板搭建成的。我看见他伏在高高的写字台前工作的时候，他的身体被光带映射成一条一条的。在他的屋子里，不用打开窗户就能看见外面的景色，屋子里面很闷热，有苍蝇一直在乱飞着，虽然不叮人，但是戳人一下，还是会觉得很痛。"

"一般在他的屋子里时，他坐在高高的凳子上写着东西，我则在地板上坐着。有时，他会起身活动一下。这个会计的外表形象算是完美无缺了，他的身上甚至还透出一股清香。后来，当别人把一个躺着一位病人的轻便床抬进他的办公室时——据说那是一位内地的公司代理人，他显得稍微有些不快。他说：‘病人的呻吟声肯定会影响到我，现在的天气还那么炎热，要是我因为分神而记错了账可怎么办?’”

“有一天，他头也不抬地跟我说了一句：‘等你到了内地，就会遇到克尔兹先生的。’我问他克尔兹先生是谁，他先是简单地说那是位业务一流的代理人，见这个回答并没有满足我时，又放下笔对我解释道：‘那是一个了不起的人。’然后，在我的一再追问之下，他才跟我解释，克尔兹先生如今正在一个出产象牙的国家里，负责着一个贸易站，从他的那个贸易站里运回的象牙数量能够抵得上其他人的数量的总和了……说完这些，他就又开始提笔写些什么。奇怪，床上的那个病人居然连哼哼也不哼哼，周围一片死寂，我只能听得见苍蝇嗡嗡的声音。”

“突然，屋外传来咚咚的脚步声和低沉的说话声，原来是有一支运输队进来了。木板墙外的搬运夫们在七嘴八舌地说着什么，立刻传进来了一阵粗陋的叫嚷声。透过这些吵闹的声音，我能够依稀听得见那个总代理的声音，这已经是他今天第二次说‘含泪表示’和‘无可奈何’的字眼了。会计缓慢地走到屋子的另一头，去查看躺在那儿的那个病人，忽然转身对我说‘他什么也听不见了’。我大吃一惊，忙问道：‘死了？真的吗?’‘不，还没有。’他平静地说着。”

“接着，他摇头示意外面院子里的吵闹声，说道：‘我真是讨厌这些个野蛮人，吵闹得我无法把账目登记清楚，我简直要恨死他们了。’他想了一会儿，对我说道，‘等你见到克尔兹先生的时候，记得把这儿的情况讲给他听……’他向着写字台瞥了一眼，继续说道：‘如果事情都顺利的话，我就不会写信给他了，因为你根本不知道信使会把我们的信件交到中央站谁的手中。’”

“会计用他那双柔和的眼神看着我，说：‘他前程似锦，不久就会成为公司管理部门里身份显赫的重要人物。你知道的，据说，上头——也就是欧洲董事会，据说他们有意要提拔栽培他。’”

“院子里的嘈杂声消失了，会计也转身继续开始工作了。过了一会儿，我朝外走去，然后在屋门口的地方停住了脚步。我看见那个正准备被运送回家的那个代理人，毫无意识，满脸通红。而在嗡嗡的苍蝇声中，会计正在低下头投入地记着他的账目，一笔笔精确的买卖。我能看到，在离台阶五十英尺的地方，丛林上的树梢，此刻像死亡般寂静。第二天，在我在这个贸易站停留了长达十天之后，我终于又重新出发，跟随一个由十六个人组成的运输队赶赴下一个地方。”

三

“路途当中的细节就没有必要跟你们一一描述了。一路上，放眼望去全都是小路，就像是一张被人们踩踏出来的纵横交错布网一样，覆盖在整个荒凉的大地上。我们一行人穿过枯焦的野草，穿过丛林，在炎热的山岭之间四处奔走，又在湿冷的沟壑中爬上爬下。我看到四周毫无人烟气息，连一间茅草屋也没有，据说很久之前人们就已经都搬走了。这么形容吧，假如现在这里有一群手持各式各样凶险武器的黑人们在迪尔与格雷夫森间的路上，要抓周围的乡巴佬们来帮他们搬运东西，我猜想这里的每间茅草屋和每个农场都会立刻变得空无一人的，只是，这里甚至连一间房子也是看不见的。我们还路过了几个被废弃的村庄，那里的草墙都已经坍塌了，看起来十分简陋，简直让人觉得心酸。”

“日子一天天过去，那十六双光脚在我的身后挪动着，踢踏着，同时每双脚上面还要支撑着重达六十磅的东西。不停地安营、做饭、睡觉，然后拔营，接着继续赶路。一路上，时不时地，有的搬运夫尚且来不及卸下东西就死去了。我们也曾在小路边的杂草之中休息，周围的环境完全是寂静一片，身边也只剩下了一根长棍子和一个空的盛水葫芦。在某些夜深人静的夜晚，会有鼓声从远处传过来，那鼓声时而变大，时而减弱，那么粗犷，同时又那么悦耳动听。那是一种很奇特的声音，颤音既浩瀚深远又微妙婉转，就像是基督教堂里的钟声一样，深沉悠扬。还有一次，我们遇见了一位白人，他在一队桑给巴尔人的武装保卫下，在小路边上安营扎寨下来。那人身穿一件敞开的纽扣制服，因为平时一直乐呵呵的，而且待人豪爽，所以也自然没少喝酒。他自称要护路，可我根本不记得有过护路或是过路的事情。除非是被某个黑人的尸体绊倒过。同时，我还有一位白人做伴，那是一个还不错的家伙，只是人有点儿肥胖，经常晕厥在炎热的半山腰处。而令人烦心的是，周围几英里的地方又找不出半点树荫，或者是水源。”

“你想象一下，为了帮他慢慢清醒过来，我需要把自己的外套举起来遮挡着他，像个太阳伞一样，那该有多么让人觉得晦气啊！记得我有一次问他到那里去到底是想干什么，他轻蔑地回答道：‘当然是为了赚钱呗，你说呢?’后来有一次，他发高烧了，但因为他的体重超过二百二十磅，因此只能让搬运工们用吊床抬着他向前走。走到半路，搬运工们不愿意再往前去，很多人都临时逃跑了，趁着夜黑纷纷开溜，看起来简直像是一场巨变。然后，我找了一个晚上才找到他们，打着手势才让我眼前的十六双眼睛弄明白他们抬的那个人并没死，只是病了。”

“第二天一早，我就让那些搬运工们抬着吊床在前面走着，我则在后面跟着。可是过了没多久，我所有的努力就全白费了——搬运工们把所有的东西都扔在了树林里，病人、毛毯、吊床、呻吟声，还有恐惧。沉重的吊床杆子把病人鼻子下面的皮肤都蹭掉了，他嚷嚷着要去杀人，可是周围连半个搬运工也没有。我突然又想起了那位老医生说的话——实地观察一个人的心理变化对于科学研究有益无害。我觉得自己这会儿所做的事情肯定有益于科学，可是那又有什么意义呢？”

“到了第十五天的时候，我终于又一次看见了那条大河。中央贸易站唯一一个，一边的边界是一条臭泥河，而另外三边则是由草墙围绕而成。四周都是树林灌木丛，那一个无人看管的豁口就是贸易站的大门，瞥上一眼，就能猜出现在正管理着这个地方的人一定是个软弱无能的人。这时候有几个白人从楼里走了出来，他们手里拿着长棍子，有气无力地，懒懒地看了我一眼，然后就不见了。有一个长着黑色胡子的、浮躁的、身材矮胖的人，听我表明了自己的身份之后，便对我侃侃而谈，还委婉地透露出我乘坐的汽船已经沉到河底了。这简直是晴天霹雳，为什么？怎么了？什么？他回答：‘没什么大事，并没有出什么大差错。大家当时表现得都挺出色的，相当出色！经理当时自己也在船上。’然后他激动地说道，‘经理，你必须立刻去见总经理，他正在等你呢！’”

“我当时并没有立刻明白这次沉船事故的真正意义，现在我想我是明白了，但还是说不准，真的。如今再回想起来这件事，只觉得太过难以想象，整件事都很蠢。但那时看来，船确实已经沉没了，虽然听起来让人觉得不合情理，这事情真是烦人！据说，事情是这样的：那是在两天以前，他们匆忙地向着上游出发了，一个船长自告奋勇要求驾驶，当时经理碰巧也在那艘船上。据说船行驶还没有超过三个小时，就被石头刺穿了船的底部，然后船很快就在离南岸不远的地方沉没了。我问他，既然那艘船都已经沉没到海里了，那我能做些什么。后来，将这艘已经归我管辖的船只从水里打捞出来，这可着实费了我好大一番工夫。第二天我就要为这件事到处奔走、打捞，还要把散开的船体一块一块地运送到贸易站后面去修理，整个事情做下来花费了我好几个月的时间。”

“说到我和经理的第一次见面，现在说来还真是有点奇怪。那天我本来已经行走了二十英里的路程了，可是他居然也没有邀请我坐下。经理长着中等高的身材，体型也一般，面容、声音，甚至连肤色和举止都没有任何出众的地方。他一双蓝眼睛看起来很普通，却又给人感觉非常冷漠。他的眼神沉重地像落在人身上的一把尖刀一样，但是同时，身体的其余部分却又表明它们并无此意。同时，在他的嘴唇之间，有一抹微小的、无以名状的微表情，那是一种似笑非笑的，看起来十分诡异的表情，直到现在我还理解不了那个表情的含义。他的那个笑容，完全是下意识的动作。那样的笑容，就像是在话语上贴上了封条，让原本平淡无奇的话语也变得深不可测。而且，他每说完一句话，脸上的笑意就更浓厚了。他从年轻的时候就一直受雇待在这个地方，就是个普通的生意人，只是这样而已。他让他手下的人服从他，不是通过让他们惧怕他，敬畏他，或者是爱戴他的方式，而是通过让他们感觉到不自在的方式——对，就是让他们不自在。不是那种不信任的感觉，就是一种不自在的感觉。你能够轻易地想象出来那群人的效率有多低，他们没有创新能力，缺乏组织才能，甚至连维持秩序的能力都没有。这些完全可以从贸易站混乱的状态，以及很多的事情中看得出来。”

“我很好奇，像他这样一个既没有学问，又没有什么大智慧的人，为什么能谋得一官半职？大概是因为他在这里的三年，期间从没有病倒过吧。众人都是一副精神不济的样子，唯独他一人精神抖擞。这本身就是他的一种优势了……人们光从他闲谈的话语中就能听出来，他每次回家时就会去花天酒地一通，就像一个上了岸的水手，只是他的外表不一样罢了。按说他这个人并不属于开拓者的类型，但他仍然是伟大的，他的伟大就在于他能够处理小事，维持现状。我无法理解到底是什么东西在主导着这个人，他从未提起过自己的秘诀，或许他从来就没有什么秘诀。当然，这只是我个人的猜测，没有办法求证，因为这里并没有什么外部的检查之类的东西。”

“一天，贸易站里几乎所有的代理人都因为热带疾病而病倒了，据说他宣称‘在这儿待着的人就不应该有五脏六腑。’就这样，他又一次用他的笑容为这句冰冷的话语贴上了封条，就好像是一扇门一样，封印着一个由他自己把守的黑暗世界。站在门外，你以为你偷看到了里面的事物，可那封条还很鲜明地贴在上面。据说，因为白人们经常在吃饭的时候争抢上座，所以他一怒之下就叫人去专门制作了一张巨大的桌子用来吃饭，而且还专门又改了一间屋子来供工人们吃饭，然后这就变成了贸易站里的食堂了。”

“每次吃饭的时候，他总是坐在上座，而其余的地方则根本没有必要去争去抢，大家好像也都默认了这一惯例。他表现得既不算是乖张暴戾，也不算是温文儒雅，更多给人的感觉是不露声色。不过，他倒是默许自己的仆人，那个来自岸边的一个年轻的肥胖的黑人，用一种挑衅般的傲慢态度去对待那些白人，而且是当他的面。”

“他一见到我的面就开始喋喋不休，说他本来一直在等我，但是我在路上走的时间太久了，此次的出发已经被推迟了好几次了，而且上游的那个贸易站急需补给，他也不知道那些人过得好不好，他都不清楚到底谁还活着，谁已经死了，等等。他根本不理会我的解释，用手拨弄着一根封口火漆条，一直重复说那里的情况‘很糟糕，很糟糕’，他继续说道，据说那里的一家很重要的贸易站如今情况很严重，克尔兹站长病得很严重，但愿不是真的……我感觉一阵不安和无聊的感觉，我在心里说道：‘克尔兹先生只是——该死的克尔兹！’所以我打断了他，告诉他我在岸上的时候听说过克尔兹先生。”

‘“哦？看来那些人也在谈论着他。’他自言自语，然后又开始说道，说克尔兹船长是他手下当中最杰出的代理人了，能力出众，是一个不可多得的人才。我这才开始理解他为什么如此焦灼不安，如坐针毡，他不停地在椅子上动来动去，一边大叫道：‘啊，我的克尔兹船长！’他甚至因为太过激动，把手里的封口火漆条都折断了。他继续说着，‘下一件事情还要花费很多的时间……’”

“我又一次打断了他，我还没吃饭呢，又在这里站了许久，此刻心里升起了怒火，对他说道：‘肯定得几个月吧，我怎么会知道，我甚至连那艘沉船都没有见到过。’‘几个月，’他重复道，然后对我说，‘三个月之后动身，就这样说定了。’我们之间的谈话看来只是在白费口舌，我一边冲出了他的那间屋子（他独住在一间带着走廊的泥屋子里），一边嘴里嘟哝着对他的抱怨，真是个啰唆的白痴。不过后来，我惊奇地发现，他对那份工作所估量的时间居然如此精确，所以我就收回了之前说的话。”

四

“这么说吧，第二天我就开始了自己的工作，也不再去管那个贸易站的事情了，也只有这样我才能把注意力转移到那些不那么沉闷的东西上。但是，我一个人总会四处溜达，所以我还是看到了那里的贸易站。当我看到那些人在贸易站的院子里晒着太阳、无所事事地来回游荡的时候，我会常常问自己，这一切究竟有什么意义？院子里的那些人，走过来又走过去，手里还拿着根长长的棍子，样子滑稽可笑，就像是一群被鬼魂缠身的、毫无意识的朝圣者一样，整日游荡在腐朽的篱笆里面。人们悄悄地、无可奈何地讨论着‘象牙’，不时地听见‘象牙’这个字眼，乍一听上去，还以为他们是要对着象牙做祷告。但实际上，他们对于象牙的那种贪婪，就如同死尸身上所散发的恶臭一般令人作呕。在篱笆的外面，那片从土地上开辟出来的土地在寂寥的荒野上显得多么的丑恶，但是又有点像是真理，看起来那样的伟大，那样的不可战胜，好像是在沉默地等着这场侵略活动的结束。”

“不提也罢，在这几个月里，又发生了好几件事。一天晚上，一个堆满了玻璃珠子、印花布、白布，还有其他东西的草屋突然就起火了。那样子就像是从大地上腾升起一股莫名的火焰，复仇一般地想要把一切破烂货物都烧成灰烬。而那时候的我，正在我的那艘被拆开的汽船旁边，悠闲地吸着烟斗。我看见那些人把胳膊举得很高，在大伙面前左蹦右跳。这时候，那个长着胡子的矮胖家伙，手里提着一个水桶，向河边的方向飞奔过去。经过我的时候还对我说道：‘大家干得都挺不错的，真的挺不错。’然后舀起一夸脱的河水就又向后跑了回去，可我分明瞧见，那个水桶底下有一个小洞。”

“我不紧不慢地向前走去，其实着急根本就没有用，你们知道的，大火从一开始烧起来，就不会被轻易扑灭。我看到火苗蹿得很高，没有人敢轻易走上前去。里面堆放的货物全都烧了起来，然后屋子就开始一片片地倒塌，草屋立刻化作了一堆灰烬，同时还闪着微弱的火光。”

“据说，就是那个旁边正在挨打的黑人弄起的大火，具体也不知道是怎么回事。事情的大概就是这样的吧，反正那个黑人被打得一直痛苦地号叫，简直不忍耳闻。之后的几天里，我见他一直坐在树荫下，像是身子还没有恢复，看上去还是一副病态。后来，他直接站起身来走了，荒野就像是怀抱一样重新将他的身影包容其中。等我走近那团大火的周围，我站在了两个人的身后，听到他们俩在谈话。”

“我听到他们谈到了克尔兹先生，还说什么‘利用这次不幸的事件’云云。我看到其中一个人是我的经理，所以跟他简单打了个招呼。他说这你之前见过这种事情吗？简直是匪夷所思。他说完就立刻离开了。而另外一个人，是个能干的代理人，年轻力壮。他长着一个像鹰钩一样的鼻子，将自己的胡子梳开成两撇，话并不多，站在那里，俨然一副绅士的样子。我之前从没有跟他交谈过，据说他跟其他代理人的关系并不融洽，因为他们总认为他是经理派来的密探，专门过来监视他们的。”

“我们交谈了一会儿，他邀请我去他在贸易站里的房间小坐，所以我们就离开了那片还在噼啪作响的废墟。他划起了一根火柴，我眼观他的屋子，发现他作为一个年轻贵族，不仅可以一人独享一根蜡烛，而且还拥有一个镶银的化妆盒。那个时候，那种地方，只有经理才能够一人独自享用一根蜡烛。我看见他的屋子里的泥墙是用当地产的草席子覆盖着的，墙上挂着很多战利品，刀剑、盾牌、非洲梭镖，还有很多长矛。”

“据说，这个人的工作是制作砖头，但他已经在这里待了一年多了，可如今我在贸易站里却一块砖头也没有看到。他好像是在等待着什么东西，好像是因为缺少了什么东西才让他做不了砖头。我不知道他到底是缺少什么东西，可能是缺少稻草吧？反正，这种东西在当地没法弄到。而且也不能够从欧洲运过来，我实在是不明白他等待的东西到底是什么，或许是某种特殊的创造？”

“这十六个，或者二十个朝圣者们，他们全都在等待着这东西的到来。尽管在我看来，等待给他们带来的唯一结果就只有疾病了，但是从他们工作的态度看来，他们完全满足于等待的状态。贸易站里到处充满着阴谋诡计，人们依靠这相互贬低和拆台来打发时间，最后的结果无疑是所有人都碌碌无为。就如同这里的其他事情一样，像他们的谈话一样，像他们的管理一样，像他们虚假的工作一样，像贸易站里貌似仁慈实际虚伪不堪的本质一样，华而不实，空有其表。在这里，人们唯一真实的欲望就是希望自己被分配到那个出产象牙的贸易站，以便获得更多的财富。”

“也正是因为这个原因，他们才会对彼此不停地憎恶、羞辱、谩骂。但是我相信，真要他们去动手，哪怕只是一丁点儿，也绝对不会发生的。天主啊，在这世上竟然会有这样的事情，一些人可以去偷别人的马，而另外一些人居然连瞥一眼马的缰绳都不可以。好吧，那些人确实明目张胆地把马匹偷了出来，甚至还敢骑上它。而另一些人，哪怕只是看一眼马缰绳，都会招来这些白人的不满。”

“一开始我并不明白这个人为什么要跟我交谈，在我们闲聊的过程当中，我突然想到，这个人可能是有所图谋的，实际上他是在向我追问些什么事情。他不停地跟我谈起欧洲，谈起那里的我可能会认识的人名，他的这些话，虽然闪烁其词，但还是隐隐约约让我觉得他是不是在那里有什么熟人之类的。”

“尽管他努力地想要表现出一副盛气逼人的样子，但是他那双眼睛都充满了好奇，不停眨眼的小眼睛出卖了他的真实想法。才意识到这一点的时候，我大为震惊，但我又好奇地知道他究竟想要从我这打听到什么东西。看着他一副绞尽脑汁的样子，我觉得十分可笑，我想象不到自己身上究竟有什么东西值得他这样小心筹谋。”

“事实上，当时我脑袋里除了那艘沉没的破船，心里除了战栗，其余空无一物。但是他显然不这么认为，他以为我是一个无耻的撒谎者，在不停地向他撒谎。所以，他后来变得愤怒起来，为了掩饰自己心中的怒火，他抬手伸了个懒腰。我也随之站了起来，看到在木板上钉着的衣服画。那是一幅速写油画，画中是一位女子，身上披着衣服，蒙着双眼，手里举着一束燃烧的火炬。画面里白净灰暗，甚至一片漆黑之色。而那个女人神情庄重，火炬的光亮映照在她的脸庞，让人有一股不祥的感觉。”

“我站在画前，久久地凝视着。那个代理人手里拿着一个空的香槟酒瓶（据说他把酒当药喝），彬彬有礼地站在一旁，瓶子里面还插着一根蜡烛。我问他这是什么，他说这是一幅克尔兹船长画的油画，是他在等着去自己的贸易站的时候画的，现在已经在这里放了超过一年了。”

“我问他：‘麻烦您告诉我，克尔兹是谁?’他回答得十分简洁：‘那是一个内地的贸易站站长。’我笑着说道：‘感谢您能告诉我！大家都知道，你是中央站的制砖师。’他沉默了一会儿，然后说道：‘那是个奇才。’鬼知道他所指的是什么，科学、怜悯，还是进步的使者？突然，他又扬声说道，‘为了完成我们从欧洲来的使命，我们必须要有坚定的目标，高超的智慧和广泛的同情心。’”

“我问他：‘这句话是谁说的?’他回答：‘大家都是这么说的，甚至还有人这样写过。正因如此，克尔兹才会来到这里，正如你所了解的那样，他真是一个奇特的人。’他的话让我觉得吃惊，所以赶紧打断了他，‘什么叫正如我了解的那样?’可是他并没有回答我的问题。‘是的，现如今他是最能干的贸易站站长，明年就是经理助理，再过两年就会是……我知道你一定知道他再过两年会是什么职位。你也属于新派的人士——道德派。举荐你来的人也是举荐他的那个人，你不用否认，我看人的眼光向来是很准确的。’”

“听到这里，我才恍然大悟，他口中的‘那个人’，居然是我那位亲爱的姨妈的那个有权有势的朋友，看来那位人士在他的心里可有不小的分量，我差点因此笑出声来。我问他：‘你经常翻看公司的保密文件，是吧？’然后声音一沉道，‘等克尔兹先生当上总经理的之后，就不会再容忍你这么做了。’”

“他忽然吹熄了蜡烛，我跟着他走出了屋子。外面，月亮已经升起来了，有几个人影在院子里懒洋洋地晃荡。他们在往火堆里泼水，不时地听见有嘶嘶的声音传来，水汽在朦胧的月光中升腾。那个被鞭打过的黑人在一旁的地上呻吟着，留着胡子的那个不知疲倦的家伙出现在我们的身边，说道：‘都是这个东西闯的祸，犯了法，揍他，惩罚他，简直是活该！我刚才还在跟经理说这件事，不可饶恕，绝不饶恕，只有这样做才能避免以后再发生类似的事情。’”

“但是当他一看到我身旁的代理人时，立马就不再张狂了。他变得姿态可掬，说道：‘他还没有上床啊，这也是很自然的事情。危险，骚动。’说完就走了。我走向河边，代理人在我身后跟着我。我听见了一句刺耳的话：‘滚开，你们这一群蠢货。’我看到那些朝圣者们在三五一团地相互讨论着什么事情，有好几个人手里依然还拿着棍棒——我猜想他们上床睡觉时也会带着它们。”

“篱笆外面的树林耸立在那里，像一群孤魂野鬼似的。大地沉静一片，穿诱朦胧的月色，穿透萧瑟的院子，发出微弱的声响，钻进人心。是那么的伟大，又那么的神秘，隐藏在生活中，却又蕴含着真实。那个被鞭打的黑人在我身旁的什么地方一声一声地呻吟着，有气无力。我不禁发出了一声深深的叹息，然后快步离开了这里。我感觉到有一只手抓住了我的手臂，然后对我说道：‘我亲爱的先生，我不愿意看到你误会我，你很快就能见到克尔兹先生了，而我估计不能马上得到这样的荣幸，我不希望他对我产生什么不好的看法……’”

“我只是听任他说着，并不搭话。在我看来，他这个像纸糊一样的靡菲斯特[①]，只要轻轻伸出一根指头，就能轻易将他戳破，估计他的体内除了粪便之外，也没有别的东西了。你们应该已经听出来了，他原本是有希望在他的上司的手底下慢慢爬到副经理的职位的，但是克尔兹先生的出现让他俩都觉得无望了。”

“他还在旁边喋喋不休地说着，我并不想出言打断。破船躺在斜坡上，直挺挺地，像是某种打怪兽的尸骨一样，我干脆就肩靠着那只破船，听他不停地说着。我闻到的全是泥土的气味，天主啊，那可是一股远古泥土的气味。在我眼前，远古森林在展示它的静穆，黑色的溪流上闪耀着斑斑点点的光亮。月光给大地上的万物都盖上了一层银色的薄纱，盖在泥地上，盖在那些长得比庙墙还要高的杂草上面，盖在那条河流上。”

“透过那个昏暗的缺口，我看见了那条闪烁着波光的河流正在悄无声息地流淌着。浩瀚的宇宙，此刻是不是正在注视着我们这两个大地上的人，那个人是不是还在啰哩啰唆地说着他自己的事情，我就不知道了。我们这些到达这里的人，到底都是些怎么样的人呢？究竟是我们在驾驭主宰着这些静默的东西，还是由它来主宰着我们的呢？我觉得这个沉默无言的东西是如此庞大，跟它比起来，我们微乎其微。在它里面，究竟有些什么东西呢？关于它，我听说的已经很多了，我听说克尔兹先生在那里，我还看见象牙也从那里拉出来。可是不知道为什么，我看了这么多，听了这么多，却对它仍

---

① 歌德《浮士德》里的魔鬼形象。——编者注

然没有一个具体的印象。只有上帝知道了，就像是你们可能会相信火星人真的存在一样，就像有人只对我说那里居住着一个天使或者魔鬼一样，我相信他们所告诉我的。”

“以前，我曾经认识一个苏格兰的船帆工，他是一个六十岁高龄的人，坚信宇宙中存在火星人。如果你问他火星人的具体长相，有什么样的行为举止、生活习性，他就会变得很尴尬，嘟哝着说一些‘四条腿爬着走路’之类的话。要是你胆敢笑他一下，他就会马上上前跟你打起来。我倒不会因为克尔兹而去打架，但我确实为他说了一点儿谎。你们是了解我的，我这个人厌烦谎话，憎恶谎话，一点儿也不能容忍谎话。这倒不是说我比别人直率多少，仅仅是因为谎言本身会让我觉得害怕。”

“我觉得谎言本身满是死亡的气息，散发出一种令人窒息的味道，让我觉得恶心、难受，就像是自己吃到了一口腐烂的东西似的。这种感觉正是我要忘记的，正是我在这世上所厌恶和排斥的东西，我觉得这大概是我的本性决定的。这么跟你们说吧，在我跟那人谈话的期间，有一瞬间我变得大言不惭，像是其他被鬼迷心窍的朝圣者一样——我几乎要对那个年轻的人撒谎说我在欧洲有着超乎他想象的人脉和势力。你们明白的，我觉得这样可能对那位克尔兹先生有益，虽然我们目前还尚未见面。虽然我也和你们一样敬仰他的大名，但那时我还没有见到他本人，克尔兹对我而言还只是一个名字而已。我一直都没能见到他，你们看见过他吗？”

“我感觉自己像是在向你们描述一个梦一样，你们能看见什么东西吗？能明白整个故事吗？可能我只是在做无用功，因为梦境是无法用语言来描述的。那种被一些无以名状的东西缠住的感觉，那种包含着惊奇、荒诞和挣扎的困惑的感觉，那才是梦的本质所在……”

马洛沉默了一会儿说道：“不可能的，妄想传达人们一生中某一段时期对于生命的感觉，这根本是不可能的事。那是生命的本质，生命的意义所在，生命的真谛所在，深藏不露却又无处不在。我们都是孤独地生活着，就像我们孤独的梦想一样。”他停下了一会儿，好像在思考，然后说道：“的确，现在你们这些人比当时的我更能够看清这件事，你们能够看到我，而且你们了解我。”

五

天色已经完全漆黑一片，我们这些听众都无法看清彼此的脸庞了。在很长的一段时间，谁都没有说过一句话，在那边独坐的他在我们听来只是个说话的声音。可能其他人已经睡着了，但我仍然清醒着。我一直听着，充满警觉地听着，想要从字里行间找到一些线索，来解释为什么这个故事会让我觉得不安。在夜色下，这个故事像是不用人讲述就能够自己形成一样。

马洛又接着说道："是的，我任由他继续说着，我就是这么干的，对于我背后的势力他想怎么猜想就怎么猜想，反正我身后什么势力也没有！我现在所依靠的，就只有那艘破船，那艘被拆分成好几大块的汽船。而他则一直在喋喋不休地说着什么'大家都应该出人头地''你知道的，到这来的人，没有一个是来赏月的。'克尔兹是个能干的人，所以才更需要找到合适的工具，找到聪明人来帮他啊。我知道，他因为身体的原因不能去搬砖，但如果他去当经理的秘书，那当然是因为上司对他的信任。我当然能够理解，我还有什么需要的呢？天主啊，我需要的只有铆钉了。对，我需要铆钉，把洞给塞住。在海岸的那边，堆着好多箱铆钉呢，一箱一箱的，箱子都被撑裂开了！在山坡上的那个贸易站的院子里溜达的时候，随便走两步就会踢到地上的铆钉。那些铆钉已经都滚落进了那一片死亡森林中去了，只要弯下腰就能装满一衣袋的铆钉，而现在要用的时候居然连一颗都找不到了！我们现在有合适的钢板，但是没有铆钉来固定它们也不行啊。每个星期，那个黑人，也就是我们的信使，都会手持棍子，肩扛信袋，走出我们的贸易站，去到海岸边。而一星期里也有好几次，岸边会准时有一支运输队给我们带来各种各样的商品。有一便士就能买到一夸脱的玻璃弹珠，还有看上一眼就让人觉得害怕的、闪烁着鬼火的印花布料，以及令人讨厌的点缀着斑点的棉布手帕。可是偏偏就是没有铆钉。明明只需要一个搬运工就能够把整艘船出海所需要的铆钉全部都运出来。”

“我猜我对他爱答不理的态度肯定惹恼了他，他开始对我说些心里话，可能他觉得应该让我明白他既不忌讳魔鬼也不害怕上帝，当然，更不会害怕某个人。我告诉他我知道这些事情，但是我现在是真的需要铆钉。当然，如果他足够了解事实的话，实际上是克尔兹先生他需要一些铆钉。每一周都会有信件发往海岸，他说道，‘亲爱的先生，全部都是别人口授，由我亲笔写的信。’所以对于聪明人来说，我要铆钉根本不算什么事。突然，他的态度变得非常冷淡，开始说起那一只河马来，他问我睡在那艘汽船上会不会被打扰（我现在不论白天黑夜，都一直待在那艘破船上）。那头河马有个坏习惯，喜欢晚上爬到岸上来，在贸易站的附近晃荡。贸易站里的人们会一起冲出来，拿着所有能找出来的来福枪[①]射击它。甚至有些人还几天几夜不睡觉，专门等着它前来这里，尽管效果不怎么好。他说道‘这东西的生命好像是受到魔法保护的，但是这里也只有野兽这么幸运了。你明白我什么意思吗？这里没有一个人有这么幸运，能够得到保护。’他在月光之下站了一会儿，两只像云母石一样闪亮的眼珠子一眨一眨的，那只鹰钩鼻子微微地歪扭着，简单向我道别之后他就离开了。我能够看出他内心的不安，还有困惑。这情形让我觉得比之前的日子更加觉得有希望，我能够离开这个家伙，回到我那个所谓的有权势的朋友那儿，离开这艘已经损坏的、歪曲了的，像是一个废弃的罐头盒子一样的汽船，想想都觉得舒心。我又爬到船上去，船身因为我的踩踏而发出咯吱咯吱的声音，那声音听起来就像是一块亨特刊和帕尔默公司的饼干，正在被人沿着水沟踢着似的。说实话，这艘船的外观并不十分漂亮，结构上也不算结实，但是我已经在它身上花费了这么多的工夫，又怎么会不看重它呢？没有一个有权势的朋友像它这样为我出力，它给了我到处跑跑的机会，看看我到底能干些什么。其实我内心不喜欢工作，我更喜欢游手好闲，幻想着可能的最好的事情。说实话，没有一个人喜欢工作，但是工作当中至少有一点我是喜欢的，那就是发现自己能力的机会。别人只能看到你的外表，永远也明白不了你的真正想法。你的真实想法，只有自己才能明白，别人都理解不了。”

“当我看到有个人在船尾的甲板上坐着的时候，我其实丝毫不感到吃惊。你们知道的，我在贸易站里交了几位机修工

---

① 来福枪，又称“来复枪”。来复枪是英文 rifle 的翻译，意思是枪管中的膛线。——译者注

朋友。坐在这里的这个是一个领班，而且工作不错，他的工作是制作锅炉。他双脚低垂，下边就是泥地。但是，其他的朝圣者们都瞧不起这些机修工们，可能是觉得他们的行为太粗鲁。他瘦骨干柴，身材瘦长，面色蜡黄，双眼又大又有神，看起来稍显忧愁。他的头顶像我的手掌心一样光秃秃的，不过他的头发一直垂到下巴上，他的胡子一直低垂到腰际，好像是在他的下巴那块地方茂盛地生长了起来。他早年丧偶，膝下有六个孩子，之前一直是把孩子们托付给自己的妹妹照看的。据说他平时最大的爱好便是放鸽子，不但兴致极高，而且还是个十足的行家，因此一说到鸽子的事情，他就开始眉飞色舞，长篇大论起来。在工作空闲的时候，有时他会从自己那间小茅屋过来谈谈孩子，或者鸽子。在工作期间，他不得不在船底的污泥中爬行，那时他就会用一块像是白餐巾一样的东西把自己的胡子包起来，他专门带着这个东西，就是为了这个时候用得上。那个东西上面留着几个小环儿，刚好可以用来挂在耳朵上。每天晚上，就会看到他一个人蹲在小溪边上小心地浣洗着这个东西，完事之后又把这块布晾晒在树林上，一副煞有其事的样子。”

“我拍了拍他的后背，叫道：‘我们马上就会有铆钉用了！’他赶忙站起来说：‘铆钉？’他好像不敢相信自己的耳朵一般，特意压低了嗓门说道，‘真的吗？’到现在我还理解不了当时我们怎么会像个疯子一样激动。我故意用手指摸着自己的鼻子，装作神秘地点了点头。他把手指放在头顶上捻得响亮，一只脚也跷了起来，嘴里还叫道，‘这简直是太棒了！’我们开始在船的铁甲板上跳起舞来，我跳着快步舞，于是破船就发出了一声声可怕的叮叮当当的响声，那声音传到对岸的原始森林，再被反弹回来，声音就像是雷声一样在贸易站上方炸开。估计有些朝圣者也被这声音惊动了，我看见有人影从茅屋里的床上坐起身来。有一个黑影经过，遮住了经理屋子外面原本被灯光照亮着的房门，然后身影又迅速地消失了。又过一两秒钟，连门道也被遮住看不见了。我们停下了跳舞，那种原本被我们跺脚的声音所驱散的沉静又一次从地下回来，重新笼罩了大地。那堵由草木筑建起来的墙壁，还有那些藤蔓、枝条、树叶、树枝等攀爬缠绕起来的、杂乱的东西，在月光的照耀下一动不动，就像是一向沉默无言的生命本身在进行着一场声势浩大的侵略。有一团由绿色植物所组成的浪花翻滚而来，浪头越来越高，组成了一个浪峰，像是打算吞没那条小溪，甚至打算把我们这些渺小的人也全部都清扫出去。但是那波浪静止在那里，一动不动，我们听到远处传来了一阵水花飞溅的声音，就好像是有一条来自远古时期的鱼龙正在河里一阵阵冲澡。这个锅炉工人平静地对我说道：'说真的，我们为什么不能有铆钉呢?'对啊，我们没有理由不能拥有铆钉，我们为什么不能有铆钉呢？我信心百倍地对他说：'铆钉两星期之后就能到。'"

"但是一直过了三个星期，铆钉还是没到。取而代之的是一场天灾，一场侵略，一场苦难。那些带来苦难的人是在之后的三个星期里分成好几批陆续到来的，每一批都是由一头驴带领。在驴背上坐着的是一位白人，脚蹬黄皮靴，身穿新衣服，在驴背上向着那些左右围观的众多朝圣者们弯腰示意。他的身后，有一群抱怨着脚酸、满脸阴郁的黑人们跟着。一堆的黄布包白箱子、铁皮罐头，还有宿营板凳、帐篷，占满了整个贸易站的院子。本来这里就已经杂乱无章，现在就更增添了神秘的气息。就这样，先后来了总共有五批人，他们的样子真够狼狈可笑的，就像是抢劫了很多家食品店和服装店，现在正急着要把东西托运到荒野上分赃似的。其实这些东西本身倒也没有什么，只是有点儿乱罢了，但是他们这样徒劳无功的愚蠢行为看起来太像是偷窃了。”

“这些人十分狂热，他们自称是黄金国探险队，我觉得他们肯定都发过重誓要保守秘密。他们无所畏惧却又失之刚毅，为人贪婪却又没有气魄，处事残暴却又没有勇气。他们说话的样子像是下流的海盗一样，其中没有任何一个人有半点儿的谋略或者说先见之明，他们甚至都没有认识到，在这个世界上，要做成任何的事情，都必须得有这两样东西。他们所想的，只有怎么把宝藏从大地深处挖掘出来而已，尽管这一行为就像盗贼要撬开保险箱一样，背后都不讲究任何的道义。我也不知道到底是谁提供了费用给这项崇高的事业，我只知道经理的叔叔是这一群人的头头。”

“他的样子看起来像一个从穷乡僻壤来的屠夫，粗短的大腿上拖着一个巨大的肚子，两只眼睛既狡黠又惺忪，显得十分张扬。当他和那群人一同进入贸易站的时候，他只跟自己的侄子说了几句话。经常见到他们俩脑袋挨着脑袋，不停地说着什么，整天晃来晃去的。”

“我现在已经不再去想那些铆钉的问题了，你们知道的，一个人犯傻的能力毕竟有限。我已经把这些事情扔到一边，轻声说了句：‘见鬼去吧’。我不时会想关于克尔兹的事情，我还有大把的时间来深思。其实我对克尔兹这个人倒不是真的多有兴趣，我只是很好奇，想知道他这样一个带着某种道德观而来的人在这里能不能出人头地，出人头地之后又会怎么做。”

“有一天傍晚，我正在我的汽船甲板上躺着休息，听见有两个人的声音传来，而且越来越近。我听出来是那两个正在沿着河岸散步的叔侄俩，我把头靠在手臂上，开始继续打瞌睡。本来我马上就要睡着了，却突然听见有人在我的耳边说话：‘我根本不会害人，就像个小孩子一样，但是我也不喜欢听人命令。您说我还算是个经理吗？真是难以相信，上面居然命令我派他去那里……’那两个人应该就站在我睡觉的下方，正站在船头的岸边说着话。我并没有动身子，也没打算动，此刻我还在打着瞌睡呢！叔叔又嘟哝道：‘确实令人很不愉快。’侄子接道：‘他就是为了炫耀自己的能力，才回去跟管理高层自请到那里去。这样的一个人，当真是可怕啊！’所以，两个人都达成了共识，都认为这个人很可怕。接着，两个人又说了一些奇怪的话‘一个人、委员会、好天气和造雨、牵着鼻子走……’断断续续地，我听见了这些奇怪的对话，慢慢地没有了睡意。等到侄子再继续说话的时候，我几乎已经完全清醒了。我听见他又说道：‘天气已经给你解决问题了，你至少是一个人待在那里的。可是我呢？给我派了这么个人来，我宁愿自己一个人待在这里。而且这事情都已经过去一年多了，你能理解这种草率无理的行为吗？’叔叔沙哑着嗓子问道：‘那之后呢？’侄子结巴着回答：‘从他那里运来了很多象——象牙——很多——最好的——真是让人烦死了。’粗重的声音又问道，‘和象牙一起的，还送来了什么？’另一个的回答声就像是子弹打出枪膛一样，‘还有发票’，然后就是一段时间的沉默。原来他们是在谈论克尔兹先生。”

“此时，我早已经完全醒了过来，但是并没有起身。我甚至觉得都不愿意挪动自己的位置，所以就躺在原地没有动。我听见叔叔继续咆哮着，‘象牙怎么会大老远地运送过来？’声音听起来很气恼。侄子回答说是由一对独木船运送到这里来的。当时船队的负责人是克尔兹手下的一个英国国籍的混血职员。其实原本克尔兹所在的那个贸易站里也刚好没有必备品和货物了，所以他决定亲自来押送这批象牙。但是不知道为什么，船队都已经走出去了三百英里了，克尔兹却突然决定要返航。然后，克尔兹就命令那个英国国籍的混血人独自护送着象牙继续向着下游航行，自己则乘坐着一艘四人划桨的独木舟回去了。他的这一行为，让那两叔侄极其不能理解，世上怎么会有人这么干呢？而对于我来说，我好像是亲眼见到了克尔兹本人，虽然只有一眼，却留下了深刻的印象。一个孤独的白人，一艘独木舟，四个划桨的野人。他突然决定放下公司总部的事宜而原路返航，可能已经把对家人的牵挂还有安慰都放在了一边。我不知道他是因为什么，才会把目光看向那片荒野，投向那个无比荒凉的贸易站，也许，只是因为他是一个一心扑在工作上的好人吧！在那两叔侄谈话的期间，他们从没有提到过他的名字，一直是用'那个人'代称。而那个凭借着自己的意志力和谨慎才得以完成任务的混血儿，则被他们称作是'无赖'。他们说那个'无赖'曾经汇报说：那个人一直病得很严重，一直都没有完全康复。这时，原本在我前方的两个人走远了两步，在附近的地方走来走去。我隐约听到他们提及'兵站——医生——二百多英里——现在一个人——不得不耽误九个月——还没有消息——古怪的谣言'。他们俩又走了过来，我听见经理说道：'在我的印象里，除了那个到处流浪的商人，那个令人讨厌的家伙，没有别人能从那些土著那里抢得到象牙。'他们现在又在谈论谁呢？我从他们的几句话中，听出来可能是克尔兹那里的某个人，而且，经理似乎不太喜欢这个人。又一个声音咕哝着说道：'除非把其中的一个家伙给绞死，不然我们还得要面对这些不公平的竞争。''当然可以了，有什么不可以的呢？在这里，什么都可以干，什么都可以做！你知道的，在这个地方，没有人能够抢得过你，因为你能够适应这里的气候，只凭这一点你就已经赢了他们所有人。危险的事情倒是在欧洲，但是在我来这里之前，我注意到……’”

“他们走到一边去，声音小了下来，一会儿又高声了起来，‘这些个不正常的延误可不能说是我的过错，我真的已经尽力了。’胖子叹了口气，说道，‘真是让人觉得难过。还有他的那些让人觉得莫名其妙的闲话，听起来烦透了。’另一个声音回应说：‘他还在这里的时候就已经让我觉得烦透了。每个贸易站都应该作为道路上的一盏明亮的路灯，照亮美好的事物。当然，贸易站本身是作为一个贸易中心，但是它同时也可以作为一个教化、改造他人的中心啊。可是那头蠢驴，居然还妄想当经理！这是……’他突然因为过于激动而说不出话来了，我往下看了看，才发现他们就站在我的正下面，居然离我如此之近。他们两个人都望着地面，想着什么事情，我本来可以趁着这个机会往他们的帽子上吐口水的。经理拿着一根细长的小树条轻轻拍打着自己的大腿，他叔叔抬起头看着他，问道：‘这次回来之后，你的身体好点了吗？’这个问题倒是把他惊着了，‘谁？我吗？我的身体棒极了。但是天主啊，其他人，他们全部都病了，而且那么快就死去了，我都没来得及把他们送出这个国家。真是让人心惊胆战啊！’他的叔叔嘟哝道，‘哦，事情是这个样子啊！孩子，你不得不相信这个。’他伸出自己短短的手臂，把小溪、河流、泥土和森林都包括了进去。他的样子就像是在这片阳光普照的大地上图谋不轨地挥舞着手臂，像是在用心险恶地呼唤那些隐藏的邪恶、潜伏的死亡，还有它内心深处的黑暗。眼前的这一切看上去如此的骇人听闻。我跳了起来，回头看向森林的边缘地带，好像是希望他能对眼前的这种邪恶召唤做出回应。你知道的，人们总是会不时地冒出一些愚蠢的想法。眼前这种超乎平常的寂静声在用它不懈的耐心和那两个人做对抗，等待着这次奇妙的侵略早点结束。”

“他们两个人大声地咒骂起来，我猜想大概是因为心里极端恐惧害怕。之后，我看见两个人转身向贸易站走了回去，装作不知道我在这里一样。已经接近黄昏了，他们俩身子前倾，肩并肩地向前走着，好像是在极其痛苦地拖着两条身影走向山上。两个人影跟在他俩的身后，缓慢地走过高高的草丛，一片小草的叶子也没有压弯。”

“几天之后，那一支黄金国的探险队伍走进了这片富有耐心的荒野，荒野无情地吞没了他们，就像大海淹没了一名潜水者一样。后来，过了很久，有人说，他们所有的驴都死了，而那些不那么重要的动物的下场，就不得而知了，我没再过问。但可以肯定的是，他们已经得到了应有的下场，就像我们所有人一样。那个时候，我正在因为可以很快就能见到克尔兹而兴奋。当然，我所谓的很快，是相比于之前说的。实际上一直等到我们离开那条河流的两个月以后，我们才抵达了克尔兹所在的那个贸易站的河岸处。”

六

“沿着那条河流向前驶去，眼前看到的景象像是回到了创世之初。地球上野草横生，树木长得十分高大，就像是高高在上的君主。一片无边无际的寂静，一条毫无牛气的河流，还有一片让人们不能进入的树林，气流温暖，浓厚而停滞。但是在一片灿烂阳光之下，并没有多少快乐，那条毫无生气的河流蔓延着走向前方，一直延伸到远处那片浓郁的黑暗地带。在那片银色的沙滩上，短吻鳄与河马两个靠在一起，晒着太阳。河水的水道逐渐变得越来越宽阔，流经了许多上面长满树木的小岛。在那条河里很容易就会迷路，像是在沙滩里一样。”

“为了找到河床，你会整天在沙滩里乱撞，一直到你自己都认为自己是着魔了。从那以后，那些曾经你所熟悉的一切事物都永远地与你隔绝了，但这一切一定存在于某个地方，可能是在另外的世界里。有时候，过去的事情会浮上心头，而且还经常会在你忙得没有空闲的时候发生，但是回忆通常都是在喧嚣而躁动的梦境里回来的。这时，你就会好奇自己身处这个被寂静、水、植物所构成的奇特世界的现实中，居然还会想起过去来。”

“然而，这种生命的寂静并不意味着安宁，而是一股强大力量所散发出来的寂静。并且这股力量正在思索着某些高深莫测的动机，正在用一种复仇者的眼光看待着你。到了后来，我已经慢慢习惯了，不再去感受它，也没有时间再去感受它。因为我要整天忙于测量河床的位置，还要依靠感觉来查看那些被河水所淹没的河岸的痕迹，同时还要留意河水里的石头。”

“河水里面出现了一段狡猾又可恶的老树桩，它足以撕裂这艘破旧的汽船。为了防止汽船被彻底损坏，也为了防止船上面的朝圣者都被淹死，尽管我当时紧张得要命，我还是咬紧牙关，巧妙地躲开了它。同时，我还要一边留意着寻找枯树藤，以便晚上将它砍下来，第二天烧锅炉时使用。我告诉你们，当你专心致志于一些外在的小事情上的时候，现实，现实环境就消失不见了。相比之下，幸好真理从来都是悄无声息的，幸好是这样。但是即便如此，我还是能够感受得到那种寂静正在无声无息地凝视着我，如同在看耍猴一般。就像是你们这些人因为各种原因在自己的绳索上面表演一般。对了，你们是为了什么来着？给半个克郎①就表演一个跟头吧……”

突然有一个声音叫起来：“马洛，放尊重点。”这时我才知道，原来除了我之外，还有一个人醒着。

---

① 古代欧洲通用的一种硬币。——译者注

“不好意思，我忽略了这代价里还有胆战心惊的危险存在。不过，只要戏法玩得足够巧妙，代价的高低又算得了什么呢？你们的戏法已经玩得很好了，但是我也不差啊，至少我保证了那艘汽船没有在我的第一次航行中沉没。一直到现在，我还认为这称得上是个奇迹。你们想一下，让一个蒙上眼睛的人在坑坑洼洼的小路上赶着一辆大篷车向前走，有多么不容易。我得承认，这一路上我没少担惊受怕，更没少付出血汗。”

“无论如何，作为一名水手，如果在自己的手底下让漂浮在水上的船只擦破了底，那都是一种不可宽恕的过错。可能没有人会注意，但是你自己会永远记得那砰的一声响。那正中船身的一击，你会永远记得它，会时常梦见它，会在午夜醒来突然想起它——即便那是在很多年以后，你还是会浑身发冷。是的，我得承认，我并没有保证让那艘船一直在航行，有好几次我都不得不找来二十多个食人族在泥浆里艰难地推船。在这一路上我们雇用了好几个食人族做水手，他们都是很不错的人。我很感激他们，他们都是可以一起共事的人，活儿也干得不错，而且他们也没有当着我们的面相互吞食。他们自带着食物，那是一堆已经腐烂的河马肉，散发出阵阵的恶臭，钻进我的鼻孔里，散发到荒野中去。甚至到了现在，我还能够闻得到那股臭味。”

“当时我们船上坐了三四个拿着棍棒的朝圣者和我们的经理，他们全都平安到达了。有时我们的汽船会从紧挨着河岸的地方经过，在那片未知领域的边缘有一个贸易站，有一些穿着怪异、打着惊奇欢呼手势的白人会从一间摇摇欲坠的茅草屋里冲出来看我们。他们看上去，像是被符咒困在了这里做了俘虏。照例，‘象牙’这个词又被人们提及了很多次。然后，我们的船又驶入了一片寂静之中。我们顺着一条毫无生气的河道前行，转过一个又一个平静的拐角。船只穿过峭壁悬崖，船尾处的外轮击水产生沉重的声音，十分空洞地回响着。周围的树林里，有成千上万棵树，高大的树木直入云霄，我们那只破旧的小汽船正贴着河岸，从树根旁边穿过，就像一只从高大的门廊底下爬过的小虫子一样。这种感觉会让你觉得自己很迷茫，很渺小，但是还不足以让你觉得压抑。因为就算你很渺小，像那只肮脏的小虫子一样，但它还在继续往前爬着，这正是你应该做的。”

“不知道在那些朝圣者的心中，它们这些虫子会爬向何处，但在我心里，我希望它们能够爬到一个有所收获的地方。我想着，它们正在爬向克尔兹先生，就是这样。一段一段的河道出现在我们面前，又消失在我们身后。森林好像是在悠闲地穿过河流，想要阻断我们的道路。我们的船越来越接近黑暗的中心，那是一个安静的地方。在有些晚上会有咚咚的鼓点声从森林深处传来，这个声音沿河而上，好像就在我们的头顶上一样。这声音断断续续，但却会持续很久，一直到早上日出东方才会消失。我不知道这样的鼓声代表的是祈祷还是战争，总之黎明之前一定会有一阵寂静产生。”

“伐木工人们都已经睡着了，他们的那团篝火也快要熄灭了，这样安静的时刻，折一枝树枝的声音都可能会吓你一跳。这片土地上有着未知星球一样的景象，而我们这群人则是在这片远古大地上的漫游者。我们幻想着自己是第一批人，要去接受被诅咒的遗产。但是，要想获得这笔遗产，我们就要付出更多的辛苦和深刻的伤痛。”

“在我们努力地转过一个河弯之后，我们看见在低垂的树荫下矗立着几堵墙，有尖尖的草屋顶，还有许多黑色的东西在转动，那是很多双眼睛在滴溜溜地转动，还有很多拍手的声音，听到许多呼喊声和脚掌跺地的声音。谁又知道，这些远古时代的人们是在欢迎我们，向我们祈祷，还是在诅咒我们呢？我们像幽灵一样悄无声息地溜过，因为我们对周遭的事情已经完全不能够理解了。我们的心里暗自害怕，同时满是惊讶，就好像是一个正常人眼见着精神病院里发生着一场骚动的感觉。我们不能够理解，是因为我们现在已经离得太远了，那些事情已经记不得了——而且因为我们当时正处于创世之初的年代。那些在远古时代的黑夜航行，我们的身后没有留下一丝痕迹，当然也没有留下任何的回忆。”

“这片土地看起来好像不是人间似的，我们平时见到的怪物，都是那种身上戴着镣铐，已经被人们制服了的形象。但是在这里，都是一些自由移动的怪物。它们看起来不像是人间的产物，还有这里的人。但是他们确实是人类，怀疑他们是人类，这种想法会逐渐地在你的脑海里出现，这才是最糟糕的事情。”

“他们跳跃着，旋转着，号叫着，还做出各种各样令人害怕的鬼脸来。然而真正让你感到厌恶的是，他们居然是人类，是和你一样的人类。一想到你和这些狂躁喧嚣的人属于同一物种，是挺让人觉得厌恶的。但是作为一个人，你不得不承认，在你内心里面，真的有那样的东西，能和这些狂躁喧嚣的人产生一定的共鸣。有这样的一种怀疑，怀疑确实是有某些意义的，而你这样的人，距离远古时代的黑夜如此之远的你，刚好能够理解这种意义。还有什么是不能理解的呢？”

“一个人的脑袋能够装得下任何东西，所有和过去和未来有关的东西都储存在脑子里面，一切尽在其中。那么脑子里到底有些什么呢？可能是快乐、悲伤、恐惧、愤怒、忠诚、勇气。谁又能说得清呢？但是，这确实是永恒的真理，经历时间检验的真理，让那些傻瓜们发抖、瞠目结舌的真理。这点人们在心里都是明白的，能够连眼也不眨地与之对视。但是，他必须有自己的真本事，至少像岸上的那些人一样，用自己天生的能力去感受这种真实。至于原则，原则是没用的东西。那些只要用力一扯就会纷纷掉落的布条，漂亮的布条、衣服、财产。你所需要的，是一种谨慎的信仰，在这样乱哄哄的喧闹声中发出一个恳求。好的，我承认我听到了这些，但我自己也有发言权，不管好坏，我所要说的话都不能不说。当然，出于细腻的情感和极其的怯懦，能让一个傻瓜平安度日，谁还会在那里嘟嘟囔囔呢？”

“你们问我为什么没有到岸上去吼叫一通，去跳一支舞？是的，我确实没去，当然不是因为什么高尚的情操之类的原因了，让高尚的情操统统见鬼去吧！我没有去，只是因为我实在是没有时间，我一直在忙乱着用毛毯条和铅粉在包扎那些正在漏气的蒸汽管。我还要操心着掌舵的情况，我得保持这艘破船一直向前航行，同时小心躲避开水下的树桩，好在这些事都是平常的小事，不是非要多聪明的人才能做的。偶尔，我还要去查看那个野人伙夫，他就在我的下方，他可以点燃一个锅炉，是一个被教化过的典型。”

“说实话，他的样子就像是一只狗在拙劣地模仿者人类——戴着一顶插着羽毛的帽子，身上穿着一条马裤，用自己的后腿走路，那样子还真是让人觉得受益匪浅啊！看来这几个月的训练教会了这个家伙很多技能，他想要竭尽所能做得更好，斜着眼看着水位表和蒸汽压力指示器。这个可怜人啊，他头顶上的头发被剃成奇形怪状，两边的脸颊上各有三道装饰性的伤疤，嘴里面的牙齿很明显被锉平过。原本他也应该是那些在岸上拍手跺脚的人们当中的一分子，但是现在他的脑袋里装满了进步的知识。他现在是个有用的人，因为他被人专门训练过，他正在这里辛苦地干着活儿，像是被什么奇怪的魔力所驱使。但是，他所知道的也不过就是那个透明东西里没有水了，里面就会有恶鬼口渴难忍大动干戈，进行吓人的报复。所以，他一直满是恐惧地盯着那块玻璃，每天汗流浃背地燃烧着锅炉，在他的下唇处平嵌着一块磨光的、大小像是手表一样的骨头，手臂上则系着一个用破布做成的临时符咒。这时候，我们缓缓地从长满树木的河岸旁边经过，把短暂的喧嚣留在了身后。"

"前面是无尽的寂静，我们艰难地向前航行，朝着克尔兹前进。河道凶险，而且水下隐藏着密布的树桩，锅炉里好像真的有一个脾气暴躁的魔鬼一样。我和那个司炉忙于关注这些，没工夫再去管心里那些吓人的想法。"

"走到距离内地贸易站的下游处大概五十英里的地方，我们偶然地看到了一间用芦苇盖成的茅草屋。有一根已经弯掉的杆子，上面挂着几片破布，已经无法辨识是什么东西，可能是一面旗帜吧。旁边还堆着一堆摆放整齐的木头，真是出人意料。我们登上岸，看到那堆木头旁边放着一块薄木板，写有一些字迹模糊的铅笔字，仔细辨认，原来写的是：这些柴火留给你们，快点过来，但是靠近的时候要小心点。下面还留有一个签名，我们看不出来，不像是克尔兹三个字，比它要长得多。'快点来，到哪去？上游吗？靠近的时候小心，我们登上岸走近这里可没怎么注意，而且这个警告应该说的不是这里，毕竟只有走到这里才能看见这块小木板。所以一定是上游出了什么问题，那会是什么问题呢？又有多糟糕呢？这才是问题的关键所在。'我们都在抱怨着这种像电报一样风格的留言显得多么愚蠢，而且我们的视线还被周围的灌木丛挡住了，看不到更远的地方了。”

“有一块破旧的红色斜纹布的帘子，挂在茅草屋的门口，悲惨地迎面飘着。这间屋子现在已经废弃了，但是从一些细节的地方还是能够看得出来，不久之前还是有人住在这里的：屋子里面有一张简陋的桌子，是用厚板架在两根树桩上的简易桌子。还看见有一堆垃圾正静悄悄地堆在黑暗的角落里。”

“在门口的地方，我捡到了一本书，没有封皮，书页也应经被人翻动得又软又脏，不过又用白线仔细地缝过一遍，白棉线看着很干净。这可是一个大发现呢，书的名字叫作《航海术要领研究》，作者叫作陶森还是陶松，就是这之类的名字吧，他是一位皇家海军的船长。看起来这本书有够枯燥的，里面有很多乏味的数字表格和许多说明性的图解东西。这已经是六十年前的版本了，我小心翼翼地用手捧着这本古董一样的书籍，害怕它会随时灰飞烟灭。那个名叫陶森还是陶松的人在这本书里认真讨论了许多类似应对滑车断裂时的技巧以及船上的链条等等的问题，果然不是一本特别有意思的书。不过认真看下来就会看得出作者真的是在认真地、一丝不苟地探讨正确的工作方式。这些写于很多年前的，连名字也没有的书页，在专业人士的眼里仍是发光的金子。这样的一位真诚的老水手，和他所写下的讨论链条扩力装置的文字，让我全然沉浸在一种终于遇到了某些真实而美好的东西的感受之中，忘记了周围的旅客和丛林。”

“在这样的一个地方，发现这样一本书，本身就已经让人吃惊了。更让人吃惊的是，我还看到了很多与正文相关的笔记，用铅笔写在书页边缘的空白处。而且，这些笔记居然还是用密码写的！[1] 至少看起来像是密码。我简直不敢相信，有一个人带着一本这样的书来到这里，一边研究着它，一边做着笔记，而且是用密码写的笔记！这一切太过神秘了。然后，我隐约听到了一阵扰人的吵闹声，我抬起头来，看到那堆木头已经被搬完了，经理正站在河边冲着我叫喊，而其他的朝圣者都在旁边给他助威。我赶紧把这本书塞进口袋，因为不读书的感觉就好像硬是要把我从一个可靠的朋友家拉走。”

“我快速地启动那艘破船的引擎，开动船继续向前走。经理一边说着：‘这肯定就是那个闯入者了，那个可怜的商人。’一边还回过头恶毒地回头看着那片地方。我说道：‘他一定是个英国人。’经理稍稍威胁着说道：‘就算是个英国人，但凡有一丝不小心，也会遇上麻烦事。’我装作天真地说道：‘世上的每个人都会碰见麻烦的。’”

“水流现在变得更湍急了，汽船好像是筋疲力尽了似的，船尾处的外轮正在奄奄一息地摆动着。我踮起脚尖，竖着耳朵，听着浮球下一次拍打的声音，说真的，我真的怀疑这艘破船随时都有可能会罢工。就像是在看着一个将要消逝的生命，但是同时还得继续往前走。有时候，我们会选择前方的某棵树来衡量我们前进了多少，但是每次，还没走到树的跟前，我们就已经找不到它了。毕竟，要长时间地盯着一个东西不动，这本身就是一件需要很大耐心的事情。经理倒是体现出了很好的耐性，但我觉得焦躁不安，觉得懊恼。我心里

① 由后文可知，此处的柴火和书是由后文克尔兹的侍从留下的。又因为此人是一位俄国人，作者看不懂他所写的笔记，故而误以为是密码。——译者注

开始做斗争，到底该不该和克尔兹先生光明正大地谈谈，还没等我做出决定的时候，我突然想到其实谈或不谈作用都不怎么大。谁来当这个经理又有什么重要的呢？一个人知道不知道这些事情又有什么区别呢？一个人常常会有这种突然出现的洞察力。这件事情的本质远比表面看起来更加复杂，我已经理解不了，更加不能去干预。”

“第二天傍晚前，我们估计距离克尔兹的贸易站只剩下八英里左右了，我主张早点赶完路，经理却一本正经地告诉我，去那里的航道太危险了，况且今天的太阳也快下山了，所以应该暂时停留在原地，等明天一早再动身也不迟。他又说，考虑到那则‘小心靠近’的警告，我们更应该白天前进，而不是选择在黄昏或夜晚中贸然前进，他这句话倒是挺有道理的。八英里的距离我们大概要航行三个小时左右，而且我也确实注意到了河道的上游有一些异常的波澜。但是即便如此，我心里仍然生出了一股毫无道理的恼怒，因为要延误行程了。”

“其实已经航行了好几个月了，再耽搁一个晚上又何妨呢？反正我们现在有了充足的柴火，而且为了谨慎起见，我把船停在了水中央。这段河道笔直而狭窄，高耸突起的两岸像是铁路旁边的路堑一样。太阳现在还没有落下，暮色却已经早早地降临在了河面上。水流急速而平稳，两边的岸上却没有丝毫的声响，没有一点儿动静。两边矮树丛中生长着的灌木丛，还有被藤蔓缠绕着的树木，难道都已经变成了石头？因为哪怕是最轻薄的树叶，或是最嫩绿的枝条，都不应该没有一点儿声响。这不像是正常的在睡眠，倒像是进入了昏迷的状态。”

“我吃惊地环视着周围，怀疑自己是不是聋了，然后夜幕降临，又让我变成了瞎子。大约凌晨三点的时候，我看见有好几条大鱼蹦出了水面，巨大的响声吓了我一跳，还以为是一声枪响。等到太阳升起来的时候，河面上升起了一团浓密温暖的雾气，比夜晚还让人看不清前路。雾气既不移动也不飘散，它就静静地待在那儿，待在你的周围，像是某种固体一样。到了大约八九点的时候，这片雾气终于消散了，我的眼前就像是打开了一扇百叶窗，突然变得敞亮了许多。”

“周围的一切还是那么寂静，我们看到了一大片参天大树，无边无际的茂密森林，上面闪耀的是火球般的太阳。然后，百叶窗似乎又被关了下来，稳稳当当的，就像是在被润滑过的槽沟里滑动一样。我下令让船员把原本已经拉了起来的船锚再放下去，链条向下坠去，发出低沉的咯咯声。这时候我们突然听到了一声叫喊，那声音十分响亮，像是由这片毫无边界的寂静所发出来的声响。突然这声音停了下来，有一阵怨气十足的喧闹声，夹杂着无比疯狂的嘈杂声，充斥着我们的耳朵。”

“这突发的状况让我禁不住倒吸凉气，不知道其他人感觉如何，在我听来，这声音根本就是雾气本身所发出来的尖叫。它来得这样突然，而且还是从四面八方一下子同时爆发出了这样凄惨混乱的尖叫声。在那声突然迸发的，刺耳到让人难以忍受的尖叫之后，那声音好像是到达了高潮，最后停了下来。我们一群人还僵硬地站在原地，愚蠢至极，而且我们还保持着姿态千奇百怪的姿态，继续聆听着这种过分恐怖的静谧。”

“一个朝圣者在我旁边磕磕巴巴地说道：‘天主啊，这到底是怎么了？’我看向他，他是一个身材矮胖的人，头上长着沙黄色的头发，脸上长着红色的连鬓胡子，身穿粉红色的睡衣，脚蹬两边有松紧的鞋子，把裤腿塞进短袜里面。还有两个人目瞪口呆站了足足有一分钟，然后突然冲进船舱，手里抓起已经上了膛的狩猎用的连发式来福枪，又迅速地冲了出来，胆战心惊地站在那儿，不停地朝四周张望。我们所能看见的就只有我们自己的这艘汽船了，而且它的轮廓十分模糊，好像马上就要融化了似的。我们还能看见船身周围大约两英尺宽的、雾蒙蒙的、窄窄的河水。我们耳目所及的就只有这些东西了，好像世界上的其他东西都不存在了似的。真的消失不见了，席卷一空，声影全无，真的不存在了。”

“我走上前去，下令船工赶紧起锚，这样，在紧急关头就可以马上开船前进。有一个听起来很恐慌的声音小声问道：‘他们会攻击我们吗？’另一个声音呆呆地回答道：‘我们全都会死在这团雾气里。’一双双的眼睛连眨也不眨，一双双手都在微微地颤抖着，一张张的脸颊因为紧张而抽动着。对比船员中白人们和黑人脸上的表情，当真是一件有趣的事情。白人们被吓得心慌意乱，脸上的表情很奇怪，像是被这场动乱吓得要死；而黑人们则是一副整体戒备的表情，甚至还有一种奇怪的、觉得有趣的表情，但他们的本质上是安静的，包括那两个收锚时偷笑的黑人也是这样。他们简单地相互低语了几句，好像就已经成功地解决了这件麻烦事。”

“黑人们的首领是一个胸膛宽阔的年轻人，身披一件深蓝色缀着花边的衣服，严肃地站在那里。他的两只鼻孔长得十分吓人，把头发扎起来，巧妙地缠成一个闪亮的发卷来。他站在我身旁，我对他说道：‘噢呵！’以示友好。他瞪大自己那双满是血丝的眼睛，尖牙闪动了一下，高声叫道：‘抓住他们，把他们抓住，给我们！’我问他：‘给你们吗？你们会怎么处置他们？’他干脆利落地回答道‘吃掉他们。’毫无疑问，当时的我被吓得不轻。”

“他用一种沉思而又威严的态度，手靠在栏杆上，看向船外面的那团迷雾。估计他和他的那些家伙们已经很饿了，至少，在这最近的一个月里，他们是一天比一天饿了。这些人的雇佣期限是六个月，但我看他们好像也没有多么清晰的时间概念，当然，我们这些人也是经过了数个世纪才有了这种时间概念的。他们好像仍然停留在创世之初，那些代代相传的经验并不足以来教化他们。他们的雇佣期确实是六个月，因为是有法律条文在的。这些文件是依据河流上游的某个可笑的法律条款而签订下来的，没人关心他们会在这六个月里怎么活下去。”

“的确，他们曾经随身带着一些已经发臭的河马肉。但是，即使那些朝圣者们没有在这片喧嚣声中把他们的肉丢下船去，这点肉也吃不了多久。丢河马肉的行为看起来觉得挺野蛮的，但这其实是一种合理的自卫行为。我们总不能在吃饭睡觉的时候都一直闻着那股发臭的死河马肉的味道。毕竟，你还要保住自己那条前路未卜的性命。此外，他们每周都会定期地给这些黑人发三条铜线，每一根铜线大概有九英寸长。你们要明白，名义上说他们可以用这些货币从河岸旁边的村子里来购买食物，但是实际上这一路上要么根本就没有村子，要么就全是对我们充满着敌意的村民，还有的就是和我们一样吃着罐头食品的经理。”

“偶尔，因为某种不明所以的原因，会有人想要给我们送一只老公羊，但是经理不让停船……因此，这笔貌似慷慨的工资，对他们而言并没有实际的用处，除非他们能够把这些铜线吞到肚子里去，或者用这些铜线绕成套子下到河里抓鱼。确实，这是一家信誉度优良的贸易公司，所以工资都是定期发放的。但是，我看到他们仅有的吃的东西，其实看起来根本不能吃——那是几小块看着像是半生不熟的类似面团的东西，裹在树叶里，还带有一些脏兮兮的淡紫色的东西。他们不时地会吞进一块这样的东西，但那东西实在是小得可怜，看起来更像是只做出了吃东西的样子，而不是真的是在维持生命。我至今还是百思不得其解，他们为什么没有因为饥饿而进攻我们，至少他们可以享受一顿美餐。要知道他们有三十多个人，而我们只有五个人。”

“他们没有什么考虑后果的能力，但是他们都是身强体壮的人，虽然在那个时候他们的肌肉已经不那么结实，皮肤也不那么有光泽了，但他们仍然是有力量、有勇气的。我顿时对他们备感好奇，不是因为觉得自己很快将要被他们吃掉，尽管那个时候，我刚好意识到，从某种角度来看，那些朝圣者们看上去十分的不健康，而我自己，当然也不希望自己看起来让人十分有食欲。这种荒诞滑稽的、虚荣的感觉，倒和我每天都经历的如梦如幻的感觉很相似。也许当时我还有一点儿发烧，毕竟一个人不可能整天都把手指头放在脉搏上检测。”

“那时，我经常会有点发烧，或者生一些其他的小病，这片荒野整天在用爪子挠你，迟早会向你展开猛烈的进攻，但在那之前，它总是要先逗逗你，消磨你的时间或精力。我注视着这一群黑人们，就如同你们看着人类一样。我十分好奇，当他们面对强烈需要食物的考验时，会做出什么样的行为、产生什么样的冲动、爆发什么样的能力、暴露出什么样的弱点和动机。这是一种约束，可是是什么样的约束呢？是恐惧、厌恶、迷信、耐心，还是出于某种最原始的荣誉感呢？但是，恐惧怎么能和饥饿对抗呢？耐心怎么能够抵御饥饿呢？厌恶怎么能和饥饿共存呢？还有迷信或者说信仰，就是你们称之为原则的那些东西，在饥饿面前，这些东西简直不足挂齿。对于那些挥之不去的饥饿感，对于那些让人抓狂的折磨，对于那种肮脏不堪的思想，对于那种阴沉黑暗的残暴，难道你们不能想象吗？可我是知道这种感觉的，一个人非得用尽所有潜在的力量才能够和饥饿做一次彻底的斗争。因为比起忍受这种漫长煎熬的饥饿来说，耻辱、伤痛，还有灵魂的沉沦都显得容易了许多。说起来很可怕，但却是客观存在的事实——这些黑人们根本不用有任何的顾忌，指望他们能约束自己？倒不如去希望那些从战场上的尸骨堆里爬过觅食的狗鼠们能够约束自己。但是，事实如此。这种让人头晕目眩的事实，就像是从海底浮上来的泡沫，就像是一个永远解不开的谜团的一部分。每一次我想起这些，都觉得比那阵穿过浓密的雾气、从河对岸传过来的、隐藏在掠过我们身边的尖锐叫声里的那种怪异的、绝望的忧伤的旋律，更加让人觉得神秘。”

“我听见有两个朝圣者正在低声急促地争论船应该从哪边靠岸，‘右边，不行，当然是左边’，‘事态很严重。’经理站在我身后说道，‘如果我们到达那里，发现克尔兹出了什么问题，我可就真的成了光杆司令’。毫无疑问，这是他的真心话，他就是这种看重面子的人，可能这就是他的约束力吧。当他说着应该继续前进的时候，我根本就不愿意搭理他，因为我们都知道这根本是不可能的事。一旦我们掌船稍有偏差，船身一定会彻底悬空的。”

“我们甚至都不知道现在是往哪去，是往上游走，还是往下游走，或者是横穿河流？只有等到船头到达了河岸的一边，我们才会知道自己是在横穿这条河，就算是这样，我在一开始的时候也不知道这船究竟会到达哪一边的河岸。我是肯定不会开船的，我可不希望这艘船沉没，尤其是在这片危险的、极易出现船难的地方。不管会不会马上被淹死，我觉得我们肯定会因为这样或那样的原因而丧命。他沉默了一会儿，说道：'我命令你冒着一切风险前进！'我下意识地回答道：'我不愿意冒任何的风险！'他显然已经料到了我会这么回答，但我说话的语气让他觉得吃惊。他客套地说：'那么，我们就听从你的意见，谁叫你是船长呢？'我转过身去，以示对他的感谢。我凝视着这团雾气，它还会持续多久呢？这算是希望最渺茫的瞭望。克尔兹现在正在这片环境恶劣的森林里寻觅象牙，但是寻找他的路上险象环生，他就像是童话里的一个被施了魔咒的公主，在城堡里沉睡不醒。经理用一种很信任的语气问我：'你猜你旁边这些人会攻击我们吗？'"

"我回答：'我觉得不会，因为有几个很明显的原因：第一点，现在这里弥漫着一场浓雾。如果他们现在坐上独木舟，离开岸边，肯定就会在浓雾里迷失，就像我们一样，现在开船肯定也迷路。'我注意到两岸边的丛林长得十分茂密，根本就不可能穿过去。丛林里看到有很多双眼睛，许多已经看到了我们的眼睛，灌木丛长得十分浓密，但后面的矮树明显是可以穿过去的。但是在这团浓雾消散的时间里，我没有在这水道里看见有任何的独木舟，汽船两边就更没有了。然而让我觉得不可思议的是他们叫喊的性质。这些叫喊声并没有直接表达对我们敌意的凶猛性质。虽然野蛮、激进，却给我了一种悲伤的感觉，让人无法抗拒。不知道为什么，那些野蛮人看到我们的汽船之后心里产生了一种无法抑制的忧伤。如果危险真的存在的话，我觉得是，我们释放了人类巨大的激情，哪怕这是一种极度的忧伤，但是更常见的则是冷漠，最终都会猛烈地爆发出来。”

“应该让你们看看那些朝圣者目瞪口呆的表情，他们不敢张嘴笑出声，甚至不敢张口骂我。但我相信他们。他们肯定以为我疯了，以为我被吓疯了。我郑重其事地说了一段话：‘伙计们，现在这种时候一味地烦恼可起不了什么作用，让我们继续期望吧！’你们应该能够想象得到，我凝望着那团雾气，找寻它们消失的痕迹，那样子就像是一只在盯着老鼠看的猫。但是其实，视力这个时候毫无用处，这团雾气就像是一堆棉花一样——温暖、呛人、让人感觉透不过气来，我就像被埋在几英里高的棉花堆下面。尽管听起来有些不可思议，但我说的一切确实是事实。一直到我们后来的那次称作进攻的事件，那根本是不含任何侵略性的，甚至连普通的防御行为都不算。它只是被绝望所逼才会发生的，目的只是想赶我们走。从本质上来说，它只是自卫的一种行为。”

“或许应当这样描述，等到那团迷雾消失了两个小时之后，事情才有了进一步的发展。大概在距离克尔兹的贸易站将近 1.5 英里的一个地方，在一个河湾处，我小心翼翼，最终跌跌撞撞成功地绕开了它，就在此时，河中心的一座小岛映入了我们的眼帘。在野草的恣意掩映下，那仅仅是个小的圆形土丘，被鲜亮的绿色点缀着。起初我认为这只是孤零零一个小岛，走近看清楚了之后，才惊奇地发现或许这只是一个开始，紧接着后面的是一条悠长蜿蜒的长沙洲。或者更应说是我发现了一片浅滩，而这小岛是最前端的一个，浅滩都是一片暗淡的色彩，被河水轻轻地盖过，巧妙地连成一整串并向河心延伸。在河水下，它们若隐若现，就像一个人背部皮肤下的脊梁骨一样隐约可见。现如今，在我面前有两条路，绕过浅滩后，是向左还是向右。不得不说，这两条中的任意一条我都不怎么了解，而且两岸看来非常相似，水深感觉也是一样；但回想起别人跟我说的话，我知道要找的贸易站位于河流的西边，所以我便不假思索地选择了西边的河道，向前驶去。”

“船刚刚驶进西边的这条河道，我便发觉，相比于我最初的设想，这条河道实在窄得太多。绵延不绝的长长沙洲在我们的左边向前延伸，高而陡的河岸则冷峻地站在我们的右边。河岸被茂密的灌木丛满满占据了，而在那灌木丛的上方有着一排排十分密集的树木。浓密的树枝，蓊蓊郁郁，悬于河水之上，而每行一程不时出现的粗大树枝，枝条僵硬地伸展在河水边。那时早已到了下午，森林大家庭的面容无疑都是抑郁的，夕阳斜照下那宽宽的树影也已经悄悄投射到了水面上。”

“在这片阴影下，我们继续向前驶去——你们或许可以想象得到，船必须在贴近河岸处小心地缓慢行驶——因为测水杆时时提醒着我：只有河岸附近，水才最深。”

“这只汽船完完全全就像是一只摆放在甲板上的大型平底船，甲板上还有两间柚木式小屋，门窗俱全，船的前端安放着锅炉，而在船的最尾端则放置着必需的机器。罩住整个船身的是一顶由几根柱子撑起的轻便顶棚，有趣的是，一只烟囱偏偏穿过顶棚伸了出来。在烟囱的前面，一间用薄木板搭建成的小船舱被当作了驾驶室。这船舱里摆着一张长椅子、两把折叠凳，一把被扔在角落里的、已装上子弹的马蒂尼·亨利式来福枪，一张小桌子，还有一只舵轮。船舱的前方有着一扇宽敞的门，两边还各有一扇宽敞的带有遮板的窗户。当然，所有的这些门窗，我们都愿意让它们每天敞开着。”

“白天，我就美滋滋地坐在这驾驶室前的顶棚的最前方。

到了晚上，我便躺在长椅上直到睡着，或许更应该说，我必须想尽办法才能让自己能睡在那上面。强壮的黑人舵手来自于西岸地区中的某一个部落，曾被我那可怜的前任加以训练。在我面前，他炫耀的资本便是自己的一对黄铜耳环，即使让他只用一块监布把自己从腰一直裹到脚踝，他的自我感觉仍然总是非常良好。我遇见过的傻瓜中，他可以称得上是最没有主见的一个。当你在他身边时，他可以摆足架子，掌舵起航，穿行于惊涛骇浪中；可一旦你在他的视线里消失，一股可怜巴巴的恐慌感便会马上袭上他的心头，不出所料的是，他会马上举手投降，并且会被这只汽船打得个落花流水。”

“低头看着这根测水杆时，我观察到每测探一次，杆子超出水面的长度就会变长一点儿，这意味着似乎水深在不断变浅，我为此伤透了脑筋。就在这时，我望见了我的测探员，他突然停下，挺直身子僵硬地躺倒在甲板上，甚至连要把测水杆提上船来的事都忘记了。虽然他的手还是紧握着杆子，但杆子的另一端已经瘫软无力地掉入水中。几乎同一时间我看到那个司炉工，他就在我下方的位置，只见他猝不及防地猛然在他的炉子前坐下，并且很快沉沉地低下了头，这如此突然发生的一幕让我感到诧异至极。因为这时我们在航道上恰好遇到一个沉树桩，还有许多棍子，于是我马上向着船的后面看去，只见：众多细小的棍子正飞舞在我身边，它们铺天盖地而来，有的嗖嗖地从我鼻子前掠过，有的径直落在我脚下，有的则直插在我身后这面驾驶室的墙壁上。”

“在这一时刻，无论是河流、河岸，还是岸上的树林里，都是异常持久的寂静，近乎鸦雀无声。我只能隐约地听到那船尾外轮在击水时发出的砰砰声以及类似这样快速的轻拍声。我们拼尽全力，笨拙地左闪右躲，终于避开了前方那个危险的树桩。天啊，是箭！他们正在朝着我们这些活靶子放箭！我匆匆忙忙地走进驾驶室，急切地要去关上那扇正对河岸的窗户。而我的笨蛋舵手——一个十足的混蛋，手抓舵轮柄，膝盖抬得老高，像一匹马被缰绳勒住似的，正在愤怒地一边跺着脚，一边磨着牙！”

“这时船正摇摇晃晃地前行，来到一个距离岸边还不足十米的地方。为了关上那扇异常沉重的窗户，我别无选择，只得将身子探出去，努力去抓住它。就在此时我发现：在跟我一样高度的地方，从树叶丛中竟然露出一张凶恶而镇定的脸，正死死地盯着我看；紧接着的一瞬间，好像原本在我眼前的那一层面纱被突然揭开了一样，我看到了在那藤蔓交错的树木之间，有不可计数的赤裸裸的胸膛、胳膊、大腿和充满愤怒的眼睛——人们活动着的身体挤满了丛林，不断闪烁出光芒——古铜色的光芒。仍然有许多支箭不断地从枝条之中一路呼啸着射出，而在剑雨猛烈的冲击下，树枝此刻摇摇晃晃，发出了奇异的沙沙的声响。”

“令人庆幸的是，那个候窗子已经被我关了起来。‘照直向前开。’我强装镇静地告诉舵手应当怎样去做。他慢慢地抬起头，动作显得有点僵硬，勉强把脸冲着前方，只是眼珠子不自觉地转来转去。他不停地轻轻把脚抬起来，然后又放下去，重复的过程中嘴里同时还会流出一些令人作呕的白沫。‘你，给我保持安静！’压抑不住内心的怒火，我终于呵斥道。真是可笑，我倒不如去呵斥一棵树，命令它不许在疾风中有一丝摇晃呢！我冲出了驾驶室，然后听到甲板上传来混乱不堪的脚步声，糟糕透顶的惊叫声，还有一个尖叫的声音在问：‘你可以把船往回开吗？’”

“一片嘈杂中，我看见一道呈‘V’形的水纹在前方的水面上泛起。真是难以置信，居然又是一个可怕的树桩，而我的脚下则是无休止地射来的箭！一股火药所散发的烟雾升到空中，慢慢飘向前方，这是朝圣者们端起连发来福枪在反击了，但这应该不过是像把细小的铅弹撒到了茂密的丛林中去，徒劳无功罢了。活见鬼！对着这烟，我恶狠狠地诅咒道。现在我就站在门口，眯着双眼看着外边，此时此刻我既看不到那一道水纹，也看不到那一棵树桩了。雨点一样的箭还在扫射过来，很有可能这些箭是擦过毒药的，不过看起来似乎连一只猫也不能杀死。”

“丛林开始爆发出吼叫声，我们的英雄一样的伐木工们选择呐喊着投入到战斗中去。一声发自来福枪的枪声，从我身后传来，震耳欲聋。我回头看，冲向舵轮，看到嘈杂的声音和火药的烟雾已经充满了整个驾驶室。那个愚蠢的黑人啊，现在他真的什么也不管了。他居然打开了窗户，在用那一支马蒂尼·亨利式来福枪进行猛烈射击。他就站在那扇宽敞的窗户前面，瞋目而视，我用近乎嘶哑的嗓音朝他大喊，让他坐回来，同时又不得不把突然转向错误一边的船给纠正过来。即使我现在想要掉转船头往回开，也再也没有转身的余地了。在浓烈的火药烟雾中，我无法看清前方的水道。而可以肯定的是，那个危险的树桩一定就在前面不远的地方，在那该死的烟雾遮盖下。时间不允许我再犹豫下去，我只能把船拼命挤向河岸处，让它一直冲上河岸，因为我明白那边的水更深一些。”

“沿着那些悬在我们头顶的短小树丛，我们极尽缓慢地行驶着。折断无依的树枝，飘飞舞蹈的树叶，都纷纷扬扬地落了下来。正如我早就料想到的那样，子弹用完了，一连串射击也就骤然停了下来。我猛然地朝着后面甩了下头，躲开了一个闪着光同时又发出嗖嗖响声的东西，惊恐地看见它穿过驾驶室一边的窗洞进来，然后又从另外一边飞了出去。那个疯子一样的舵手，此时正挥舞着那只没了子弹的来福手枪，冲着岸上大声吼叫着。在他的身后，我瞥见岸上一些隐隐约约的身影，那些身影或在跳跃，或在滑行，时而清晰可见，时而模糊不清，眨眼的一会儿工夫便又消失不见了。”

“一件黑色的大东西突然闪现在窗户前面，那支来福枪也掉进河里去了。舵手急急忙忙地朝后面退去，他当时扭过头看了我一眼，眼神极其熟悉、深邃、特别。然后他的身子就瘫倒在了我的脚边，他脑袋砰砰地撞了两下。与此同时，有一个看上去像是和棍子一样，一端还在噼啪作响的东西，把一张小折叠凳子打翻在地。这一幕看起来，倒像是他在与岸上的人争夺某个东西的过程中，自己失去了身体平衡似的。我往前看到，只需再走大约一百码的距离，我们就可以安心开船，离开这片河岸了。”

“这个时候，我感觉到自己的脚掌温暖而潮湿，这使得我忍不住向下看去，我看到那个舵手已翻了个身，正脸面朝天地躺在地上，他的那两只眼睛正直勾勾地看着我。原来那根棍子，实际是一支锋利的长矛的矛柄，被从窗户处扔了进来，正好扎在了他肋骨下方腰部的一侧；尖矛上的刀划开一个深深的伤口，戳进了他身体里，消失在了我的视线里；而我可以真切地看到，他的双手仍然在紧紧抓住那个矛柄。我知道此刻我的鞋里面，一定都是鲜血；我看到在舵轮的下面，地上的一摊血正静静地闪烁着一种暗红色的光芒。一种奇异的光彩在他的双眼中闪耀。”

“接着，又爆发出了一连串的射击声。他注视着我，手里紧紧地握住那支长矛。似乎那是件无价之宝，唯恐我会把它抢走一样。我努力让自己不再去和他对视，开始去掌舵。我奋力伸出一只手在头上摸索着，在找到那根能够拉响汽笛的绳子后，我匆匆忙忙地猛烈地拉动汽笛，一声接一声。愤怒的喧闹，战斗的呐喊便随即停了下来。紧接着，从树林的深处传来了悠长颤抖的哭声，饱含着令人悲怆的恐惧和彻彻底底的绝望。听起来，就像是在追随正在从大地上消失的最后一线希望。丛林里又出现了一场巨大的骚动，箭雨已经停歇了，最后几支箭也飞了出来，发出了尖锐的号叫，然后周围便安静了下来。一片寂静中，我能够清晰地听见船尾外轮在击水时发出那种无精打采的声音，我使尽力气把舵柄转了一个方向。这个时候，一个身穿粉红色睡衣的朝圣者突然出现在了驾驶室门口，激动不安却又用一种很正式的语气对我说道：'经理让我过来……'突然他看到了地上这个受伤的人，于是喊道，'上帝啊！'"

"我现在能够下结论，当时我们站在他的旁边，他用那种探寻的眼神看着我们俩，一定是在用某种我们能听懂的语言来向我们问什么问题。可是，他死了，一句话也说不出来，连四肢也没有活动一下，连肌肉都没有抽动一下。只是在那最后的一刻，他的眉头紧紧地皱了起来，像是要对某些我们没有看到的景象，或是某种我们无法听到的私语做出回应似的。紧皱的眉头给他死亡时那黑色的面具添上了一种忧郁、深沉而又险恶的表情，他那种探询的眼神迅速地消失，只剩一片空洞的呆滞。我焦急地抓着那个被指派来的人，问道：'你会掌舵吗？'他虽然看上去已经惊慌失措，但当我抓着他的手臂时，他立刻明白了我的意思——不管他会不会，他都必须去掌舵。这个时候，我正着慌得要脱掉我自己的鞋袜。估计眼前的这一切很大程度地刺激了他，只听他喃喃道：'他死了，他死了。’‘是的。’我边说边疯了一样地扯掉鞋带，顺便告诉你们，我猜此时克尔兹估计也死了。”

“那个时候，我心里只是一遍遍感受着这种坠落悬崖般极度失望的滋味，就像是长期以来自己一直在拼命追求一样东西，而现在却发现，它已经不存在了。我大老远地赶来，哪怕只让我和克尔兹先生谈一谈，只需谈一谈，我也不会比现在觉得更糟……我把一只鞋子扔到了船外，同时也意识到，或许我一直所盼望的正是这个——和克尔兹先生谈一谈。我发现自己从没想过他在干些什么，也从不曾想过我‘再也见不到他了’，或者‘我再也不能跟他握手了’。我只有想过他在说些什么，或者是‘现在我再也听不到他说话了’。我发现在我的脑海里，克尔兹一直是以声音的形式出现并存在的。当然，我也并非没有把他和某些具体的行动联系到一起。不是曾经很多人出于各种嫉妒或钦佩地告诉我说，克尔兹通过搜罗、商品互换、行骗或者偷窃，所得来的象牙比其他所有代理人的总和还要多吗？不过这不重要，他是一个极富天赋的人，这才是真正重要的。而这也正是让他真切存在的一点——他的本事。他的表达能力，他的占卜之辞，他的那种能够让人时而迷惑，时而清醒的能力，那种最为高尚同时也最为卑鄙邪恶的才能，那种依靠规律运动的光明之河以及无法看透的黑暗之心所培养出来的欺诈才能。”

“我的另外一只鞋也朝着这河里的鬼或者神飞去了。我懊恼地想着：‘天啊！我们来得太迟了，完了，一切都完了！’克尔兹已经永久地消失了，他的天赋也已经消失了，消失在了某一根大棒，某一支利箭，或是某一支长矛之下了。我终究再也听不见这个家伙跟我说话了。我的悲伤之中还包含有一种强烈到使人震惊的情感，强烈到可以和那些树林里的野人们所发出的号叫声中的情感相较高下了。即便我丢失了人生的目标，或者被人剥夺了人生信仰，也不会有什么事情能让我感受到比这更强烈的孤独的忧伤了。也不知道究竟是为什么……为什么我会这样唉声叹气？是谁在那儿？这着实荒唐吗？好吧，是荒唐，我的上帝啊！唉，一个人难道就不能……嘿，来给我一点儿烟叶……”

马洛停了下来，接着是一片长长的沉沉死寂。他划亮了一支火柴，微弱的亮光，照出了他那张瘦削的脸庞。他耷拉着眼皮，皱纹也跟着向下延伸，神情呆滞，满脸疲倦一副正在集中注意力的样子。他用力地抽起烟斗的时候，他的那张脸，在那团小火苗有规律的一明一灭之中，变得时隐时现。火柴随即熄灭了。

“‘真是荒唐！’他叫喊道，‘这必定是最糟糕不过的了，尤其是当一个人发自内心地想说些什么的时候。你们都把自己圈在这个地方，人人持有两个固定的地址，不就像是一艘笨拙的大船抛出了两个锚一样吗？一边的街角有个会杀猪的，另一边则有个警察，你们全都胃口很好，总是体温正常——听到我说的了吗?！——你们每日每月每年都如此正常。所以你们可以说，真是荒唐！而我说，就让这荒唐见鬼去吧！真是荒唐！亲爱的我的朋友们，我刚刚把自己的一双新鞋扔进了河里，完完全全因为紧张，对于一个我这样的男人，你们又可以指望些什么呢?’现在回想起来，当时我异常冷静，竟至于没有流下一滴眼泪，可真是太让人感到吃惊了。总的说来，我还是为自己表现出的坚强感到骄傲。那段时间，我清楚自己已失去倾听克尔兹天才式的谈天说地的机会，尽管那机会价值连城，因而常常任自己麻醉在非常痛苦的情感中。当然，我想我错了，即使在那个时候，机会依然在不远处等待着我。噢，是这样的，我所听到的实在是太多了。况且，我的感觉仍旧是正确的。仅仅是一个声音，再湮灭了这个声音，他便几乎什么也算不上了，而且现在我听到了，听到他的这个声音，还有其他的一些声音……除开声音，他们便全部沦灭，所剩无几。一直盘旋在我脑海中挥之不去的，就是有关那时的种种回忆，它让我无法提起勇气再次去触碰它，它就如同一句话的余音，是毫无边际，毫无意义的，就那样地渐渐消逝，它是愚蠢的、野蛮的、残忍的、肮脏的，或者我们可以说它根本就是下流卑鄙的，它不意味着任何意义。声音，现在，甚至于那个女孩本身……”很长一段时间里，他没有再说一句话。

七

“我最后只得说了句谎话，才驱散了克尔兹的那些具有超凡才能的阴魂。”马洛突然间又说了起来，“对了，女孩，我有提到什么女孩吗？哦不，她真是个局外人，一个十足的局外人。她们那些人，我是说女人们，她们本来就应该是局外人。我们必须对她们施以援助，让她们留在自己的美妙世界中，否则的话，我们的世界也会变得更加糟糕的。噢，她是绝对不应该被牵扯到这件事里来的，你们如果听过像是从坟墓里爬出来的克尔兹先生说着‘哦，我的未婚妻’之类的话，那么你们即刻就能明白，她和这件事的确是没有任何关系的。”

“哦，还有，这位克尔兹先生那高高突起的前额骨！虽然听人说过，有时候头发能够继续生长，但是这个例子却实在到了让人难以忘怀的地步。这片荒原曾经柔和地轻拍过他的头，所以看吧，他的头变成了一个球，一个象牙球；这片荒原曾经慈爱地抚慰过他，于是看吧，‘噜’的一声，他枯萎了；是的，这片荒原发疯似的爱上了他，情不自禁地拥抱了他，继而融入了他的血液，最终竭耗了他的肉体。这荒原让自己成功俘虏了他，而且还举行了某种难以想象的人鬼结盟仪式，以便让他的魂灵和荒原融为了一体。荒原无比宠爱他，纵容他，以象牙的方式吗？我想是的。”

“那堆积如山的众多象牙，都快把那间破破烂烂的泥巴小屋给撑破了。看着这里的象牙，你甚至都会怀疑，整个国家的其他地方，不管天上还是地下，都再也找不出来一个象牙了。经理曾经不屑地说道：‘大部分都是化石而已。’它们和我一样，其实根本不是化石。他们好像管所有从地里挖出来的东西都叫化石，有时候黑人土著们确实会把象牙埋到地下，但是埋得再深，也不足以挽救克尔兹的命运了。因为克尔兹先生对象牙的钟爱一直持续到生命的尽头，所以我们的汽船上装了满满一船的象牙，甚至连甲板上都堆了不少的象牙。这样他就能够看见象牙并欣赏它们，直到他自己生命的尽头了。”

“伙计们，你们真的应该听听，听他说那句‘我的象牙’。噢，就是这样，我曾听他说过，‘我的河流，我的贸易站，我的未婚妻，我的象牙，我的……’他以为一切都是属于他的。于是，我屏住了呼吸，期待着荒原爆发出一声震动恒星、惊动天地的大笑来。好吧，就算一切都属于他——这倒是小事一桩。现在重要的是我们要明白，他究竟属于什么，又有多少股黑暗势力宣称自己主宰着他——这个念头才真正让人全身毛骨悚然。简直不能想象，这个会对人有一丝一毫的什么好处。”

“的确是这样的，在这块属于魔鬼的土地上，他坐上了一把高高在上的交椅，可你们能理解吗？唉，你们怎么会理解呢？你们脚下踩着的是坚实的人行道，周遭是和和睦睦、随时乐意鼓励或叨扰你的邻居们，你们诚惶诚恐地疲惫往返于屠夫和警察之间，被那些绞架、丑闻，还有疯人院的恐惧充满自己的心……你们这样的人怎么能够想象得出，独自穿过孤寂的小路——绝对孤寂，甚至连个警察也不会出现；通过一条寂静的小路道——绝对寂静，连你邻居的低声提醒你要注意舆论的警告声也听不到……一双脚再自由，又怎么能够把人带回到远古时期呢？”

“即使是这些微不足道的小事，也会有极为重要的影响。当它们都不复存在时，你必须依靠自己，依靠自己天生的力量，依靠自己坦诚守信的能力。当然，你本身可能就大智若愚，这倒不会生出诸多事端——在我看来，一个人可以足够愚蠢到就算有多方的黑暗势力对他进行攻击，他也全然不知。但是，不会有任何一个笨蛋能够和魔鬼做成交易，去换回自己的灵魂。如果真的成功了，那要么是因为这笨蛋太笨，要么是因为这魔鬼太鬼，我也搞不清楚究竟是哪一个原因。”

“也许，你真的是一个不同凡响的高贵之人，除了天籁、奇景，你对其他的事情都不关心，不接触。所以对于你而言，大地不过只是一个容身的地方。——可是这到底是你的幸运，还是你的不幸呢？我不敢妄下断言，但我们之中，绝大多数人都不是这样的人。对于我们来说，大地是唯一的赖以生存之所，因为这样，我们只能忍受眼前的各种景象、声音和气味。举个例子来说，为了生存，我们不得不呼吸那种死河马的气息，并且还得保证自己不因此病倒。难道你们不明白吗？于是你自己的力量就要开始发挥作用了，你要对你自己的个人能力有信心，要相信自己能够挖出来几个微小且并不显眼的洞，把这些小玩意儿都给埋进去……”

“你要发挥你奉献精神的威力，不是为你自个儿奉献，而是为了一个无法言喻的艰苦事业奉献，的确就是这样。请注意，我并不是在变着法儿找借口，也不是要解释什么……我只是在努力向自己证明，证明克尔兹先生，以及他的灵魂。这个我也不知道是从哪里冒出来的鬼魂，竟然在其完全消逝之前，对我抱有极大的信心，这让我感到万分荣幸——因为它居然能够跟我说英语。”

“他好心好意地对我讲述，他曾经在英国接受过一段时间的教育，而且他的同情心也总是用在恰当的地方。他父亲有一半法国血统，母亲有一半英国血统。可以说，整个欧洲都为克尔兹先生的一步步发展做出了贡献。并且我还了解到，他还曾经受托为国际禁止野蛮习俗委员会起草过一份报告，用来指导以后的工作。他确实写了这篇报道，我自己也看过、读过这份报告。毫无疑问，这是一份极富辩论才华的报告，通篇的措辞让人由衷佩服。”

“可我觉得他有些神经过敏了，这份文件篇幅密密麻麻，字数长达 17 页！而他居然能够挤出时间去写这样长的一份报告！这报告肯定是在他，呃，在他发疯之前写的。此外，为了这个，他还专门主持了某些午夜舞会，舞会结束时都有着一些难以形容的仪式，而根据我在不同的时期听到的传闻，我大约能够猜到，这些仪式都是专门献给他的，专献给克尔兹自己的，你们明白吗？不可否认，那仍旧是一份可圈可点的漂亮报告。然而，仅仅是开头的一段就已经让我觉得很不吉利，我后来了解的情况也证实了这一点。”

“从一开始，他便提出了这样的观点，认为就所发展到的水平而言，某种超乎自然界生物的特质必然存在于我们白人之中，至少在他们（野蛮人）眼中应该是这样，而且似乎我们白人是携带着神灵一般的威力，不断地去靠近和驱逐着他们，等等。只需简单地运用我们意志的力量，我们便可永久地对他们使用权力，一种几乎不加任何限制的权力，等等。从这里开始，他便起了天花乱坠的腔调，连我都被说服了。全篇的慷慨大论不太容易记住，却称得上是冠冕堂皇，就像你们所知道的，它让我强烈地感受到一阵扑面而来的浩然正气，它出自于庄严仁慈，特别而动人，使我因为热切盼望而无比兴奋。"

"美妙的词句从报告中神奇地汩汩流泻而出，不存在任何的暗示，只有一个类似注解的、像是要说明一种方法的东西，字迹潦草地被补在了最后一页的下边，而且很显然，那是在过了很长时间以后才被匆匆涂上的。这篇文章是如此的动人，如此轻易就能激发起一种惠他主义的思想，而在它的最后，他发出一个清晰可怕的呼吁：'消灭所有的畜生！'好像是晴空里的一声炸雷！令人感到奇怪的是，后来，当他的神志逐渐有些恢复正常时，他一再恳求我，要我仔细地保管他口口声声说的那本小册子，想着将来他的事业一定会受益于它，在这种情况下，那段极具价值的补充显然已被他给忘了个一干二净。"

"我不仅对这一切都了解得清清楚楚，而且最终我还要料理他死去之后的名声，在这些方面我做了很多，所以拥有不容置疑的权利。只要我愿意，只需把它和一切人类文明的垃圾一同处理。举个例子，所有的死猫一扔进人类发展所需的垃圾桶。可在当时，你们看看，我没有可供选择的选项，他或好或坏，人们都不能够忘掉他。他并不是个普通人：他拥有能够迷惑或是恐吓尚未开化的人们的力量，他能指挥那些愚昧的人群魔乱舞，向他致敬，他还能让朝圣者那些渺小的灵魂中塞满疑惧：至少，他还拥有一个忠诚的朋友，至少，这世界上，一个既不愚昧也未沾染自私自利的灵魂拜倒在他的脚下。”

“不，我无法忘记他，尽管我不想说，这个家伙一定值得我们这样牺牲自己的生命去找寻。我很怀念已经死去的舵手，甚至于在他倒在驾驶室之时，我就已经开始怀念他。对于我的深深的哀悼，也许你们会感到非常奇怪。这样一个野蛮人，并不比撒哈拉沙漠中的一粒细小沙更有价值，可是，你们难道真的不明白吗？他曾努力做了一些事情——他在掌舵，为我掌舵，几个月以来，他一直站在幕后支持我，他是一件工具，是一个真正的帮手。我们建立了一种合作的关系。他为我工作，我就应当照顾他，我应该为他的不足而担心。所以渐渐地，一种微妙的联系就在我们之间产生了。直到后来这种联系突然中断了，我才真切意识到它的存在。当他受伤时看着我的眼光，其中饱含着一种深厚无隙的亲密感，像是在临终时要求确定一种亲人的关系。到现在，我还能记得他的那时的目光。”

“一个傻瓜，真是个可怜的傻瓜！要是当时他没有接近那扇窗户就好了，他就像一棵孤零零的树，无奈地跟随着大风猛烈摇摆。”

“我找出一双未沾血的拖鞋给自己换上，然后把他的尸体拖了出去。我紧紧闭上了双眼，从他的腰部猛地拔出了那支利矛。经过那扇窄门的时候，他的两个脚后跟突然一起震动了一下，这使他的肩膀一下子压在了我的胸膛上，我紧紧从他身后抱住了他。老天，他可真重啊，简直比这世上的任何人都要重。然后，我轻而易举地把他的尸体丢进了河里。注视着静静的水流，一个念头涌上心头，似乎他也不过只是一株卑微的小草。那尸体在河中翻转了两下，就从此不见了踪影。”

“驾驶室旁的甲板上已经聚集了包括经理及所有朝圣者的众多观众，他们之间喋喋不休，像是一群兴奋的喜鹊。有的人以一种激愤的语调窃窃私语，说我这么快就没心没肺地处理掉了舵手的遗体。那他们想怎样做呢？难不成把尸体继续留在身边，再给它抹上香料，从而避免腐烂吗？可能如此吧。同时，我还听到了下边甲板上其他人不怀好意的议论声。那些伐木工——我的朋友们，表达了同样的愤慨，而他们倒是显得更有理由——虽然我必须承认，仅仅是那理由本身，就已让人无论如何都无法接受的……噢，当真是让人无法接受！已经做出决定，假如死去的舵手非要被吃掉，那他只能被鱼吃掉，我不希望看着他被食人族吃掉。他生前确实是个糟糕透顶的舵手，可现如今他死了，反倒有可能成了头等诱惑，并且有可能引起某种意想不到的麻烦。而且，在那个时候，我正火急火燎地赶去掌舵，因为那个身着一袭粉红色睡衣的人在这件事上简直就是个笨蛋。”

“草草结束了这场极为简单的葬礼，我就开始掌舵了，驾驶着船在河中央半速前行着。人们关于我的谈论始终不绝于耳，他们还说克尔兹死了，贸易站被烧毁了……对于克尔兹和那个贸易站，他们已经不再抱有丝毫希望了。而那个朝圣者一想到至少自己已经为克尔兹报了仇，就开始变得得意忘形。‘伙计们，说说看，我们已经痛快地在那片丛林里把他们杀了个片甲不留，是吧？你们怎么看？都说话呀？’真是个嗜血而精力过盛的家伙，说着说着他竟然真的手舞足蹈起来。可讽刺性的是，他一见到那个伤员，就差点晕了过去！我禁不住说了句：‘至少你放火药烟放了个痛快！’树梢摇晃的姿态和发出的声响显示，所有的子弹几乎全部射得过高了。只有先瞄准，再将枪抵在肩上，才能射中目标，可这些家伙们却一直是闭着眼睛，将枪抵在屁股在开火。我坚定地认为，而且确信自己是正确的——是汽笛的呼啸声吓跑了敌人。我的话音刚落，他们就变得火冒三丈，不再讨论什么克尔兹，开始集中愤怒，大吼大叫着对我抗议。”

“站在舵轮旁边的经理用一种很信任的口吻，低声对我说道：‘不管怎样，赶在天黑之前，我们必须要行驶到下游的地方去。’这时我看到，在遥远的河岸上出现了一块经过翻整开垦的土地，和某种不明建筑物的大概轮廓。‘看，那是什么？’我当即问道，他先是惊讶，继而激动地拍起手来，‘贸易站！’他大叫道。我便马上驾船向岸边靠拢，仍旧保持着半速前进的状态。”

“从望远镜中看去，呈现在我们眼前的是一个山坡，几棵绿树零星地点缀其上，没有任何的灌木。在山顶上又高又密的草丛中，掩埋着一间破旧长屋将近一半的屋身。这屋子顶端有一个个大洞，从远处看来，就像是一个个黑色的裂口一样。这屋子周围没有任何形式的围墙或是栅栏；但因为看到环绕房子并排成一排的六根细柱，我想它以前显然曾经有过；这屋子的支柱经过了粗略的修整，镂刻而成的圆球装饰着它的顶部，可是连接柱子的栏杆或其他的什么东西已经完全不见了。当然，上述所有的景物全都栖居于森林的环抱之中。”

“河岸的景色一览无余。在水边，我发现了一个白人，他头戴一顶车轮一样的帽子，不住地挥动着胳膊，向我们招手示意。我对处于森林边沿的这一带地区进行了全方位的认真观察，几乎能肯定地说一定有人影在活动，有一些模糊的人影在四下里悄无声息地飘动。我于是加倍小心地把船开向那边，然后熄掉了引擎，放任汽船随着水波自由漂流。”

“岸上那个人向我们喊着，催促我们上岸来。经理尖锐地喊道：‘我们刚刚遭受了袭击！’‘没事的，我知道，我都知道……’那人用一种愉快到不能再愉快的语调，高声喊着给经理回话道，‘没事的，跟我来，你们的到来让我很高兴。’他的模样立马勾起了我对某种似曾相识的东西的回想，我一定曾在哪里见过，这一种有趣的玩意儿。”

“我一边熟练地靠岸，一边回想：这个家伙到底像什么呢？突然间我灵光一闪，意识到他着实像个滑稽的小丑，他的衣服原来可能是用棕色荷兰布做成的，现在却从上到下挤满了五彩斑斓的补丁，黄色的、红色的、蓝色的，缝在背上的，补在胸前的，贴在胳膊肘上的，还有置于膝盖上的。你一眼便可看出所有这些补丁都添补得尤为漂亮，着让他显得很整洁。他上衣的褶皱花边是彩色的，裤脚上的边儿着上了深红色，在阳光的照耀下，显得他分外开心。他的脸上没见到胡子的踪影，略显孩子气，皮肤白皙，总之是说不出有什么特殊的地方。他有着一双蓝莹莹的眼睛，鼻子正在脱皮，呈现在人眼前的这张率真的脸庞时而开心微笑，时而眉头紧锁，就像平原在狂风掠过时，时而阳光普照，时而阴影笼罩一样。”

“‘小心，船夫！’他又喊道，‘昨天晚上我们在这里打了一根树桩。’”

“‘妈的，又是树桩！’不得不说当时我咒骂得相当难听，差一点儿我就要在这只破船上凿出个洞来，终结这次扰人的旅行。‘嘿，你来自英国吗？’岸上的那个小丑满面笑容地问道，同时还冲我翘起了他的狮子鼻。‘你呢？’我就站在舵轮的边上大声地问着。笑容一下子从他的脸上消失了。他沮丧地摇着头，像是为造成我的失望而深感歉疚，之后他的脸上又流露出了欢喜的神色。‘没什么!’他这样小声咕哝道，努力做到足够鼓舞人心。我问道：‘我们的到来还可以算得上及时吧?’他把头冲着那边的山头轻轻一扬，回答道：‘现在他就在那座山上。’然而他的脸色又出人意料地忽然转换到了阴沉。他的脸色就这样交替变化，好像秋日里的天空一样，忽晴忽雨。”

“这群朝圣者全副武装，跟随经理一起走向了那座房子。那个人走到了船上，我说道：‘我可不太放心，那些土著黑人们还都藏在树木丛里呢!’他一脸诚恳地告诉我不用担心，土著都是一群没有头脑的人。接着，他补充说道，‘你们来了，我可真是高兴，这之前我几乎把时间全部用在驱赶他们了。’”

“‘可是你刚刚还说没事的!’我狂叫了起来。”

“‘呃，他们其实并不打算恶意伤人。’他辩解着，然后看到我在瞪着他，就又改口说道，‘好吧，也不一定。’然后他又开始快活起来：‘我打赌，你需要给你的这个驾驶室做个大扫除了!”紧接着，他又建议我保证锅炉里留有充足的蒸汽，这样即使撞上什么麻烦，也就可以马上拉响汽笛，‘汽笛的一声尖叫可以胜过你们所有的来福枪，他们全都是头脑简单的人。’他又重复了一遍。他就这么一直喋喋不休下去，语速飞快，让我根本插不进一句话。那感觉似乎他是在尽力弥补他长时间的沉默不语，而他的大笑也在暗示我，事实的确如此。”

“我问他：你平时都不和克尔兹先生谈话吗？他大声地回答道：‘当然不会，和那样的人待在一起，你只会欢天喜地地听他说话。’言语中流露出无法掩饰的赞赏和崇拜。‘可是如今……’他挥了挥手臂，一刹那间，又陷入极度的低迷与消沉中去了。没过一会儿，他猛蹿到我身边，攥住我的双手开始摇个不停，一边喘着粗气一边着急地说：‘水手哥们……很荣幸……很开心……很高兴……我自我介绍……俄国人……是大祭司的儿子……唐波夫政府……这是什么？烟叶！英国的烟叶，上等烟叶！真是够兄弟的。抽烟啊？哪个水手不抽烟呢？’”

“一只烟斗让他恢复了平静，而我也渐渐了解到：他逃离了自己的学校，搭乘一艘隶属俄国的船出海扬帆；然后再次逃跑，又在几艘英国汽船上干过活；到现在，他已经跟他口中的那位大祭司重新和好了。虽然他郑重地对最后这一点多加强调，但他觉得年轻人就应当到远方去，必须趁着年少，去见世面，去积累阅历，去独立思考，开拓自己的思路和道路。‘所以就来了这儿吗？’我忍不住打断了他。而他呢，脸上写满了那种年轻人独有的一本正经和责怪的神情。他告诉我说：‘这可说不定！就在这里，我遇到了克尔兹先生。’”

“这之后我就选择了沉默不语，听他说着自己的事情。他以前似乎成功地说服了一家的荷兰贸易行，他们答应向他提供补给和货物，然后他便满心欢喜地向着腹地出发了，如同一个天真的婴儿，完全不知道远方会有什么在等待着自己。他孤身一人游荡在那条河上，将近两年，两年间他远离所有的人和事，过着与世隔绝的生活。他说：‘其实我不像外表看起来的那样年少，我已经 25 岁了。’他非常开心地描述道，‘刚一开始，老范舒登总是让我见鬼去，可我老是缠着他，一直说个不停，到了最后，他担心自己会被我搅得晕头转向，所以迫不及待地把一些不值钱的东西和几支破枪塞给了我，然后说，他以后再也不想见到我了。啊，多么好心的小老头——范舒登。知道吗？就在一年之前，我偷偷赠给他了一点儿象牙，真希望他已经收到了。其他的事我可无暇顾及了，这样的话，当我回去的时候，他就不能叫我小偷了。哦，对了，我给你们留了一堆木头，那是我以前住过的房子，你们看见了吗？'”

“我把那本陶森还是陶松的书递给了他，他欣喜若狂地盯着这本书看，那兴奋劲儿简直要一下子跳起来吻我了，幸好最后还是克制住了，他解释道：'这是我唯一剩下的一本书了，早先还以为是丢了呢。'他一边翻看着书，一边道，'你知道的，独自一个人在外面四处闯荡，难免会发生几件意外的事情。有时候独木船会突然翻掉，有时候把别人惹怒了，你就得赶快逃跑。''你记笔记用俄文吗？'我这一问马上引起了他的哈哈大笑，而后又变得严肃起来：'为了赶跑那些人，我也着实费了不少工夫。'我问道：'那些人想杀你？'他高声回答：'不！不是那样！'然后又停了下来。我又接着问：'那他们为什么攻击我们？'他犹豫着，过了一会，愧疚地说道：'那些人不想让他来。'”

“'是这样吗？'好奇心驱使我继续问下去。他机智而又神秘地点了点头，显得神秘而机智。然后又大声说道：'我跟你说，这个人可真的让我学到了很多。'他用那双小而圆的蓝色眼睛久久注视着我，同时大大地展开了双臂。”

“我吃惊地看着他，不知道该怎么做才好。他就活生生地站在我的面前，穿着五颜六色的衣服，像从某个滑稽的哑剧剧团中刚刚选出来似的。他看上去棒极了，可又多少有些不可思议。他的存在本身就显得不可思议，让人捉摸不透。这个人就如同一个无法可解的谜题，他是怎样存在的，他怎么可以走得这么远，又是怎么存活下来的，这一切都让人难以理解，他为什么没有马上消失不见。”

“他说道：‘其实，我不过是多走了几步，之后又多走了些——就这样走出了这么远的旅途，以至于我都忘记了该如何回去。好吧，这不碍事的。时间还多着呢，我可以的。跟你说，现在你得赶快带克尔兹离开这里，记住，要快。’他那身褴褛不堪的花布衣裳，那种穷困潦倒和孤独无依的常态，那股无力改变的游荡里透出的悲凉，此时此刻都因一种年轻人独有的魅力而显得分外迷人。未曾有一天他不是如临深渊，与危险相伴的，尽管一切显然都因为他的年轻和鲁莽造成，他还是勇敢地活着，毫无顾忌。多少月了，多少年了，他每一天都生活在危险之中，但他凭借着年轻和莽撞，反倒这样毫无顾忌、无知无畏地活着，没有被任何的事情打倒——是这种魅力，让他这样勇往直前，是这种魅力，让他能够安然无恙地活了下来。我得承认，我已经快要成为他忠实的仰慕者了，或者说实际上我是在妒忌他了。当然他并不奢求这片荒野的过多馈赠，他渴望的只是一片能自由呼吸的空间，好让他能挺过难关。他只要存活的机会，所以只需冒着充分巨人的危险，坚持一路向前，尝尽万般艰辛。假如冒险精神能真正主宰一个人的命运的话，那么这种不在乎得失，不讲求实效，绝对纯粹的冒险劲头，一定主宰过我面前的这位衣衫褴褛的年轻人。”

“他拥有如同火苗跳跃般的热情，谦虚而明确，我几乎要疯狂地妒忌他了。仿佛这把火彻彻底底地燃尽了一切私心，如此彻底，以至于当他和你交谈时，你会忽略了就是他，就是你面前的这个人，一个人经历了所有的事情。但他对于克尔兹的那种忠诚，我却并不妒忌。他没有时间仔细考虑这件事，一旦事情真的来到眼前，他把一切视为上天的安排，于是亟不可待地独自承受了下来。但在我看来，这才是他现在为止碰到的事情中最最危险的了。”

“不可避免地，他们就这样地碰到了一起，就像无风的海面上两艘船泊在同一个地方，到最后肩并肩地紧紧靠在了一起。我想克尔兹一定是希望能有个人来做他的听众，因而当他们那次在树林里支起帐篷，便一发不可收拾地畅聊了个通宵。或许，更有可能的是克尔兹自己一个人兴致盎然地说了一整夜。‘没有什么是被我们漏掉的。’他回想说，这些回忆让他颇为着迷陶醉。‘我们什么都聊，什么都聊，甚至遗忘了睡觉这回事儿，就好像整个晚上只有一个钟头似的……哦对，我们还聊到了爱情。’我笑着问他：‘爱情，你们还聊到了这个！’他赶忙激动地喊了起来：‘不，不是像你想的那样，我们只是简单地聊聊罢了，他真的让我明白了——很多东西。’”

“那个时候我的那帮伐木工的工头正在不远处闲坐着，而我们在船的甲板上。工头转过头看我们，用那双疲倦但又发亮的眼睛扫了他一眼，看到他正举起双手。我环顾四周，虽然说不上什么原因，但我深信，这土地，这丛林，这河流以及面前的这片璀璨天空，此刻让我感受到了从未有过的幽暗和绝望，它们顽固地阻挡了人类思想穿梭前行的脚步，并且对于我们的缺点又是如此的不留情面。我问道：‘所以，从那之后，你就一直跟着他了？’”

“然而事情刚好相反，中间陆续发生了这样那样的事情，差点把这段交情弄到支离破碎。他十分得意地告诉我，克尔兹中间生过两次病，都是他照顾他痊愈，说这些时，他毫不掩饰自己的得意之情，就像一个伟大英雄说起了什么惊险的事迹一样。不过克尔兹还是只身一人游荡在森林里。‘有时候我先抵达一个贸易站，往往要耐心等上好些天，他才会到来。’他说，‘不过有时候，等待也是值得的，不是吗？’”

“我好奇地问：‘那他是在干吗？找东西吗？还是有别的事？’”

“‘哦，找东西，这是当然了。他找到了很多个村子，还有一个湖，不过不太清楚具体位置——问太多总是危险的。不过，大多数时候，他的这些探险，目的只是找到象牙。’”

“我疑惑地说：‘可是当时他手上根本没有货，又拿什么去交换呢？’他回答说：‘可他有不少子弹呢。’眼睛却飘向了其他地方，不再和我对视。‘所以简单地说，他洗劫了那些村子？’我直截了当地抛出了我的猜想。他点点头承认了，然后又说了句：‘他一个人当然是不可能完成的。’他又嘟囔着说了些有关湖边那些村子的情况。‘所以是克尔兹逼迫那个部落和他合伙干的，是吗？’我稍稍给他提了个醒，他便立刻显得有些不自在了。他用一种很特别的语气扔给我一句话：‘他们完全崇拜他。’”

“他说话的异样语气，他谈到克尔兹时很想说又不太愿说的样子，让人不由生出很多疑问。我紧盯着他的脸，想知道是为什么。看来克尔兹已经充满了他的全部生活，左右了他的所有情感，同时占据了他的一切思想。他突如其来地大声喊了起来：‘但是，你又能怎样呢！你要知道，在这些黑人的世界里，可从来没出现过像这样的人。他的到来就像是电闪雷鸣般震撼，他们从来没有见到过像他这样的，呃，有时候确实很可怕。你不能像看待普通人那样地看待克尔兹先生，绝对不能！反正现在讲故事给你听，我也不介意让你知道这些——有一次他甚至想要枪毙我，不过对于他这种行为我就不做评价了。’”

“‘枪毙你！’我惊讶地喊了起来，‘为什么呢？’”

“‘事情是这样的，我常常帮附近村子的头领们打些野味，其中一个头头儿给了我一些象牙，因此我手头就积存了一些。克尔兹先生想要我的那些象牙，并且完全听不进我的解释。他威胁我说，除非我老老实实把象牙交给他，并且滚得远远的，否则他就要结束我的性命。我知道他很有可能会这么做，他干得出来，而且特别乐意这么干。只要他乐意，真的，这世上没有任何人能够阻止他去杀掉一个人。所以我选择把象牙给了他。不过我没有滚蛋。当然没有，我绝对不会离开克尔兹先生的！当然，在我们握手言和之前的这一段时间里，我还得保持小心翼翼的状态。那时他又病倒了，我便又不得不和他保持一定的距离。好吧，不过我不在乎。多数时间里，他会待在那些湖边的村子里头。当他偶尔来到船上时，也会颇为客套地对待我，但我还得要多加小心。这个人承受了太多苦难，导致他对周围的这一切充满了怨恨，却茫然地找不到逃脱的道路。有那么一次，我瞅准了机会，苦苦请求他趁着那当儿想个法子离开，并表明了愿意跟随他回去的决心。他满口答应我，可之后突然就又说不走了；接着他再次踏上了寻找象牙的险路；然后又是完全不见踪影地离开了几个星期；就像你知道的那样，他和周围那帮人实在打得火热，并且完完全全沉溺其中……’”

“‘天哪！他真是疯了！’我脱口而出。”

“他听到之后满腔怒火地抗议道：‘不，克尔兹先生是不会疯掉的……’我一边说着话，一边通过望远镜扫描一样地看了看岸上那树林的边缘和那房子的后面。那片林子里一定有人，而周围各处又是如此的寂静，一如山上那所已经破败的房子，眼前的这一切都隐隐让我觉得不安。这个故事本身倒没有什么，反而是他断断续续的话语，并且话中有话，同时夹杂着唉声叹气，让我了解到很多别的事情。树林如同一副面具，没有任何动静，沉重的样子活像牢狱里一扇紧紧锁上的门——它静静地望向你，一副深不可测的样子。它正在耐着性子等待，可这种沉静简直教人无法靠近。那个俄国人继续告诉我克尔兹是最近一段时间才来到河边，并且带来了属于湖边那些部族的全体士兵。他好几个月没有露面了，估计是一直在忙着笼络人手，现在他突然又出现了，很明显是要去打劫河流的下游或者河对面。我不知该怎样描述，反正他现在对象牙的欲望变得越来越大，甚至超过了他以前的那些没有功利性的欲望了。但是我又听说他的身体突然变得很糟糕。‘听别人说，我听说他当时就一直躺在那儿，也没有人理睬他。所以我就到了这里，来碰碰运气。哦，他那个时候真的很糟糕，非常的糟糕。’我又拿起望远镜往房子那里看去，只看见塌陷的房顶，芜杂的草丛中约略显露的长长的一道泥墙，有三个大小不一的方形窗洞镶嵌其上，房子周围因为缺乏人的身影而了无生气，这一切看上去就好像近在咫尺。”

“之后我改变了观察的角度，从镜头中竟立马蹦出了根柱子，那是用来搭建围栏的立柱里剩下的唯一一根了。你应该还记得我曾说过，当时我发现了一些作为装饰的物件，真的感到特别吃惊，毕竟在这样一个破败不堪的地方，那些东西是尤为惹人注目的。接着镜头慢慢向前推近，这下倒好，像是迎面打来了一只拳头，而我为了躲开，不得不整个人都向后退去。一根一根地看去，我推翻了自己原来的错误判断，那些球形的柱头并非装饰，而应该是一种象征。它们有着超凡的表现能力，又蕴含着难以捉摸的意义；它们很能引人注目，也会给人带去恐慌；它们激发了人们的浮想联翩，假如有什么秃鹰掠过这片天空，自然要把这些东西当作猎物；反正当前它们已经成了柱子上那群来来往往的蚂蚁的一顿大餐。”

“如果柱子上的那颗人头不是面向房子那边，恐怕会更深刻地烙印在我的脑海里，再也无法抹去。我本以为视线中会出现一块木头什么的，却惊奇地一眼认出了那颗人头，而它竟然还是面对着我的。嘿，当时我可没你想的那样惊慌，退后一步不过是遭遇意外。镜头无法抵挡地又被我转回到第一眼看到的那个，他就在那里，黝黑，干瘪，脸颊深深凹陷，双眼紧紧闭上——看上去他是躺在柱子上进入了梦乡——一排洁白的牙齿藏在他干巴巴的嘴唇里，直至今日，它还在狂笑，无休止地狂笑，似在这永远无穷无尽的沉睡中，狂笑着一场好玩的同样没完没了的美梦。”

“我可不是要泄露商业机密。事实上，后来经理自己也说，克尔兹先生已经被这个地方给毁了。对于这个说法，我没有什么想说的，但你们必须明白，那些头颅放在这里没有任何好处。它们只能表明克尔兹先生拥有各种各样的欲望，而他自己根本不知道怎么去克制，他身上缺少了某件东西，某件很微小的东西。每当心中产生欲望的时候，他虽然能说会道，却仍然缺少这个东西。我不能确定他自己到底有没有意识到自己身上的这个缺陷，但我想在最后一刻，直到生命的最后一刻，他才终于知道。但是，他早就被这片荒原发现了，而且对于他这种不自量力、贸然擅闯的行为，荒野给了他一次狠狠的报复。我想，他原先并不知道的那些关于自己的事情，这片荒原早就已经悄悄告诉了他。那些他之前从来没有意识到的事情，直到荒原给他提出了忠告——这些忠告的魅力让他无法抵挡，一直在他的心中强烈回荡。因为在他的心里只有一片空虚茫然……原本我和那人头好像离得很近，几乎近到能够和它聊聊天，在我放下望远镜的瞬间，它像是一下子跳走了似的，跑到无法到达的地方去。”

“我面前这位对克尔兹极其崇拜的俄国人开始变得有些沮丧了，说话也显得急促不安，而且含含糊糊。他说他不敢擅自把这些，呃，象征物吧，他不敢擅自把它们拿下来。倒不是惧怕那里的土著人——在这个地方，克尔兹先生拥有崇高的地位，他没有下命令，那些黑人是连动也不敢动的。那些人搭的帐篷环绕在他的周围，以便族长们每天都能前来拜见克尔兹先生。他们还向前爬着……我大声喊道：‘我对他们朝拜克尔兹的那一套不感兴趣！’真是奇怪，突然之间我感觉，和那些挂在窗户下面的立柱上慢慢枯竭的人头相比，这样的细节听上去更让人无法忍受。毕竟，前者不过是一副残酷的场景，而后者却似乎一下子把我送进了一个黑得不见五指的地方。那里隐藏着很恐怖的东西，一种简单而纯粹的不开化，一种光天化日下还能广泛盛行的不开化，显然对人而言反倒成为一种慰藉，为人们所欣然地接受。”

“那个年轻人十分吃惊地注视着我。估计没有料到我居然不是克尔兹的崇拜者。他大概是忘记了，我并没有听过克尔兹任何关于，什么东西来着？哦，关于正义、爱情、品行，还有什么美妙的自我等等的东西……而且，说到向克尔兹谄媚地俯首称臣，他自己的那副神态和跟那群人中最为愚昧的一个是一模一样的。我并不了解那里的情况，只听见他继续说道：‘那些头颅，全都是叛乱分子的。’”

“我忍不住失声大笑，把他震呆了——已经出现了所谓的劳工，犯人，敌人的称号，到了这里就成了叛乱分子。哈哈，叛乱分子！不知道接下来我还会听到什么称呼呢？我觉得那些造反者的脑袋，也就只能这样静静挂在柱子上了。这位克尔兹先生的最后追随者高声喊叫起来：‘你想象不到，这样的生活对于像克尔兹这样的人来说，是一种怎样的考验。’”

“‘哦，也考验着你吧？’我问。‘我！你居然在说我！哦，不！我这种小人物，头脑简单，想不出来什么惊人的想法，也不敢对别人奢求什么，我怎么能拿来跟他相提并论……’他无比激动，以至于说不出话来。突然间泪水悄然滑落。‘我真是不能理解，’他哽咽着对我说，‘我已经拼尽全力，帮他熬到了现在。我真是没用，我什么忙也帮不上！几个月以来，我连一滴药也没能让他喝上，哪怕是腐烂的东西也没能让他吃上一点儿。他这样一个饱含伟大思想的人，就这么被抛弃了，实在是不应该啊。太不应该了……我，我都已经连续十个晚上没合过眼了。’”

“在静谧的苍茫暮色中，他的声音逐渐消失了。那树林长长的阴影早已经趁着我们说话的当儿，在不知不觉之中掠过了那所破旧的房子和那排极具象征性的柱子，悄悄滑下了山坡。一切都安详地徜徉在暮色的笼罩中，只剩下我们俩还伫立在阳光照耀之中。树林里的这条河闪烁着光芒，上游和下游同样昏暗的河湾，在静静流淌着。旁边的灌木丛一动不动。”

“突然间，一堆人像是从地下钻出来似的，出现在了房子周围。那帮人排着紧凑的队伍，深一脚浅一脚地行进在高已齐腰的杂草丛里，其中有几个人扛着副担架走在中间，那担架显然是临时做成的。在如此空空落落的地方，一声尖叫刹那间在我们耳边响起，这尖叫如同一支利箭划破长空，向着那片土地的中央呼啸而去，吵醒了原本长久的宁静。然后，人群像是被咒语驱赶一样，一个个都光着身子，手握长矛，弓箭和盾牌，带着狂野的目光，做出野蛮的动作，如潮水般地涌进了这片位于幽暗静谧森林边上的空地。丛林来回颤抖，草木左右摇曳，但只持续了很短的时间。然后，一切戛然而止，什么都停止不动了，像是在等待什么似的。”

“我身边的俄国人说道：‘倘若跟他们同行时，他没有对他们说些什么，那么我们可就全完了！’在距船还有将近一半路光景的地方，那群抬担架的人停了下来，脸上一副惊呆了的表情。这时担架上的那个人起身坐了起来，他本就身材修长，又抬着一只手，所以看上去要高出那些抬担架的人的肩头许多。我说道：‘但愿这个平时侃侃而谈的人今天能想出什么话来救我们一命。’面临着这种荒谬又危险重重的局面，就好像要听命于一个张牙舞爪的魔鬼，尽管是出于无奈，却总是件挺丢面子的事，我打心底里讨厌这种感觉。我们听不到丝毫的声音，但在望远镜里，我能看见他向前伸着瘦削的手臂，很是威风凛凛。这个幽灵的双眼深陷在皮包骨头样的脑袋里，忽闪着阴森森的光，而他的头正怪异地抽动着，下巴也在随着一动一动。”

“‘克尔兹，克尔兹’在德语中，这是‘短’的意思，是吧？他一生中的所有事，包括他的死亡，都和这个名字一样的短暂。看起来他足足有七英尺那么高。他就像是被困在裹尸布里，一抽去身上盖的东西，便清晰地显露出可怕又可怜的身体。他清晰可见的肋骨在一下下地颤动着的，瘦得可怜的手臂来回挥动着，使他全然成为一座用陈旧的象牙造出的死神雕像，还在居心叵测地向那群人挥手示意；那群人也凝固在原地，如同由深色的闪光青铜制成。他咧着一张大嘴，为他增添了某种说不出来的贪婪气息，就像是要一口吞下走到他前面的所有人，吞下周遭的空气和脚下的整片土地。远处传来模模糊糊的深沉话音，我想一定是他在狂喊狂叫了。他突然身子一仰，朝后倒下了，震得担架摇晃了几下，抬着的人又继续摇摇晃晃的前行之路。几乎就在同时，我再也找不到那堆野人，也看不出他们是否留下了撤退的痕迹，就好像是树林突然间长长地呼出一口气来，随即呼出了这些，可又突然吸了回去，所以这些也就消失了。”

“他的一些仰慕者紧跟在担架之后，扛着一支重型的来福枪，一支轻型的转轮卡宾枪和两把散弹枪，他的这些武器成就了朱庇特的电闪雷鸣。公司经理走到他身边，弯下腰轻轻地对他说些什么。他被他们放在了在一个小房间里，或许你应该知道的，就是那种只能容下一张床和一两个用以野营的板凳的那种小房间。我们把那些已经被搁置良久的信件递给他了，他迫不及待地将那些信撕开来，信纸和信封撒了整整一床。他无力的双手在那些信纸堆里不断摸索，眼里燃起如跃动火苗般的闪烁光芒。他面容憔悴，神情泰然，我觉得十分诧异，他看起来不像是一个长久卧床的病人，那一刻，这幽灵心满意足，表现得异常平静，好像此刻，他在情感上所有的需要都已得到了满足。”

“他翻找出一封信，盯着我看了看，说道：‘是的，我非常满意。’这样的结果归功于有人一直在给他写信，向他讲述我的事情，现在，那些不一般的举荐信又来了。他毫不费劲儿地讲着，几乎连动一动嘴唇都不需要，再次让我感到十分吃惊。他看起来连低声耳语的力气都没有，现在却发出了那样的声音——就是那样的声音，严肃、深邃、激动人心，在他的身体内居然积蓄了这么多的力量！倘若你们能够亲耳听到，就会相信那力量足以让我们全部都完蛋。”

“经理悄然站在了门后，我马上走出了屋子，然后帘子就被缓缓放了下来。那个俄国人目不转睛地盯着河岸，他一旁的圣徒们出于好奇也目不转睛地看着他。”

“顺着他看的方向望去，我能依稀看到在远处那幽暗森林的边缘，一些黝黑的人影，飞快地一闪而过，实在是看不清。临着河岸，阳光下立着两个古铜色的人，他们头上戴着用斑点兽皮做成的漂亮头巾，倚靠着长矛，显得威风凛凛，一动不动，恰同雕塑一般沉静。河岸阳光暖暖地照耀着，一个女人此刻缓慢而富有节奏地从左向右踱步而来，她的身影野性十足，美丽脱俗。她身披一件镶边的带有条纹的外衣，一些富含原始气息的饰物挂在身上，一闪一闪，叮当作响。她昂首挺胸，携着十足的傲气踱步向前。她那盘起的头发活像是顶头盔，前臂上套着铜丝制成的铠甲，膝盖处裹着黄铜色的绑腿；她的脸颊是黄褐色，还带有深红色的斑，玻璃珠串接成的无数条项链高贵地挂在细细的脖子上；有巫师给的礼物，护身符之类各式各样奇奇怪怪的东西挂满了全身，闪闪发光地炫耀价值不菲的同时，也害得她每走一步都摇摆得很厉害。她是野蛮与高贵的合体，华丽丽地狂放着自己的生命，把某种庄严而又不祥的东西隐藏在了从容的神态之中，赠予了这片土地无边无际的寂静。这荒野，这孕育着多样又神秘的生命躯体，在注视，在沉思，如同在审视着自己灵魂，发现它的阴暗和热烈。”

“她走到了船上，面向我们停了下来，在水中投射下她修长的身影。凄惨的神色，似乎暗示着那藏在心中无言的痛楚，无限的悲伤，还有伴随着犹豫彷徨的恐惧。她静静地站在那儿，静静地注视着我们，一如那荒野在认真思考一个难以揣测的目的。又过了整整一分钟，她向前迈了一步，黄灿灿的金属闪动了起来，镶花边的衣裳飘动起来，传来一声深沉的叮当声。然而她像是耗尽了勇气，无奈地止住了脚步。伴随着我身边那个年轻人的一声狂吼，一阵嘀咕声在我身后的追随者堆里不绝地响起。她就一直这样看着，好像她把自己的整个生命都寄托在这样一个凝视中。突然间，她张开一双裸露的手臂，僵硬地举起，高高超过了头顶，就像是无比渴望去触摸那片天空。与此同时，一些身影扫过河面，轻快地飞奔上岸，用一片阴影把船死死围住，给这整片地方笼罩上了一种让人望而生畏的寂静。"

"她慢镜头似的转过身去，继续在延伸向前的道路上踱步走着，穿过宽宽河岸，走进密密丛林。在幽暗的丛林深处，她只是对着我们，眨了下明亮的眼睛，然后就永远消失了。"

"'要是她还要上到岸来，我打赌，我一定想办法一枪毙了她，'身上补满补丁的那家伙紧张兮兮地说道，'过去的这两个星期里，每天我都得赌上自己的生命，阻止她进到这间房子里。有一天她还是进来了，仅仅因为我从储藏间捡了些破布条来补补衣裳，就上演了一通大吵大闹。至少，她必定厌烦我当时破破烂烂的穿着，为此，这个泼妇逼着克尔兹先生忍受了整整一个小时的嘈杂，虽然他们部落的语言我听不大懂，我还是明白她不时向我戳戳的意思。倒也真是走运，那天克尔兹实在是太过疯狂了，哪还有工夫理睬她，否则她就真惹上大麻烦了。我不理解，无法理解，真的受够了。啊，还好，现在没事了！'"

"刚好就在此时，克尔兹深沉的声音从帘子后面传了过来：'救我！'"

"'救你，你说的是救那些象牙吧。'"

"'别跟我扯这些了。要你救我！你，还被我救过呢。碍手碍脚的家伙，你可是搞砸了我的全盘计划。生病！生病！

我的情况，恐怕达不到你想的糟糕地步。别为我白担心了。我肯定会回来，还会让我的计划成为现实。我要证明给你看，事情是可以做成的。你，还有你的想法，那些琐碎不堪的东西——是在彻彻底底妨碍我。我一定会回来，我……’”

“经理出来后礼貌地挽住了我的手，带我走到了一边。‘现在他的身体状况很糟，相当糟糕。’他哀叹着说。也许他认为有必要装那么几声，可他一定忘记了这种样子，应该自始至终都保持着。‘对于他，我们已经算得上是仁至义尽了，难道不是这样吗？但我们谁都看得清清楚楚，克尔兹先生从没带给公司任何好处，麻烦事儿倒一件接着一件。他不明白只是现在还不到强行行动的时候。小心，再小心——就是我的原则。直到现在，对这个地方我们仍可以说是一无所知，因而还是要非常小心。真可悲啊！总体说来，公司生意肯定会遭受不小损失。有很多象牙堆在这里，其中大多数还都是化石，对此我一点儿不否认。不论我们采用什么手段，象牙都得要搞到手——但就像你看到的那样，眼前的态势暗藏着多少危险啊——我们到底在哪儿出了问题呢？问题或许出于我们并不合适的方法。’”

“‘你是说，’我一边朝岸上望去一边向他发问，‘你是说我们用的方法不合适？’”

“‘完全正确，’一阵激动的喊叫之后，他转向我问道，‘难道，你不这样认为吗？……’”

“‘那根本连什么方法都算不上。’我稍稍一顿，嘟囔出这么一句话。”

“‘真的是太对了，’他得意扬扬地说，‘我老早就想到了。我们的克尔兹先生，他的判断力完全缺失了。而我的责任就是抓住适当的时机，指给他看。’”

“‘哦，’我只能这样回应他，转而问他，‘那家伙，那个做砖头的，叫什么来着？我想他会给你写出份像模像样的报告来的。’有那么一会儿，他看上去显得十分迷惑不解。那空气中充斥着从未有过的恶毒气味，迫使我搬出克尔兹，希望能躲过一劫。‘不过在我看来，克尔兹倒也算是很了不起了。’我勉强挤出了这么一句。接着，他冷冰冰地瞪了我一下，并用恶狠狠的目光问候了我，然后淡然甩出一句：‘他以前的确不错。’结束了我们的谈话，他转向那边，不再理我了。一起画上句号的，还有他对我的尊敬态度；我也太易冲动，因而和克尔兹被划入同一类人中，归结为无条件支持所有异想天开的方法。哈，这样也好，至少我将会少做很多噩梦。”

“我事实上是在向这荒野求助了，而非恳求克尔兹，毕竟他跟死了又没什么两样。我会感觉自己像是被活活埋进了一座巨大的坟墓，里面堆满了不能说的见不得天日的秘密。虽然这种感觉仅仅停留了那么一会儿，我已经被这份沉重的感觉压得喘不过气来了。地面蒸腾而上的潮气，不知不觉占据优势的腐化，还有这黑暗厚重的夜晚……有人轻拍了下我的肩，让我从中抽身出来，是那个在俄国人喃喃地说着什么。‘水手兄弟啊，终究纸包不住火——那些事会给克尔兹先生的名誉抹黑的。’我在等待他继续说下去。对他而言，克尔兹不会走向坟墓，甚至我怀疑，他已经认定克尔兹就是那类永存不朽的人。”

“‘好！’最后我说，‘那就请一吐为快吧。恰巧我和克尔兹是朋友，至少在某种意义上是的。’”

“‘如果你们不是这条道上的，我也不会如此不计后果，把这事儿抖搂出来。我深深怀疑着，怀疑这些白人对我充满了仇恨……’他一本正经地说道。”

“‘说得很对。’因为记起偶然听那经理在一次谈话中提起，认为真该绞死他，我便肯定了他的猜测。起先，他对这传闻表现出忧虑，让我感到十分滑稽，紧接着，他清了清嗓子，严肃地说道：‘我最好还是偷偷离开这儿，我现在已经不能为克尔兹做任何事了。借口很快会被找出来，谁又能阻止他们呢？哦，有个兵营，在三百英里之外。’”

“‘嘿，听我说好吗？如果你拿那些野人当作朋友的话，那么或许你还是离开得好。’”

“‘事实上，多着呢，’他说，‘他们这群人都头脑非常简单，而且如你所知，我从没想要奢求什么。’他停在那儿，狠狠地咬着嘴唇，又说，‘克尔兹先生的名誉，我自然要小心照顾，但如果要以这些白人遭受伤害为代价，我也并不愿看到。而你，一个水手哥儿……而且……’”

“‘好了好了，’听了一会儿我便打断了他说，‘只要有我，就没有任何东西会对克尔兹先生的名誉造成威胁。’其实在那个时刻，这话能有多少分量连我自己都不能确定。”

“他忽地压低了声音，对我说：‘是克尔兹，克尔兹先生下令发动了对这艘船的进攻。他不想被人带走，一想到此就会厌烦，显然那个时候他又在这样想了……凭我这样简单的头脑，是不会明白的。他心想着只要这样，你就会被吓得落荒而逃了，或者这样一来在你眼里，他已经到死神那里报到了，然后你就再不会带他走了。我根本没本事阻止他。哦，整整一个月，日子成了难以承受的煎熬。’”

“‘很好，那么现在他全好了。’我想我明白了他的话。”

“‘是的——是这样吧，’他喃喃自语道，显然连自己也不大相信。‘谢谢你，我会留心的。但，打草惊蛇是万万不行的，对吧？这无疑会对他的名誉造成不利的影响。所以即使这里出现了什么人，我郑重地保证，我也会主宰着一切。我得离开了，我手头准备了一艘小船，在不远处还有三个黑人正等着我。伙计，马帝尼·亨利式枪的子弹，能给我几粒吗?’我想完全没问题，就偷偷送给他几粒。他又毫不客气地抓了一把我的烟丝，并不忘对我眨了眨眼。”

“‘这种东西，应该只属于水手，你要知道 这可是从英国运来的上等烟草啊。’走到驾驶舱前时，他再次转过身问我，‘喂，有多余的鞋子吗?’说着他把一只脚抬了起来。‘嘿，瞧瞧!’他连一双鞋都没穿，在那脚掌上缠了一些细绳被打成多节，缠成了草鞋的样子。我找了一双旧的送给他，他里里外外美美地欣赏着，然后用左臂紧紧地夹住。他那只鲜红色的口袋，已经被撑得鼓起来了，里面装得满满都是子弹，一本《道森航海术要领探讨》从另一个深蓝色口袋里露了出来，里面还装有很多其他的东西。看上去他对自己完美的装备非常有信心，觉得好像他还能好好和这片荒山穷谷干上一仗。”

“‘啊！这样的人，我恐怕再也碰不上了。诗，据说是他亲笔所写的诗，你真得应当听听!’回忆起这些开心事，他的眼珠就欢快地打着转。‘嘿，他真让我长了不少见识!’”

“‘后会有期了。’我说。他跟我握了握手，然后就在夜色掩映下消失了。后来，我时常会问我自己，我是否真的和他相遇过，是否曾和这样一个传奇人物相遇相识……”

“夜晚刚刚溜走一半，我从睡梦中醒来，耳边回响起他的警告，隐隐感到有一种危险正等待着我。黑暗夜空中闪着点点的星光，让这危险的感觉变得如此真实，我忍不住站起来向四处望去。山坡上一堆篝火正在燃烧，忽明忽暗的火光中，我看到了贸易站倾斜的一角。在一个公司代理人的带领下，一帮黑人正装备齐全地在象牙旁警戒；但是在树林的深处.

借着摇曳的点点火光，营帐的位置清晰可辨，而崇拜克尔兹先生的人此刻正小心翼翼地守在那里。”

“一片混沌中，响起了击鼓的响亮之音，此起彼伏，枯燥单调，余音震颤不绝。在一排浓密漆黑的树林后面，很多人聚在一起像是在自言自语，类似于蜜蜂离开蜂巢时的嗡嗡作响，实际上是在哼唱着一种怪异的魔咒。那时我正处于半梦半醒的状态，这声音在我身上起到了某种奇特的催眠效果。我想那时我肯定是倚着栅栏打起了盹，直到突如其来地爆发出一阵怒吼声，如同一场神秘的狂乱，在经历了长久的压迫之后，顷刻间势不可挡地迸发了，我被这巨响震醒了，迷迷糊糊的，完全不知到底发生了什么。仿佛刹那间，一切又都归于死寂，然后又响起一阵催人安眠的嗡嗡声。无意中我朝小屋投去了一瞥，发现里头的一盏灯仍亮着，而克尔兹先生却消失了。”

“假如我当时足够相信我的眼睛，我一定会大叫起来的。但起先，对于眼前发生的一切，我并不敢相信，就像是绝对不会出现这样的事似的。事实上，一种脱离了一切实际危险的恐惧，既完全茫然又绝对抽象，让我无法控制自己。如何说才好呢？这种感觉能够如此强烈的原因，是我在道义上受到了一种震动，像是有某种东西突然之间降临在我的头上，它让思维极度恐慌，让精神无法忍受，也让灵魂感到可憎。当然这感觉只停留了一刹那，然后被一种常有的感觉取代。我知道一种足以致命的险情，或是一场大屠杀之类的就要到来了，而这反给了我帮助，使我镇静下来，甚至没有想去拉响警报。”

“在离我不足三英尺的甲板上，有一个代理人，他正窝在一把椅子里酣睡着，身上还裹着件阿斯特大衣。叫喊声并没有吵醒他，我还听得见他轻微的打鼾声。我没有打搅他的好觉，直接跳上岸去。有人曾命令我在任何情况下，决不许出卖克尔兹先生，我得忠于我那份白纸黑字见证的如同梦魇一样的选择。现在我急不可待地想要单独和这幽灵较量较量……一直到了今天，我依然很困惑，为什么那次经历那种特别的黑暗，自己却不愿意找人来一同分担。”

“刚一上岸，我就看见了草丛里的痕迹。我记得当时十分兴奋，我告诉自己，‘他已经连走路的力气都没有了——他是在连手带脚地向前爬着——这下子我可抓住他了。’草丛还沾着湿漉漉的露水。我握紧了拳头，飞快地迈步向前，想象着我扑上去痛打他一顿的场景。说不上是因为什么，一些愚蠢的念头涌上了我的心头。在那种时候，一只猫和那位打毛衣的老妇人，竟然硬生生地闯进了我的记忆里。一队圣徒正握着他们的温彻斯特步枪，抵在髋骨上，向天上发射着子弹。我想象着我再也没有回到船上的机会了，想象自己要手无寸铁地在这片丛林里独自生活，一直到老。这之类愚蠢的念头，一直出现在我的脑海里……我还记得，当时我错把鼓声当成了我自己的心跳声，还因为它跳得平稳而感到十分庆幸。”

“沿着那条痕迹，我一路追下去……不时地停下来听听动静。夜色清朗，天地是深蓝一片，星光璀璨照耀，露水晶莹闪烁，一些黑色的东西静静地伫立在那里。我感觉我捕捉到了前头的动静。很奇怪，那天晚上我真是相当的自信。为了能够抢在那个发出动静的东西前面（如果真的存在的话），我居然放弃了原先的那条道，然后沿着大大的弧形继续跑下去（我确信自己当时还在暗笑着）。我想尽办法对克尔兹围追堵截，就像是孩子们正玩着一场幼稚的游戏一样。”

“我悄悄地靠近他，要是他没注意到我走过去发出的声响，肯定会一不留神把我绊倒在地的。不过还好他及时站了起来。他站起身却摇摇晃晃的，如同一股长长的仙气，由大地之神呼出，轻轻摆动在我的面前，苍白而又模糊，宁静而又朦胧；身后的树林里火光忽隐忽现，很多人在林中小声谈论着些什么。我很巧妙地堵住了他的去路；可是我当真正和他面对面时，我才一下子清醒过来，我真切地感受到了一种危险，而且这危险还远远没有结束。如果此刻他大喊大叫，我又该怎么办？即使他已经连站都站不稳，可他还是有着足够大的嗓门。'快走开——躲起来。'他用一种深沉的腔调命令我，那声音听起来十分恐怖。我朝后看了一眼。最近的火光距离我们俩只有大约三十码左右。一团黑影站起身来，迈开两条又长又黑的腿，挥舞着两只同样又黑又长的胳膊，在一片火光中向这边走来。"

"那人的头上长有角，估计是羚羊的角。没错的，来的人是个巫师，肯定是这样，他看上去简直是穷凶极恶。我轻声问：'你清楚自己在做什么吗？''当然！'他叫着回答，声音提得老高。这种声音听来很是悠远，同时又很响亮，如同发自喇叭的一声尖鸣声。我当时想到，要是他现在和我吵一架，那我俩就全玩完了。不管我想不想去制服这个幽灵，这个到处游荡、饱受折磨的人，现在可不是该打架的时候。我说：'你会完蛋的，彻底完蛋！'……你知道，有时候人们脑袋里总是会灵光一闪。当时他的情况虽然已是糟糕透顶，但我还是说对了该说的话。我们之间亲密无间的关系也就在那一刻奠基，并且之后一直持续，一直持续到最后。"

"'我曾经制订出一个伟大的计划。'他心虚地低声咕哝道。我说：'确实，但如果你要敢喊出声来，我绝对会砸烂你的脑袋。'——然而环顾四周居然连一块石头或者一根棍子都找不到，于是我连忙改口说，‘我就用手把你掐死。’”

“‘我很快就能成就霸业了！’他是在恳求我了，他的声音里充满了美好的憧憬，但又掺杂着无奈的怅惘，让我不觉打了个寒战。对此我十分确定。你知道的，我根本没想过要掐死他，而且那样做也不会有什么实际的好处。我只是试图冲破这魔咒的封锁，冲破存在于这片荒野中的沉重又无言的魔咒。他那凶残的本性，本已被早早地遗忘，而现在却被重新唤醒，也让他那些曾得到满足又蛮不讲理的冲动，重新融入他的血液之中。正是这魔咒，无情地把他引诱进了它的怀抱之中，唆使他那颗躁动的心在实现幻想上不断越界；我绝对坚信，又是这魔咒，把他赶进了丛林，赶到了森林边缘，赶向了火光四起，嘹亮鼓声和古怪咒语时时回响的地方。”

“在那种情形下，虽然我无比真切地感知到自己随时会有头上挨枪子儿的危险，可我已不再害怕，可是一想到要同这个对一切都无动于衷的人打交道，恐惧就立即席卷而来了。他把一股盛气凌人且不可思议的耻辱感深深埋在心里，而我甚至要学那些黑人，试图唤醒他，唤醒那种感觉。我知道他从头到脚都是虚弱的，已经扑腾得耗尽了力气。该死的家伙！他独自一人，踏碎了整个大地，当我站在他的面前，我的双脚究竟是还挨着大地，还是已经悬在半空中，倒成了一个找不到答案的谜。我们的谈话，我一直在讲给你们听，并且一直重复使用着‘我’的字眼——然而这究竟顶什么用呢？那些只是我们天天挂在嘴边的再普通不过的话，只是我们日日发出的熟悉而模糊的声音。可是那又怎样？藏在这些话后面的，是一些可怖的暗示，它们只会出现在呓语或是噩梦之中。灵魂啊！假如真的有人同你抗争过，那便是我了。不管你相不相信，我都不是在同一个疯子起争执。他的神智完全是清醒的——是的，他不过是太注重自我了，注重到了让人畏惧的地步，可他仍是清醒无比的；而这便成了我仅存的一线生机。当然，我当时大可就地结束了他，不过这可算不上什么好主意，那样一来不可避免地会弄出些声响。然而，这人的灵魂彻底疯掉了。他独自游荡在这片荒野里，也无数次接受自己灵魂的审视，老天啊！让我告诉你，那个灵魂已经无可救药地疯了。现在为了亲眼窥到它，我愿意经历一番煎熬，以此来弥补我犯的罪过吧。他在和自己斗争，我，聆听了，也见证了。世上不存在任何雄辩比他最后迸发出的真诚更能摧毁人的信仰。我看见一个灵魂在和自己盲目地拼杀着，他没有信念，没有节制，没有敬畏，蕴含着一种常人无法参透的奥秘。我还算是相当清醒：把他安置到床上后，我才有空抹去额头上沁出的汗珠，可是腿却突然抖得厉害，像是自己扛着半吨重的货物，一路走下了山。事实上，他已经瘦得比一个孩子还要轻了，我不过是搀着他，任他那骨瘦如柴的手臂钩住我的脖子。”

八

“第二天正午我们离开时，那群人从林子里一涌而出，喘着粗气，抖动着他们古铜色的身躯，赤身裸体地挤满了整个斜坡，其实我感觉他们一直就都在那片树林里。我把船先向上游开了点，然后掉头往下游驶去。在成千双眼睛的注视下，水中这个凶猛的怪物扑腾着它可怕的尾巴，拍打得河水四处飞溅，又开始呼呼作响，往空中野蛮地吐着黑烟。沿河不远的地方，有三个人浑身上下涂满了鲜艳的红色泥土，正不停地走来走去，显得极为焦急不安。我驶近他们的时候，他们正对着河水跺脚，并且不住地点点头。他们各顶了对大角在头上，然后摇摆起那鲜红的身体，冲我们驾驶的水怪挥动着一束黑色的羽毛，还有一张看上去像是晒干的葫芦，或是只拖着一条尾巴的狗皮；他们一起喊着些奇怪的话，一点儿不像是人类的通用语言，并且一阵又一阵的，久久不断。那群人嗡嗡地哼唱着什么，像是在应和某种恐怖的祷告，可是突然间，哼唱被打断了。”

“克尔兹被我们抬进了较为通风的驾驶舱。他窝在沙发里，透过敞开的窗户盯着外头。人群中出现了一阵骚动，径直冲到岸边的正是那个头发如头盔似的棕脸女人，她伸出双手，嘴里念叨着什么，然后就爆发出那群暴徒跟着疯狂吼叫的巨响。那声音急促而又清晰，直压得人透不过气来。”

“‘你能听懂吗?’我好奇地问他。”

“他并没有回答我，还是一直看着外面，目光中带有一种热切的渴望，神情里写尽了惆怅和怨恨。他一声不吭，但我分明窥见了一丝微笑，那一丝微笑以不可名状的姿态，挂在了他那惨白的嘴唇边。那嘴唇又忽地抽动起来，‘我怎么会听不懂?’他一边喘着粗气一边慢悠悠地挤出话来，好像存在一种超乎自然的力量，生生地从他心里扯出了这几个字。”

“因为看到那些圣徒们掏出自己的来福枪，站在甲板上想要找什么乐子，我便拉响了警报。这声尖厉的呼啸顷刻间激起了一阵可鄙的恐慌，原本密密麻麻挤在一起的人群也开始了骚动。”

“‘别！别吓跑了他们。’甲板上传来一声气愤的叫喊。我一遍又一遍地拉着绳子。他们四下逃窜，蹦跳着，蜷缩着，打着转儿，只为躲开飞舞在空气里的惊悚的铃声。那三个涂遍红色的家伙像挨了枪子一样，直挺挺地脸朝下趴倒在岸上。只有那个异常野蛮的女人，没有任何被吓到的样子，反而是一脸的悲伤，她就站在我们后面，向着这深沉而又闪亮的流水伸开了她裸露着的双臂。后来，那群傻瓜在甲板上欢呼雀跃地折腾起来。烟雾愈发浓厚，最后实在是太浓了，所有东西便都从我眼前消失了。”

“褐色的水流以两倍于船的速度飞快流逝，向着幽深黑暗的那方流去，携卷着我们投身海洋；克尔兹的一生也在飞快地流逝，渐渐凋谢，落在他心灵的深处，融入了无情的光阴海洋。那经理倒很平静，他有什么要担心的呢？他只是瞥了一眼我们两个，一脸的心满意足，不知隐藏着什么深长的意味。'事情'已经如他所愿将要画上句号了。我也将被划入所谓的'不安分'的那类人中了。圣徒们一点儿好脸色都没甩给我，这么说吧，我已经打入了坟墓，再也出不去了。真是奇怪，这种一点先见之明都没有的合作，当初我怎么会选择接受，现在这个噩梦一样的选择，已把我紧紧困住了，困在这片阴暗的土地上，不得不和一帮入侵的贪婪无耻之徒，和一群魔鬼一起舞蹈。"

"克尔兹又说话了。那声音！又是那种声音！那声音直到最后一刻还依然响亮而沉稳。他已经虚弱不堪了，可他漂亮的言谈仍旧足够掩盖他心灵深处的黑暗和空虚。啊，他在挣扎！在挣扎！一些模模糊糊的影子，全部有关象牙和名誉，总在他快要枯竭、无限疲乏的头脑中反复出现，旋转在他天才般不可磨灭的尊贵言辞周围。'我的事业，我的思想，我的贸易站，我的未婚妻……'属于原本那个克尔兹先生的阴魂，时常来到如今这个空虚的假克尔兹床前探望，可是眼前的克尔兹，不久就得把生命埋进脚下这片原始的荒野了。但是为了霸占这个灵魂，对新奇事物的吓人的恨和魔鬼样的爱正拼命争抢着，这两种矛盾的情感也曾揭开过种种奥秘的面纱，而他的灵魂，因为太过渴求虚假的名誉和显赫，太过渴求权势和成功，掺杂了太多原始的情感，变得腐臭，让人厌恶。"

"有时他看起来会非常天真无邪，天真无邪得让人有点瞧不起。他总是想着，或许有一天当他从哪个鬼地方归来时，能够春风得意地疾驰，而国王们会等在火车站，恭敬地迎接他，这样的场景他一直盼望着，盼望着。‘你得证明给人看，你这个人有点儿本事，这样赚到别人的心服口服。’他总是这么说，‘不过你得注意你的动机，自始至终，你的动机都必须要正确——容不得半点闪失。’船还在无休止地前行着。长长地连成一片河段，缺乏生气的河湾，也都是一副模样，和它上面那些百年大树，都是一副模样，呆滞沉寂，匆匆地从船边溜走。这个来自某个世界的丑陋生物，这个实现了征服、交易、变革和屠杀的先驱，此刻接受了那些树木的默默注视。我握好船舵，目光投向了前方。‘请关上窗吧，’突然有一天，克尔兹对我说，‘看看它们，我实在是受不了！’于是我合上了窗户。接着又是一阵难熬的沉默。‘嘿，可是我，我还要把你的心绞个粉碎。’荒野已不在他的眼前，他却依然疯狂地咆哮着。”

“该死，船竟然抛锚了，我早该料到事情会弄成这个样子的。我们别无选择地在旁边的一个小岛处停了下来，船很有可能要修上好一阵子了。在那次耽搁期间，克尔兹的信心第一次发生了动摇。有一天早上，他塞给我一张照片和一包文件，全部用一根鞋带捆在一起。‘帮我保护好这些东西，好吗?’他虚弱地说，‘这个狠毒的傻瓜（他鄙视的这个傻瓜自然是指经理）一定会在我不注意时，偷偷翻看我这个盒子。’下午我再见到他时，他正仰着脸躺在那儿休息，紧闭着双眼，于是我便悄悄地退了出去。但是我偏偏无意听到了他的呢喃，‘活，就必须活得正大光明，死，死……是为了给予我的思想一种磨炼。这，是一种责任。’我继续听着，但再也没听到什么。我不由得对自己问个不停：他究竟是不是在噩梦里熟悉着他要发表的演说，又或者这只言片语不过是来自某篇登在报纸上的文章呢?”

“他过去曾一直为报纸作文章，或许现在他又打算重操旧业了。他心中有着无边无际、无法穿透的黑暗。我注视着他，如同一个站在高处注视着一个躺在悬崖底的、永不见天日的人。可是我始终没时间照顾他，拆开漏水的汽缸，弄直一根连接杆等等，都要我对机械师伸出援手，很多类似的杂七杂八之事也正等着我去应付。我就像陷在地狱之中，周遭都是些乱七八糟的东西，什么锤子啊，锉刀啊，扳手啊，铁锈啊，螺栓啊，汽轮机啊……每一件我都厌恶至极，因为我真的完全玩儿不转它们。对着一个小小的金属制成的锻件——幸亏船上还有这东西——我苦苦摆弄了一通。我被包围在这堆破铜烂铁里，忍受着这群脏兮兮的东西恣意地折腾，感到又倦又累——只有当船实在晃得厉害，自己连站都站不稳的时候，我才能停下来歇一会儿。”

“有一天晚上，我举着一根微亮的蜡烛走进屋去，听到他自言自语道：‘现在，我的克尔兹先生，你可真是躺在一片黑漆漆之中等死了。’他的声音在这个黑咕隆咚的地方悲凉地颤抖着，着实让我大吃一惊。幽微的烛光离他还不到一尺远。我异常艰难地挤出了轻轻的一声：‘哦，克尔兹，别瞎说！’然后我站在他身旁，仿佛呆住了一样，长久地出了神。”

“在他的脸上，类似彼时彼地的神态的变化，我从来不曾见过，而且唯愿从今往后也不要再见。啊，我不是感动，而是深深地着迷，如同见证了他揭开那层面纱后的真实。他的那张脸是象牙色的，脸上挂着一种深深绝望的表情，散发出一股阴森森的傲气，混杂着无情的能量和怯懦的惶恐。在那个大彻大悟的神圣时刻，我不知道关于诱惑、欲望和屈服的从前，他是不是都仔仔细细地又重温了一遍。像是看到了些什么，他低声地叫了起来，两次，他叫喊了两次，但这叫喊声或许还高不过他的一丝喘息的声音。‘可怕啊！可怕啊！’”

“我静静地吹灭了蜡烛，然后离开了那间黑洞洞的屋子。大厅里圣徒们正在吃晚饭。看见我走进来，经理抬了抬眼皮狐疑地瞟了我一眼，此时的我总算是学会了忽略掉他，径直在他的对面坐了下来。他重新允许自己靠回到椅背上，神态很是平静自若，他那深藏不露的黑暗的心，被脸上那种专门为了掩饰而生的笑暂时遮住了。一群群嗡嗡乱叫的小苍蝇，连续不断地飞到桌布上，灯上，或是撞向我们的脸上和手上。突然，经理的儿子把他那黑黑的脑袋探了进来，在门口粗鲁无礼地用一种尖刻而又轻蔑的腔调宣告：‘克尔兹——他死了。’”

“一听到这个消息，圣徒们全部都冲了出去。我没走，因为确信自己一定会被别人冠以冷漠无情的称号，但是，我还是留了下来，继续吃我的晚餐，可终究没咽下多少东西。只是因为那餐厅里头点着的一盏灯，只有这儿才有光，难道你们没看到吗？外面的世界实在是黑暗得让人望而却步。我清楚地知道，从今天起我将再也不能够走近这位杰出的人物了，这个灵魂甘愿游荡，一生冒险于人世并最终给他的经历写了总结的伟人。还有什么留下来了呢？连那种声音也消逝了。第二天他就被圣徒们埋进了一个破烂的泥洞里，作为水手的我也差一点儿被埋了进去。”

“你们现在知道了吧，我并没有在那个时候跟着克尔兹一起走。我活下来了，为了再次表示我对克尔兹的忠诚，去把这场噩梦一做到底。这可真是命运啊，命运的安排当真是变化无常，冥冥之中，为了达到某种无法达到的目的命运做出了很多的安排。你所能做的，最多也就是了解一二，但这样的了解通常又来得很迟，结果只剩下了难以重来的遗憾和后悔。我和死神做过斗争，那是一场你难以想象的、没有丝毫乐趣可言的竞赛。这场竞赛往往在一片看不见摸不着的灰色地带中进行，四周空无一物，双脚也踩不到任何的东西。处在这样一个乏味的病态的氛围里，没有什么观众，也没有掌声，更没有想要取胜的欲望，没有荣耀，也没有对失败的恐惧，你对自己没有什么信心，对自己的对手也没有什么信心。”

“如果这就是所谓的最高指挥，那生命或许就是一个谜团，一个一个比我想象中要大很多的谜团。当时我原本有机会说最后一次话，但我却自卑地发现自己居然没有什么好说的。也许，这就是我为什么一直会认为克尔兹很优秀，至少他有话说，而且说出来了。我曾透过那一线边缘偷看过，因此比起别人，我更加理解他的那种凝视所代表的含义。他那样的目光虽然看不到燃烧的蜡烛火焰，却又宽阔到可以容纳下整个宇宙，而且能够透过宇宙去观察那些在黑暗里跳动的心灵。他已经有了结论，可真是不简单的人啊！他这是对于某种信仰的表达，既坦诚又坚定，在悄声细语之中有一股反抗的力量存在。它的面目十分狰狞可怖，欲望和仇恨以一种奇异的方式交织，像是人们看到真理时的景象。”

“我当时记得最清楚的并不是我自己的不幸，那种肉体上的痛苦，那种无形的灰暗，下意识地蔑视着从眼前很快消失的一切，甚至还有蔑视痛苦本身。不，我所经历的是他的不幸。是啊，他已经越过了那条生命的界限，迈出了自己的最后一脚，我还能够收回自己犹豫的脚步，或许区别就在于此。或许，所有的真理、诚意，还有智慧，都已经隐藏在了我们穿过那道边界进入无形世界的那个细微的一刹那间。可能是吧，我猜我肯定不会得出不经意间露出的轻蔑这种结论吧！”

“相比之下，他的声音就要比我的好，应该说是好得太多了。那是一种决断，是经过了种种让人厌恶的恐惧，经历了无数次失败，和那些让人不快的满足才形成的道义上的胜利。那肯定是胜利，这也正是我直到最后，甚至直到永远还一直选择忠于克尔兹的原因。一直到了很久之后，当我又一次地听到他的声音——那不是他在说话，而是他从一颗像水晶一样透明的心灵之中反射回来的回声，我还是选择忠于他。‘他们并没有埋掉我，可我模糊地记得自己好像有一段时间无望地从一个十分不可思议的世界之中穿行而过。我发觉自己又一次地回到了这个像坟墓一样的城市，我打心底讨厌那个在街上行色匆匆就为了骗别人一些钱的、就为了喝上几口不干不净的啤酒、就为了吃那些劣质的饭菜、就为了做一些愚蠢无聊的白日梦的人们。在我的眼里，他们都是侵略者，他们侵犯了我的思想。”

“他们本身对生活的理解就是一种装腔作势，这一点让我觉得很生气，我坚信我所知道的那些事情他们是不可能知道的。他们这些凡夫俗子在选择万无一失的行事方式上冒犯到了我，就像傻子在面对那些无法掌控的危险的时候所展现出的过分的炫耀，一样让人觉得反感。我倒没有想要特别去提醒一下他们，但是他们的自以为是又让我忍不住要嘲笑一番。我自我感觉当时我的状态肯定不好：我在大街上摇摇晃晃地走着，实在有太多的事情等着我去处理，我只能对那些看起来十分体面的人们苦笑。”

“我知道，自己当时的行为有点过分，但是你要知道，那些日子里我很少有过体温正常的日子。我最亲爱的姨妈想尽办法让我恢复过来，但似乎一点儿用都没有。需要认真照顾抚慰的不是我的身体，而是我的想象力。我不停地翻看至克尔兹留给我的信件，不知道究竟该怎么处理它们。据说不久前他的母亲去世了，说是他的未婚妻一直在床头照顾。突然有一天，有一个脸上刮得很干净的男人前来找我，戴着一副金边的眼睛，一脸办公的模样。他开始向我打听事情，开始的时候还委婉地绕弯子，到了后来，虽然用词还称得上礼貌，口气却变得十分生硬，嘴里说到他很荣幸去处理某些个文件。”

“关于这些东西我已经和经理吵了两次架了，那个包裹里面的东西我是一点儿也不会交给他的。眼镜男的话我没觉得奇怪，我对他的态度和经理是一样的。到了最后，他阴沉着脸，争辩着说公司有权掌握和处理自己范围内的所有情报。然后又说‘克尔兹先生对那些处女地肯定很了解，而且他去过那些环境险恶的地方，他本身还是一个那么能干的人，肯定对那片地方有独到的见解，照这样看来……’我赶忙向他解释，克尔兹先生的确知道很多事情，但这和公司的管理或者商业贸易都不相干。然后他又搬出了科学，宣称什么‘这会是一笔巨大的损失’云云。我把一份关于‘对蛮族传统风俗的压制’的报告的附页撕了下来拿给他看。他立马拿起来看，看完之后又表现出一副不屑一顾的样子。他说‘我们无权看这样的东西。’我回答‘除了这些，我没有其他东西了，剩下的全是一些私人信件。’之后那个人离开了，还威胁我说要采取法律手段，从那之后我再也没有见过他。”

“两天以后，又来了一个人，他自称是克尔兹先生的堂兄弟，对我说他想知道他亲爱的堂兄死前的全部细节。我看得出来，这个人是演奏风琴的，他那头又直又长的灰白色头发披散在满是油腻的衣领上。从他口中，我无意中了解到克尔兹先生曾经还是一个很不错的音乐家，他说‘我堂哥曾经有过一段很辉煌的日子'，我不想怀疑他的这些话，至今为止我都还没有弄清楚克尔兹先生到底是干什么的，或者他究竟有没有一份比较正经的工作，这也正是他最为出色的地方。”

“我以前以为克尔兹先生就是一个懂得画画的记者，或是一位画家兼投稿人，但是这位站在我面前的堂兄弟也说不清克尔兹到底是干什么的。他说克尔兹是个全才，这一点我倒是十分同意。那家伙跟我讲话时还在一边打着喷嚏，拿着一条硕大的棉手绢擦着鼻涕，发出很大的声响。然后带着一些无关痛痒的家书和备忘录，颤颤巍巍地离开了。最后又来了个记者，说自己想知道他口中那位‘亲爱的同事’的事情。这位来访者长着一双浓密笔直的眉毛，顶着一头剃得很短的又粗又硬的头发，用一根宽带子吊着一副眼镜。”

“他告诉我克尔兹先生真正的工作，是政治方面的工作，而且还是‘大众政治’。那人说着说着口不择言起来，说他觉得克尔兹这个人其实根本就不会写文章。我觉得十分震惊，天主啊，他怎么能这么说呢？克尔兹在大会上的讲话那么激动人心，他自己相信任何事情，他有自己的信仰。他肯定会是哪个极端党派的优秀领导者，难道你看不出来吗？我问‘什么党派呢？’那人回答说‘哪个党派都行，他是个极端主义人士。’我特别同意他的观点，难道我自己就没有这样想过吗？”

“他突然问我：‘你知道他为什么会去那儿吗？’我回答说：‘我知道。’然后立刻把那份人气很高的报告交给他，让他拿去发表，如果他认为可以的话。他快速地看了一遍，一边看还一边嘟囔道‘这份声明会起很大的作用’，然后就带着它离开了。”

“那么现在，我手上剩下的就只有一幅女子肖像图和一小包信件。我觉得画里的女子很美，我是说她脸上的表情很美，虽然阳光容易给人造成错觉，但我不认为光线强弱或者摆的姿势的差别就能让一个人的脸上出现如此细微的真实感。她看上去很愿意倾听，内心没有什么怀疑，没有丝毫的保留。然后，我想到自己应该亲手把这幅肖像和信件还给她。是因为好奇吗？是的，但还有其他的原因。现在，所有关于克尔兹先生的东西都将从我手中交给别人：他的身体，他的灵魂，他的壮志，他的象牙，他的贸易站，他的事业。如今剩下的就只有他的记忆和他的未婚妻了，我现在决定把这些也交还出去，从某些方面来讲，是为了把他所有留给我的东西统统忘掉，这会是我们共同经历的最后一点东西。我不想为自己辩解什么，我连我自己到底想要什么也不知道。或许，是我自己潜意识中的忠诚感在作祟吧，或许只是想满足自己生存当中所潜藏的滑稽的需要罢了。我搞不清楚到底是为了什么，也说不上来那种感觉，但我就这样去了。”

“我原以为自己对他的记忆就如同那些生命里对其他死去的人的记忆一样，是一种模糊的印象，当一些阴影迅速进入到脑袋里的时候。但是当我真的站在那扇既高大又笨重的正门前面的时候，站在那栋像是墓地小路一样寂静的街道上，站在两边高大的房屋之间，我仿佛又看到了克尔兹先生躺在担架上，拼命地张开嘴巴，像是要吞下这世上所有的人以及这整个世界。他就这样活生生地在我面前重现，像他当时活着一样真实。他是一个拥有高超辩论才能的、看起来很高贵的、比黑夜还黑暗的魔鬼；他是一个对外表的华丽和现实的恐怖永远不满足的魔鬼。那个模糊的形象像是跟着我进入了那座房子，那一副担架，那些抬着担架的人，人群里那些既顺从又狂热的崇拜者们，阴暗河道里闪着波光的河水，幽暗的森林，还有那既沉闷又有节奏的、像心跳一样的鼓声，那是一颗征服者的黑暗的心。在那个荒野获胜的时候，侵略和报复的思绪朝我席卷而来，为了拯救另一个灵魂，我必须独自将它抵挡回去。我想起了他说的那些话，身后那些头上长角的人在蠢蠢欲动，周围是岿然不动的树林和飘忽不定的火把。”

“我仿佛又听到了他在说着那些时断时续的话，那些话过于简短，让人有一种不祥的预感。我还记得他当时的威胁，他卑微的恳求，那无尽的邪恶欲望，以及他所遭受的巨大折磨和痛苦。然后，我眼前又出现了他那天跟我说话时虚弱无力的样子：这里的这批象牙真的属于我，公司没有付一分钱，是我自己冒着很大的风险才弄来的。现在，我害怕他们会说这是他们的，想尽办法从我这里夺过去。这件事确实很难办，你说我应该怎么做呢？要反抗吗？我只是想要讨个公道……他只是想要一个公道，只是公道而已。我按下了一楼的一扇用红木做成的大门上的门铃，在等人来开门的时候，我好像感觉到他透过光亮的嵌板在盯着我看。他那种狂热而又意味深长的目光，能够包容整个宇宙，却又像是在指责它，厌恶它。我甚至听到了他微弱的叫声‘真是可怕啊，可怕啊！’”

“天色逐渐暗了下来，我站在一间会客室里等待着，那间房间里有三个很大的落地窗，就像是三根披着帷幔的、发着光的柱子；家具的靠背和弯角的地方都是镀金的，线条清晰，闪烁着光芒；用大理石砌成的高高的壁炉的色泽像纪念碑一样冷冰冰；一架硕大的钢琴神气十足地摆放在房间一角，它的表面又亮又滑，就像是被打磨过的光亮的棺材。这时，那扇高高的大门开了，又关了，我赶忙站起身来。”

“一个面容苍白，一身黑衣的女人走出门来，从黑暗里飘了出来。克尔兹已经死了一年多了，消息也已经传来一年多了，但是她还在服丧。她握住我的手，轻声说道‘早听说了你要过来’。我观察到她不是十分年轻，我的意思是她看起来不像是个年轻的小姑娘，她有一种成熟的魅力，一种足以包纳苦难、信仰、忠诚的成熟。房间似乎变得更暗了，好像那天晚上所有悲伤的光线都集聚到了她的额头上。金黄色的头发，苍白的脸色，干净的眉毛，像是围在一个灰色的光环里似的，她那双黑色的眼睛从里朝我看。她的目光自信、无邪、深邃，没有任何的怀疑。”

“同时，她悲怆地仰起头，似乎在为自己的悲怆而自豪。她好像是在诉说，只有我才知道怎样用他希望的方式来悼念他。当我握着她的双手时，我注意到她的脸上有凄凉掠过，这让我觉得她是一个不受时间影响的人——对她来说，克尔兹好像是昨天才死的一样。天主啊，你们能够明白我的意思吗？他的死亡，还有她的悲伤，我是一起看见，一起听见的。她深吸口气说道：‘我已经挺过来了’，我全神贯注地听她说着，却又清楚地从她那种充满绝望的语气中听到了克尔兹轻声的诅咒声。我在想自己干吗要到那里去，心里异常恐慌，就像是误闯进了一片荒唐至极的地方。她示意我跟她一起坐下来，我把那个包裹轻轻放在桌子上。她把自己的手放在上面，哀伤地沉默了一会之后，轻声地说道‘你很了解他’。”

“我说：‘人们在那里都会容易变得亲近。一个人对另一个人能有多了解，我就对他有多了解。’”

“‘而且你好崇拜他，既然崇拜他，就一定也了解他，对吗？’”

“我支支吾吾地回答道：‘他的确很优秀。’她用恳求的目光看着我，似乎在等我多说些什么，我继续说道，‘确实，让人不会不……’”

“‘爱他。’她急切地补充道。她的话让我觉得震惊，然后哑口无言。她又说道：‘想想吧，我是最了解他的人了！他给了我最高贵的信任，我最了解他！’”

“我重复着她的话‘是啊，你是最了解他的人。’也许吧。我们一边聊着天，屋子好像变得更加昏暗了。倒是她光洁的额头，在爱的光芒和不灭的信念的照耀之下，长久地亮着光。”

“她继续说道：‘你曾是他的朋友，’又提高嗓音重复说了一遍‘你是他的朋友，’‘既然他把这些东西交由你保管而且叫你到这里来，那你一定是他的朋友了。我想要和你谈谈，我必须得跟你谈谈。你是最后一个听到他说话的人了，我需要你来证明我是值得拥有他的……这倒不是什么自尊心了。’”

“他曾亲口对我说过‘在这世界上，我比任何人都要了解他。’这让我觉得十分骄傲。如今他的母亲已经去世了，我再也没有人，没有人去……”

“夜更深了，我一直在听她讲着。我甚至在想他是不是给错了包裹，他想让我保管的是不是另外一批信件。因为在他死后，我亲眼所见经理坐在灯下认真地翻阅那些信件。眼前这个女人还在不停地说着什么，她的话说得就像口渴的人在着急地喝水。在我的内心里同情着她的伤痛，据说人们不支持她跟克尔兹订婚，可能是因为嫌他没钱，或者是因为别的什么。我真的不清楚，克尔兹的一生是不是一直都那么穷困潦倒。也有可能，他当初就是因为厌倦了跟别人相比觉得自己没钱，所以才会到那里去的。”

“‘……凡是听过他说一次话的人，有谁不会变成他的朋友的呢？他总是可以把人们最好的一方面给吸引过去。’她专注地看着我，继续说着’‘那可是伟人们才有的才能啊！’我们俩都听到了，树林里飒飒的风声，潺潺的河水声，远处模糊的听不清的声音，以及从那片永恒黑暗的地带后方所传来的一阵低语声。她又大声地叫道：‘你听到他说话了，你是知道的！’”

“‘是的，我确实知道。’说这句话的时候，我的心里好像有些许绝望，面对着胸腔中的那股信念，还有她的伟大救苦救难的幻想，我低下了头，她的这种幻想在一片黑暗中闪烁着非凡的光彩。我没有能力帮她脱离这一片黑暗，连我自己都没有办法逃避这一片黑暗。‘这是一个巨大的损失啊，对于我，哦不，是对于我们！’她很慷慨地纠正自己的措辞，然后又说‘对于这整个世界’。在黑暗中的余晖里，我看到了她眼里的泪光，那双眼睛里满是泪水，那些永远都不会落下的泪水。”

“然后她说：‘曾经我感觉无比幸福，非常骄傲，非常幸运。有段时间我都觉得自己简直是太幸福了，太幸运了。以后都不会有了，我这一辈子都不会再拥有那样的幸福了。’”

“她起身站了起来，头上金色的头发熠熠生辉，像是抓住了落日的所有余晖。我也跟着站了起来。”

“我悲伤地接道：‘这所有的一切。’她说道：‘他所有的伟大之处，他所有的承诺，他高贵的心灵，还有丰富的思想，什么也没有留下，什么也没给我们留下。’”

“我赶忙说道：‘我们一定会永远铭记他的。’”

“她大声叫了起来：‘不可以，这些怎么能全部消失了呢！他这样雄伟的一生，怎么能除了悲哀，就什么也不剩下呢？你是知道的，你知道他那些雄伟的计划。我也知道，虽然我并不理解，但是总有人能够理解。一定，一定会有什么是能够留下来的，至少他曾经说过的那些话，它们还在啊……'”

“我说道：‘他说的那些话，它们都会留下的。'”

“‘还有他这样的一个榜样'，他轻声喃喃道，‘他是一个榜样，他的一举一动都表现出他的善良，人们敬重他，爱戴他。'”

“我回答道‘是的，他会作为一个榜样留下来的。我都把这个给忘了，他确实是一个榜样。'”

“‘我可没有忘记，我不相信，直到现在我还是不敢相信。我不相信我从今往后再也见不到他了，再没有人能看见他了，再也不能了，再也不能了……'她伸出双臂，伸向黑暗之中，好像是在追随一个正在消失的身影一样。她两只苍白的手掌紧紧地扣在一起，横放在窗前，放在逐渐暗淡的光亮之中。我再也见不到他了，可是那一刻我却能清晰地看见他。只要我还活着，我就能一直看见这个活灵活现的幽灵。我也会看见她，这个熟悉的、悲惨的影子。她伸出她裸露的棕色手臂，伸向那条地狱一般的河流，伸向那片黑色的河流。她看起来像是同样悲惨的幽灵，浑身上下都挂着那些毫无用处的护身符。突然，她又低声地说道：‘他已经死了，一如他活着那样伟大。'”

“我隐约带着一丝怒气说道：‘他的死，无论从哪方面来看，他都不算白活了。'”

“她自言自语道‘但我却没能陪在他身边。'于是我的怒气也就在同情中消散了。”

“我嘟哝着说道：‘所有该做的事情都……'”

“‘我知道，可我比任何一个人都要相信他，比他妈妈要相信他，甚至比他自己都要相信他。他需要我啊！只有我能够珍惜他的每句话，每个眼神，每一声叹息。'”

“我觉得心里一阵冰凉，含糊地说道：‘别这样。’”

“‘请你见谅，我，我已经这样子不发一言地悼念了他许久，一句话都不说……你在他身边一直待到最后？我原想他可能会觉得孤单，他身边可能没人能够像我一样理解他，可能没有人能够听到……’”

“最后，我颤抖着嗓音说道：‘是的，我听到了他临死前最后说的话……’我心里觉得有些害怕，就停了下来。”

“她伤心欲绝，‘那就请你再说一遍吧！我需要些什么东西，我得拥有些什么才能活下去。’”

“我当时都要对着她的脸哭出来了，‘你听不见吗？’那些声音在我们周围的地方不停地重复，像刮风时候轻微的声响，那声音逐渐变大，‘吓人啊，吓人啊！’”

“她非逼着我说出克尔兹最后说的话‘告诉我他最后说的话，我得靠着它才能继续活下去……你不知道我爱他吗？我爱他！’”

“我用力压制住自己的情感，极其缓慢地说：‘他最后说的，是，是你的名字。’”

“然后我听到了一声轻微的叹气声，接着爆发出了一声高亢的叫喊：‘我就知道，我早就知道……’这叫声里包含有一种难以置信的、胜利的狂喜和难以名状的痛苦，突然间时间已经完全静止了，我的心跳也停住了。看来她一早就知道了，而且她还十分确信。我看见她用双手蒙着自己的眼睛，开始哭泣。我恍惚间感觉那间屋子塌了下来，我还没来得及跑到外面，天空好像也要压到我的头上……但实际上，什么都没有发生，伟大的上天怎么可能因为这样的小事情就塌下来呢？我突然好奇如果我按照克尔兹要求的给他讨回公道，天会不会塌下来呢？不是他自己说的他只要公道的吗？但是，我不能，我不能把这些告诉她。那些事情太过黑暗了，实在太黑暗了……”

马洛停了下来，沉默着走到了一边。他的身影看上去模糊而沉静，就像是一尊正在冥想的菩萨似的。大家谁也没动，过了一会儿，船长突然说：“我们已经错过了第一次的退潮了。”我抬起头，看见有一团乌云遮住了远方的海面，在阴云密布的天空之下，通往天涯海角的河道在静默地流淌着，好像是在流向黑暗的最深处……